HERI
QING CHANGYING

何日请长缨
崛起（下）

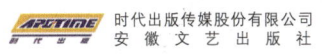

时代出版传媒股份有限公司
安徽文艺出版社

齐 橙◎著

作者简介：

　　齐橙，本名龚江辉，阅文集团大神作家，中国作家协会会员，北京师范大学经济与工商管理学院副教授，中国社会科学院工业经济研究所博士。代表作品《工业霸主》《材料帝国》《大国重工》《何日请长缨》等，其中《材料帝国》被国家新闻出版广电总局推介为2016年优秀网络文学原创作品，《大国重工》荣获第五届中国出版政府奖音像电子网络出版物奖（网络出版物）。作品《何日请长缨》入选"十四五"国家重点出版物出版专项规划，荣获第四届现实题材网络文学征文大赛特等奖，入选中国作家协会2020年网络文学重点作品扶持项目"庆祝中国共产党成立100周年"主题专项，荣获2020年第四届"网络文学+"大会·优秀网络文学IP，入选2020年度最具版权价值网络文学排行榜（现代类），入选2021年中宣部"建党百年"主题重点项目，并入选中国作家协会新时代文学攀登计划。

# 何日请长缨

"十四五"国家重点出版物出版专项规划

崛起(下)

齐橙 著

时代出版传媒股份有限公司
安徽文艺出版社

## 图书在版编目（CIP）数据

何日请长缨.4,崛起.下/齐橙著.—合肥：安徽文艺出版社,2023.3

　　ISBN 978-7-5396-7679-1

　Ⅰ．①何… Ⅱ．①齐… Ⅲ．①长篇小说－中国－当代 Ⅳ．①I247.5

中国国家版本馆 CIP 数据核字(2023)第 003397 号

何日请长缨·崛起（下）
HERI QING CHANGYING·JUEQI(XIA)

出 版 人：姚　巍
策　　划：朱寒冬　　宋晓津
统　　筹：张妍妍　　成　怡　　宋晓津
责任编辑：宋潇婧　　胡　莉　　装帧设计：张诚鑫　　徐　睿

....................................................................

出版发行：安徽文艺出版社　　www.awpub.com
地　　址：合肥市翡翠路 1118 号　　邮政编码：230071
营 销 部：(0551)63533889
印　　制：安徽新华印刷股份有限公司　(0551)65859551

....................................................................

开本：700×1000　1/16　印张：154.75　字数：2450 千字
版次：2023 年 3 月第 1 版
印次：2023 年 3 月第 1 次印刷
定价：528.00 元(精装，全七册)

....................................................................

（如发现印装质量问题，影响阅读，请与出版社联系调换）

版权所有，侵权必究

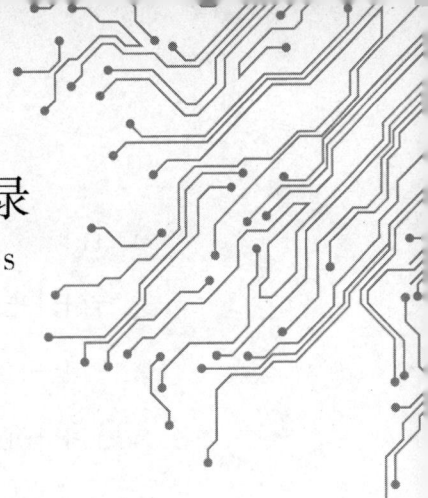

# 目 录
CONTENTS

第二百六十章　这种事怎么能傻 / 001

第二百六十一章　帮我们诊断一下 / 006

第二百六十二章　不吃嗟来之食 / 010

第二百六十三章　滕机不是一盘菜 / 014

第二百六十四章　绝对不是为了坑你 / 018

第二百六十五章　纠结的滕机职工 / 023

第二百六十六章　吃香喝辣 / 028

第二百六十七章　没有对比就没有伤害 / 032

第二百六十八章　大人见面 / 036

第二百六十九章　当年播的一颗种子 / 040

第二百七十章　独门技巧 / 044

第二百七十一章　按技术入股 / 048

第二百七十二章　神秘的股东 / 052

第二百七十三章　王梓杰的新方向 / 056

第二百七十四章　机构改革 / 060

第二百七十五章　很大的改革力度 / 064

第二百七十六章　你想要什么好处 / 068

第二百七十七章　肖叔有什么建议 / 072

第二百七十八章　国家是肯定不会放手的 / 077

第二百七十九章　拿业务当聘礼 / 081

第二百八十章　老肖想吃独食 / 085

第二百八十一章　老秦太不是东西了 / 090

第二百八十二章　有人挖墙脚 / 095

第二百八十三章　这也太不讲规矩了 / 099

第二百八十四章　把篱笆扎牢 / 103

第二百八十五章　有人要举报 / 107

第二百八十六章　雷霆之怒 / 111

第二百八十七章　找一个合适的理由 / 115

第二百八十八章　要做到知己知彼 / 119

第二百八十九章　人心浮动 / 123

第二百九十章　择业自由 / 127

第二百九十一章　留在研究院有前途吗 / 131

第二百九十二章　何继安去哪了 / 135

第二百九十三章　临一机的去向 / 139

第二百九十四章　咱们怎么能这样做呢 / 143

第二百九十五章　你是这个意思吧 / 147

第二百九十六章　给火车头加点油 / 151

第二百九十七章　不违反原则 / 155

第二百九十八章　我改主意了 / 159

第二百九十九章　你发个誓 / 164

第三百章　有没有什么新动向 / 168

第三百零一章　胖子立志 / 172

第三百零二章　坐吃山空 / 176

第三百零三章　顿感压力山大 / 180

第三百零四章　是一种什么态度 / 185

第三百零五章　我们肯定是会尽力的 / 189

第三百零六章　账不是这样算的 / 193

第三百零七章　我现在就走 / 197

第三百零八章　可以提供一些业务 / 201

第三百零九章　过去的事情一笔勾销 / 205

第三百一十章　好久没摸机床了 / 209

第三百一十一章　机床是谁生产的 / 213

第三百一十二章　买点啥吃不香呢 / 217

第三百一十三章　当年老韩也是这样过来的 / 221

第三百一十四章　我教你一手吧 / 225

第三百一十五章　老子不伺候了 / 229

第三百一十六章　你长能耐了 / 233

第三百一十七章　不就是吃水疙瘩吗 / 238

第三百一十八章　酱肉好吃吗 / 242

第三百一十九章　学霸的做事风格 / 247

第三百二十章　雕花家具之母 / 251

第三百二十一章　不可能三角形 / 256

第三百二十二章　居然是拼起来的 / 260

第三百二十三章　给你指条路 / 265

第三百二十四章　营销成本 / 269

第三百二十五章　倒是可以试试 / 274

第三百二十六章　免费劳动力 / 279

第三百二十七章　我不要钱啊 / 283

第三百二十八章　是不是药量太大了 / 288

第三百二十九章　你有没有兴趣 / 293

第三百三十章　怎么搞到一起去了 / 297

第三百三十一章　问心无愧 / 301

第三百三十二章　青年学者王梓杰 / 305

第三百三十三章　支付一个溢价 / 309

第三百三十四章　韩总成了大明星 / 314

第三百三十五章　我有点耳背 / 318

第三百三十六章　也是有可取之处的 / 322

第三百三十七章　咱们是责无旁贷的 / 326

第三百三十八章　人都是理性的 / 330

第三百三十九章　已是盛夏 / 334

第三百四十章　现在的小孩子真不得了 / 338

第三百四十一章　原来不是我的首创 / 342

第三百四十二章　考克斯报告 / 346

# 第二百六十章　这种事怎么能傻

依唐子风的意思，既然要吃饭，索性把张蓓蓓的父母也叫过来，他自己客串一下宁默的监护人，这就算是双方家长见面了。张东升给村里打了个电话，让人叫张蓓蓓的父亲来接。他在电话里如此这般一说，对方便惶恐地表示不过来了，一切交给张东升去处理就好。

张蓓蓓的父母都是老实巴交的农民，听说对方来的是临一机这种大企业的厂长，还是主持工作的一把手，哪里还敢来。宁默在他们家里又是修洗衣机，又是修门窗，显得既能干又厚道，他们已经非常满意了。至于唐子风这个厂长，他们又有何必要见呢？

唐子风问明情况，也就不强求了。他让吴定勇开车载着一干人来到雁洲县城，找了个挺不错的馆子，点了一桌子好菜。张东升不停地念叨着说太破费了，但唐子风分明能够看出，老张心里是挺满意的。这桌子菜的档次，反映出了唐子风对张东升和张蓓蓓的态度，点的菜越贵，就说明唐子风越瞧得起他们，张东升对此是心里有数的。

唐子风酒量一般，与张东升互相敬了两杯之后，便把战场交给了宁默。宁默心思单纯，对于张东升带他去派出所一事，早已没有了芥蒂。他得到唐子风的许可，便与张东升拼起酒来，喝得高兴的时候，一口一个叔地叫得欢实。张蓓蓓脸上红扑扑的，不断地给宁默夹菜剥虾，两汪秋水像是只盛得下宁默的一张胖脸，让唐子风和吴定勇这两个单身汉都看不下去了。

"唐厂长，要不要我给你订票？"吴定勇小声地问唐子风。

"订什么票？"唐子风没反应过来。

"去京城的机票啊。"

"谁说我要去京城了？"

"看他们这样，你不想去见肖博士？"吴定勇笑着说。

唐子风瞪了吴定勇一眼，说道："想请假去南梧就直说，别拿我当幌子。"

吴定勇嘿嘿笑着，并不否认。他也是有对象的，就在省城南梧工作。他问唐子风要不要去京城见肖文珺，其实正是因为自己也想去看对象了。

看来，张蓓蓓这小姑娘的眼神里有毒啊！

"蓓蓓！"唐子风隔着吴定勇向张蓓蓓喊了一声。

"哎，唐哥！"张蓓蓓应道。这姑娘声音清脆，嘴还特别甜，先前在车上唐子风只客气了一句，让她别叫自己厂长，叫句哥就好，她就立马改口叫哥了，叫得比亲哥还亲热。

"你现在是在读书还是工作？"唐子风问。

"我去年从商业学校毕业，现在在县里一个私人老板那里打工。"张蓓蓓说。

"具体做什么工作呢？"

"出纳，我在商校是学财务会计的。"

"工作还好吧？"

"挺好的，老板对我不错，就是雁洲这个地方太小了……"

"那么，有没有想过跳槽啊？比如说，到临河来。"

"当然想啰。"张蓓蓓拖着长腔，"可是现在找工作好难啊，我们锡潭好难进，你们临河可能也是这样吧。"

"嗯嗯，我帮你问问吧。"唐子风许诺道。

"真的，那太谢谢唐哥了！"张蓓蓓喜形于色，说着便端起了酒杯，"我敬唐哥一杯。"

这顿酒喝了两个多小时，宁默和张东升势均力敌，各自都喝了不少于一斤54度的白酒。最后是唐子风看不下去了，借口第二天要开会，必须连夜赶回临河，这才结束了酒局。唐子风再三向张蓓蓓承诺会给她在临河找一份工作，张蓓蓓才恋恋不舍地放宁默走了。

"哥们，你刚才在饭馆跟蓓蓓说啥了？"

在白堉镇把张家叔侄放下之后，小轿车向着临河的方向飞驰。宁默坐在后排，回头看着白堉镇的灯光渐渐远去，才回过头，向坐在前排副驾驶位子上的唐子风问道。

唐子风脸一寒，说道："胖子，你现在叫蓓蓓叫得那么甜，刚才在派出所怎么一口一个大姐？你如果当时能叫人家一句蓓蓓，我压根就不用来好不好？"

"那啥……我不是为了避嫌嘛。"宁默扭着身子说。幸好唐子风眼睛是看着前面的,否则刚吃下去的饭恐怕也该吐出来了。

"避啥嫌啊?"

"人家小姑娘,长得那么漂亮,我怕人家说我别有用心。"

"那你有没有别有用心呢?"

"……"

"说!"

"其实,有那么一点。"

"就一点吗?"

"也不是。"宁默扭得更厉害了,"其实,我给她家修洗衣机,就是为了给她,还有她爸妈留下一个好印象。"

"我的天!"唐子风失声喊了出来,"原来你不傻呀!"

宁默理直气壮地说:"别的事傻,这种事怎么能傻?你和老吴都有女朋友了,我再不抓紧,不是落到你们后面去了?"

"那你叫我来干什么?"唐子风抓狂了,闹了半天,这个死胖子心里啥都明白,是故意跟人家姑娘装憨呢。回头想想,没准他抢人家自行车的时候,就存了这个贼心呢!

宁默满脸尴尬:"那什么……我怕自己看不准,所以就叫你来帮我把把关。对了,哥们,你觉得蓓蓓这个人怎么样?"

"配你足够了,就怕你配不上人家。"唐子风没好气地说。自己一个聪明人,竟然被宁默套路了。

"那怎么办?"宁默慌了,"哥们,你得帮我啊。只要你帮了我这回,以后肖博士来的时候,我绝对不去当灯泡!"

"你狠!"唐子风服了,这个威胁他还真不能无视。他之所以急着要帮宁默解决个人问题,也是怕这个啊。

"我跟你说,你那个蓓蓓是学财会的,现在在雁洲一个私人老板那里当出纳。她说了,老板对她还行,但她觉得雁洲这个地方太小了。"唐子风说。

"那到临河来啊!"宁默脱口而出。

"到临河来吃啥?"唐子风问。

"我养她啊。"宁默的声音小了一点,倒不是他养不活一个女朋友,而是觉得张蓓蓓肯定不会接受这个安排。

唐子风叹了口气,说:"宁默,回去以后,你去找一趟张建阳,让他在临荟公司给张蓓蓓安排一个位置,就说是我说的。临荟公司下面有一大堆企业,安排一个出纳没啥问题。"

临荟公司,全称叫临荟科贸有限公司,正是由原来的临一机劳动服务公司剥离出来之后成立的实体,是临一机的全资子公司。临荟这个名字,听起来挺不错,来历却有点不足为外人道。当初开会讨论的时候,施迪莎说劳动服务公司就是一个大杂烩,唐子风脑洞大开,便给公司起了"临荟"这个名字。反正搞工业的都不擅长取名字,唐子风开了口,大家也就顺水推舟地接受了,没人提出什么异议。

临荟公司独立出来之后,张建阳被任命为公司总经理,董事长一职由唐子风暂时挂着。在临荟公司的旗下,有几十个实体,包括原来临一机大院里的菜场、饭馆,管理临一机家属院和办公楼的物业公司,由绿化队升格而成的园林公司,还有职工挂在劳动服务公司名下创业形成的运输公司、木雕公司、搬家公司等等。

张建阳离开侍候人的办公室副主任岗位,创造力被激发了出来。他在临荟公司推行了一套行之有效的经营策略,把公司经营得红红火火,一年光是给临一机交的利润就高达七八百万,临荟公司员工的工资与本厂职工比也已经相差无几。有几个实体里的员工甚至能拿到比本厂职工更高的工资。

虽然已是一方"封疆大吏",张建阳对唐子风依然是唯命是从的。他不会忘记,在自己刚刚被贬到劳动服务公司去当经理的时候,是唐子风跑去鼓励他奋发,又给他出了许多经营上的主意,使劳动服务公司打了个翻身仗,他也因此而被提拔为厂长助理。从这个意义上说,唐子风是他的贵人,他是不敢忘恩负义的。

当然,他对唐子风的另外一层敬畏,在于唐子风目前是临一机主持工作的常务副厂长,仍然是他的顶头上司。而唐子风的经营韬略,也是他望尘莫及的。别看临荟公司现在形势不错,他如果想要百尺竿头更进一步,还是得请唐子风给他指出方向。

张建阳过去成天围着领导转,练就了一双洞察人际关系的火眼金睛。唐子风与宁默的关系,他早就看在眼里,知道二人绝对不是偶然相识的什么老乡,而是早有交情。唐子风知道张建阳看出了这一点，所以才让宁默直接去找张建阳，他相信，张建阳肯定不会驳宁默的面子。

至于说结果嘛，唐子风就更不用操心了。张建阳想在临荟公司安排一个小出纳有什么难的？肯定是那种干活不多、拿钱不少而且未来还有发展空间的好位子。宁默拿着这样一个位子去当聘礼，张东升的哥嫂还会不同意吗？

# 第二百六十一章　帮我们诊断一下

宁默的事情，唐子风能做的也就是这些了，谈恋爱这种事，原本也不是别人能够代劳的。在他们返回临河的路上，于晓惠放心不下，打了一个电话过来询问情况，唐子风把事情经过简单说了一下，精灵鬼怪的于晓惠便明白了，在电话那头笑着说要胖子叔叔请客，而且一顿还不够，需要请三顿。

唐子风没有时间关注这事，他在厂里待了两天，便又匆匆出发了，很多人甚至都不知道唐子风曾经回来过，也不清楚他这次又要去往何方。

在一些干部、工人的眼里，唐子风这个主持工作的常务副厂长，当得也是够逍遥的。这大半年时间里，他在外面跑的时间比待在厂里的时间还要多。厂里的日常管理工作，都是书记章群和其他副厂长做的，唐子风充其量也就是组织大家开开会，提一些大政方针，在必要的时候签签字之类。

不过，厂领导以及中层干部们都知道，唐子风在外面跑，可绝对不是在游山玩水，而是在给临一机拓展市场空间。他花了很多精力在机二〇以及苍龙研究院的建设上，而临一机已经从这些机制中获得了很多好处。

通过与其他企业联合攻关，临一机开发出了十几项技术先进的拳头产品，都是产值高、利润大的高端重型机床，虽然每种机床一年的销量不过是一两台，但单台的毛利却可以高达几百万，相当于卖出去几百台中低端机床。

强强联手带来的另一个好处就是能够为一些客户提供整体解决方案，方便了客户，也促进了各家机床企业的业务发展。

比如最近全国各省市都在新建、扩建汽车厂，一家汽车厂里需要的机床加工设备数以千计，涉及各类切削机床和成形机床，投资上亿元，单独一家机床厂是拿不下来的。以往，这些汽车企业要自己制订设备采购方案，然后分别向各家机床厂下订单。不同机床厂的机床型号、规格复杂，给企业的设备管理和维护带来了很大麻烦。

## 第二百六十一章 帮我们诊断一下

有了机二〇机制之后,各家机床企业可以联合起来为汽车厂设计解决方案,提高机床部件的通用性,协调不同机床的配合关系,甚至连机床的颜色都可以统一,避免了过去那种车间里红一块、蓝一块的不和谐场景。

同样是依靠联合机制,机二〇还很大程度地整合了国内的中小机床生产企业。通过为这些企业提供数控模块和高品质功能部件,机二〇把大批的中小机床厂绑上了自己的战车,以便与外资机床企业和国外生产厂商进行竞争。在临一机巧施妙计把东垣机床挤垮的同时,国内破产倒闭的想来中国淘金的外资机床企业超过了200家。

这些事情,普通工人是不了解的,他们只知道厂子的生产任务越来越多了,自己的工资也是一涨再涨,隔三岔五还有数目可观的奖金。临一机重新成为临河市最牛的企业,临一机职工走到临河大街上去,胸脯也挺得比过去更高了。

临河市的领导对于临一机的态度,又重新亲热起来了。一家经营红火的大型企业,对于当地经济的带动力是很大的。不说别的,光是临一机职工购买力的提升,就使得全市的社会商品零售总额上升了几个百分点,房价据说也被带起来了。

几年前的临河市长已经调走了,副市长吕正洪被提拔起来担任了正职。上任伊始,他就亲自前往临一机,与唐子风畅谈未来,说了许多诸如"年轻有为""后生可畏"之类的话,最终的意思就是临河市希望与临一机保持长期稳定的合作关系,共同繁荣。

这一刻,唐子风正坐在滕村机床厂的厂长办公室,与自己的老领导、现任滕村机床厂厂长兼书记周衡聊天。

"滕机的情况,比我刚来的时候,已经有了很大的好转。最起码,职工的工资已经有保证了,虽然比不上你们临一机,但在滕村本地,也算是比上不足,比下有余了。"周衡笑呵呵地看着坐在沙发上喝茶的唐子风说道。

唐子风笑道:"怎么就成了'我们临一机'了?你不知道,在临一机,很多干部工人提起你的时候,还是一口一个'我们周厂长'呢,如果他们知道周厂长有了'新欢',就忘了他们那些旧人,还指不定有多伤心呢!"

周衡摇头说:"他们应该说'我们唐厂长'才对,现在临一机掌舵的人是你。我听谢局长和一些兄弟企业的领导都说起过,临一机现在的经营情况非常好,比我当厂长的时候强得多呢。"

唐子风连忙放下茶杯，做出惶恐状，连连摆手说："周厂长，你可千万别这样说。临一机现在的情况的确还不错，但这不都是周厂长你打下的好基础吗？我只是捡现成的。谁不知道，从你离开临一机到现在，将近一年时间了，我在厂里待的时间，加起来连4个月都不到，而且大多数时候还是周末。

"说出来不怕周厂长批评我，我起码有3个月没去过车间了。我们新建了两座车间，落成之后，我都没去看过呢。"

"这可不行！"周衡果真严肃起来，"小唐，我知道你这一年来一直在外面跑，给厂子拉业务，联系协作，但厂里的内部管理，你也不能完全放手。局里指定由你主持工作，这可不是说着玩的，哪有你这样主持工作的？

"对了，听说你现在真的在和肖明的女儿谈恋爱，你这样三天两头往京城跑，影响不太好，群众会有议论的。"

"呃……我真的不是因为谈恋爱才去京城啊。唉，怪我嘴欠，上赶着来让老领导批评！"

唐子风轻轻给自己扇了一嘴巴，算是把尴尬给掩饰过去了。

周衡的话，其实也不算完全冤枉他。他最近去京城的次数的确有点多，除了因为有公务之外，去看肖文珺也是一个重要的原因。当然了，肖文珺现在是苍龙研究院的编外专家，唐子风去找她，有时候也是讨论技术问题，属于公私兼顾的。

见唐子风如此表现，周衡也就不便再说下去了。毕竟他现在已经不是唐子风的领导，唐子风也不再是过去那个机电处里的小科员，而是临一机实际上的一把手。周衡觉得，自己如果再像过去那样对唐子风呼来喝去，唐子风难免是要心生嫌隙的。

"不提你们的事情了，这次请你到滕村来，是想让你帮我们滕机诊断一下，看看滕机的未来发展方向是什么。"周衡言归正传。

这一次唐子风来滕村，正是受到了周衡的邀请。其实周衡很早就说过要请唐子风到滕机来走走看看，只是大家都忙，唐子风抽不出时间过来，周衡也没时间陪他。这几天，正好两个人都有点空，周衡就给唐子风打电话，叫他过来了。

在周衡面前，唐子风是不会客套的。他坐直身子，对周衡问道："周厂长，目前滕机的主要问题是什么？你又是怎么考虑的？"

周衡说："在我来滕机之前，滕机的情况和咱们当初去临一机之前的情况是一样的。干部队伍涣散,工人不稳定,缺乏拳头产品,市场严重萎缩,财务上欠了银行一屁股的债。我过来之后,先是进行队伍整顿,对了,黄丽婷的那个丽佳超市,还帮了我很大的忙呢,这个功劳,我得记在你的头上。"

丽佳超市的滕村分店,是唐子风劝说黄丽婷开办的。按照黄丽婷最初的设想,丽佳超市在临河发展起来之后,首先要进军省会南梧,然后覆盖全省各地级市,接着向邻近省份扩张。而唐子风却突然提出,让黄丽婷到遥远的东北来开一家分店,这事让黄丽婷不满了很长时间。

不满归不满,唐子风的要求,黄丽婷还是不敢违逆的。就这样,丽佳超市的滕村分店在滕村市中心开业了,聘用的服务员有80%是滕机的职工家属,这些招工名额,都是直接交给周衡去使用的。

周衡正是利用这些招工名额,解决了一些家庭生活困难的干部职工家属的就业问题,安定了不少人心,也瓦解了一些对他存有敌意的小团伙,从而让自己在滕机站住了脚。

他知道唐子风与丽佳超市之间有一些瓜葛,所以自然要把这件事的功劳记在唐子风的身上。

唐子风说:"没事,丽佳超市在滕村建分店,对超市来说也是有利的。黄丽婷一开始不太乐意,后来就明白了,还一直感谢我呢。她说滕村分店的一些经验,对于丽佳超市开拓其他的省外市场,有很大的启发,让她少走了弯路。而且滕村这个地方商业不发达,丽佳超市开张以后,天天门庭若市,赚的钱可不比在临河的总店少呢。"

"嗯,没有损失就好,否则我就更对不起人了。"周衡说道。

# 第二百六十二章　不吃嗟来之食

感谢完丽佳超市，周衡接着说："经过这一年时间的整顿，现在厂子的风气基本上是扭转过来了。你那边也帮着找了一些业务，加上厂里原有的一些业务，现在厂子勉强能够吃个七八分饱，干部职工的情绪基本上也稳定下来，算是完成了我预想的第一阶段目标。"

唐子风嗯了一声，并不插话。滕机的基本情况，他其实也知道一些。周衡叫他过来，肯定不是为了向他表功或者表示感谢，下面的"但是"才更重要。

周衡倒是没说"但是"，而是直接说起了问题：

"滕机目前最大的问题，就是缺乏活力。这几年东北经济严重衰退，滕村的经济发展与南方城市相比，差距越来越大。这其中有客观地理条件的因素，也有主观上的一些因素，国家也在大力地帮助东北振兴，这些情况我就不说了。

"从滕机来说，中青年骨干人员的流失非常严重。南方一些乡镇企业出高薪从东北的国营老厂挖人才，滕机也被挖走了不少人。在我到滕机之前，技术处的年轻技术员流失了近一半，车间里的中年骨干技术工人也流失了近1/3。

"此外，滕机的干部职工习惯了在计划经济条件下生存，不适应市场经济环境。滕机的销售部官商作风严重，缺乏主动开拓客户的能力。我来之后，下了很大力气试图把销售部推到市场上去，包括我们在临一机用过的各种奖励提成政策都提出来了，但效果寥寥。

"滕机这一年来接的很多业务，都是我出去卖这张老面子拉来的。但人家能卖我一次面子，不可能永远卖我的面子。说真的，我现在手头最缺的，就是一个像你小唐这样的人才，哪怕给我一个韩伟昌，我的压力也会小得多。"

说到这里，周衡自嘲地笑了笑，那笑容里充满了无奈。

唐子风笑着说："我早就说了，让你把我带过来，你看不上我，我有什么办法？至于韩伟昌，他是肯定不会来滕机的，现在临一机的业务形势好得很，他的

## 第二百六十二章 不吃嗟来之食

提成是按照整个销售部的业务总额来计算的,每个业务员拉来的业务都有他一份。去年他光是提成就拿了40万,打死他也不会愿意到滕机来。"

听唐子风说起韩伟昌的收入,周衡的脸微微一沉,说道:"小唐,我还正想提醒你一下呢,听人说,韩伟昌现在有点飘了,手腕上戴个劳力士手表,到处和人比富,你可得找机会敲打敲打他。搞业务的,堕落起来是非常快的,老韩原本也算是一个正派人,别让他走到邪路上去了。"

唐子风闻言,脸色也变得严肃起来,他点点头说:"老厂长提醒得对,我最近的确是有些忽视他的事情了。他买劳力士手表的事情,事先向我汇报过,他的理由是现在商场上风气就是如此,他穿着太寒酸,不利于厂子的形象。我知道他主要的目的是为了炫富,出于满足他的虚荣心的考虑,但没有及时阻止他。"

"阻止倒也没必要,只要不是用公款,而私人收入又是合法的,买块奢侈一点的手表也不算是错误,厂里也无权干涉。不过,从这件事里暴露出来的苗头,你可不能忽视。我们的很多干部,就是从这些小的苗头开始堕落的。"周衡说。

"我明白,我回去就和老韩好好地谈一次。"唐子风说罢,又笑道,"要不,我真的把老韩送给你吧,让他重温一下艰苦创业的滋味,也算是接受再教育了。"

周衡摆摆手:"这就是玩笑话了。别说他自己不可能愿意来,就算他来了,光凭他一个人,也改变不了滕机的业务状况。滕机的职工总体上都带着一些傲气,包括销售部的业务人员也是如此,让他们低三下四地去和客户沟通,他们很难做到。"

计划经济年代的国企地位是很高的,由于各种产品都处于短缺状态,所以在交易双方中间,卖方是大爷,买方是孙子。像滕机这样的企业,生产出来的产品都是由国家计划直接调拨给用户企业的,用户收到机床之后,调试、维修等都要指望滕机。

那时候,滕机的销售人员、售后服务人员到客户单位去,对方都得恭恭敬敬地接待。如果接待的态度不好,没准说好的设备就会推迟发货,或者发运过来的设备缺个把零件,让你一年半载都没法投产使用。对这种情况,客户都是敢怒而不敢言,毕竟自己想要机床,就只能从滕机购买,想换个供货商,比登天还难。

这样的一种体制,就培养出了滕机以及其他许多大型国企的不良作风。所谓"脸难看、门难进、事难办",说的不仅仅是服务类企业,也包括生产企业。也正是老国企的这种作风,才使得改革开放之后乡镇企业能够迅速崛起。

诚然,乡镇企业的技术水平普遍不如老国企,产品性能低、质量差,但人家服务热情啊!一边是老国企的冷脸,一边是乡镇企业无微不至的服务,客户会选择哪头呢?有些平常使用的设备,客户对性能和质量的要求也不太高,只要能用就行,在这种情况下,人家当然是选一个服务更好的卖家,谁乐意花了钱还要当孙子?

当市场逐渐被乡镇企业蚕食,自身经营陷入困境之后,一些老国企开始转变作风,模仿乡镇企业的做法,强化服务意识,从而夺回了市场,保持了原有的辉煌;而另外一些老国企怨天尤人,不从自己身上找原因,反而认为政策不对,世风日下,其结果自然就是状况越来越糟糕,最终走向破产。

滕机的情况,就属于上述的后一种。滕机的前任厂长张广成就是一个因循守旧的干部,在计划经济时代,他能够兢兢业业地完成上级交代的各项任务,工作成绩很突出。但到了市场经济时代,他开拓精神不足的缺陷就暴露无遗,滕机的经营也是每况愈下,生生把一个大国企拖到了资不抵债的境地。

周衡上任之后,采取了不少措施,试图扭转滕机的状况。他的一部分努力取得了成效,正如他自己说的,好歹能够保证工资发放了。但他转变经营观念的努力,收效甚微。滕机的大多数干部职工,依然保留着过去的那种作风。周衡将其称为"傲气",其实是有些粉饰了,这分明就是一种大爷作风。

相比之下,临一机的职工观念还是更为活络的,这或许与南方城市固有的商业传统有关吧。周衡到滕机之后,就遭遇过好几个"饿死不吃嗟来之食"的职工,脾气上来了,你给他多少钱,都无法让他低头,这或许可以叫作傲骨吧。

人不可无傲骨,这话是对的。但具体到业务员身上,浑身傲骨就实在算不上是什么优良素质了。滕机的一些业务员出去谈业务的时候,客户方面只是对产品提出一点质疑,还谈不上是挑剔,业务员就先急眼了,直接撂下一句"爱要不要"就扬长而去。

周衡接到过几十回来自客户的投诉,其中有一些还是他想方设法联系来的老关系。人家说了,自己倒也可以不在乎业务员的态度如何,但从业务员的态度,可以想象的到厂子的风气。这样的一家企业,大家还敢期待未来有什么良好的售后服务吗?万一设备出问题了,你们再给我派一个这样的维修人员过来,我们不是花钱买气受吗?

## 第二百六十二章　不吃嗟来之食

听周衡说起这些事情,唐子风气不打一处来。临一机也有过这样的业务员,没等唐子风下手呢,韩伟昌就先把他们给收拾了。不想好好侍候客户,那就待岗回家侍候老婆去吧。

待岗期间,工资只能拿一半,你是愿意看老婆的白眼,还是愿意看客户的白眼呢？实践表明,大多数业务员都选择了后者。

周衡叹道:"我哪里不知道这个问题,可我也得有替代他们的人啊。我这个当厂长的,总不能成天去跑业务吧？"

"怎么不能？我不就是成天在外面跑业务？"唐子风笑着说。

周衡摇摇头:"你出去跑业务,没什么后顾之忧。而且你也没有陷到业务里去,你在前面开拓出来的业务,韩伟昌他们在后面就能够接上。我现在的情况是,哪怕是我联系来的业务,后面的业务员也跟不上,具体到商谈产品规格、报价、交货周期之类的事,还是非常琐碎的,我不可能有精力面面俱到。"

"这倒也是。"唐子风说。周衡的分析是对的,唐子风跑业务,只需要和客户谈定一个原则,具体事务都有韩伟昌带着销售部去落实。周衡这边是光杆司令,让一个厂长去谈业务细节是不可能的。

"那么,周厂长,你的意思是什么呢？莫不是想让我把临一机的销售部整建制地送给你？"唐子风半开玩笑半认真地问道。

## 第二百六十三章　滕机不是一盘菜

听到唐子风的话，周衡没有笑，而是皱起了眉头，脸色显得颇为凝重。唐子风见状也收起了开玩笑的表情，默不作声，等着周衡说话。

"就算你送给我一个销售部，也解决不了滕机的问题啊。"

沉默了好一会，周衡缓缓地说道。

唐子风问："那么，你的意思是什么呢？"

周衡看着唐子风，突然问道："小唐，你有没有兴趣把滕机整个吃掉？"

"啊……？"唐子风愕然了。

他当然知道，周衡说的并不是让他唐子风张开血盆大口把一个工厂吃掉，他没这么大的胃口，滕机也不是一盘菜。周衡说的吃掉，是指兼并的意思，具体到这个场景，就是希望临一机能够兼并滕机，把滕机变成临一机的一部分，这样一来，销售以及售后服务之类的事情，都能够迎刃而解了。

在时下，企业兼并已经不是什么稀罕事情了，一些行业主管部门也热衷于让经营状况较好的下属企业去兼并那些经营不善的兄弟单位，这样就可以甩掉包袱，减少负担。至于说那些经营状况良好的企业如何消化兼并过来的包袱，就不是主管部门需要操心的了。一家企业能够经营得好，其领导人应当是有一定能力的，亏损企业落到他们手里，实现扭亏想必也不是什么难事。

唐子风没有想到的是，周衡居然打起了让临一机兼并滕机的主意，这相当于把一个巨大的包袱甩到了他唐子风的肩膀上。周衡是滕机的厂长，唐子风现在是在临一机主持工作的常务副厂长。如果临一机把滕机兼并了，周衡岂不就成了唐子风的下属，周衡能接受这个安排吗？

"让临一机吃掉滕机，二局能答应吗？"唐子风首先想到的是这样一个问题。

周衡说："这件事，我还没有跟谢局长说，现在只是跟你商量商量。我知道这件事有点强人所难了，临一机现在经营状况很好，而滕机的情况恰恰相反，内部存在着很多危机。让你吃掉滕机,相当于给你加负担了,所以我想听听你的意见。"

唐子风说:"负担不负担的,倒是另一回事。我想知道的是,你怎么会有这样的想法,难道滕机真的已经走投无路了?"

周衡说:"其实原因很简单,我刚才都已经跟你说过了。滕机的干部职工思想观念僵化,不适应市场经济条件,硬逼着滕机去面向市场,相当于逆水行舟,难度太大了。就算我现在能够推着这条船往上游开,一旦我离开滕机,滕机还是免不了被市场淘汰的命运。

"你刚才说,是不是要你把临一机的销售部整建制地送给滕机。其实我也想过这个方案,那就是引进一些思想开放的人才,建立滕机的营销队伍。但滕村这个地方地处东北,从南方招募一个销售团队过来,很不现实。

"滕机的优势,在于职工素质不错,生产纪律性也比较强。所以我就想,如果把销售和售后全部交给别人去做,滕机只作为一个生产部门存在,这不就和过去的体制一样了吗?干部职工不需要考虑经营的问题,只需要按照订单进行生产就可以。这一点,滕机是能够做得很好的。"

唐子风哑然失笑。周衡说的还真是挺有道理的,滕机是在计划经济条件下成长起来的,让它去面对市场,它必然会出现各种水土不服的现象。与其花大力气去改变滕机的基因,让它适应市场经济,还不如让它回到计划经济模式下,延续按订单生产的模式。

国家已经全面转向市场经济,所以是不可能给滕机下达生产任务的,但临一机可以啊!

如果由临一机把滕机兼并掉,并把滕机当成一个巨大的生产车间,订单由临一机去找,原材料由临一机提供,产品由临一机负责销售,滕机只对临一机负责,这不就和过去对二局负责是一个道理吗?

只是,临一机可不是二局。二局可以全心全意地为滕机着想,不求回报,不计得失。临一机与滕机只是兄弟单位,现在要让临一机给滕机包吃包住,临一机可是要收费的,这部分费用,就是滕机让渡给临一机的利润,相当于滕机给临一机打工了。

"周厂长,这件事我现在没法答复你,怎么也得和临一机的领导班子商量一下才行。此外,就是要看局领导的意思了,局领导不点头,我怎么敢兼并滕机这样一个庞然大物。"唐子风说道。

周衡说："那是当然,滕机这么大的企业,不是你我两个人随便商量商量就可以决定生死的。其实,我找你过来,也是想听听你的意见,看看这件事是否可行。如果你觉得可行,我再和滕机的班子商量一下。如果滕机的班子也同意,我才会向局领导打报告,届时局领导还得再征求临一机的意见,这中间的周折可不少呢。"

唐子风想了一下,说："兼并滕机这事,我从来都没有想过,乍听你一说,还真有点蒙。我刚才琢磨了一下,你说得也有道理,滕机的问题主要在于干部职工的思想观念方面。这东西要说简单也简单,毕竟都是主观意识问题,转变过来也就行了。但要说难,也的确很难,俗话说江山易改,本性难移。如果周厂长你都觉得他们的观念难以改变,我觉得恐怕就真的没办法了。那么让临一机把滕机兼并掉,可能是最好的办法。"

周衡说："我已经试过了。滕机过去其实也有一些脑子比较活络的人,但这两年滕机效益不好,他们都跑到南方打工去了。留下来的,都是一些老实人,不擅长搞各种名堂,指望他们学会商场上的那些规则,我还不如指望你小唐不吹牛呢。"

"老周,咱们不带这样损人的好不好?"唐子风哭笑不得,自己怎么就喜欢吹牛了？再说,现在你老周不是在求我帮忙吗,你这样说话,真是求人的态度？

周衡也是习惯性地拿唐子风开涮,他才不在乎唐子风会不会生气。他说："小唐,临一机有你主持工作,经营理念方面,我是很放心的。过去一年,你干得挺好,比我在临一机的时候干得好。目前,临一机的业务开拓不成问题,瓶颈反而是在生产能力方面。你与其从社会上招工,再花很大力气去培训、磨合这些新工人,还不如把滕机吃掉,直接获得5000名优秀技工以及一套成熟的生产流程。"

"滕机总共才5000多人好不好,你不会是说他们都是优秀技工吧?"唐子风看着周衡,没好气地呛道。

滕机原来的规模和临一机差不多,这几年流失掉了一些人,余下的职工有5000多人。唐子风不知道滕机的人员构成情况,但他知道,老国企的特点都差不多,那就是单位里五脏俱全,机关干部和后勤职工占比很大,有时候甚至超过一线生产人员的比重。

这样一算，在全部 5000 多人里，一线工人能有 2500 人就差不多了，而其中能够称为优秀技工的，恐怕又得再打个折扣。周衡一张嘴就说自己有 5000 名优秀技工，这就是在忽悠唐子风了。

听到唐子风的呛声，周衡顿时就有点窘了，他讷讷地说："5000 名优秀技工，可能稍微浮夸了一点，不过，2000 人左右还是有的。滕机的底子还是不错的，工人也比较本分，学技术的氛围比临一机强，所以技术工人比例比较高。"

唐子风说："就算是 2000 人吧，那么余下的 3000 多人，我收过来有什么用？你不会是又想让张建阳把他们吸收掉吧？"

周衡说："余下的 3000 多人，有一些也是与生产相关的，这么大一个厂子，后勤也是必要的嘛。我估算过，真正需要分流的人，也就是 1000 多吧，想想办法，应当也是可以消化掉的。"

"那么，还有退休职工呢？是不是我也得背上？"唐子风问。

周衡默默地点了一下头，有些不好意思说话了。滕机现有退休职工 2000 多人，这也是一个极大的包袱，让唐子风背着，的确是有些欺负人了。但不让唐子风背，又能让谁背呢？厂子对退休职工是有承诺的，总不能不管他们吧？

唐子风叹了口气，说道："老周，我算是被你赖上了。这哪是一个工厂啊，这分明就是一个大坑好不好？"

周衡抱歉地说："小唐，这件事，我的确是有些鲁莽了，认真想想，把这个包袱甩给临一机，可能真的不太合适。你如果觉得有困难，就当我没说吧。要不，你还是帮我出几个主意吧，我尽量让滕机能够自力更生。"

"算了，老周，这种漂亮话你就别说了。"唐子风做出一脸的苦相，说道，"你明明知道我这个人对你周处长忠心耿耿，你的事情，我肯定不会坐视不管的。你就说吧，打算让我怎么做？兼并滕机的事情，如果局领导同意，临一机的领导班子那边，我负责去做工作。"

"现在的问题是，如果我们同意兼并滕机，滕机这边有没有问题呢？照你刚才的说法，滕机的干部职工，那简直就是一群大爷啊！"

# 第二百六十四章 绝对不是为了坑你

"这个问题也是存在的。"周衡坦率地说,"这也是我一直顾虑的事情。"

唐子风把手一摊:"这不就得了,你周大厂长都解决不了的问题,让我这个临时冒充的副厂长来解决,你这不是欺负人吗?"

周衡正色说:"谁说你是临时冒充的副厂长?二局对你的任命是经过了组织程序的,你不必妄自菲薄。谢局长对你还是很信任的,否则也不会……"

说到这,他突然卡住了,眼神开始有些游离,甚至都不敢直视唐子风了。

唐子风那是什么人啊,岂能发现不了周衡的这个小动作。他盯着周衡问道:"老周,你说实话,这件事你和谢局长商量过,是不是?"

"也不是……"周衡支吾着,但后面的话是无论如何也编不出来了。

换成在其他人面前,他倒也不至于这么狼狈,他为人正派不假,但说几句瞎话还是能够从容自如的。可面前的人是唐子风啊,这是那种好糊弄的人吗?

"哈!亏我还一直觉得老周你是个厚道人呢。"唐子风叫嚷起来,"你刚才口口声声说要和我商量完了再去向谢局长汇报,其实你们早就商量过了,就等着坑我,是不是?"

"我就知道这事瞒不过你。"周衡悻悻然地承认了,随即又否认道,"我的确是和谢局长商量过,但绝对不是为了坑你,这一点你必须明白。"

"不是为了坑我,难道是为了培养我?"

"……的确是为了培养你。"

"老周,你对'培养'这个词,是不是有什么误解?"

"……"

"这几年,你们培养我还培养少了吗?每次都是让我去填坑,真以为我是蓝翔毕业的?"

"蓝翔?"

## 第二百六十四章 绝对不是为了坑你

"一家培养推土机司机的专业学校。"

周衡自知理亏,不敢再说话了。唐子风发了一通不着边际的牢骚,把一股怨气泄了个七七八八,倒也恢复了理智。他往后靠了靠,瘫坐在沙发上,对周衡说道:"说说吧,你和老谢到底有什么阴谋,全都交代出来。政策你是知道的,坦白从宽,抗拒从严,别怪我没给你们机会哦。"

"小唐,你是得理不饶人了是不是!"周衡忍无可忍地斥道,"越发没大没小了。以我和谢局长的岁数,当你爸都够了,你就用这样的口气对我们说话?"

"可我爸也不会坑我啊。"唐子风杠了一句,倒也不敢再这样装下去了,自己先笑了起来,算是弥补刚才的放肆。

他与周衡算是共过患难的,开个玩笑也不算什么。寻常时候,他也曾在周衡面前把谢天成称为"老谢",周衡纠正过他几回,后来也就放弃了。这一回,他是着实觉得周衡和谢天成不地道,所以才会有此表现,认真想想,的确是有些入戏太深。

周衡当然不会跟唐子风计较这些,他见唐子风服软了,便换了一副口气,说道:"这件事,说起来还是局领导的意思。滕机的情况,局领导也是了解的。不单是滕机,北甸的夏梁一机床、溪云的东吕机床、我们长化曲松的曲机,都面临着相似的情况。

"局领导判断,这些企业的情况,不是简单地换一两个厂领导就可以改变的,而是要全面地转变经营机制,这就意味着要对这些企业进行大换血。而大换血又是办不到的,局里无法找到这么多合适的人手,就算找到了,新旧班子的融合也是一个难题。

"所以,局领导准备转变思路,采取推动厂际合作的方法,先进带后进,由那些经营状况较好的企业,兼并重组落后企业,以便把先进企业的整体管理机制都复制到落后企业那里去。滕机这边,因为产品和临一机有一定的重合,而我又是从临一机过来的,所以局领导希望临一机能够兼并滕机,而且把这次兼并当成一个试点。如果试点成功,就继续推进其他企业之间的兼并。

"局领导也知道,临一机的大好局面来之不易,担心背上滕机这个包袱之后,会把临一机拖垮。尤其是你在临一机干得很出色,万一被滕机连累,对你来说,很不公平。所以呢,谢局长就让我先和你谈一下,听听你的意见再说。"

"我没意见。"唐子风干脆地说,"既然是局领导的意图,我还能有什么意见。

两个厂合并也好,老周你回来继续当厂长,我还是退回去当我的厂长助理,给你跑腿打杂,岂不是比现在这样舒服得多?"

"你说啥呢!"周衡不满地说,"局领导的意思很明确,那就是由临一机兼并滕机,届时滕机成为临一机的一个分厂,我依然担任分厂的厂长,服从你的管理。"

"老周,你想害我就真说。你服从我的管理,这不是存心想给我拉仇恨吗?"唐子风说。

周衡看着唐子风的表情,感觉他并非作伪。事实上,在唐子风的心里,一直都认为周衡资历深,人脉广,比自己的能力强,自己只有给周衡打下手的资格。他并不认为让周衡回来当厂长有什么不好,毕竟周衡已经是奔六的人了,还能干几年?唐子风的机会有的是,并不急于这一会。

看明白了唐子风的心思,周衡摇摇头,说道:"你的想法我明白,不过,局领导的意思也不是让我回去当厂长,充其量是让我给你提供一些支持。如果你觉得兼并滕机的方案可行,那么我肯定还是留在滕机,而滕机在一段时间内也只是充当临一机的生产车间,绝不会喧宾夺主。

"我留在滕机的任务,就是帮助临一机,尤其是帮助你维护好滕机的生产秩序,使临一机对滕机的兼并能够圆满完成。

"我今年已经58岁了,就算是多坚持几年,最多到63岁也得退下去了。局领导对你的期望是很高的,他们希望你能够尽快地独当一面。我如果回去当厂长,局领导此前对你的培养就前功尽弃了。等我退下去,再把你提拔上来,你的那些锐气说不定就已经磨平了。"

"这是你的想法,还是局领导的想法?"唐子风问。

"我不是说了吗,这是局领导的意思。"周衡说。

唐子风点点头:"这么说,局领导还真的是想培养我?"

"废话!"周衡又骂了一句,"你去问问看,哪个国营大厂里负责全面工作的常务副厂长有你这么年轻?局领导如果不是为了培养你,会去担这么大的风险?"

"那我就'谢主隆恩'了。"唐子风随便找了个方向,拱了拱手,算是对千里之遥的谢天成表示了谢意,做完这个欠揍的姿势,他对周衡说,"既然局里已经定下了这个方案,那我们也别讨论可行性了,直接说说怎么办吧。"

"正是如此。"周衡应道。

唐子风问:"滕机这边,还有谁知道这个方案?"

周衡说:"这个方案目前还没有向外透露,不过几个厂领导应当已经听到了风声,有些中层干部也向我打听过这件事。"

"你是怎么回答的?"

"我说我没听说过。"

"他们相信吗?"

"半信半疑吧。"

唐子风笑了,群众的智慧是无穷的,大家都不傻啊,这种关系到各人利益的事情,谁都会生出几个心眼来,而且你越是否认,人家就越相信这事是真的,这完全是无解的事情。

笑过之后,唐子风继续问道:"那么,大家对这件事,又是什么态度呢?"

周衡皱着眉头说:"大多数人,接受不了这种方式。有人私底下跟我说,如果是两个厂子合并,成立一个总公司,总公司的领导职位由两个厂子平分,那么大家举双手赞成。但如果是由临一机把滕机吃掉,让滕机给临一机当'二房',大家坚决不干。"

"那就拉倒呗!"唐子风冷笑道,"我还懒得'纳妾'呢。"

"这是什么话!"周衡说,"这是能够讨价还价的事情吗?"

唐子风说:"我可不是讨价还价,我是实话实说。滕机不想给临一机当'妾',临一机也不稀罕'纳'这个'妾',咱们两家八字不合,趁早各回各家。"

"什么意思?"周衡不解。如果他此前没说这件事是二局的安排,唐子风这样说也就罢了。现在唐子风知道这是局里的决定,还说这种话,就有点小孩子赌气的意思了。事实上,如果二局真的下了决心,唐子风这个副厂长是无权拒绝的,临一机又不是唐子风私人的企业。

唐子风嘿嘿一笑,说道:"老周,我的态度就是这个,坚决不要。你把我这话说给你们那些什么厂领导、中层干部去听,最好直接到厂广播站去广播,让大家心里踏实。"

周衡眼睛一亮:"你是说,欲擒故纵?"

唐子风把头摇得像个拨浪鼓一般："我没说，我不知道，别乱讲。"

他越是如此，周衡就越相信唐子风正是这个意思。他在心里盘算了一会，不禁也笑了起来，说道："你还别说，这个主意还真不错呢。"

## 第二百六十五章　纠结的滕机职工

"你们听说了吗,咱们厂要被临一机兼并了!"

一个骇人听闻的消息在滕村机床厂不胫而走,激起了无数的浪花。

"临一机?你说的是东叶省那个临河第一机床厂?"

"可不就是那个临一机吗?咱们周厂长原来就是在临一机当厂长的。"

"不会吧,临一机算老几,它还能兼并咱们?想当年,二局开群英会,咱们滕村可是坐前几把交椅的,临一机给咱们捡鞋都不够呢!"

"喊,你那是什么年月的老皇历了。知道吗,临一机去年做了5个多亿的产值,咱们滕机才多少,有1个亿没有?"

"5个多亿,我的乖乖,他们改行造航空母舰了还是咋的,生产机床能生产出5个亿的产值?"

"哼哼,你还不知道吧,当初临一机和咱们滕机的情况差不多,二局派老周去,一年扭亏,两年盈利。这几年,临一机的新产品一个接一个搞出来,赚的钱海了去了。现在人家工人一个月拿七八百块的工资,哪像咱们滕机,拿个三百块钱就乐得像是捡着宝一样。"

"可周厂长不是已经到咱们滕机来了吗,照你这么说,下一步咱们滕机也大有希望了?"

"这可不好说。临一机能做到的事情,搁在咱滕机可就不一定了。反正据我听到的消息,二局对咱们厂老不满意了,这不,就打算让临一机把咱们厂给兼并了。"

"凭啥呀!"有人不乐意了,"它产值高就了不起吗?咱们好歹也是五六十年的老厂,国家骨干企业,咱们兼并它还差不多,凭啥让它来兼并咱们?"

"对对,想让咱们给它临一机当孙子,妄想!"更多的人附和道。

先前传消息的那人呵呵冷笑:"各位,你们醒醒吧,现在不是咱们让不让人家兼并的事,是咱们周厂长求着人家兼并咱们,人家死活不干呢。"

"什么意思?周厂长为什么要求着人家兼并咱们,人家又干吗死活不干?"众人的好奇心被吊起来了,围着那消息灵通人士开始刨根问底。

"我听说啊,我声明,我都是听说的,如果不准,可别怪我。"消息灵通人士装腔作势地说,可看他那表情,分明就是在显摆自己神通广大,最起码也是能够参加二局党组会的那种。

"周厂长要退了,管不了咱们滕机了。所以,周厂长就找了他在临一机的老部下。对了,你们知道这个老部下是什么人吗?"

"什么人?"

"这人可神了。他叫唐子风,是人民大学的高才生,今年才27岁,可已经是临一机的常务副厂长了。你们可别小看这个常务副厂长,我告诉你们,二局没有给临一机配厂长,这个唐子风就是临一机主持工作的领导。"

"什么什么,27岁主持工作?你没搞错吧?"有人惊呼道。

国企职工对于领导级别这种事情是非常敏感的,大家虽然看不上临一机,但也知道临一机和滕机是平级的单位。在临一机主持工作,就相当于在滕机主持工作。滕机目前最年轻的厂领导也有40岁了,而且还仅仅是所有厂领导中地位最低的那位。而这位传说中的什么唐子风,居然能以27岁的年龄就在临一机主持工作,这是何方神圣啊。

于是,消息灵通人士少不得把唐子风做过的事情添油加醋地向大家转述了一遍,其中演绎的成分远远多于写实。众人听完之后,感觉这个唐子风基本上就是甘罗再世、霍去病重生。

"周厂长把唐厂长请过来,那就是'托孤'的意思啊。'托孤'你们都懂吧?"消息灵通人士继续装腔作势。

"不就是刘备在白帝城的那一出吗?"工人中有文化的人还是很多的,对于托孤这样的典故当然不至于不知道。不过,他们对于消息灵通人士使用这个典故却是大不以为然:

"刘备托孤,那是因为阿斗根本就扶不起来。周厂长不会觉得咱们都是一群扶不起的阿斗吧?"

"扶得起扶不起,可不好说。"消息灵通人士冷笑道,"最起码,如果周厂长退了,大家想想,厂领导里还有谁能挑起这根大梁?大家可别忘了,当年张厂长在

## 第二百六十五章　纠结的滕机职工

任的时候,咱们厂可是混到连工资都保证不了。"

此言一出,众人都黯然了。可不是吗,周衡来之前,滕机离破产也就是一步之遥了,每个月都是靠银行贷款才能发出工资,有时候还只能发个70%。周衡来了一年,大家的工资能够保证了。那么,万一周衡离开了,滕机会不会重新回到原来的状态呢?

周衡今年已经58岁了,再干两三年就得退休了。还有,人家原本就是部里的机关干部,没准退休前还要先回去落实个级别啥的。从这个意义上说,周衡随时都是可能要离开的。

"我听说,周厂长把唐子风叫过来,说要把滕机交给他,让他保证滕机不破产,全厂5000多在职职工和2000多退休职工的生活得到保障。"

"那么,唐子风答应了吗?"

"那是肯定的。唐子风可是周厂长一手培养起来的,比亲儿子还亲。周厂长开了口,唐子风能不答应吗?"

"可是,你刚才不是说临一机不想接收咱们吗?"有人质疑道。

消息灵通人士不满地说:"我还没说完呢!这唐子风是满口答应了,可临一机也不是他私人的厂子是不是?他虽然是主持工作的领导,但也要讲个民主集中制,是不是?这一民主集中,可就出岔子了……"

"你就别卖关子了,到底是怎么回事?"听众们受不了了,你这断章断得不是地方啊,大家还等着后面的情节呢。

"临一机要兼并滕机,这件事得临一机的厂领导班子集体同意才行,唐子风一个人说了也不算。他从滕机回去,召开厂务会一讨论,你猜咋的?临一机的厂领导全部反对!"

"凭什么呀!"听众顿时就炸锅了。我们还没答应让你们临一机兼并呢,你们临一机凭什么不答应兼并我们?你们把我们滕机当成啥了!

人的心态就是这样奇怪。如果临一机上赶着要兼并滕机,滕机的职工肯定是满肚子不高兴,甚至会联合起来抵制这种兼并。毕竟大家都是国营骨干企业的人,自己经营不善,生生被昔日的同伴给兼并了,众人脸上是磨不开的。

可现在听说自己还没表态,人家却先拒绝了,大家的心里又是另一番计较。人家拒绝兼并自己,那就是瞧不起自己呗。一个5000多人的大厂送到你嘴边去,你居然还不吃,这不是没拿自己当盘菜吗?自己就这么不堪?送上门去让人收,人家都不要。

"不要拉倒,咱们还不稀罕让他们兼并呢。"

"对,我们自己活得好好的,干吗要让人家兼并。"

有人便开始撂狠话了。

"咱们真的活得好好的吗?"另一拨人冷冷地反问道。

"也不算差吧?在整个滕村,咱们还是比上不足,比下有余的吧?"有人怯怯地给自己打着气。

"这你就满足了?"对方呛声道,"咱们滕机当年在滕村可是排第一的企业,整个滕村的姑娘都乐意往滕机嫁,倒贴钱都不在乎,可现在呢?"

"过去的事,就别提了……"

"就算不说过去的事,刚才老李不是说了吗,周厂长眼见着就到退休的点了,他万一走了,咱们怎么办?"

"你这意思是说,如果让临一机把咱们兼并了,咱们就能保证不比现在差?"

"这个,得问老李啊。"

大家于是重新把头转向那位被称为老李的消息灵通人士,等着听他对此事的解读。老李端起了架子,哼哼哈哈了好一阵,这才说道:

"周厂长卖了那么大的面子,去求自己过去的老部下,可不就是想给咱们滕机找条出路吗?我听人说了,唐子风当时向周厂长保证过,说如果临一机兼并了滕机,一年之内,让滕机全厂职工的工资上涨20%,两年涨40%,五年之内,让全厂职工的工资翻番。"

"他真有这个本事?"众人瞪大了眼睛,看着老李,同时在心里计算着工资翻番之后会是多少,自己的生活又能因此而发生什么样的改变。

"那唐子风是部里重点培养的干部,要不也不会让他年纪轻轻就主持临一机的工作。到了他这个地位,说出来的话,那是要立军令状的,办不到就会影响他的仕途,你说他能不办到吗?"老李少不得要向大家传播一点内幕信息,大家对于这种官场套路文还是颇感兴趣的。

"这么说,这事有门?"大家问道。

老李叹道:"这不被临一机那帮厂领导给搅黄了吗?本来唐厂长和周厂长答应得好好的,可回了一趟临河,就全变卦了。人家临一机发展得好好的,谁乐意背上咱们滕机这么一个包袱?唐子风对周厂长忠心耿耿不假,可他也拗不过其他的厂领导啊。"

"这些人，也太可恶了！依我看，都不是什么好东西！"

大家的愤怒都转向那些拖后腿的临一机厂领导，虽然他们并不知道这些人是谁，高矮胖瘦如何。大家只需要知道一点就足够了，那就是如果没有这些人作祟，临一机就已经把滕机兼并了……

咦，自己为什么要盼着厂子被别人兼并呢？

## 第二百六十六章 吃香喝辣

"黄总,我家老李把你教他的那些话,都在厂里说了。现在厂里可热闹了,大家都说,要去京城请愿,必须让临一机把我们滕机给收了,不收大家就不答应。"

滕村市中心,丽佳超市滕村旗舰店的店长办公室里,一名穿着超市工作服的中年妇女,恭恭敬敬地向坐在沙发上的一位少妇做着汇报。

做汇报的这位中年妇女名叫萧桂英,是丽佳超市滕村店的柜台经理。那位在滕机传播小道消息的"老李",正是她的丈夫。老李名叫李生泉,是滕村机床厂后勤处的一位科长,一向就以喜欢说三道四著称,人送外号叫"路透社",也就是经常会在路边透露各种情报的社会人。

坐在沙发上的少妇,正是丽佳超市的老板黄丽婷,她是前几天才从东叶过来视察工作的,这个店长办公室,也是她临时使用的。按照惯例,黄丽婷每次到滕村来,滕村店的店长就要把自己的办公室让出来给她用,自己则跑到别的房间去办公。

李生泉在滕机说的那些话,都是黄丽婷让他说的。有关唐子风的各种八卦,自然也是黄丽婷告诉他的,只是他自己又在此基础上进行了一些艺术加工,这就不是黄丽婷管得了的事情了。

对于黄丽婷安排自己到厂里去做宣传一事,李生泉是毫无怨言的。如果说滕机还有那么一些对临一机有好感的人,李生泉绝对是其中之一,而且是属于好感度偏高的那几个之一。李生泉对临一机拥有好感的原因,就在于他老婆是丽佳超市滕村店的员工,而且还是个小中层,拿着比滕村其他单位职工略高一些的工资。

萧桂英到丽佳超市上班,是周衡帮助安排的。此前她一直在厂里当家属工,因为滕机的经营效益不好,家属工其实已经无事可做,工资也有很长时间没

## 第二百六十六章 吃香喝辣

有发放了。周衡把一些职工的家属介绍到丽佳超市去,无异于给这些职工家里雪中送炭,也因此而获得了这些职工的感激。

萧桂英到了超市之后,因为脑子比较活络,做事也勤快,得到了黄丽婷的赏识,被提拔为柜台经理,同时也有了更多与黄丽婷接触的机会。正是从黄丽婷那里,萧桂英听说了有关唐子风和临一机的种种传说,回家之后又把这些话以枕头风的方式告诉了李生泉。在这两口子的心目中,唐子风是一个能够创造奇迹的天才,而临一机则是一个令人羡慕的人间天堂。

这一次,受唐子风的委托,黄丽婷想找几个人去滕机制造舆论,萧桂英两口子便成为她选定的对象。萧桂英听说有这样一个任务,立马打电话把丈夫李生泉喊来,接受黄丽婷的耳提面命。随后,李生泉便利用各种机会,在滕机职工中间大肆蛊惑,还真的产生了不小的影响,萧桂英此时就是来向黄丽婷表功的。

"真的?那可太好了,谢谢萧姐,也请萧姐代我好好谢谢李科长。"黄丽婷笑吟吟地说着客气话。她是一个很善于做人的人,即使对萧桂英这种下属,也是谦恭有加的。

"瞧黄总说的,这不都是举手之劳的事情嘛。"萧桂英笑得很灿烂,"再说,我家老李说了,如果临一机真的把我们滕机给兼并了,大家都能跟着唐厂长吃香的、喝辣的,不比现在强得多?滕机有些人的脑子就是个榆木疙瘩,都什么年月了,还想着装大爷呢,活该他们受穷。"

"跟着唐厂长就能够吃香的、喝辣的?"黄丽婷把头转向对面沙发上坐着的一位年轻男子,笑着说,"子风,你听到没有,滕机的职工对你期望很高呢。"

"啊?"

没等那男子说什么,萧桂英已经把一束目光投向了他,这目光中先是有一丝狐疑,继而就变成了惊愕。

"你就是唐子风唐厂长?"萧桂英以手相指,不敢相信地问道。

"嗯嗯,我就是唐子风。"那男子温和地笑着应道。

"哎呀!"萧桂英一拍大腿,做出一个惊喜交加的模样,"我说今天出门眼皮直跳呢,原来是要见贵人啊!唐厂长,你可不知道,我和我家老李,对你那个佩服啊,那那那……那都是没说的了!"

她原本是想转一句什么词的,话到嘴边又想不起来了,只能化成一句"没说的"。不过,她说自己佩服唐子风,倒还真不是假话。她不懂什么企业管理的事情,但她却从别人那里听说过,黄丽婷当年开超市,就是由唐子风手把手教出来的。

丽佳超市有多牛,萧桂英是知道的。黄丽婷此前不过是一个和她一样的家属工,几年时间就成了这么大的老板,那么,作为黄丽婷人生导师的唐子风,还不值得萧桂英夫妇五体投地吗?

"萧姐太高抬了。"唐子风学着黄丽婷用的称呼,淡淡地说,"我哪是什么贵人,也就是一个普通人罢了。"

"您绝对是贵人。"萧桂英来了劲头,手舞足蹈地说,"我听我家老李说了,当初临一机和我们滕机一样,也是发不出工资,好家伙,就是因为唐厂长去了,那生产啥的,嗖嗖地往上蹿。听说现在临一机的工人一个月都能拿七八百块钱工资了,是不是这样?"

唐子风说:"七八百只是基本工资吧,加上奖金,一个月拿不到一千五的,在我们厂里都是要被人笑话的。"

"哎呀!哎呀!瞧瞧!瞧瞧!"萧桂英感叹连连,用以抒发自己的震撼。如果说她先前对唐子风的恭维多少有几分虚伪,这一会就完全是真情流露了。一个月一千五的收入,那是一个什么概念啊!

这样的收入,放到京城或者浦江那样的大城市去,或许不算什么。搁在明溪、井南那种发达省份,也就是略高于平均水准而已。但长化是什么地方,在这里一个月能挣四百块钱就已经算是好工作了,滕机也是在周衡来当厂长之后,才有了一个月三四百元的工资保障。唐子风轻描淡写地说临一机的职工拿不到一千五会被人笑话,这简直就是赤裸裸的炫富啊,让人怎能淡定!

"萧姐,你刚才说,如果临一机兼并了滕机,大家就能够吃香的、喝辣的,这个我可真不敢给你保证。现在兼并这事还悬着呢,你也跟李科长说说,让他别抱太大希望,要不万一未来弄不成,不是徒增烦恼吗?"唐子风说。

"怎么就弄不成了?"萧桂英满脸义愤,当然这义愤并不是冲唐子风来的,她说道,"是不是黄总跟老李说的那个,就是你们临一机的厂领导不同意兼并这事?唐厂长,你就不能帮着我们说说话,就算不是帮我们滕机,好赖我们周厂长也是你的老领导不是?对了,周厂长原来也在临一机当过厂长的,你们那些厂领导,不也是周厂长的老部下吗?"

"周厂长的面子,大家肯定是要给的。"唐子风说,"不过,我们一些厂领导的担心,也是有道理的。萧姐,你说说看,如果我们临一机的干部跑到滕机去发号施令,你们厂的干部职工,能听他的吗?"

"怎么不听!反了他们了!"萧桂英下意识地说了一句,随即便哑了。厂里那些职工的德行,她是很清楚的。大家都有一种"老子天下第一"的良好感觉,让他们听临一机干部的差遣,只怕不少人是要犯别扭的。

李生泉这些天在厂里放风,厂里职工的反应也是各不相同。有人觉得如果被临一机兼并了能够让自己的收入增加一些,那么勉为其难地让对方兼并也行,还有人就是一副"老子不差那点钱"的样子,虽然这些人平时为了几毛钱的加班费都能打架。

"所以啊,这件事我现在也很为难。"唐子风看出了萧桂英所想,直接就来了一个"所以",中间的论证是完全可以省略掉的。

"那么,唐厂长,您是希望我们怎么做呢?"萧桂英问道。

唐子风把手一摊,说道:"这个我可真没想好,这不,我就来向黄总问计了。周厂长那边,也是快要回部里去的人了,在滕机待不了几天。如果周厂长离开了,滕机这边的事情,我可就真的插不上手了。"

"别啊!唐厂长!"萧桂英真的有些急了。周衡如果离开了,滕机只怕连现在的局面都维持不住,这就意味着李生泉的收入要打折扣了。她甚至还想到了另一个可怕的结果,那就是周衡一旦离开,说不定丽佳超市也得撤走,那么她现在的工作也要丢掉了,这一家人就真的只能喝西北风了。

"萧姐,你回头还是让李科长在厂里多打听打听,听听厂里职工们的想法。好了,我和唐厂长还有一些事情要谈,要不,萧姐你就先忙去吧。"

黄丽婷下了逐客令,萧桂英只能悻悻然地离开了,临出门之前,还向唐子风送来一个幽怨的眼神。

# 第二百六十七章　没有对比就没有伤害

看着萧桂英离开，黄丽婷起身去关上了办公室的门，然后坐回到沙发上，向着对面的唐子风笑道："子风，你这是打算继续吊着他们啊，你就不怕他们真的不跟你们合作了？"

唐子风微微一笑，说："不合作就不合作呗，我怕个啥？二局那边也只是提出一个意向，最终的决定权还是在我这边的。如果滕机真的不争气，二局也不可能为了一个滕机再搭进去我们临一机的。"

"可是，周厂长那边，你怎么交代？"

"也没啥交代不交代的，滕机这些职工的心态不改变，周厂长也不会同意临一机贸然介入。临一机总共才不到 7000 人，要背上滕机这 5000 多人的包袱，周厂长也会斟酌一下的。老周毕竟也是临一机出来的，他会眼睁睁看着临一机往火坑里跳？"

"倒也是。"黄丽婷点了点头。临一机兼并滕机这件事，与她没什么关系，她也只是受唐子风的委托帮点忙而已，具体到临一机要不要兼并滕机，用什么方法去兼并，她就没必要多操心了。有些事情，唐子风也不可能和她商量。

"黄姐，你这边，未来可能还得帮我做些事。我在滕村这边没有任何一点基础，丽佳超市就是我最大的倚仗了。"唐子风说。

"瞧你说的，自己人之间，还说什么帮不帮的。"黄丽婷嗔怪地白了唐子风一眼，说道，"你要我这边做什么，直接吩咐就行了。姐这个人都是你的，你还客气个啥。"

唐子风假意地伸手去擦额头上的汗："黄姐，你这话可太有歧义了，万一传出去，我怕蔡工会拿着大砍刀追杀我 500 里呢！"

黄丽婷嫣然一笑，说："他才不会呢。谁不知道你唐厂长是正人君子。如果换成韩伟昌，老蔡还真的不放心呢。"

## 第二百六十七章 没有对比就没有伤害

唐子风笑道:"怎么,老韩的名声已经这么坏了吗,我怎么不知道?"

黄丽婷说:"谁敢告诉你啊,厂里谁不知道韩伟昌是你的得力干将,他自己也这样说,所以他有点什么事情,大家都不会跟你讲。

"其实嘛,这种事情,大家也只是私下里互相传,都说韩伟昌肯定在外面花天酒地,但谁也没什么证据。我开了几年超市,也算是对社会上的事情了解一些了,像韩伟昌这种跑业务的,有权力,还有钱,在外面没点名堂才奇怪呢。不过,他回到厂里的时候,还是挺本分的,孙师傅对他管得严着呢。"

"这就叫水至清则无鱼吧。"唐子风说,"这件事,周厂长上次也提醒我了,看来我真的得和老韩谈一谈了。"

这个话题,大家也只能是点到为止。说起来,黄丽婷这样贬损韩伟昌,肯定是不合适的,她是个聪明人,当然知道说话的分寸。

"兼并滕机的事情,如果最终办不成,也就罢了。如果真的要兼并滕机,滕机至少有 1500 名冗余人员,对他们的安置就是一个很大的问题了。黄姐,你对此有什么好建议吗?"

唐子风把话头引回到了正题上,向黄丽婷询问道。

黄丽婷说:"我能有什么好建议?不外乎就是子风你过去在临一机搞过的那一套。我看张建阳当初做得就挺不错的,那不都是你给张建阳出的主意吗?"

唐子风说:"当初临一机裁撤冗员,的确是我在操作。但滕机的情况和临一机又有不同。临一机在临河,临河的经济情况总体来说还是不错的,也素有商业传统,我们组织那些裁撤下来的职工做点小买卖,也能做得不错。"

"可不是,汪盈搞的搬家公司,现在就红火着呢。她到处说是你唐厂长指导有方,说要找机会感谢你呢。"黄丽婷笑着举了个例子。

汪盈当初可是临一机裁撤冗员时候的一块绊脚石,为了把她搬开,唐子风没少花心血,还搞了不少"阴谋"。汪盈被安置到劳动服务公司之后,阴差阳错地与其他被裁撤下来的职工合开了一家搬家公司,凭着她出色的口才,愣是把业务做得风生水起,现在已然是临荟公司旗下非常赚钱的产业之一。

汪盈从搬家公司获得了不少分红,也成了临一机"先富起来"的一员。有了钱,又有了属于自己的事业,汪盈的心态改变了许多,不再是过去那个人见人怕的刺头。回想当初唐子风把她安排到劳动服务公司去待岗的过程,她非但没有恨意,反而觉得这是给自己创造了机会。于是,她在心里对唐子风充满敬意,还

033

经常在别人面前说是唐子风给了自己生命中的第二次机会。

唐子风呵呵一笑,并不接黄丽婷的话,而是继续说道:"滕村这个地方,和临河不一样。一是经济发展情况差,没有太多的商业机会。另一点就是滕机的职工缺乏经商能力,要让他们像临一机的人那样去做小生意,只怕是不太容易。"

黄丽婷深有感触:"子风你说得对。我也觉得,滕村人做生意的意识太差了,就是我这超市里的职工,对待顾客也是一副爱理不理的态度。我原本还担心他们这样会得罪顾客,后来我到其他商场去转了一圈,发现各家商场的职工都差不多,我们丽佳超市的职工还算是热情的呢。"

"这就叫没有对比就没有伤害啊。"唐子风无奈地笑道。

"依我看,指望这些人自己创业做生意是没希望了,最好就是能够直接给他们安排点工作,让他们去做。"黄丽婷献计道。

"可是,给他们安排什么工作呢?"唐子风问。

黄丽婷笑道:"这个我就不知道了,子风,你是了解我的,我开这个超市都是你教的,我哪敢给你出主意啊。"

唐子风说:"黄姐,你就别谦虚了,你可是我见过的最有天赋的商人。超市这种形式,也就是你过去没见过。但凡你见过一眼,就根本不需要我说什么,你自己就能做得很好了。"

"我可没这个能耐。"黄丽婷娇声说,说罢,她又换了个表情,认真地说,"子风,我觉得,光靠咱们俩在这想,肯定是想不出什么好办法的。要想解决滕机分流出来的职工,必须引入一些新的企业。

"就像我们这个丽佳超市,开一个分店就能够安置100多人。如果你能够找到十几个像我们丽佳超市这样的企业,让它们到滕村来开分店或者办分厂,不就可以解决你说的1500人的安置问题了吗?"

"你说得对。"唐子风说,"东北振兴是国家战略,想必国家各部委都是要提供一些支持的。等我下次回局里的时候,向局领导提一下,让二局出面,给我们协调一些企业到滕村来,最好是那种劳动密集型的企业,便于安置职工。"

"这件事,你其实没必要太着急。"黄丽婷说。

"怎么……?"唐子风有些不解。

黄丽婷笑道:"你可以一步一步地来。先让那些职工在厂里待岗,发50%的工资,让他们体会一下没钱的滋味。耗上一年半载的,等到有企业想招募他们

## 第二百六十七章 没有对比就没有伤害

的时候,他们就知道珍惜了。"

"哈,你这个主意也太损了吧?"唐子风笑了起来。要说,黄丽婷的这个建议,与他目前正在对滕机采取的策略是一脉相承的,那就是欲擒故纵,先断了对方的希望,让对方陷入困境,然后随便扔一根稻草,对方就会拼命地抱住不放了。

"子风,我真不明白,滕机的事情,你这么操心干什么。"说完正事,黄丽婷幽幽地埋怨道,"你刚才也说了,如果你不愿意,二局也不可能强迫你的。依我看,你能够把临一机搞好,功劳已经很大了,何必自己再找一个麻烦背到身上呢?"

唐子风耸耸肩膀,说道:"这或许就是天生的劳碌命吧,功劳不功劳的,我倒是没多想。周厂长找到我头上了,我就想着还是尽量做好。再说了,黄姐,你现在不是在拼命地扩张分店吗,你说你图个啥?"

"我是在给自己赚钱啊。"黄丽婷理直气壮地说,随即又补充道,"这里面也有子风你的钱呢。"

唐子风说:"可是,你现在赚的钱,已经足够你和蔡工过上土豪一样的生活了,你还有必要这么拼命吗?"

"我不要给我儿子攒点钱?现在娶个媳妇容易吗?"

"以你现在的身家,想给你当儿媳妇的女孩子,可以从临河排到滕村了吧?"

"也没那么多……"黄丽婷笑了。其实,她的儿子还远没到需要考虑娶媳妇的时候,连谈恋爱都属于早恋,她说这个理由有些超前了。她说:"我可能是穷怕了,赚多少钱都不嫌多。眼看着有赚钱的机会,如果不去赚,就觉得对不起自己。"

唐子风说:"这不就得了。说到底,就是一个习惯问题。我也是习惯了,总觉得一件事可以做好,如果我不去做,就是一个遗憾。滕机有这么好的基础,如果看着它就这样破产、倒闭,最终变成一堆废墟,我心里是过不去的。"

# 第二百六十八章 大人见面

唐子风在滕村待了几天，了解了一下滕机以及滕村市各方面的情况，然后便离开了。离开之前，他与周衡商定了一个方案，基本思想就是继续进行舆论引导，给滕机的职工施加一些压力，让他们感觉到只有并入临一机才是滕机的出路。

滕机有5000多职工，这些人的思想当然不可能是完全一致的，有些职工对于企业被兼并一事没有太多的抵触，另外一些职工则完全不能接受。唐子风和周衡要做的，就是让这两类人充分碰撞，让前者去说服后者，或者至少压制住后者的气焰，从而为未来的兼并创造出一个更好的氛围。

为了达到这个目的，唐子风还交代周衡要减小一些开拓市场的力度，甚至可以放出一些风声，说他自己可能要离开滕机。这样做，可以让滕机的职工感觉前景堪忧，于是就会萌生出寻找救命稻草的想法。

所谓"傲气"也罢，"傲骨"也罢，说到底就是还没到山穷水尽的程度。大家觉得日子还能过得去，自然不愿意屈居人下。如果周衡真的离开了，滕机再度滑向崩溃的边缘，大家就没那么矫情了。

这种思想上的变化，当然不是一朝一夕能够完成的，需要给滕机职工足够的时间，让他们去讨论、去思考。唐子风相信，面对着残酷的现实，他们肯定会做出正确选择的。

从滕村出来，唐子风先回了京城。现在京城对于唐子风来说，已经是一个非常重要的中转站了。他父母已经在京城定居，女友在京城上学，苍龙研究院和机二〇秘书处在京城也有办事机构，更不用说机械部也在京城，于公于私，他都是需要经常到京城转一转的。

"这次回来，能在家住几天啊？"

在京城的家中，母亲许桂香一边帮唐子风收拾着出差带回来的脏衣服，一边问道。

"能住个三四天吧,我得回一趟部里,还有几个客户那边也要去拜访一下。"唐子风含含糊糊地回答道。他嘴里塞满了东西,面前的大海碗里盛着热腾腾、香喷喷的鸡汤。

听说他今天回来,许桂香提前炖好了一只老母鸡等着他,里面还放了什么党参、枸杞啥的,极其滋补。虽然唐子风走到哪里也不缺吃的,但有一种营养不良,叫作妈妈觉得你营养不良,但凡唐子风在家的时候,许桂香都要大鱼大肉地对他进行投喂,生怕他吃得不好。

"找个时间叫文珺一起到家里来吃顿饭吧?过完年到现在,我还没见过她呢。"许桂香笑呵呵地说道。

在外人以及唐子风的父母看来,唐子风与肖文珺的关系是不言而喻的。唐子风来京城的时候,偶尔会带肖文珺回家来吃顿饭。遇到唐子风有很长一段时间没回京城时,肖文珺也会主动过来看看,陪他父母聊会天。老两口早已把这个姑娘当成自家的准儿媳了,唯一的悬念只是二人打算什么时候领证办事。

而事实上,唐子风与肖文珺之间,却一直都维持着一种若即若离的状态。照肖文珺的室友刘熠丹、董霄的说法,这两人之间就是柏拉图式的爱情,心心相印,却谁也不率先挑破这层窗户纸。

有时候,唐子风自己也觉得挺可笑的,俩人都已经处到这个程度了,却还要装出一副相敬如宾的样子,这是哄谁呢?

究其原因,或许是俩人都很享受现在这种朦胧的感觉,谁也不想去破坏这样的情调。其实,这俩人都是极其聪明的,彼此的心思都能看得清清楚楚,语言对于他们来说只是用于讨论技术问题的,感情上的事情,一个眼神就足够了。

听到母亲的要求,唐子风抬起头来,笑着说道:"妈,我还真打算跟你说呢,明天文珺的父亲要到京城来出差,我和文珺约好了,明天两家人在一起吃顿饭。咱们也别在家里吃了,我让人订了亚运村的全聚德,咱们上那吃去。"

"什么?文珺的爸爸来京城了!"许桂香惊喜交加,"这么说,明天就是两边的大人见面了?对了,她妈妈来了没有?"

"她妈妈来干什么?"唐子风说,"她爸爸是来出差的,大家只是顺便在一起吃顿饭。"

"这种事能顺便吗!"许桂香斥道,旋即又开始盘算起来,"不行,亲家第一次见面,照规矩,咱们这边是要包个红包的。如果是在乡下,包个880块钱就可以了。现在咱们是在城里,亲家又是个总工程师,我觉得应该包个8800,你觉得怎么样?"

唐子风笑着说:"8800哪够啊,照咱们家的家底,得包个88000才行呢!"

"88000啊……"许桂香认真地思考起来,她点着头说,"你说得也有道理。你看哈,文珺是清华大学的博士,你才是一个大学生,算是高攀人家了。亲家是个领导,又是个大科学家,你爸爸和我都是农民,咱们也有点配不上人家。所以呢,咱们包钱如果包少了,怕人家挑咱们的理。"

"你不会是当真了吧?"唐子风目瞪口呆。他原本只是想调侃一下,孰料母亲还认真起来了。细想一下也对,他是家里唯一的男孩,家里也就娶这一次儿媳妇,父母肯定是会极其隆重地予以对待的。

别看现在他家的资产已经有好几千万,可父母依然觉得面对肖明这个高级工程,有些自惭形秽。

觉得自己与对方存在差距,那么就只有用钱去填平了。唐子风随口说需要包一个88000的红包,许桂香还就当真了。她也不想想,88000的现金是多大的一摞,如果她把这么一摞现金拍到肖明的面前,肖明不吓傻了才怪。

"妈,你想多了。"唐子风哭笑不得,"老肖也就是一个普通人。这两年我到五朗也去过好几次,和老肖在一起吃饭也不止一次两次了,你们真的没必要这样紧张,就当是平常亲戚见面就可以了。"

"有你这样当女婿的吗!"许桂香恼了,随手扯下一只袖套,在唐子风后脑勺上抽了一记,骂道,"什么老肖,那是你老丈人,你也得叫爸的,别一天到晚没大没小。"

"这是他让我叫的好不好!"唐子风捂着脑袋抗议道,"妈,你儿子现在也是一家国营大厂的常务副厂长,到他们17所去,那也是得他们所长亲自出来接待的,老肖都只能算是在旁边作陪的。"

唐子风这话就有点吹牛了。他最初一次去17所的时候,在肖明面前的确是有点没大没小,喝酒喝到兴头上也曾拍过肖明的肩膀,与肖明称兄道弟。但后来他与肖文珺的关系越处越近,再见到肖明就不敢太过放肆了。

这两年,他去过好几次17所,也应邀到肖明家里去吃过饭,接受了丈母娘的检阅。肖明对他的最初印象不算特别好,这当然也是受了秦仲年的影响。但后来，肖明对他就越看越顺眼了。尤其是当唐子风被任命为临一机的常务副厂长并主持工作之后，肖明对于这个准女婿就越发地放心。在肖明看来，组织的眼睛是雪亮的，既然组织上能够对唐子风委以重任，就说明这个年轻人的才能和品德都是过关的，他又有什么理由不喜欢这个年轻人呢？

在 17 所的时候，唐子风当着其他人的面，管肖明是叫肖总工，私底下则一口一个肖叔叔，叫得倍儿甜。"老肖"这个称呼，唐子风只敢在背后说说，纯粹就是为了过过嘴瘾。

许桂香不知道这些情况，她嗔道："那是工作的时候，现在是家里大人见面。你是不是打算见面的时候也叫你丈人老肖？"

"这倒不至于，文珺在旁边呢，怎么也得给她留个面子吧。"唐子风低声嘟哝道。

"算你聪明。"许桂香没好气地说。

唐子风说："妈，称呼的问题，我就听你的。但红包这件事，你可千万别包，你会把我丈人给吓跑的。我丈人是个老实人，不懂这些人情世故的。其实呢，我给他闺女找了那么多活干，挣了那么多钱，我丈人丈母娘在五朗的房子，相当于是我给他们买的，你说你还需要包什么红包呢？"

"挣钱归挣钱，亲家第一次见面，男方包红包，是我们那边的规矩，不给不太合适……"许桂香讷讷地说。唐子风说得那么肯定，她也不便坚持了，谁知道这城里人是什么脾气呢，万一人家真的不喜欢这一套，自己非要给人家递红包，倒反而让人家尴尬了。

包红包的计划被否定了，许桂香便开始琢磨其他的礼仪。她紧急打电话把正在公司上班的唐林叫回来，向他通报了此事。接着，老两口便像没头苍蝇一样忙活起来，又是准备礼品，又是找合适的衣裳，一边忙着还一边紧张地讨论着与准亲家见面时候该说些什么，又该如何说，甚至微笑的时候应当露几颗牙都做了详尽的预案。

"你们自己折腾吧，我还是先去趟公司再说。"唐子风受不了这老两口的兴奋劲，拎着包便出门了。

## 第二百六十九章 当年播的一颗种子

双榆飞亥公司这两年业务规模不断扩大，固定员工已经增加到了200多人，有了专门的策划部、销售部、编辑部、美工部等部门。人数多了，加上名气也大了，公司自然不能继续窝在六郎庄那样一个城乡接合部。去年，公司正式迁出六郎庄，在知春路一幢颇有些档次的写字楼里租了整整一层，足有2000多平方米，看上去很有点大公司的气魄了。

唐子风坐电梯来到公司所在的楼层，掏出门禁卡刷开公司大门，前台小姑娘已经小跑着上前来招呼了："小唐总，您来了？唐总回家去了，王总和小王总都在，要不要我给您通报一下？"

唐子风原来在公司是被称为唐总的，但自从他让父亲唐林到公司来当董事长兼副总经理之后，"唐总"这个称呼便归唐林所有了，他自己只能被称为"小唐总"，这也是许多家族企业里常见的情况了。至于说王总和小王总，后者是指唐子风的同学兼合作人王梓杰，前者则是王梓杰的父亲王崇寿。

王梓杰最近已经洗心革面，准备冲击教授职称了。唐子风在临一机也已进入角色，很少有时间关注自己的公司。目前，公司的日常管理正是由唐林和王崇寿二人负责的，这俩人都是农民出身，管理双榆飞亥公司这个以出版为主要业务的公司，其实是有些吃力的。

所幸唐子风和王梓杰在前期已经为公司铺好了路，有几位前期就参加公司经营的员工如今也已经成长起来，能够独当一面。两位老人只需要当好儿子的传声筒，日常盯着公司的财务，以免外人损公肥私，这些事情，他们是完全能够干好的。

唐子风来公司的次数不多，但前台小姑娘却知道，他和"小王总"才是公司真正的老板，老唐总和老王总不过是"傀儡"而已。同样都是老总，该对哪个老总更殷勤，小姑娘是拎得清楚的。

## 第二百六十九章 当年播的一颗种子

"不用了，我自己过去就可以了。"唐子风谢绝了小姑娘的好意，然后还是颇有领导风范地赞了一句，"小刘，精神状态不错嘛，要继续保持哦。"

"谢谢小唐总。"小姑娘甜甜地笑着，露出四颗门牙。

唐子风先去了王崇寿的办公室，给他送去一盒从滕村带回来的松仁酥，与他说笑了几句，这才告辞出来，来到王梓杰的办公室。

王梓杰的办公室里，除了王梓杰之外，还有另外两个年轻人，看上去也就是二十三四岁的模样，脸上还带着一些校园里的稚气。看到唐子风推门进来，王梓杰端坐在办公桌后面，只是笑了笑，两个年轻人却是齐齐地从沙发上站起来，向唐子风微微弯腰致意，其中一人嘴唇动了动，似乎是想向唐子风打个招呼，却又怕喊错了人。

"这就是唐总。"王梓杰给他们做着介绍。

"唐总好！"两个人这才齐声向唐子风问候。

"坐吧。"唐子风向二人摆摆手，然后自己先在他们对面的一把椅子上坐了下来。

两个年轻人也坐下了。王梓杰继续做着介绍："子风，这位是郭晓宇，那位是张津，我在电话里跟你说过的，听说你今天过来，我就把他们约来了。"

唐子风向二人笑着说道："二位好。虽然是三年前的事情了，我还是得向你们表示感谢，没有你们辅导，我妹妹是不可能考上重点大学的。"

"唐总太客气了，这都是我们应该做的！"叫郭晓宇的那位赶紧客气道。

"是啊，主要是唐同学自己基础好，我们没做什么。"张津也说道。

三年前，唐子风的妹妹唐子妍面临高考。考虑到老家的中学教学质量差，唐子风把唐子妍带到了京城，让王梓杰帮他找了几位名牌大学的高才生，对唐子妍进行一对一辅导。这几位一对一的老师能够成为高才生，自然是有一套学习技巧的，唐子妍在他们的辅导下，成绩提升很快，高考爆了个冷门，考上了华中理工大学的自控系。

唐子风在这件事情上很大方，给几位辅导老师的报酬都是按小时结算的，每人拿到了好几千元，这对于当年的大学生来说，是一笔非常大的外快了。

郭晓宇和张津二人，就是当初辅导过唐子妍的两位学生。郭晓宇在北大就读，张津在清华就读，都是人中龙凤。其他学生拿到报酬，便欣欣然地吃大餐、买奢侈品去了，这俩人却是从中得到启发，在校园里创业，办了一家专门为高考学生提供"一对一"辅导的培训机构。

郭晓宇和张津创业之初,手里只有唐子风付的几千元报酬,这些钱用来租场地、打广告显然是远远不够的。于是,二人便找到王梓杰,提出希望与双榆飞亥公司合作。

王梓杰请示了唐子风之后,答应了二人的合作要求,由双榆飞亥公司出资20万元,获得了培训机构40%的股权。

唐子风答应与郭、张二人合作的原因,在于他知道这种"一对一"的培训机构在后世发展得不错。他不知道现在开展这样的业务是否也能成功,但既然对方要的投资并不多,他也就没必要拒绝了。

这种投资,完全就是风险投资,投错了,损失也就是区区20万,唐总赔得起。而万一成功了,收益将是十倍甚至百倍,何乐而不为呢?别的不说,就冲郭、张二人的学历,拿出去也值20万的。

因为原本也不是什么大投资,唐子风在交代王梓杰之后,便把这件事忘至脑后了,这几年也不曾问过此事,更不用说与郭、张二人见面。今年年初,唐子风看公司报表的时候,意外地发现有一家名叫"思而学"的公司向双榆飞亥公司上交了10万的分红,再一打听,才知道是当年随手扔的一颗种子结出桃子来了。这一回,他便专门交代王梓杰,把郭、张二人请到公司来,他要与对方见面谈谈。

从王梓杰那里,唐子风知道郭、张二人的创业历程颇为艰难,付出的代价也不少。两个人都是在校大学生,平时学业负担挺重,为了创业,二人没少努力。

不过,二人的付出也有丰厚的回报,去年思而学公司的营业额达到150万元,扣除房租、老师工资等成本,净利润达到40多万。二人请示王梓杰之后,决定拿出25万元用于分红,双榆飞亥公司占40%的股权,因此获得了10万元的分红款。

10万元对于双榆飞亥公司来说,几乎是微不足道的。王梓杰此前曾表示,暂时不需要分红,这些钱留给思而学公司作为扩大再生产的投资即可。但郭晓宇坚决说,自己拿了双榆飞亥公司的投资,好几年都没给公司上缴过分红,容易被人说闲话。既然思而学公司今年盈利较多,分一次红也是应当的。

"你们马上就要毕业了,毕业以后是打算继续经营这个公司吗?"唐子风问。

郭晓宇说:"那是肯定的。其实我和张津最初办这个公司的时候,就已经想

## 第二百六十九章 当年播的一颗种子

好了,就算这个公司没办成,以后我们俩肯定也是要下海,不想去过那种朝九晚五的生活。"

"其实办公司是一个不错的选择。"唐子风说,"你们选的这个方向挺好的,中国的家长在子女教育方面是舍得花钱的,只要你们能够提供一流的服务,不愁赚不到钱。"

"谢谢唐总的鼓励。"二人一齐应道。

大家又扯了一会闲话,唐子风话锋一转,对二人问道:"小郭,小张,我想问问,你们除了做高考辅导之外,有没有想过做其他的培训呢?"

"其他的培训?唐总是指什么呢?"郭晓宇看着唐子风问道。

以郭晓宇和张津的聪明,其实早就猜出唐子风专门约他们过来,肯定不是为了跟他们闲聊,而是另有其他的事情。不过,在唐子风提起之前,二人都不会主动发问,这是一个谈判技巧问题,二人在出门之前就已经商量过了。现在,唐子风终于转入正题了,郭晓宇的心怦怦地跳着,但脸上的表情非常平静。

# 第二百七十章　独门技巧

郭晓宇和张津都是学霸出身,他们各自的班上都有那种每年拿奖学金的同学,他们对这些同学向来都不屑一顾,觉得自己在公司挣到的钱,比学校里最高级别的奖学金还要高得多,谁更有本事,不是一目了然的吗?

然而,在二人心目中,却有一个人是他们必须要仰视的,这个人就是传说中的唐子风。

郭晓宇和张津都在双榆飞亥公司打过工,对于双榆飞亥公司的起家过程有所耳闻。双榆飞亥公司最早做的那些工具书,以及后来开发的《高考全真模拟》,都让二人叹为观止。以他们的智商,要开发出类似的图书当然并不困难,但他们自忖想不到这样的点子,因此对于能够想出这些点子的人,自然是满心佩服的。

经过一番打听,他们终于知道双榆飞亥公司的核心人物并不是他们认识的王梓杰,而是远在临河的唐子风。在给唐子妍做一对一高考辅导的时候,他们还遇到了代替唐子风来给唐子妍当监护人的肖文珺,从肖文珺那里,郭晓宇和张津听说了唐子风的更多事迹,从而又强化了对唐子风的膜拜。

二人创办思而学公司,搞一对一培训,便是剽窃了唐子风的创意。一开始,他们觉得办个公司挺容易,这种感觉的来源,主要便是看到双榆飞亥公司的成功。毕竟,唐子风办双榆飞亥公司的时候,也不过就是大学刚毕业,唐子风能够做到的事情,他们又有什么理由做不到呢?

但真到把公司开办起来之后,二人才发现做一家公司并不那么简单。如何开拓市场,如何稳住客户,如何激励雇来当老师的那些大学生,都不是容易的事情。两个人跌跌撞撞干了两年多,公司总算是盈利了,但相比双榆飞亥公司的业绩,他们那点盈利简直不值一提。这种残酷的对比,更让他们觉得唐子风高深莫测,非自己所能比。

这一次，唐子风专门邀请他们二人到公司来谈事，事先二人便对唐子风可能谈的事情进行了一番分析。他们认为，唐子风要见他们，很大可能是看中他们的能力，想与他们开展更深入的合作。毕竟，作为两名在校大学生，他们做出来的业绩也还是可圈可点的。

事实上，郭晓宇和张津在此前坚持要给双榆飞亥公司分红，也存着显示一下态度的想法。他们拿了双榆飞亥公司 20 万元的启动资金，在长达两年多的时间里，唐子风居然对他们不闻不问，这让他们的内心很是受伤。二人都认为，应当通过分红这种方式，提醒一下那位素未谋面的唐总，至少让唐总对公司的经营做一些点评，以便他们未来做得更好。

如今，唐子风果然谈起了经营问题，而且一张嘴就是询问他们想不想做其他方面的培训，这不说明唐子风有新的思路想要提点他们吗？虽然他们现在还不知道唐子风要说的是金点子还是馊点子，但至少是一个机会吧。

自家人知道自家事。思而学公司的"一对一"高考培训，在郭晓宇和张津的同学们看来，可谓是做得红红火火，"钱途"无量。最起码，一年 40 多万的盈利，就足以让一群在校大学生眼红。但他们二人却清楚，这项业务快到天花板了，如果他们不能开拓出新的业务方向，仅仅局限于"一对一"培训，前途是非常灰暗的。

高考培训的对象自然都是高三学生。高三学生平时是要上课的，晚上还有自习课，能够抽出来接受"一对一"的时间非常有限。除了寒暑假之外，思而学公司的培训课只能集中在周末，或者是晚上 9 点以后的很短一段时间。培训时间过于集中，就意味着教室资源、老师资源都要集中使用，忙的时候忙死，闲的时候闲死，这是一种非常糟糕的经营状态。

此外，"一对一"这种培训方式也没有什么秘密可言，有些中学老师也开始模仿这种方式，来与思而学公司抢生源。郭晓宇和张津使用的培训老师，都是高校一二年级的学生，这些人刚刚经历过高考，知识记忆较深，很适合辅导高三备考的学生。但中学老师富有教学经验，更擅长因材施教，尤其是对学习困难的学生，中学老师的教学优势更强。很多学生在上过思而学的培训课之后，便转而投入了那些中学老师的怀抱。

这一年，公司做了 150 万的营业额，二人已经是精疲力竭。想到未来还要这样苦哈哈地赚钱，两个人都有一些打退堂鼓的念头。但因为做公司，两个人的学业都受到了影响，现在要放弃公司，回归职场，就相当于走了弯路，这又是他们无法接受的。

基于这些情况，两个人对于唐子风可能提出的建议，都是非常重视的，也隐隐地期待着唐子风能够给他们指出一个新的方向。至于说照着别人的方向去做，会不会折了他们这一对学霸的英名，他们已经顾不上考虑了。

"培训这个市场是很大的，除了高考辅导之外，小升初、中考、考研、公务员考试，都可以做，你们有没有考虑过？"唐子风问。

郭晓宇说："唐总，你说的这些方向，其实我和张津也都思考过，我们还专门到那些搞相关培训的机构去听过课。我们感觉，要做这些方向也不是不行，但看到这些方向的机构也很多，市场竞争越来越激烈。我们在这方面缺乏积累，贸然进入，只怕是很难打开市场的。"

张津也说："是啊，我陪我的一个同学去听过几堂考研辅导的公开课，我发现那些机构的老师对考研命题很有研究，他们讲的那些东西，我和老郭是无论如何也讲不了的。那些培训老师的身价也很高，很多都是培训机构的合伙人，我们也不可能把他们挖过来。所以，这方面的业务，我们就不敢参与了。"

唐子风笑道："我这里倒是有一个方向，目前好像做的人不多，不知道你们有没有兴趣。"

"什么方向？"郭、张二人同时问道。

唐子风说："留学英语培训。"

"留学英语培训？你是说托福、GRE（留学研究生入学考试）考试方面的英语培训？"郭晓宇问。

"正是如此。"唐子风说。

郭晓宇皱着眉头说："这个方面，现在中关村这边也有几家机构在搞，不过都是小打小闹。托福、GRE的考试，和四六级也没啥大区别，就是词汇量大一些。我们有些同学要考试的，都是自己拿着一本词汇书背单词，没人会去找机构培训的。"

"清华这边也是这样吗？"唐子风又向张津问道。

张津点点头："是这样的。我们学校的学生自学能力都非常强，背单词这种事情，肯定不需要找机构来帮忙。"

"哈，这就是机会啊！"唐子风笑着说。

"什么意思?"郭晓宇问。

唐子风说:"连你们都觉得考托、考G就是单纯的背单词,这就说明到目前为止还没有人知道考托、考G的技巧。如果我们能够把这些技巧开发出来,专门建一个培训学校,传授这些技巧,顺便教一些关于申请学校、申请签证之类的技巧,你们说,有没有人会感兴趣?"

"考托也有技巧吗?"张津吃惊地问道。

唐子风反问道:"高考有技巧吗?"

张津迟疑着说:"这个还真不好说,可以说有,也可以说没有。"

张津这话,并不是敷衍,而是基于对高考的深刻认识。高考是对学生综合能力的考核,要想在高考中考出高分,无外乎扎扎实实地做题,扎扎实实地背书,从这个意义上说,高考的确是没有技巧的。但作为曾经的学霸,张津却知道,同样是做题和背书,如何做题、如何背书,还是有差异的,学霸在考前花费的学习时间并不一定比其他人更多,但却能够考得更好,这中间的差异,就是独门技巧。

唐子风没有打算和张津去讨论,他直截了当地说道:"你们都是参加过《高考全真模拟》的编纂的,你们觉得,它算不算是一本技巧书?"

"咦,是有点这个意思。"郭晓宇想明白了,"它的确和其他的复习资料不同,它是综合了历年的高考题和模拟题,把各种题型、考点归纳出来,对于一些缺乏归纳能力的高中生来说,能够起到四两拨千斤的作用,这的确是一本技巧书。"

张津眼前一亮:"唐总,你的意思是说,托福考试也有这样的规律? 我们可以把规律总结出来,再教给学生,这样他们就可以事半功倍,花费的时间不多,却能够考出好成绩来。"

"你们觉得呢?"唐子风笑吟吟地反问道。和学霸说话,就是这么省事,稍加点拨,两个人就能想到问题的关键。

# 第二百七十一章 按技术入股

"这个还真没注意过。"张津老老实实地回答道,"得等我回去把历年的托福试题分析一下才行。"

郭晓宇则看着唐子风,问道:"莫非唐总分析过?"

唐子风神秘地一笑,说:"我没有分析过,不过我的一位朋友分析过,他说是有规律的。照他的说法,如果能够把这些规律总结出来,国内任何一个有六级基础的大学生,经过三个月的培训,托福成绩上600分不成问题。如果是清华、北大的学生,经过短期培训之后,考到650分以上也不在话下。"

"有这么神?!"郭、张二人的眼睛都瞪得滚圆。

时下申请美国学校的研究生,托福成绩的要求不过是550分而已,当然,有些好专业会要求托福达到600分以上。对于清华、北大等名校的学生来说,600分当然不是什么难事,但对其他的高校而言,学生要想考到600分,还是要付出很大努力的。郭、张二人也都有一些中学同学是在其他高校就读的,据这些同学说,他们周围那些准备申请出国留学的同学,考托福都是非常困难的,鲜有能够考过600分的。

可如今唐子风却告诉他们,如果把托福考试中的规律归纳出来,再传授给学生,那么任何一个有六级基础的学生,经过3个月培训,就能够拿到托福600分以上的成绩,这是一件多么了不起的事情啊。

出国是一件很花钱的事情,托福报名、签证、赴美机票,对于国人来说都是很昂贵的支出。能够花得起这些钱的人,对于培训费是不敏感的。如果自己的培训学校真的能够打出"托福包过600分"的宣传口号,还用发愁生源的问题吗?

托福培训和高考的"一对一"培训完全不同。考托福的学生是可以接受全日制培训的,这意味着能够大幅提高教室的利用率。此外,托福培训可以用大

## 第二百七十一章　按技术入股

班上课,只需要少量的老师,这也可以大幅度地缩减成本。而缩减成本就代表提高利润率,赚钱就不会像从前那么辛苦了,这还不值得他们欣喜吗?

"唐总,你说的那位朋友,能来当我们公司的顾问吗?"张津怯生生地问道。

郭晓宇说:"没错,我们可以出高薪聘他,实在不行,给他一部分股份也行。"

唐子风摇摇头:"这个不太现实,他现在不在国内,而且他的身价也高得很,看不上这点小收益的。"

唐子风的所谓朋友,其实并不是现在的人。唐子风知道,到了新世纪之后,国内有许多机构在研究托福、雅思等考试的规律,也编出了无数的考试宝典。英国人也罢,美国人也罢,头脑都是比较简单的,他们自以为在考试中设置了各种变化,就能够难住国外的考生。殊不知中国是有1000多年考试传统的,连明朝八股考试里那些题,国人都能够找出破解的方法,区区几道英语考题,又哪里经得起琢磨呢?

唐子风在前一世并没有考过托福,但他听说过这方面的事情。他相信,只要想到这个思路,要破解托福、GRE考试中的诀窍,是不成问题的。他手头有丰富的高校学生资源,把这些人的脑子集中起来,没有什么解决不了的难题。

听到唐子风这样说,郭晓宇和张津也多少明白了他的思路。毕竟二人都是参与过《高考全真模拟》的编纂的,知道双榆飞亥公司做事的风格。郭晓宇想了想,对唐子风问道:"唐总,这件事,你打算怎么做?我和张津能发挥什么作用?"

唐子风说:"我考虑过了,我们双榆飞亥公司在做培训这方面,没有什么基础。小郭和小张,你们俩在这方面是有经验的,所以这个项目还是交给你们思而学公司去做,我们按技术入股就是了。"

"唐总说的技术,是指什么?"郭晓宇继续问道。到了这个时候,双方就是在进行商业谈判了,倒也没必要再说什么客套话。

唐子风说:"关于如何研究出托福考试里的规律,我有一些想法,这应当算是我们公司的知识产权吧。另外,要把这些想法变成实实在在的诀窍,需要组织一批人来研发,这方面,小郭和小张,你们恐怕没有这个实力吧?"

郭晓宇点了点头,他回想起当初编纂《高考全真模拟》的时候,双榆飞亥公司从几大顶尖高校聘了上百名学霸来分析考题,这是思而学公司目前无法做到的。

唐子风说:"我们投入人力、财力进行研发,形成技术诀窍之后,交给你们去开展培训。我们以技术入股,你们贡献的是在培训方面的经验,这种合作方式,你们看怎么样?"

"可是……"郭晓宇有些犹豫地说,"双榆飞亥公司目前在思而学公司里已经有40%的股份,如果你们再追加技术入股,是不是意味着唐总想增加在思而学的股份比例?我想先说句丑话,我和张津是想长期经营这家公司的,所以我们两人在公司的股份,不能少于51%,这是我们的底线。如果唐总希望占有的股份超过49%,我们就没法接受了。"

"是啊,这件事,我们过去向王总说过的。"张津补充道。

郭晓宇和张津最早创办公司的时候,因为资金不足,不得不与双榆飞亥公司合伙。在合伙之前,二人向王梓杰提出的条件,就是他们占有的股份不能少于51%,即他们要拥有公司的控股权。两个人是想凭借这个公司来成就一番事业的,当然不能容忍控股权旁落。

郭、张二人提出51%的底线,也就做好了双榆飞亥公司拿走49%的心理准备。结果,王梓杰在请示了唐子风之后,只要求了40%的股份,这让二人觉得双榆飞亥公司做事比较讲究,吃相没有太难看。

可如今,唐子风提出要开拓一个新的业务方向,同时又提出用技术入股,郭晓宇和张津并没有可以追加的资本,这岂不意味着双榆飞亥公司的股份要进一步增加?郭、张二人能够接受的上限,是双榆飞亥公司占有49%的股权,但刚才唐子风说的那些知识产权,价值可不止9%的股权哦。

意识到这一点,郭、张二人就不得不先把丑话说在前面了,如果唐子风想利用这个业务来攫取思而学公司的控股权,二人是绝对不会同意的。

唐子风呵呵一笑,说道:"你们的想法,我完全理解。你们放心吧,我不会抢你们的公司。我的想法是,我们可以另外注册一个公司来经营这项业务,这个新公司由思而学占90%的股份,我只需要10%,你们觉得如何?"

"给你留10%?"

郭晓宇和张津二人同时念叨了一句,然后便在心里快速地计算起来。思而学公司里有双榆飞亥公司40%的股份,如果思而学公司占有新公司的90%,就意味着双榆飞亥公司的股权相当于36%,这是在二人的心理底线之内的。

事实上,在这种参股方式中,即便双榆飞亥公司实际拥有的股权比例超过了50%,控股权依然是在他们二人手里的。因为新公司的控股股东是思而学公

## 第二百七十一章 按技术入股

司,而思而学公司的控股股东又是他们二人,他们完全可以通过思而学公司去对新公司形成实际的控制。

只要控制权还在自己手上,那么收益分成的多少,就不值得去计较了。如果唐子风说的新方向能够做起来,就意味着思而学公司有了一个新的增长点,甚至可能是一个收益远超过高考培训的增长点,让出区区一点收益份额,又有什么呢?

想到此,二人互相交换了一个眼神,郭晓宇点点头说:"唐总这个条件,我们可以接受。不过,唐总要确保你们提供的诀窍是有效的,我们要开拓一个新方向,也是要投入人力、物力和财力的,如果唐总提供的诀窍效果不明显,这些投入就相当于白费了。"

唐子风说:"这个绝对没问题,我们开发出来的诀窍,你们是可以检验的,好用不好用,你们肯定能看出来,对不对?"

"唔,应当是吧。"郭晓宇点点头。

"这么说,咱们双方可以成交?"唐子风问。

"可以是可以,可是……"张津话说了一半,就说不下去了。他转头去看自己的伙伴,不知道后面的话当讲不当讲。

郭晓宇接过了他的话头,说道:"唐总,张津的意思是说,我们不太理解唐总这样安排的目的。按照唐总的方案,双榆飞亥公司在新业务里占的股份,是10%。其实,如果我们不另外开一个新公司,而是直接把新业务放到思而学公司里,然后把你们在思而学的股权提高到46%,我和张津也是能够接受的,唐总为什么要采取这样的方法呢?"

"这个方案对你们更有利啊。"一直在旁边听着没吭声的王梓杰忍不住插话了,"让你们多占点便宜还不好吗?"

郭晓宇扭头看看王梓杰,又回头看看唐子风,不由得笑着说道:"我们当然知道唐总的方案对我们是更有利的,可是,我们不理解唐总的目的啊。"

"目的嘛,很简单。"唐子风说,"我只告诉你一点就可以了,我要求在新公司里占有的10%股权,不是以我们双榆飞亥公司的名义占有的,而是要交给一个其他的人。"

# 第二百七十二章　神秘的股东

"这个人叫周淼淼,是一个女孩,现在在市十二中当英语老师。"唐子风向郭晓宇和张津揭开了谜底,"她是师范大学外语系毕业的,英语水平很高。你们如果要搞英语培训,她应当能够为你们提供很大的助力。你们要说服她辞去现在的工作,加盟你们的新公司,并且拿到10%的干股。"

郭晓宇与张津碰了一个眼神,张津小心翼翼地问道:"唐总,听你这意思,你还没跟她谈过这件事?"

唐子风摇头道:"我从来没跟她谈过这件事,而且未来我也不希望她知道这件事与我有关。"

"可是……"张津傻眼了,"唐总,你不会是想让我们直接去找她入股吧?"

"你猜对了。"唐子风耸耸肩,"不愧是清华高才生,悟性真好。"

张津哭丧着脸:"唐总,这真不是悟性,你都说得这么明白了,我再听不出来就是傻子了。可是,你总得告诉我们这是怎么回事吧。好端端的,我们俩跑到一个中学去请一个英语老师来跟我们合伙,而且还要辞去公职,这个难度太大了,我怕这位周老师直接就打电话报警了。"

唐子风说:"那我就管不着了。我的要求就是这个,你们要想办法说服她,然后再找一个借口,给她10%的股权,同时还要保证永远不透露这件事和我的关系,你们能办到吗?"

"办不到也得办啊,唐总为刀俎,我们俩一个是鱼,一个是肉,能不答应吗?"郭晓宇叫着屈,"唐总,我再问一个问题可以吗?"

"问吧。"

"这个女孩,不会是唐总你的女朋友吧?"

"绝对不是。事实上,我跟她一点不熟,属于见了面都不一定能够认出来的那种。"

## 第二百七十二章 神秘的股东

"那么，她有男朋友吗？"

"这个我就不清楚了，要不，你问她去。"

"唉，我还是别问了。"郭晓宇叹了口气，然后点点头说，"这件事，包在我们俩身上了，保证给唐总你干得漂漂亮亮的。不过，唐总，你这边开发的应试诀窍，也得保证有效，否则我们俩好不容易劝着人家辞了公职，回头公司再做不成，那可就被她套牢了。"

"放心吧，你们的新公司肯定能够办成的。"唐子风拍着胸脯应允道。

郭晓宇和张津二人离开了，王梓杰听着他们俩的脚步声走远，这才呵呵笑着对唐子风说："老八，你这玩得也太花哨了吧。你想巴结你们领导送礼，直接拿 10 万块钱拍他桌上，不就行了，有必要绕这么大的圈子吗？"

唐子风说："老周如果是那种愿意收我 10 万块钱的人，我才懒得去绕这个圈子呢。这不就是因为老周太清廉了吗。在机关里混了一辈子，现在又当着一个国营大厂的厂长，愣是连一套商品房都买不起，他不在乎别人怎么说，我还嫌自己丢人呢。"

原来，唐子风说的这位周淼淼，正是周衡的小女儿。唐子风搞这样一番名堂，其实就是想帮帮周衡，以便周衡能够买得起一套商品房。关键是，这件事他还不敢让周衡知道。

周衡有三个孩子，两个大的都已经结婚，一个住在单位分的一套小房子里，另一个则与周衡老两口住在一起。周衡的房子是机械部分配的，前年房改的时候，他与老伴掏出所有的积蓄把房子买了下来，拥有了房子的产权。

周衡的那套房子，唐子风曾经去看过，那是一套面积不大的小三居，如今住着周衡老两口、儿子小两口以及尚未成家的女儿，已经显得有些拥挤了。与周衡住在一起的那个儿子，马上要添丁进口，一旦小孙子出世，家里的空间就更不够用了。

唐子风去周衡家拜访的时候，听周衡的夫人发过牢骚，大致是埋怨周衡不会投机钻营，既弄不到钱去买商品房，也没混个更高的级别从而分到大房子。对于夫人的这些抱怨，周衡嘴上不说什么，但唐子风能够看得出，老爷子是有些失落的。

唐子风曾经私下里与周衡聊过，表示可以拉周衡入股做点小买卖，不敢说能够让周衡暴富，至少赚一套过得去的商品房还是可以的。90 年代末京城的商品房还真没多贵，四五十万就能够在很好的地段买到100平方米以上的房子，足够周衡老两口养老了。

对于唐子风的建议，周衡断然拒绝。他的理由是，他并不擅长做什么买卖，如果入股唐子风的业务，其实就是变相地收受唐子风给的好处，这是他的道德不允许的。

唐子风知道周衡的为人，也就不再提这事了。不过，他嘴上不提，不意味着心里不惦记这事。他年纪轻轻，就已经在京城囤了四五套房子，还在读博士的小女友肖文珺甚至都在京城买了房，再看周衡一家五口人挤在一套小房子里，他如何过意得去？

周衡对唐子风的关怀，并不仅仅是单位领导对下属的关怀，而是把唐子风当成一个晚辈子侄一样。虽然唐子风能有这样的成就，很大程度上源于他的穿越金手指，但他还是不得不承认，周衡在他身上是倾注了不少心血的。对于这样一位上司，唐子风觉得自己有义务孝敬一二。

直接给周衡送钱，是绝对不行的；拉周衡一起做生意，也被周衡拒绝了。唐子风灵机一动，便把主意打到了周衡的子女身上。有一回，周衡与唐子风闲聊的时候，说起小女儿周淼淼大学毕业，现在在一个中学里教书，但极不安分，一心想辞职下海。

唐子风听在耳朵里，便存下了一个计较，打算找一个合适的名目，帮周淼淼创业做个公司。一旦周淼淼有了很好的收入，女儿拿点钱给父母买房，就是天经地义的事情了，这也就算是帮周衡夫妇解决了问题。

要开辟一个能够赚钱的业务，对于唐子风来说并没有什么难度。90年代末的中国，可谓遍地机会，随便选择一个方向做下去，几年时间赚一两套房子肯定是不成问题的。许多人创业的障碍，只是缺乏启动资金，毕竟在这个年代里，能够拿出十万八万存款的人是很少的。反过来说，如果拥有启动资金，后面的事情就比较容易了。

唐子风有创业的点子，也有创业的资金，但他找不到一个合适的方法来与周淼淼合作。如果他直接找上门去，拉周淼淼合伙，恐怕周衡就要出手干预了，因为这仍然相当于接受了唐子风的贿赂。

郭晓宇和张津的出现，帮唐子风解决了问题。郭、张二人拥有一个公司，除非去查这家公司的注册资料，否则从表面上根本看不出其与唐子风之间的关

## 第二百七十二章　神秘的股东

系。唐子风提出由思而学公司出面去创立一个新公司,给周淼淼10%的股份,思而学公司占90%,周淼淼会认为思而学公司就是郭晓宇、张津两个人办的,完全想不到唐子风在其中发挥了什么作用,这样周衡也就没理由反对了。

至于说郭晓宇、张津如何能够与周淼淼搭上关系,说服她一起创业,再分给她10%的干股,唐子风就懒得去琢磨了。他相信,这两个在市场上滚打了好几年的大学生,肯定有办法把事情办得天衣无缝。

当然,纸是包不住火的,思而学公司与双榆飞亥公司之间的关系,周淼淼迟早有一天会发现。不过,到那个时候,她应当已经成为新公司里重要的一员,在公司里发挥的作用能够与她拥有的股份相匹配,自然也就不会有什么不安的感觉了。

至于说这家新公司能不能赚到钱,周淼淼以10%的股权所分到的红利够不够给周衡老两口买一套大房子,唐子风是丝毫也不担心的。留学英语培训的市场大得惊人,以郭晓宇、张津二人的智商以及努力程度,从中切下一大块是毫无悬念的。

这件事,唐子风事先与王梓杰商量过,王梓杰只是嘲笑他同情心泛滥,对于把原本可以由双榆飞亥公司拥有的股份送给周淼淼一事,并没有任何意见。双榆飞亥公司现在一年的利润有几千万,王梓杰对于区区10万是完全不在意的。

在他看来,郭晓宇和张津做的那个思而学公司,一年给双榆飞亥公司的分红也不过就是10万元,再做一个新业务,又能有多少钱?拿出新业务里的10%给唐子风去做个人情,算得了什么呢?

"老周快退休了。干了一辈子革命工作,到头来,还是两袖清风,孩子抱怨他,老婆也抱怨他,我实在是看不过去。"唐子风这样对王梓杰解释道。

"这样的人多了。"王梓杰说,"现在不是流行一句话吗?说撑死胆大的,饿死胆小的。学校里那些踏踏实实教书、做科研的老师,尤其是老教师,都过得很拮据。倒是那种心思全用在投机钻营上的,到处捞外快,个个都捞得腰包鼓鼓的。"

唐子风笑道:"你也别说别人了,谁有你王教授的腰包鼓啊。"

"我这叫勤劳致富,和那些到处走穴的人不一样。"王梓杰自豪地说,"去年我发了30多篇核心期刊,科研业绩全系第一,谁敢说我王某人不务正业?"

# 第二百七十三章　王梓杰的新方向

"敢问王教授,最近有什么新的研究成果啊。"

唐子风一边说着,一边走上前,把王梓杰从办公转椅上拽起来,自己一屁股坐下,然后熟练地拿起鼠标,在电脑上点开一个浏览器,看起了网络新闻,同时信口问道。

王梓杰用手指着屏幕,说:"我最近研究的,就是这个!"

"这个……?"唐子风刚刚打开一条新闻,听到王梓杰的话,不由得愣了一下"明星出轨……,你一个堂堂的经济学教授,怎么研究这么庸俗的东西!"

"你才庸俗呢!你从小就庸俗!"王梓杰气急败坏,"谁跟你说新闻的内容,我是说,我最近研究的是互联网经济。"

唐子风转过头,用惊诧和欣赏交加的目光看着王梓杰,说道:"互联网经济?不会吧,你居然研究这么前沿的东西?"

"你懂啥呀!"王梓杰从办公桌旁边走开,来到沙发边上,坐下来悠悠地说道:"知道吗?21世纪是信息世纪,最有前途的产业就是互联网。你们搞的那个什么机床,都是夕阳产业,蹦跶不了几天了。我跟你说,你还是趁早别当那个什么常务副厂长了,回来把公司拾掇拾掇,咱们搞互联网去吧。"

唐子风笑道:"我当不当常务副厂长倒无所谓,难道王教授也不想当教授了吗?"

"凭啥?"王梓杰说,"互联网上,内容为王。没有我这个教授给你写文章,你拿什么东西跟网民交代?"

"这么说,你是打算办一个学术网站?"唐子风问。

"这倒不是。"王梓杰的口气软了几分,他说,"老八,我不是跟你开玩笑,我是真的觉得互联网这个东西有点搞头。目前国内的互联网刚刚起步,你可能还看不到这个产业的前景,我跟你说……"

## 第二百七十三章 王梓杰的新方向

"别别,这个不用你科普。"唐子风哭笑不得,一个 1998 年的土鳖,跟他这个 5G 时代过来的穿越者科普互联网的前途,这也实在是太可笑了。

"老七,你就说吧,你打算做什么?现在国内最流行的是做门户网站,你不会也想办一个吧?人家都是拿着国外的风险投资在玩的,咱们这点家底,可真经不起折腾。"唐子风笑着说。

王梓杰说:"这个问题我分析过了,门户网站的确是一个好方向,我看到过一个预测,说到 2000 年的时候,互联网上的信息服务收入将达到 320 亿美元,以后每隔两年会翻一番。现在什么雅虎、Excite、Netscape、Lycos① 都是不惜重金在抢这个市场,国内的中国比特、东方网景、瀛海威、中国大黄页,也都在往这个门里挤,听说国外对咱们国内这几家网站的估值都是上亿美元了。

"不过嘛,你说得对,这些网站都是拿到了国外风投的,现在都发疯一样地烧钱,广告做得铺天盖地的,我都替他们心疼。我让我的学生给他们算过账,有几家风头最劲的网站,一个月烧掉的广告费就是五六百万,咱们这点钱,还不够烧上半年的呢。"

"那就是了。"唐子风说,"说到底,这些人玩的就是一个资本游戏,靠烧钱来吸引风险投资,拿到风险投资了,再接着烧,以便吸引更多的风险投资。啥时候资金链跟不上了,啥时候就黄了。咱们是干实业的,别去跟这些玩空手道的人瞎混。"

前一世的唐子风并没有经历过国内 90 年代末的互联网热潮,但他知道,到 2020 年的时候,国内做得最好的互联网企业,并不是 90 年代末风头正劲的那几家。早期的互联网经营模式,进入新世纪之后便被证明是不可持续的,反而是 BAT 后来居上,成就了一番事业。

也正因为知道这一点,唐子风一直没有太多地关注时下的互联网,却不料王梓杰盯上了这个新兴的产业。

"做门户网站,花钱太多了。你说,咱们做一个电子商务网站怎么样?"王梓杰问。

"电子商务网站嘛……"唐子风想了想,摇摇头说,"有点早了,要做也得再过几年。"

---

① 雅虎、Excite、Netscape、Lycos 都是国外知名互联网门户网站。

"为什么?"王梓杰问。

唐子风说:"很简单啊,电子商务主要依托两个方面,一是支付,二是物流,只有解决了这两个问题,电子商务才能发展起来。物流这方面,现在的邮政也可以用,但邮政的速度太慢了,尤其是寄送包裹,拖上十天半个月都不奇怪,顾客哪等得起?至于支付,问题也很大,国外的网上支付是借助信用卡,咱们国内信用卡不普及,还得等到……那啥发展起来才行。"

说到最后一句话的时候,他差点没把某宝的名字说出来,话到嘴边打了个哈哈,算是含糊过去了。王梓杰与唐子风交往日久,已经习惯于对唐子风说的话进行脑补,所以也不会在意被唐子风吞掉的话。他赞道:"不错啊,老八,你对电子商务的理解,已经比咱们学校的绝大多数教授都深刻了。我也是琢磨了很久,才想明白这两个问题,你居然一下子都说出来了。"

王梓杰说:"这件事,我其实是受到我爸的启发。他现在负责公司的销售,有些京城的学校要买咱们的书,我说找邮局寄过去,他说不如他开个车送过去。现在他带着3个人专门负责在京城给各个学校送书,因为他送得及时,所以很多学校都托我们帮着代购教辅,结果他现在送其他教辅的时间,比送咱们自己书的时间还多。"

"王叔这是打算办个快递公司啊。"唐子风笑道。

其实王梓杰的父亲王崇寿给各学校送书的事情,唐子风也听自己的父亲唐林说起过,只是知之不详。

双榆飞亥公司此前的主打产品是面向高三考生的《高考全真模拟》,后来又在此基础上开发了面向其他年级学生的另外一些教辅材料,算是专门服务于中小学这个市场了。

双榆飞亥公司的图书是全国销售的,外地的销售一部分由公司直销,更多的是通过新华书店的渠道进行销售,在京城则完全是直销,也就是各家中小学直接向双榆飞亥公司订货,然后再由公司向这些学校发货。

公司发货的方式,一种是由学校上门来提货,另一种就是通过邮局寄送。对前一种方法,许多学校都表示太麻烦;而后一种方法,则存在着邮局寄送不及时的问题,甚至还出现过邮局把包裹弄丢的事情。

看到这种情况,王崇寿便提出,由自己开车去给各个学校送货。他原本在老家种田的时候就学过开拖拉机,到京城之后,又在唐子风的鼓动下,与唐林一

## 第二百七十三章 王梓杰的新方向

道去考了驾照，并且各买了一辆捷达，天天开着上下班。

刚学会开车的人，都有很重的车瘾，恨不得能有点什么事情需要开车去办。送货这种事，恰好是需要开车的，王崇寿提出这个方案，与其说是为公司解决困难，不如说是为了找一个合情合理的借口过车瘾。

就这样，王崇寿带着3个人，当起了公司的送货员。各学校打电话过来订货，王崇寿便会开着车把货送过去。最快的时候，人家那边放下电话不到一小时，这边的书就已经送到了，让客户感到意外的惊喜。

发现双榆飞亥公司送货及时的优点之后，有些学校便试探着打听能不能帮他们去书店代购一些其他的教辅。毕竟全京城最大的图书城在海淀大街上，有些东边、南边的学校，要跑一趟海淀是比较麻烦的。

对于这样的要求，双榆飞亥公司当然不会拒绝，因为这种举手之劳是有助于巩固客户关系的。一来二去，双榆飞亥公司居然成了许多学校的专业代购，而王崇寿的物流业务也做出了不小的名气。

王梓杰向唐子风介绍了这些背景情况之后，说道："听我爸说，代购图书这件事，其实是有利可图的。书店对于批发的折扣很大，这些折扣大头肯定是要留给学校那边的，但我们扣一个小头下来，比如10%，学校那边也是会同意的，毕竟我们也付出了劳动。10%的折扣看起来不多，但如果规模做大了，也是十分可观的。

"另外，有些学校不知道图书城有什么新的教辅资料，有时候我爸就会从书店拿一些样品过去给那些学校看，那些学校看中哪些书，再叫我爸他们回来采购。我琢磨着，这种事情通过互联网来做是最合适的，我们可以把书店里的书拍成照片，放到网上，让各个学校去挑选。

"学校如果看中了，我们就帮着买下，再给送过去，付款之类的都不成问题，物流的问题也解决了。你觉得，这算不算是电子商务？"

"这还真是一个好点子啊！"唐子风眼前一亮，这不就是后世某东搞的业务模式吗？自己建一个物流体系，加快送货速度，仅此一项，就可以把国内正处于萌芽期的电子商务网站都甩到后面去了。

## 第二百七十四章　机构改革

"怎么样,你也觉得这个想法不错吧?"

得到唐子风的肯定,王梓杰顿觉满心欢喜。要说他现在也是学术圈里小有名气的青年经济学家了,被坊间评为"京城小四杰"之一,在各种场合都是一副指点江山的做派。可偏偏在唐子风面前,他就是缺乏自信,凡事都要先听听唐子风的意见再说。如果唐子风赞成,他就觉得这件事可行;如果唐子风不赞成,他也就自然而然地放弃了。

关于搞电子商务这件事,王梓杰琢磨了很久,也做过一些论证,觉得是一个不错的主意。但在今天对唐子风说起的时候,他多少还有些惴惴然,生怕被唐子风否定。现在听到唐子风称这是一个好点子,他立马就信心满满了,脸上终于也有了一些自矜之色。

"我是谁啊?人大最年轻的副教授……之一,我看好的项目,能有差错吗?"王梓杰得意地说道。

"嗯嗯,算你蒙对了一回。"唐子风说,"不过,电子商务网站怎么做,你了解多少?"

"这个……我还真不知道。"王梓杰说,说罢,他又看向唐子风,反问道,"你不会是说你懂吧?"

唐子风把胸一挺:"略懂。"

唐子风说自己懂电子商务,倒也不是瞎说。作为一个穿越者,前一世的他有着丰富的网上购物经验,对于各家电子商务网站的经营方式颇为熟悉。这些网站的经营方式都是经过千锤百炼才凝结出来的,用于指导互联网萌芽时期的电子商务经营,可谓举重若轻。

他照着各家网站的模式,结合当前的互联网状况,开始给王梓杰支着,比如网页该如何设计,如何管理会员和订单,如何规定满99元包邮,退换货如何处

## 第二百七十四章　机构改革

理等等。

王梓杰一开始还只是听着，听了一会脸色就变了，连忙找来纸笔，像是记录老师讲课一样，把唐子风说的内容一一记录在案，有些不明白的地方还要反复询问。他虽然没接触过电子商务，但一听唐子风说的内容，就知道这都是千金不换的秘诀，随便一条都能让网站拥有超越对手的强大竞争力。

唐子风毕竟是站在顾客的角度去谈论网站经营，有些地方难免会有想象的成分。面对王梓杰刨根问底式的请教，唐子风的回答也出现了不少漏洞，反而要与王梓杰一道推敲。不过，唐子风的这个表现，看起来也更为真实，如果他真的对答如流，王梓杰就要怀疑他是不是一个妖孽了。

好吧，其实王梓杰早就怀疑唐子风是个妖孽了，这种猜测让他对自己与唐子风之间的知识落差有了一个合理的解释，否则王教授真的很难在唐子风面前抬起头来。

"我说老八，你有这么好的想法，还待在那个什么临一机干什么，不如回来主持这个网站吧？我爸和你爸日常管理公司业务都有些力不从心，要让他们来搞电子商务，还不如让我代替你家肖妹妹去设计机床更现实。"

记完唐子风颠三倒四说出的内容，王梓杰长吁了一口气，对唐子风说道。

唐子风说："我也就是知道一些方法，真让我来管这个网站，恐怕也不灵。我刚才想了一下，网站这边，我去找找李可佳，让她给我推荐一个懂网络的人过来坐镇。还有就是商务这边，我问问黄丽婷有没有合适的人选，要论卖东西，黄丽婷那边的人才更多。"

听唐子风说到李可佳，王梓杰撇了撇嘴，说："老八，就因为你是临一机的常务副厂长，你就让公司把新经纬那边的股份全退了。我听李可佳说了，他们现在几个工业设计软件卖得可火了，国外好几个风险投资机构都想对他们注资，据说最高的估值已经算到2个多亿了。如果咱们没退股，40%的股份就相当于8000万。你想想看，整整8000万啊，你那个位置，能值这么多钱？"

唐子风淡淡一笑："老七，钱是赚不完的。新经纬这边，如果不是借助苍龙研究院的基础，它也不可能这么快就占据工业设计软件的这么大份额。我如果不退股，就不可能帮它，那么这8000万也就不存在了。

"这个年代，赚钱的机会多得很。咱们刚才说的电子商务，如果做好了，十年时间做到1000亿的市值也有可能，那时候你还会在乎这区区8000万的股权吗？"

王梓杰不屑地说："老八，你这吹得也太狠了吧？就咱们这么一个帮人代购教辅的小平台，能估出 1000 亿市值？"

唐子风说："一切皆有可能。梓杰，我跟你说，这个网站，初期可以只是卖教辅，然后可以帮着学校里的老师代购其他的图书，再往后，可以卖计算机整机、配件、外设，这方面的利润可是高得很呢。"

"所以啊，我觉得你干脆还是回来吧，1000 个亿市值的产业，还比不上你那个临一机？"王梓杰顺着唐子风的话头劝道。他并不相信 1000 亿这样的大话，但觉得做到市值十几二十亿，还是有希望的。即便是十几二十亿，在当下看来也是顶天的成就了，这比临一机的市值可高出几倍了。

更何况，临一机是国家的产业，唐子风不过是一个高级打工者而已。而如果他们规划的这个电子商务网站能够做成，那可就是他与唐子风私人拥有的产业了。

唐子风叹了口气，说："这件事，还是从长计议吧。现在这 1000 个亿不是还没影子吗？电子商务要大发展，怎么也得过上五六年时间，到时候我再看吧。说不定那时候因为我干得好，机械部把我调回来，给我个局长啥的当着，不比你这个二流教授风光？"

"呸！那时候我已经是一流教授了。"王梓杰唾了一口，然后又说道，"对了，有个消息你可能还不知道吧，机械部马上要撤销了，你的局长梦只怕是做不成了。"

唐子风一惊："什么，机械部要撤销，你听谁说的？"

"这事早就定了。"王梓杰说，"马上要开'两会'，机构改革是这次'两会'的重头戏。国家的机构改革方案，已经讨论过好几轮了，区区不才也曾应邀去参加过几次讨论会。国家的政策导向是非常明确的，那就是实行政企分开。除了机械部，还有电子部、冶金部、化工部，都要撤销，以后政府就不直接进行行业管理了。"

"我晕，我怎么忘了这件大事了！"唐子风以手抚额。

1998 年的机构改革，在唐子风的记忆中是很模糊的。不过，他记得在后世的确是没有机械部、电子部等直接进行行业管理的部委，仅有一个工信部，好像也是管信息业更多，管工业更少。他记不起来这种改变是在什么时候发生的，现在听王梓杰一说，才知道已经是迫在眉睫的事情了。

## 第二百七十四章　机构改革

再回忆自己最近几次回二局汇报工作时听到的风声，他算是明白了，原来局机关里的那些干部早就知道这件事了，只是还没有通知他而已。

"老七，机械部如果撤销了，我们这些企业怎么办，你有没有听到什么风声？"唐子风问。

王梓杰说："这个问题，也是几次讨论会上说得最多的事情。政企分开是国家明确要求的，所以你们这些企业，肯定是要和政府脱钩的。具体的做法嘛，大家倒是提了几种，一是把现有的全民所有制性质改为国有制，国家作为出资人，由国有资产管理局行使出资人权利，企业在此基础上独立经营。

"第二种就是下放给地方，管理方式和第一种一样，只是出资人变成各省市的国有资产管理局。至于第三种，就是放弃国有独资的性质，改为股份制经营，吸引外资或者民营资本入股。当然，这不是针对所有的国有企业，只是把一部分国企改成股份制。

"在会上，还有人提出应当把国企全部卖掉，以后国家不再掌握企业。这种意见在学术界很有市场，不过政府那边基本上不能接受，这也可以理解。"

唐子风看着王梓杰，问道："那么，你是支持什么观点的？"

王梓杰说："我现在还在犹豫呢。把国企全部卖掉这种观点，符合新自由主义学派的理论，现在在国际上很流行。我如果支持这种观点，没准就能获得诺贝尔经济学奖呢。"

说到最后，他自嘲地笑了起来。

事实上，作为一名计划经济专业出身的学者，他是不太赞成卖掉全部国企这种政策主张的。但他向唐子风说到的情况也是事实，那就是如果他想在国际经济学界拥有一席之地，就需要迎合西方的主流理论，即推崇完全的自由市场。

国企是受政府干预的，与自由市场理论格格不入。支持保留国企，就意味着拒绝自由市场理论，同时也就意味着自绝于国际学术圈了。

时下国内的学术研究都是以西方的评价为标准的，在国外期刊上发一篇论文的分量，抵得上国内的十篇八篇。而要想在国外发论文，就必须遵照国外的理论范式。

# 第二百七十五章 很大的改革力度

"我倒是觉得,你应当旗帜鲜明地反对这种观点。"唐子风说。

"为什么?"王梓杰诧异道,"老八,为了保住你那个常务副厂长的位子,你就忍心让我和教授职称失之交臂?"

唐子风微微一笑:"老七,我跟你说,正是为了你的教授职称,以及未来有可能得到的长江学者、国家特殊津贴,你必须旗帜鲜明地反对把国企全部卖掉的观点。你要大声疾呼,声称国企是国民经济的稳定器,是压舱石,没有国企,我们的制度就成了无本之木,必然导致经济动荡,民生凋敝。至于用什么理论去证明这一点,我就不教你了,我相信你肯定能够自圆其说的。"

"自圆其说倒是没问题,可是你总得告诉我理由吧?"王梓杰嘟哝道。

作为经济学者,同样一件事,你可以说它是白的,也可以说它是黑的,无论说白说黑,都能找出理论作为佐证,这样的事情,王梓杰和他的同僚们干得多了。他唯一不确定的,就是唐子风这样说到底有没有依据,莫不是他真的只是为了保住自己的常务副厂长职位,才忽悠自己这样说的吧?

唐子风说:"老七,你别犯糊涂。这几年国家忙着入世谈判,很多时候要顺应一部分欧美的行为方式,所以你们这个圈子才会觉得国家是想全盘市场化了。但你琢磨一下,苏联搞了全盘市场化,有好结果吗?我看到的资料,苏联解体至今,经济总量下降了一半,百姓的人均寿命都少了好几岁。有苏联的前车之鉴,咱们怎么可能会走这条路?

"我把话放在这里,一两年内,国际形势就会有很大的变化,到时候咱们国家肯定还会重提自力更生的口号。中国的事情只能靠自己,而能够靠得住的,不是你们这帮卖嘴的,而是我们工人阶级,尤其是国企的工人阶级。"

"你算个什么工人阶级,你看哪个工人阶级在京城有6套房?"王梓杰没好气地呛了唐子风一句,不过心里对唐子风的话还是有了几分相信。

## 第二百七十五章 很大的改革力度

时下，国内关于国企改革的讨论很热烈，建议国企全部退出市场的观点，与坚持要保持国企骨干地位的观点，可谓势均力敌。从一些研讨会上看，前一种观点似乎更占上风，因为持这种观点的很多都是从国外留学回来的经济学精英，理论功底深厚，动辄旁征博引，屡屡获得更多的掌声。但持后一种观点的人，说出来的话往往显得平淡无奇。

王梓杰是个聪明人，政策嗅觉很敏锐。不过，在国外期刊发论文，以及申请国外基金资助，对他来说都有不小的诱惑，这使他一直在犹豫要不要迎合西方学术圈的观点，站到自由市场派那边去。

唐子风的话，替王梓杰解决了问题。王梓杰嘴上不说，内心对于唐子风的洞察力是十分佩服的。既然唐子风也声称支持国企才是正道，那他就一心一意地为国企摇旗呐喊好了。

"老八，你刚才说一两年内国际形势会有很大变化，是指什么？"王梓杰问道。

"这个嘛，天机不可泄露。"唐子风抬头望天，做出一副高深莫测的样子。

1998年至2002年之间，中国面临的国际形势可谓风起云涌，中国几乎被逼到与美国狭路相逢的境地。最后，是某次恐怖袭击事件转移了美国的注意力，才使中国获得了长达十几年的战略机遇期。这一番惊心动魄的经历，让中国彻底抛弃了幻想，开始苦练内功。

这些事情，唐子风当然没法向王梓杰详细说，他只能提醒王梓杰在这个时候不要站错队。说罢这些，他脑子里念头一闪，突然觉得自己应当回二局去找谢天成谈一谈了，机械部撤销在即，临一机的去留问题，恐怕还真得听听谢天成的意见。

"嗨，装什么大神。不用你说我也知道，这两年美国对中国的遏制越来越明显了，保不齐啥时候双方就擦枪走火了。其实，我周围有一些人对中美关系也是不太看好的，只是他们没你那么悲观罢了。"王梓杰说。

唐子风哈哈一笑："老七，你这就说错了。对于中美关系的未来，我是充满了乐观的。不过，有些事现在还不能说，未来也许会有变化，会几经反复。你记住我的预言，保持乐观心态就好了。"

"没问题，我乐观着呢。"王梓杰懒洋洋地应道，面对着一个屡屡预言成功的室友，王梓杰也只能是这种态度了。

"好了,这边的事情就交给你了。郭晓宇和张津那边,你盯着点。有关留学外语培训的诀窍,我回头会写一个详细的思路给你,你就安排人去研究吧。动作要快,老周指不定什么时候就退休了,我还想着趁他退休之前替他解决房子问题呢。至于你说的电子商务网站,你如果筹划好了,就开始启动吧,咱们先投个200万试试吧。"

唐子风说着便站起身来,拎上自己的小包往外走。现在离下班还有一段时间,他想抓紧回一趟机械部,找谢天成聊天去。

王梓杰起身相送,满脸郁闷地抱怨道:"你这个甩手掌柜当得也太滋润了,这么多事情,你上嘴唇一碰下嘴唇,就全交给我了。你能不能对一位知名副教授保持一点起码的尊重?"

"不就是个副高职称吗?我们厂副高职称有好几十个,谁见了我不是毕恭毕敬的?"

"那是他们不知道你的底细。"

"他们如果知道了,会更崇拜我的。"

"你说的是肖美女吧?"

"……你如果不提她,咱们还能当朋友。"

从公司出来,唐子风叫了个出租车,直奔机械部。走进机械部的大楼,唐子风认真观察,果然察觉出了一些不寻常的味道。各处室里端坐在办公桌前认真办公的人少了,三三两两在走廊上扎堆聊天的人多了。当唐子风从那些聊天者身边走过的时候,那些人纷纷住口,同时用警惕的目光看着唐子风,似乎担心唐子风听到了他们说的什么秘密。

看来王梓杰透露的消息不虚,机械部的确是即将撤销了,大家人心思动。

"你消息很灵通嘛,小唐。"

二局的局长办公室里,谢天成听罢唐子风的问题,一边笑着一边说道。

"我倒觉得自己太迟钝了。"唐子风郁闷地说,"我估计,我可能是整个系统内最后一个知道消息的厂级领导。"

"最后一个倒也不至于。"谢天成说,"肯定还会有一两个人比你知道得更晚的。"

"看来我的确是太后知后觉了。"唐子风说。这件事,说起来只能怪唐子风提拔太快,在业内还缺乏根基的情况下,就身居高位了。其他企业的厂长起码

## 第二百七十五章 很大的改革力度

都是奔五的岁数,更有像周衡这样快要奔六的。这些人关系网庞大,遇到点事情都会互相通风报信,却只把他这个小年轻给瞒住了。

"你刚从滕机过来,老周没跟你说这事吗?"谢天成问。

唐子风想了想,点点头说:"你这样一提醒,我倒是想起来了,周厂长的确是暗示过我,可我哪能想得到是这样啊。谢局长,你跟我说说,好端端的,怎么就想着要把机械部给撤销了?"

"这件事,其实已经酝酿好几年了。"谢天成说,"自国家提出搞市场经济以来,政策研究部门就一直在探讨行业管理模式的问题。我们原来的模式,政企不分,各个专业部对行业管得太多,不符合市场经济的原则。这一次,中央也是下了很大的决心,撤销机械、电子、冶金、化工等几个专业部,改为经委下属的工业局,给我们留下的编制不到70人,这个改革的力度还是非常大的。"

"只留下70人?"唐子风咂舌道。机械部现在的规模是好几百人,有十几个司局,未来如果改为工业局,只留下70人的编制,的确意味着职能要发生根本的变化了。

"那么,谢局长,咱们二局会怎么安排呢?"唐子风问。

谢天成说:"二局会有几位同志留下来,进入未来的机械工业局。余下的同志,一部分人转到机电工业公司去,另一部分会分流到学校、行业协会或者企业里去。人员分流的工作非常复杂,也非常敏感,这一段时间,部里忙的就是这件事呢。"

"那么,我们临一机会有什么变化吗?"唐子风终于抛出了自己最关心的问题。

## 第二百七十六章 你想要什么好处

"机械部系统的企业数量很多,按照中央的精神,要抓大放小,一部分企业要转给地方,一部分企业可以采用股份制或者其他方式实现所有制的转换,最后剩下少数企业仍由国家直接控制,不过暂时由几家集团公司代管。"谢天成回答道。

"一部分这样,一部分那样,剩下少数国家直管,那谢局长,我们算是哪个部分的?"唐子风嬉皮笑脸地问道。

对于临一机的命运,他更多的是好奇,而不是焦虑。他的确是想在临一机好好干一番事业,但如果这个平台被拆掉了,他也不是无处可去。大不了回去做王梓杰说的那个电子商务平台,干上几年,说不定BAT(百度、阿里、腾讯)就变成FAT(飞亥、阿里、腾讯)了,有他的飞亥网一席之地。

当然,如果临一机仍然是在国家直管的范围内,依然是国有骨干企业,他还是愿意留下来的,这个舞台更为精彩。

谢天成摇摇头,说:"现在还不好说,毕竟部里的机构改革方案也还没有最后定下来,大家的注意力都放在机关这边了,企业这方面还得再等等。机械部撤销后,各家企业会先统一归到几家集团公司旗下,你们临一机就归到国家机电公司,其他的机床厂也都归到机电公司,等部里的事情理顺了再说。"

"那么,总有一个指导意见吧?"唐子风耍赖说。他可不相信谢天成等人对临一机等企业的去向没有一个考虑,就算他唐子风不关心,那么多家机床厂的厂长们能不关心吗?大家都来问的时候,谢天成能一概说无可奉告?

谢天成笑了,他用手指着唐子风,说道:"我就知道你小唐是不达目的不罢休的。我实话实说吧,目前,局党组以及机电公司对各家企业的处置意见的确还没有形成,不过,有一个大的思路,跟你说说也无妨。

"局党组认为,机电公司旗下,最多管理10家大型企业,甚至少到7家、8家

## 第二百七十六章 你想要什么好处

也可以。余下的企业,地方政府愿意接收的,就交给地方企业去管理;地方政府不愿意接收的,就采取股份制、拍卖、破产等方式,转变企业的所有权性质。

"这其中,困难最大的就是企业原有职工的安置问题。尤其是企业进行所有制转换之后,原有职工的就业如何保障,退休人员的工资如何保障,都要慎重考虑,这也是我们暂时不能明确提出处置意见的原因之一。"

唐子风问:"机电公司想留下的10家大型企业,是由局党组指定,还是各家企业自由竞争?比如说,像我们这种又能赚钱又听话的企业,是不是会被优先考虑?"

"你说临一机?"谢天成哑然失笑,"你们能赚钱是真的,但'听话'二字从何说起啊?我怎么觉得,自从你当年跟着老周去了临一机之后,临一机就在不停地折腾,屡屡把局党组搅得不得安宁?大家都说,趁早把临一机扔给临河市去管,我们这些局领导起码能多活十年。"

"不会吧?谢局长,你看我这脸,难道我特别不像一个听话的好下属吗?"唐子风伸出一根手指头,戳着脸上的酒窝,向谢天成扮了一个极萌的表情。

谢天成像轰苍蝇一样向唐子风挥着手掌,鄙夷地说道:"得得得,你这副表情,还是向你老丈人比画去吧,我可听说你正在和楚天17所的肖总工的女儿谈朋友,是不是都快请我们吃糖了?"

"这个……跑题了吧?"唐子风郁闷道。谁说这些局级干部就不八卦了,谢天成这么一个浓眉大眼的领导,居然也开这种玩笑。他收起刚才的表情,认真地问道:"谢局长,这么说来,周厂长催着我抓紧兼并滕机,和这件事也有关系了?……别装,周厂长都向我坦白了,说他是和你密谋过的,你千万别说你不知道这件事。"

这回轮到谢天成郁闷了,自己还一句话都没说呢,怎么就被唐子风脑补了这么多情节?自己堂堂一个大局长,凭什么就不敢承认自己知道这件事呢?

"滕机是一家实力很强的老企业,在铣床生产方面,比你们临一机的基础更好。我和老周商量,希望临一机能够兼并滕机,也是看到临一机这两年的发展势头很好,未来难免会遇到生产能力方面的瓶颈。你们如果兼并了滕机,得到滕机的5000名职工,对于你们未来的发展不是一个很大的助力吗?"谢天成辩解道。

唐子风说:"可是滕机现在的情况,你们不知道吗?周厂长殚精竭虑,头发都熬白了,也就是能够维持滕机盈亏平衡。我们临一机去接手,可就是接过一个大包袱了。"

"是挑战,也是机遇啊。如果你小唐能够解决滕机的业务来源问题,这个包袱就成为你们的左膀右臂了。"

"其实局党组最初的打算只是为了甩包袱,对不对?"

"这只是原因之一,更主要的原因,还是觉得滕机是个老企业,就这样看着它垮掉,太可惜了。而你小唐又擅长化腐朽为神奇,所以嘛……"

"所以干活让我去,功劳是局党组的。"

"这是什么话!你小唐这些年立下的功劳,局党组什么时候不认账了?"

"我个人有没有功劳无所谓,背这个包袱的是我们临一机,相当于是临一机替局党组排忧解难,局党组准备给临一机什么好处?"

"你想要什么好处?"谢天成的表情稍稍严肃了一点,别看刚才大家像是在开玩笑,其实这只是一种更友好的讨价还价。下属企业与上级机关讨价还价是再正常不过的事情了,唐子风这还算是吃相比较文雅的。

唐子风说:"我们如果兼并并且消化掉了滕机,帮局党组解决了麻烦,未来机电公司下属的10家企业里,是不是能给我们留下一个名额?"

谢天成说:"临一机这几年发展势头很好,技术水平高,经营有活力,机电公司肯定是希望抓在自己手上的。事实上,要不要让临一机留在机电公司,决定权不是在机电公司这边,而是在你们临一机那边。"

"此话怎讲?"唐子风问。

谢天成说:"你小唐哭着喊着想让临一机留在机电公司,可你知不知道,有一些企业的领导是想方设法不要留在机电公司。这件事,我们也要讲究一个自觉自愿,如果你们临一机不愿意留在机电公司,我们也不会强求的。"

唐子风问:"留在机电公司,当一家国字号企业,不好吗?"

谢天成说:"各有各的好处吧。国字号的企业,未来能够得到国家的一些政策扶持,还有就是企业领导的级别高,这当然是好处。但转到地方上去,或者搞股份制,也是有好处的。比如你们临一机,如果转成股份制,说不定你小唐也能拥有百分之几的股权,每年光分红就有几百万,你不乐意?"

"我明白了。"唐子风恍然大悟。闹了半天,有些人打的是这个主意啊!

20世纪90年代末的中国,不单王梓杰等学术圈的精英信奉自由市场制度,

## 第二百七十六章 你想要什么好处

许多机关干部和国企领导也同样有这种想法。许多人都觉得中国必然要走向全面市场化，这是一个能够发财致富的好机会，也可能是最后一个能够空手套白狼的机会，如果白白错过，可就要抱憾终生了。

带着这样的想法，一些国企领导并不希望自己的企业保持国有属性，而是努力地想推动企业股份化甚至私有化。在企业股份化或者私有化的过程中，原有的领导是可以上下其手的，随便捞一点好处，几代人的幸福生活就都有保障了。

这当然不是说所有推动股份制改造的人都是别有用心，有些人或许真的认为这样做对企业更有好处，能够增强企业活力，为职工谋取更多的利益。不过，大潮面前，谁知道哪些人是在裸泳呢？

"这件事，我还得和厂里的其他领导商量一下，甚至还得听听职工的意见。"唐子风改口了，他对于占有临一机的股份没有任何兴趣，但他不能替其他厂领导做主，也不能替临一机的全体职工做主。万一这些人觉得厂子搞股份制更好，他又有什么资格去阻拦大家呢？

"这段时间，大家的思想都会特别混乱，你们要注意维持好生产秩序，尤其是不能出现变相侵占企业资产的情况。如果出现这种情况，纪律部门是不会放过你的，明白吗？"谢天成叮嘱道。

"谢局长请放心，我小唐好歹也是受党教育多年，这点觉悟还是有的。"唐子风笑着向谢天成保证道。

话说到这个程度，唐子风想了解的情况都已经了解清楚了。他站起身告辞，谢天成也站起来，伸出手拍拍他的肩膀，说道：

"小唐，部领导、局领导，还有周厂长，对了，还包括咱们的老局长许老，大家对你的评价都是非常高的。临一机绝对不是你唯一的舞台，我们希望看到你在更大的舞台上，为国家做出更大的贡献。希望你不要辜负大家的期望，守住本心。"

# 第二百七十七章 肖叔有什么建议

"肖总工,欢迎欢迎啊!"
"唐总,你好你好!唐夫人好!"
"肖总工快请坐吧!"
"唐总先请!"
"肖总工远来是客,你先请!"
"唐总和唐夫人安排酒席辛苦了,还是你先请!"
"……"

亚运村全聚德餐厅的包间里,唐林夫妇与肖明互相谦让着,谁也不肯首先坐下。这两边都不是擅长交际的人,在这个场合里,也都是硬着头皮与对方应酬,具体该如何做才能既显得自然又不失礼貌,双方都拿不好分寸,一时间竟然僵持住了。

唐子风和肖文珺二人都站得远远的,看着三个大人演戏。其实在陪同自家的大人来餐厅之前,二人都向大人交代过,说这只是一次寻常的家宴,用不着太客套。可两边的大人不是这样想的,他们都声称家长见面是大事,不可怠慢,还摆出一副自己很有经验、经常参加这种会面的样子。既然如此,那就只能由着他们去折腾吧,自己还是个孩子,瞎掺和什么呢?

"你是故意的吧!"

趁着大人们没注意,肖文珺白了唐子风一眼,小声地质问道。

"我怎么就故意了?是老肖自己说要见我爸妈,我有什么办法?"唐子风耸耸肩膀说道。

肖文珺对于唐子风用的称谓已经懒得计较了,她说:"你知道我爸这个人不会这一套的,就不能弄得简单一点?"

"我爸妈才不会这一套好不好?你爸好歹是城里人,套路深,我爸妈都是农

## 第二百七十七章 肖叔有什么建议

村人,哪懂这个?"

"你爸现在是唐总了,你敢说他平时没有应酬?"

"这个还真没有,我们公司有应酬的事情,都是梓杰他爸出面的。"

"真麻烦,早知道就不让他们见面了。"

"不让老肖见见我爸妈,他怎么会放心把闺女嫁给我?"

"不会吧,唐子风,我怎么没发现你有这么厚的脸皮啊?"

"罗丹说过,对于我们的脸皮来说,不是缺少厚度,只是缺少发现。"

"我这算不算是交友不慎啊?"

"充其量算是错上贼船吧。"

"对了,唐子风,你是什么时候开始想要娶我的?"

"我说我是在火车上对你一见钟情,你信不信?"

"信!你对谁不是一见钟情?"

"我和王梓杰在一张床上睡了四年,我也没看中他。"

"……服!"

两人在这悠闲地打情骂俏,那头的争执也终于有了结果,唐林和肖明两个人互相拉着手,同时坐下了。许桂香这才松了口气,转过头看到无所事事的唐子风,不由得恼道:"子风,你在那傻站着干什么,还不快过去给你肖叔倒酒!"

"哎,来了!"

唐子风答应一声,抄起桌上的茅台酒瓶子便向肖明那边走去。90年代末期,即便是京城,服务业的服务水平与南方沿海相比,还是差之千里,这么高档的餐厅,服务员也不会帮着倒酒,而是需要顾客自己动手。

"别别别,子风,你还是先给唐总倒酒吧。"

看到唐子风走过来,肖明赶紧用手捂着自己面前的酒杯,向唐子风说道。

唐子风嘿嘿一笑,语出惊人:"得了,老肖,你就别客气了,我先给你倒,一会再给我爸倒。"

唐子风这一声"老肖"出口,一屋子人都愕然了。肖明的尴尬自不必说,肖文珺的牙咬得咯咯作响,却又碍于唐子风的父母在场,不便暴露出自己暴力的一面,只能用犀利的眼神对着唐子风的后背一阵砍杀。唐林一开始没听清,待到回过味来,却又不知道该如何训斥才好了。

许桂香是最早反应过来的,她随手抓起面前的筷子就想向唐子风扔过去,比画了一下,又觉得不合适,于是便把愤怒转化成了一句怒骂:"子风,你胡说八道什么呢!没大没小的!"

唐子风笑道:"妈,你别生气嘛,我跟肖叔开个玩笑呢。我说你们也真是的,大家都不是外人,你们互相叫啥官衔啊。爸,肖叔是个很随便的人,你就称他一句老肖好了。肖叔,你也称我爸一句老唐就好,这样不是更自在一点吗?"

"对对,子风说得对。"肖明回过神来了,他笑着对唐林说道,"唐总,以后咱们就是一家人了,我就称你一句老唐,怎么样?"

"好好,那我也称你一句老肖。"唐林接得极快,说真的,刚才他一口一个"肖总工"地称呼对方,也的确觉得别扭,凭空多了几成生分。让自己的儿子一闹腾,他也意识到换个称呼更好,毕竟以后双方是要做亲家的。

"这就对了嘛。"唐子风满意地说,"这样显得多亲近啊。"

"亲近也是我们大人之间的事,你个臭小子,对你肖叔这样没大没小,看我回去不揍你!"唐林立起眼睛,对唐子风训道。

"我冤啊!"唐子风喊道,他对肖明说道,"肖叔,你可得给我做证,我每次去五朗,对你和阿姨都是恭恭敬敬的,是不是?"

"这个嘛……"肖明一时语塞,他还真是拿唐子风没辙了。

这几年,他与唐子风见面的次数也不少,对唐子风的性格和人品都颇为了解。他知道唐子风这个人表面上大大咧咧,但实际上很懂礼貌,也很懂得分寸。唐子风偶尔的确会称他一句"老肖",但每次都是在特定的场景下,是出于调节气氛的需要才会这样放肆的。

就如这一回,唐子风肯定是看到他与唐林夫妇太过客气,想逗个乐子,让双方都轻松下来,才来了这么一出。不得不说,唐子风的这一手效果还是挺不错的。

虽然知道唐子风的用意,但毕竟是当着自己女儿和亲家的面,自己如果就认下了这声"老肖",岂不是很没面子?

可如果要他板起脸来,训唐子风一顿,似乎也不合适。人家的亲爸妈就在旁边,自己只是准岳父,训人家的孩子,好像也是越位了。如果唐林夫妇不在旁边,唐子风对肖明不恭敬的时候,肖明其实也是可以骂一声臭小子的,他又不是没这样骂过。

万般无奈,肖明只能没好气地回了一句:"你是不是恭敬,你自己不知

## 第二百七十七章 肖叔有什么建议

道吗?"

"我肯定是很恭敬的。这不,我连我爸的酒都没倒,这不就先给肖叔你倒了吗?"唐子风嬉皮笑脸,伸出一只手去扒拉肖明捂着酒杯的手。肖明于是也就半推半就地放开了手,让唐子风先给他倒上了酒。

倒完肖明的酒,唐子风接着给唐林倒酒,然后是母亲、女友以及自己。待到大家的酒杯里都有了酒,唐林端起酒杯,对肖明说道:"老肖,初次见面,我先敬你一杯。子风这孩子不懂事,肯定惹你生过不少气,我代他向你赔个不是了。"

"老唐,可别这样说。"肖明赶紧举杯,说道,"子风非常能干,年纪轻轻就主持临一机的工作,这可不是随便哪个年轻人都能够做到的。其实子风每次到我们五朗去,对我和文珺她妈妈都是很尊敬的,偶尔开个玩笑,要个宝啥的,这是年轻人的活泼,我们当长辈的,都能理解的。"

"哈哈,老肖你不生气就好。来来来,咱们干一个!"

"来,干一个!"

两边的男主人都举杯了,其他人自然也是纷纷举杯,大家哈哈笑着一齐干了第一杯酒。看到众人放下酒杯,唐子风照旧屁颠屁颠地起身倒酒,肖明也不再客气,甚至在唐子风给他倒完酒后,连点头致意的礼节都省了,这就是要把刚才丢的面子再圆回来的意思了。

酒桌上的敬酒词都是千篇一律,也不必细说了。几轮酒喝过,双方开始没话找话地交谈。肖明是个搞技术的,唐林夫妇则是刚进城没多久的农民,两边要想找到共同感兴趣而且还能聊得起来的话题,实在是一件比较困难的事情。眼看着饭桌上就要陷入冷场的境地,唐子风轻轻咳了一声,挑起了话头:

"肖叔,据说今年国家要搞机构改革,你听说过没有?"

肖明正在搜肠刮肚地想着和唐林再聊点什么,听到唐子风的问话,他松了口气,转过头来对唐子风回答道:"我听说了。机械部、电子部、化工部等职能部委都要撤销,改革力度挺大的。对了,子风,一旦机械部撤销,你们临一机何去何从,部里有没有一个明确的意见?"

唐子风说:"我昨天去部里问过了,部里对我们这些部属企业,目前还没有明确的安置意见,大致意见是一部分仍由中央直属,一部分划归地方,还有一部分改制成股份制或者转为私有。具体到临一机,我们二局的领导表示,尊重我们自己的选择。"

"那你是怎么考虑的呢?"肖明问。

唐子风笑着反问道:"肖叔有什么建议呢?"

这翁婿俩一聊起来,唐林夫妇便不吭声了,他们知道儿子和亲家之间才是更有共同语言的,这种大型企业经营方面的事情,他们俩是真的弄不清楚。看到儿子能够和肖明这样的大知识分子平等交流,老两口内心颇为欣慰。

肖明摇摇头说:"这件事,我也拿不准。不瞒你说,我们17所也面临着何去何从的问题呢,今天你不提起来,我还打算专门找机会问问你呢。"

# 第二百七十八章　国家是肯定不会放手的

"不会吧?"唐子风也是一愣,"肖叔,你们是军工企业啊,怎么可能还会有何去何从的问题?"

肖明苦笑道:"谁说军工企业就不会有何去何从的问题?我这次是跟着我们所长一起到京城来的,就是来听取科工委领导传达有关军工系统政企分开的政策精神。这事现在也不算是什么秘密,不过,你们也先别往外传⋯⋯"

后面一句话,他是对满桌子人说的,其实主要是叮嘱唐林夫妇。肖文珺作为肖明的女儿,肯定是懂得分寸的。至于唐子风,作为一位国有大型企业的领导,哪些话该说,哪些话不该说,他丝毫不比肖明懂得少。

我国的军工管理体制,经历过许多次变革。目前是由科工委管理五大公司,五大公司再管理下属的研究所和工厂。此前的核工业部、航空航天部等部委虽然都已经改制为公司,但在管理体制上,仍沿袭着行政管理的传统,并没有真正地实现政企分开。或许正是这样一种政企不分的体制,导致军工企业普遍缺乏活力,军工也成为全国亏损最为严重的系统。

在这一轮的机构改革中,国家已经明确提出,要对原有的科工委进行改组。改组后的科工委只负责行业政策管理,不再具体管理企业。而五大公司也将进行改造,每家公司会被拆分成两家,从而变成十大集团公司。

将一家公司拆分成两家的目的,在于引入竞争机制,让昔日在同一个锅里搅匀的企业变成竞争对手,从而激发起各自的活力。改组后仍不思进取的企业,将在这样的竞争中被淘汰。

这个改革方案,目前尚未正式公布,但正如机械部的机构改革方案一样,在本系统内早已传得沸沸扬扬,算不上是什么秘密了。肖明在这个场合对唐林等人说起,也谈不上是泄密。

"你们17所,不至于下放给地方吧?"唐子风回忆着自己前世了解的情况,迟疑着说道,"至于说改制,倒是有点可能性,军工企业也可以上市的。"

他这样说,是因为他记得在后世是有所谓军工股的,至于是什么时候开始的,他就不清楚了。

唐林听到他这样说,忍不住训斥道:"子风,你又瞎说什么呢,军工企业怎么能改制呢?这造飞机大炮的厂子,还能让私人去管?"

唐林虽然是农民出身,但好歹也是有点文化的农民,尤其是这两年来到京城,还当了双榆飞亥公司的董事长,也算是见过一些世面了。他不懂得啥叫现代企业制度,也不懂得啥叫政企分开,但他知道军工企业是怎么回事。在他看来,军工企业就是造飞机大炮的,这都是国之重器,哪有上市的道理?

他怕儿子胡说八道,被肖明笑话,所以才抢着来反驳唐子风的话。

肖明却是摆摆手,说:"老唐,子风说得没错。现在的确有人建议把一部分军工企业改制成股份公司,甚至还有人建议允许外资企业和民营企业兼并一部分效益不好的军工企业。我也正是因为这个原因,才要向子风请教一下的。"

"他懂个啥,他就是个毛孩子!"唐林假装不屑地贬低着唐子风,心里却是有几分得意的。他能感觉得到,亲家说的请教并不是客套,自己的儿子居然能够指点肖明这样级别的领导,这让唐林很是自豪。

唐子风不知道唐林心里给自己加了那么多戏,他凭着自己的想法,对肖明说道:"肖叔,依我的看法,国家对于军工企业是肯定不会放手的。像我们这种地方企业,国家说放也就放了,但军工不一样,这个体系是不可能完全交给市场去调节的,否则国家安全就没保障了。

"别看咱们国家承平日久,上上下下都有点马放南山的想法,一旦国际上有点什么变化,国家肯定会重新认识到军工的重要性,那时候就是你们军工企业吃香喝辣的机会了。"

"话是这样说,可看现在的形势,国家还不知道什么时候会重新重视我们呢。"肖明有些灰心地说。

"我觉得,快了吧……"唐子风微微一笑,说道。

时下已经是 1998 年了,一年之后,便会发生后世所称"三大恨"之一的轰炸我大使馆事件,而这个事件也将成为国家重新重视军工的一个转折点。当然,并不是说没有这一事件,国家就会永远不重视军工。事实上,随着国民经济调整的完成,国家经济实力不断上升,到 90 年代末期,国家已经拥有了大力发展

## 第二百七十八章 国家是肯定不会放手的

军工的能力。

肖明不知道唐子风拥有两世记忆,他只是认为唐子风是从宏观形势等方面做出了这样的推断。对于唐子风分析经济形势的能力,肖明嘴上不说,心里是挺服气的。他的老同学秦仲年不止一次地向他介绍过唐子风在经营上的远见,肖明自己是搞技术的,对经营并不了解,因此对于那些擅长经营的人,一向是颇为崇拜的,这也是他刚才说要向唐子风请教的原因。

"照你这个说法,国家应当保持原有的管理体制才对,为什么要对军工系统进行这样大刀阔斧的调整呢?"肖明问。

唐子风说:"国家肯定是会高度重视军工的,但各家军工企业的内部经营是个什么样子,肖叔应当比我更清楚吧?我说句难听的,如果不改变军工企业的管理体制,给你们再多的钱,也会被你们糟蹋了。这可都是我们这些纳税人的血汗钱呢。"

"呃……"肖明再次尴尬了。

早年的军工系统是一个全封闭、完全独立的系统。军工企业的生产和销售都是由国家指令管理的,旱涝保收。那时候,军工企业内部管理严格,职工思想也比较单纯,"军工报国"既是写在车间、实验室墙上的标语,也是大多数干部工人内心的理想。在肖明的记忆中,那是军工系统非常辉煌的时期。

改革开放后,国家提出把工作重心转移到经济工作上去,军工订货日益减少,许多军工企业不得不开拓民品市场以弥补经费的不足。军工企业搞民品,有一些成功的案例,但大多数效益都很不好,导致企业亏损严重,职工待遇不断下降。加之社会上的各种思潮开始渗透进来,许多军工企业如地方企业一样,出现了各种企业病,有些问题甚至比地方企业有过之而无不及。

唐子风说军工企业糟蹋纳税人的血汗钱,这话虽有一竿子打翻一船人的嫌疑,但肖明知道,有些军工企业的确有这样的情况,这让像他这样的老军工都倍感耻辱。

国家也正是看到这种情况,才提出军工系统也要搞政企分开,要把军工企业推向市场,利用市场竞争的力量来帮助军工企业完成管理制度的变迁。

"转变机制,尤其是把一部分军工企业改变为股份制公司,有几个好处。第一,可以筹集一部分资金,弥补军工企业资金不足的缺陷,帮助军工企业升级技术,增强实力。第二,通过上市,引入外部监督机制,促进军工企业内部管理机制的改革,提高效率。第三,上市也是一种增加透明度的方法,能够使军工企业的经营更加符合市场原则,有利于军工企业走向国际市场。从这些角度来说,军工企业上市是大势所趋,也是利国利民利厂的大好事。"

唐子风开始侃侃而谈,以他的学识,对一件事总结出个"一二三"来实在是太容易了。

"可是,这样一来,我们怎么保证国家的国防需要呢?"肖明问。

唐子风说:"这就涉及另一个方面了。像17所这样的企业,可以选择上市,也可以选择不上市,但不管是哪种情况,肯定都是国有股占绝对优势,国家是不会容忍市场力量影响你们企业经营的。像我们临一机这样的企业,可以搞全面改制,甚至改成全部私有也无妨,但军工企业,国家是肯定不会放手的。"

肖明点点头:"如果是这样,那我就放心了,老实说,我真担心国家真的不管我们了,把我们全推到市场上去,任其自生自灭。个人的待遇啥的,我倒是无所谓。我是觉得,像我们17所这样的企业,我们拥有的技术是国家花了几十年时间,投入了数以亿计的资金搞出来的,如果就这样全部扔掉,实在是太可惜了。"

"肖叔放心吧,国家没那么糊涂。"唐子风轻松地说道。

"我也是这样想的。"肖明赞同地说,随后又话锋一转,说道,"不过,子风,我们17所现在的处境也非常困难,有点类似于过去432厂的那种情况。尤其是最近传出关于军工系统政企分开的消息之后,职工情绪波动非常大,我手下的很多年轻技术员都在琢磨跳槽的事情。

"我担心,没等你说的什么机会到来,我们研究所的骨干就都流失掉了。我知道你是个有办法的人,你能不能想个办法,帮我们把人留住?"

# 第二百七十九章　拿业务当聘礼

"要留住人,不外乎给钱、给待遇,让职工有事情做、有盼头。肖叔,你是打算让我从哪方面帮你们呢?"唐子风轻松地问道。

他与周衡刚到临一机去的时候,也遇到优秀员工想跳槽的事情,但这几年下来,跳槽的事就很少了,反而是外面的人想跳槽到临一机来。究其原因,其实就是工资、福利、事业、前途这几样。时下国人还穷得很,很少有人会因为"想去外面看看"这种小资情调而辞职。

肖明琢磨了一下唐子风说的话,点点头说:"你总结得不错。可我们研究所现在的问题恰恰就是工资水平不高,福利不好,缺少任务。至于前途嘛,老实说,很多人也觉得很渺茫。"

"肖叔的意思是说,所有这些都需要我帮忙解决?"唐子风问道。

肖明顿时就窘了。他的意思,的确是想让唐子风把这些问题都帮他们给解决了。唐子风的能耐,他是知道的。当初唐子风当着他的面,摆平了432厂的总工谷原生,促成了临一机与432厂的合作。如今,两家合作开办的东云机床再生技术公司搞得红红火火,432厂一年光拿分红就有上千万,日子比系统内的大多数企业都好得多,让多少人看着眼馋。

17所的所长蒋会不止一次地向肖明吹过风,让肖明在合适的时候找唐子风私下沟通沟通,看看能不能在17所和临一机之间也搞点什么合作。关于唐子风有可能成为肖家乘龙快婿的事情,至少在17所的领导圈子里是人人皆知了。照着蒋会的说法,唐子风想娶17所的姑娘,怎么也得拿个几千万的业务来当聘礼吧?

拿业务当聘礼这种话,肖明是无论如何也说不出口的。事实上,因为唐子风的帮忙,肖文珺前前后后赚到了几百万,连肖明两口子在五朗市区买的新房子,用的都是这笔钱。肖明的老婆在私底下早就说过,这已经相当于唐子风给的聘礼了。嫁一个女儿，总不能收两回聘礼吧……

肖明吃了个瘪，肖文珺在旁边看不下去了，从桌子底下踹了唐子风一脚，没好气地说道："子风，你就不能好好跟我爸说话！在我爸面前还抖你的小机灵！"

"就是！你怎么跟你肖叔说话的！"许桂香也反应过来了，跟着准儿媳的节奏，对唐子风训道。

"呃……我不是这个意思。"唐子风装出一副苦脸，说，"17所是军工企业，我们临一机是地方企业，不太好插手军工企业的事情。肖叔不明确说需要我们做什么，我怎么好越俎代庖呢？是吧，肖总工？"

有女儿和亲家母撑腰，肖明找回了一点自信，他说道："这不算是越俎代庖，我们蒋所长说了，这件事就全权拜托你了。你有什么招，就尽管使出来。只要不涉及军事秘密的事情，我们都听你的。"

"不会吧，蒋所长居然这么信任我？"唐子风笑道。

肖明也是顾不上脸皮了，他说道："子风，说真的，要论搞经营，我们军工企业无论如何也比不上你们地方企业。蒋所长不止一次地跟我说过，想请你去给我们所诊诊脉，看看我们所能够做点什么。你看，432厂因为跟你们合作，现在全厂干部职工吃香的、喝辣的，谁看了不羡慕？你好歹也是17所的……呃，好歹也比和432厂更亲吧，17所的事情，你能见死不救？"

说到最后一句的时候，他差点把蒋会的原话说出来了，虽然他及时刹住了车，但这一桌子人谁听不出被他咽回去的那个词是什么。唐林和许桂香的眼睛都亮了，合着用不着给亲家包红包，只要儿子能帮亲家的单位解决点问题，这个媳妇就跑不了了。这样便宜的事情，还犹豫什么？

"子风，你肖叔都发话了，你就别推辞了。肖叔和他们那个蒋所长让你帮忙，那是对你的信任，你办得到要办，办不到也要办，明白吗？"唐林摆出老爹的威风，对唐子风下令道。

"没问题！"唐子风不敢再唧唧歪歪了。老肖是个老实人，偶尔逗一逗也无妨，老爹唐林可不是好惹的。小时候，唐子风三天两头被唐林扒了裤子打屁股，这种童年阴影在唐子风的脑海里是留下了烙印的，即便是穿越而来的这个唐子风，也不敢违抗唐林的意志。

"其实吧……"唐子风笑着对肖明说，"肖叔，我早就琢磨过和17所合作的事情，也向你和蒋所长暗示过很多回了。只是你们17所是军工企业，背景硬，

## 第二百七十九章 拿业务当聘礼

来头大，不把我们临一机这种小企业放在眼里，我也就没办法了。"

"你暗示过我们合作的事情？"肖明有些蒙。

唐子风说："当然。你记不记得，我曾经说过，我们临一机想开发 0.5 微米光栅尺，卡在光学技术上了，想找人合作。"

"这个……"肖明咧着嘴，不知道该说什么好了。

唐子风说的这件事情，肖明当然记得，而且当时他就知道唐子风是在打 17 所的主意。17 所的产品里，就有军用光学设备。中国的光学技术在全世界都是排在前列的，而这些技术又主要掌握在军工部门手里。出于国防安全的考虑，军工部门对一些光学技术是采取保密政策的，所以当唐子风向 17 所提到光栅尺的事情时，肖明和蒋会都假装没听懂他的意思，打个哈哈就把话题给岔开了。

如今，唐子风旧话重提，又选在肖明向他求助之际，这就有点要打脸的意思了。

"子风，这件事，真不是因为我们看不起临一机，而是涉及光学仪器方面的技术，是军工机密，我们是不可能拿出来和地方企业合作的。"肖明讷讷地解释道。

"你看？"唐子风向众人把手一摊，"大家给我做个证啊，不是我不帮忙，是肖总工根本就没有合作的诚意，我有啥办法？"

"这……"唐林有心帮肖明说话，可涉及技术上的事情，他一时还真不知道该怎么说，只能是愣在那里。

肖文珺是懂行的，她对肖明说道："爸，子风说得有道理。咱们所是有一些保密技术，可子风说的这个级别的光栅尺，在国际市场上已经是很普通的产品了。子风的意思也不是需要咱们透露所有的技术，只要能够和临一机一起造出光栅尺来，背后用的是什么技术，别人也不知道，这就不涉及泄密的问题了。"

"这样啊？让我想想……"肖明有些心动了。当初他拒绝与唐子风合作的时候，17 所还有一些国家的任务在做，日子还过得去，所以在他和蒋会的心里，都没特别在意这件事。他们凭本能觉得光学技术是涉密的，不便与临一机合作，因此也就直接回绝了。

如今，由于国家的军工订单减少了，17 所面临着严重的经营困难，有些过去懒得去琢磨的事情，现在也不得不重视了。他略略地一想，似乎这方面的技术也不全是需要保密的，拿出一些密级比较低的技术来和临一机合作，应当也在允许的范围内。

"肖叔,我跟你说几个数。"唐子风看出了肖明的犹豫,笑呵呵地说道,"目前,我们国内自己的光栅尺技术不过关,稍微好一点的数控机床,都是使用进口光栅尺。一支普通的进口光栅尺,价格就是三四千元。如果是精度高一点的,一两万一支也不奇怪。

"我们找懂行的人估算过,如果我们能够解决关键技术,一支精密光栅尺的成本,连1000元都到不了,普通光栅尺最多也就是100元左右。你算一算,一支光栅尺的利润有多高?"

"有这么高的利润!"肖明的眼睛都直了,天可怜见,他们一向是做军工产品的,对于民品市场上的利润真是没有概念。成本100元一支的光栅尺,居然能卖到三四千元元,这不就是抢钱吗?

可17所没干过这种事情啊,他们生产的军品都是由国家付款的,利润率是有规定的。能够维持企业吃喝拉撒也就不错了,哪容得他们去赚什么暴利。

正因为没赚过昧心钱,乍一听民品市场上有这么好赚的钱,肖明都傻眼了。

"子风,你说的光栅尺,如果能搞出来,一年能卖多少支?"肖明怯怯地问道。

唐子风伸出两个手指头,向肖明晃了晃。

"200支?"肖明猜测道。

"20万!"唐子风用得意的语气说道,随后又补充了一句,"至少!"

"至少20万支!"肖明打了个哆嗦,"那……,那那那,那岂不是有6个亿的产值!"

"这倒没有。"唐子风说,"我刚才说的3000元一支,是进口价。如果咱们自己能生产,一支最多卖到500元。20万支光栅尺,也就是个把亿的产值吧。更何况,这个市场这么大,也不可能咱们两家就把它吃下去了,能拿下1/3就不错了。"

"1/3也行啊!"肖明激动地说,"1个亿的市场,1/3就是3300万,再扣掉1/5的成本,就是2640万的利润,我们所一万职工……"

# 第二百八十章　老肖想吃独食

老肖不愧是总工程师,口算能力那是超强的。见他算得津津有味,唐子风只觉又好气又好笑,他轻咳了一声,说道:"肖总工,你是不是忘了一件事?"

"忘了啥事?"肖明诧异道。

"这2640万,不是你们一家的。"唐子风严肃地说。

"不是我们一家的?"肖明愣了好几秒,这才回过味来,问道,"子风,你不会是说,你们临一机也要分一份吧?"

"爸!"肖文珺忍不住了,冲着肖明喊了一声,"你怎么过河拆桥啊!"

这一嗓子出来,唐林夫妇心中大喜。好媳妇啊,这会就已经想着帮夫家争好处了。这个肖明也真不是东西,女婿想着和他合伙做生意赚钱,他看到利润高,居然想吃独食,哪有这样当老丈人的啊!

肖文珺向肖明抗议,可不是什么女生外向的问题,而是她太了解唐子风这个人了。这是一个雁过拔毛的家伙,不给他一点好处,这件事怎么可能办成。肖明是个书呆子,思考问题太简单,万一惹翻了唐子风,后面的合作可就麻烦了。

此外,就算她能够降服唐子风,让唐子风任劳任怨地给准丈人出主意,自己一点好处都不拿,唐林两口子还在旁边坐着呢,肖明如此吃相难看,岂不是也让人笑话?

肖明看看唐子风,迟疑着说:"子风,我琢磨着,以我们17所的技术力量,光栅尺这种产品,并不需要和你们临一机合作,我们自己就能搞出来。这个点子是你出的,可你们临一机在这件事情里并没有出力,如果最终的利润还要和你们分,我怕回所里去,无法向所党组交代啊。"

要说肖明的这个想法,还真没错。17所名义上是研究所,其实是前店后厂的模式,纯粹的技术人员只有1000多人,倒有5000工人,余下还有几千是后勤人员,结构与临一机这种工厂没啥区别。

光栅尺这种东西,肖明是见过的。他过去没想过要生产光栅尺,因此也没分析过它的生产工艺。刚才听唐子风说这种产品利润畸高,肖明在很短的时间内就想明白了整个设计和生产流程,发现其中的核心技术就是光学部分,其余的都是比较简单的机加工工艺。

光学技术这方面,临一机基本是空白,17所则有很深厚的积累。临一机无法摆脱17所单独开发出光栅尺,但17所却可以在没有临一机配合的情况下,把光栅尺制造出来。

这样一来,17所与临一机合作就没有什么必要了,这么大的利润,17所自己留着不好吗?临一机现在的情况,肖明也有所耳闻,知道一年的产值已经有七八亿之多,少这2000多万也没多大问题。

正是带着这样的想法,肖明下意识地把光栅尺当成了17所一家的产品,以至于唐子风向他提出抗议的时候,他还有点反应不过来了。

当然,他倒也没忘记生产光栅尺这个建议是唐子风出的,他还花了好几秒钟思考过该如何奖励一下唐子风,比如向所里申请给唐子风发个200元的创意奖……

"肖叔,不是我小气。"唐子风叹着气说,"如果肖叔觉得有了光栅尺这样一个点子,17所就能够把产品设计出来,占领国内1/3的光栅尺市场,我也不和你们争。不过,我有句话放在这里,离了我们临一机,你们17所一家去搞光栅尺,最后会亏得连裤子都穿不上。"

"什么意思?"肖明愕然了。离了临一机,自己就要亏得卖裤子,这是什么缘故?

唐子风笑着说:"肖叔,如果我没记错的话,17所过去搞过录音机,最后赚到钱了吗?"

"还是赚了一点的……"肖明的声音明显地弱了。

那还是十多年前的事情了,国家提倡军工企业搞民品开发,17所也不能免俗,凑钱搞了一条录音机生产线。头两年因为市场上录音机短缺,17所生产出来的录音机倒也不愁卖,的确赚了一些钱。但好景不长,录音机市场很快就供过于求了,17所生产的录音机傻、大、黑、粗,价格上也没有优势,一下子就成为市场上的滞销品。

## 第二百八十章 老肖想吃独食

最后，这个项目草草收场，为此而投入的资金都打了水漂，细一核算，17所非但没有赚到钱，反而亏了不少。

当然，在项目赚钱的时候，所里给职工发了不少奖金和福利。而建立生产线所用的钱，是所里的建设资金，按规定是不能发给个人的。所以从职工的角度来说，看不到什么损失，只知道获得了好处，普通职工谈起录音机这个项目，对所领导还是大加赞赏的。

肖明不是普通职工，所以他知道这个项目是失败的，被唐子风一问，他自然就说不出硬话了。

唐子风也是偶然听说17所的这段往事，所以才拿出来撑肖明。听到肖明的口气软了，他用推心置腹的口吻说道：

"肖叔，做市场，不是光有技术和生产能力就够的，营销的作用也非常大。过去咱们国家是短缺经济，企业生产出来的产品不愁销售。但现在情况已经不同了，很多产品都是产能过剩的，能卖出去的产品才是好产品，卖不出去的产品，技术再先进也是白搭。

"你们17所没有市场经验，就算你们能够把光栅尺设计出来，也卖不过别人，最后这些产品全都会砸在手上，血本无归，你信不信？"

"子风说的这个，我也有些体会。"唐林插话了，他觉得唐子风作为一个晚辈，这样教训肖明，有些不妥。他以平辈的身份来附和几句，或许会让肖明觉得更舒服一些。

"老肖，我现在在帮子风他们管公司。子风他们搞的几种教辅材料，老师用了都说好。可光有好产品，如果营销跟不上也不行。我们现在每年都要花很多钱去做广告，还有子风说的软性宣传。另外，我们还有一支很大的销售队伍，要经常到各个学校去推销，稍微松懈一下，销量就哗哗地往下落呢。"

"老唐你说得有理。"肖明明白过来了，"我倒是把事情想简单了。"

"我看你是财迷心窍了。你，还有蒋叔叔，都是财迷心窍。"

肖文珺噘着嘴评论道。肖明刚才的表现，让她觉得有些丢人了，这句抱怨，算是以退为进，尤其是把蒋会也捆绑进来，肖明就没那么尴尬了。

听肖文珺批评了肖明，唐子风也就不便再咄咄逼人了，他说道："肖叔，17所这边有光学技术，也有生产能力，但在营销方面，17所恐怕是有些力不从心的。光栅尺是和机床配套的，机床厂不会为了光栅尺而修改自己的设计，反而是光栅尺的生产商需要按照机床的需要来修改光栅尺的设计,这种和客户沟通的工作,17所能做得了吗?"

"不对啊,你们现在用国外的光栅尺,也能让人家照你们的要求去改设计?"肖明反驳道。

唐子风说:"国外当然不会照着我们的需求来改设计,因为现在是卖方市场,人家说了算。但正是因为如此,我们才有机会。你想想看,我们的光栅尺能够按照客户的需求调整设计,价格还比进口光栅尺便宜得多,客户会怎么选择?"

"有道理。"肖明听出点门道来了,同时也意识到,和临一机合伙还是有必要的。临一机是专业的机床企业,比17所更懂得机床,在如何迎合客户需要方面,临一机的确有17所不具备的优势。

"其次,产品销售出去之后,是要有售后服务的。如果我们的光栅尺一年销售5万支,装配我们光栅尺的机床遍布全国各地,你们17所能建立起一套售后服务体系吗?"

"……"

"我们临一机有现成的售后服务体系,如果我们两家合作,光栅尺的售后服务可以与我们的机床销售服务使用同一套体系,连人手都不用增加一个,这样节省下来的钱,不比从你们那里分到的利润更多?"

"我倒是没算这笔账。"

"最后一点,也是最重要的一点,不知道肖叔想到没有。"

说到这,唐子风打住了,笑嘻嘻地看着肖明。肖明想了一下,摇摇头,说道:"我想不出来,你说吧,是什么重要的一点。"

唐子风说:"一年5万支以上的光栅尺,是一个很大的生产任务。17所现在任务不满,所以想留在自己手里做,好赚这中间的工时费。可肖叔想没想过,万一明年国家突然给17所下达了一大批任务,你们忙国家的任务都忙不过来,这些光栅尺你们还造不造了?"

"这……"肖明被问住了。

正如唐子风说的,他的确是因为17所的生产任务不足,所以想留下这批光栅尺的生产任务给车间去做。可如果真的有了一大批国家订货,车间还有空闲去生产光栅尺吗?到时候,岂不是白白扔掉了一个利润丰厚的好产品?

## 第二百八十章 老肖想吃独食

肖明之所以想不到这一点,是因为他在潜意识里就不觉得国家会向17所下达一大批任务。如果是一小批任务,17所肯定是可以在不耽误光栅尺生产的前提下,把国家军工订货完成的。

可如果唐子风说的情况真的出现了呢?

# 第二百八十一章　老秦太不是东西了

要论忽悠能力,十个肖明捆一块也不是唐子风的对手。肖文珺倒是有一战之力,但她深知唐子风的为人,知道唐子风不可能欺骗肖明,所以也就不多嘴了,只是让这翁婿俩自己去商量。

当然,唐子风也的确没有欺骗肖明,他说的道理是完全成立的。他深知,明年的南联盟危机之后,国家将会关注到国防安全的问题,从而开始高度重视军工生产。届时,像17所这样的军工企业将会面临一个订单爆棚的局面,肯定没有余力来生产民品。如果现在17所把光栅尺完全揽在自己手里,不与临一机合作,到明年,就会出现有业务却做不出来的窘境。

最关键的是,一旦17所突然退出光栅尺的生产,市场上少了几万支的产能,对于各家机床企业来说就是一场灾难了。国外的厂家会借机涨价,割一轮韭菜,把此前在中国市场上丢掉的利润再捞回来,这将是一件非常让人痛心的事情。

最终,肖明被唐子风说服了,答应与临一机合作开发光栅尺,合作模式与此前432厂和临一机之间的合作模式相同,也是两家合作注册一个公司,生产军工转民用的高技术产品。在17所任务不满的时候,产品的生产将主要由17所承担;一旦17所如唐子风预言的那样突然获得大批的军工订单,则民品的生产就由临一机承接。

产品的销售和售后服务由临一机派人负责,临一机可以从销售收入中提取一部分作为营销成本。公司的利润由双方按出资比例分配,考虑到17所目前现金流匮乏,拿不出钱来参股,唐子风同意17所以技术入股,最终双方的股份各占50%。

双方合作建立的公司,初期的产品仅限于机床上使用的光栅尺,未来则会根据17所拥有的技术情况,选择并开发新的产品。照唐子风的预计,这家公司

## 第二百八十一章 老秦太不是东西了

在十年内可以把产值做到1亿元以上,会成为17所的一只"现金牛"。

这项合作,肖明自然是无权做主的。他会把唐子风提出来的条件带回去,提交17所的党组讨论。未来双方肯定还要就合作细节进行进一步的磋商,这就是后话了。

"好啊,子风,这样一来,可解了我们的燃眉之急了。"商定了初步的合作方案之后,肖明兴奋地说道,"如果能够在民品市场上获得1000万以上的收入,我们就有钱来改善职工的福利了,这对于我们稳定职工队伍是至关重要的。"

"肖叔,你可先别太乐观,光栅尺这个产品行不行,还得看市场的反应呢。"唐子风习惯性地泼着凉水。

"是啊,亲家,子风太年轻,他说的话真不一定靠谱呢,你可得给他把把关。"唐林附和着,并且悄悄地把称呼给改了,这也是有点试探的意思吧。

肖明却没有听出唐林改了称呼,在他心里,其实早就把对方当成了亲家。就在来饭馆之前,他给远在五朗的老婆打电话时,也是笑称去和亲家见面的。唐林这么称呼他,他根本就不觉得有什么异样,只是回答道:

"老唐,你可不能这样说,子风这孩子,我还是很信任的。他刚才给我们17所出的主意,我觉得很好。这件事,我回去以后就会向我们所党组汇报,我相信,我们所党组也一定会支持这个方案的。"

"哈哈,那就好,那就好。"唐林说,"我还担心子风不懂事,耽误了你们的大事呢。"

"瞧你说的,子风可是机械系统里公认的青年才俊啊,我们蒋所长对他的评价也非常高呢。"

"他就是有点小聪明,哪像文珺,清华博士,这么高的学历,还会搞发明创造,我们一直都担心子风配不上她呢。"

"配得上配不上,孩子们自己不都已经对上眼了吗?咱们做大人的,就不用去操心了。"

"对对,他们年轻人的事情,他们自己去安排。我和子风的妈妈,也没什么文化,不懂得该做些什么,现在也就是帮他们准备了一套房子,地段还不错……"

"让你们费心了。以后他们在京城,还得你们二老多照顾呢。"

"这是应该的。对了,亲家,等你和亲家母退休了,也搬到京城来住吧。"

"常住就免了,我们在楚天住了二十多年,到京城来可能还不习惯呢。"

"住住就习惯了,你看我们不也习惯了……"

"好说,好说,来,亲家,我敬你一杯……"

"同敬,同敬。"

"……"

这顿酒,唐林和肖明喝得都很尽兴。酒足菜饱,唐子风先叫了个车,让母亲扶着父亲坐车回家去,他自己则与肖文珺一道,送已经颇有些醉意的肖明回酒店。喝醉了酒的肖明照例变得非常可亲,在出租车上,他拉着唐子风的手,絮絮叨叨,一会是感谢唐子风帮 17 所解决困难,一会又说把女儿交给唐子风是如何不舍以及不踏实。

关于后一点,他引用的是秦仲年向他告密时说的话,大致就是认为唐子风心思太多,当个厂长助理很合适,但要招进门当女婿,就未免风险太大了。其实,秦仲年向肖明这样说还是两年前的事情,这两年来,秦仲年对唐子风的评价已经改变了许多,但肖明显然是选择对近期的事情失忆了。

"老秦这家伙,嘴里没一句话能信。你知道他为什么反对我把文珺嫁给你吗?"肖明大着舌头对唐子风问道。

"不知道。"唐子风很诚实地摇着头。他对分析秦仲年的动机没有一丝兴趣,老秦是个厚道人,他一向看不惯唐子风的作风,却是唐子风最忠诚的助手之一。

"因为他也有个闺女,比文珺还大,他想把他女儿介绍给你。"肖明神秘地说。

唐子风愕然:"……不会吧,我怎么听说老秦家的孩子是个儿子?"

"那就是他有个外甥女!总之,他不怀好意!"

"对,肖叔你说得对,老秦太不是东西了!"

"我早就看出他不是东西了,文珺小时候,他还说想让他儿子和文珺结娃娃亲呢。"

"我回去就揍他儿子一顿!"

"……"

出租车开到肖明住的酒店楼下,唐子风和肖文珺两个人架着肖明,好不容易把他弄回了房间。还好,肖明这次来京城开会,是与所长蒋会和其他几位同

## 第二百八十一章　老秦太不是东西了

事一道来的,唐子风找到肖明手下的一位工程师,交代他负责照顾肖明。在得到对方的承诺之后,唐子风才与肖文珺离开了酒店。

"真讨厌,干吗要让我爸喝这么多酒?他酒量根本不行,每回喝一点点酒都会醉得不成样子。"走在马路上,肖文珺不满地对唐子风说道。

唐子风一脸无辜地说:"是老爷子自己非要喝不可,你又不是没看见。"

"还不是你和唐叔叔总敬他的酒,敬完了他又要回敬,一来二去,我都不知道他喝了多少。"

"老爷子心里不痛快啊,难免就喝多了。"

"胡说八道,他怎么会心里不痛快?你给他出了合作搞光栅尺的点子,他不是挺高兴的吗?"

"我说的不是这事。他想着自己好不容易养大的闺女,就便宜了我这么一个白眼狼,心里自然就不痛快了。"

"呸!怎么就便宜你了?对了,唐子风,你说咱们俩好端端的,怎么突然就开始谈婚论嫁了,多俗套啊。"

"主要是我俗套,你不俗套……"

"娜娜如果知道这事,非笑话我不可。"

"不会的,包娜娜在美国搞姐弟恋,咱们还没笑话她呢。"

"她一贯都是这样,很早就会谈恋爱了,谁知道和那个梁子乐能不能成。"

"应该能吧,她也不小了,再耗下去就成大龄剩女了。"

"唐子风,你不会是在含沙射影攻击我吧?"

"没有没有,你还年轻得很呢,不用急,下个月再嫁人也来得及。"

"你想得美!别说下个月,就是下一年、下个世纪……嗯嗯,下个世纪之内肯定得嫁人了。"

"吓我一跳,我以为你打算22世纪才嫁人呢。"唐子风夸张地抚着胸口,喘着粗气说道。

肖文珺白了唐子风一眼,却是想起了一事,说道:"对了,子风,有件事我还忘了跟你说呢。"

"什么事?"唐子风不经意地问道。

肖文珺说:"我那个师兄葛亚飞,让我碰上你的时候跟你说一句,请你有时间和他见一面,他有重要的事情要向你汇报。"

"我晕。"唐子风以手抚额,"是我的架子太大,还是他的架子太大?他想见我,直接给我打个电话就好了,他又不是没有我的手机号,至于还要让我老婆给我吹枕边风吗?"

"唐子风,你怎么这么不见外啊!"肖文珺被唐子风的腔调给气乐了,"不就是我爸和你爸妈见了一面吗,你这么快就进入角色了?"

"口误,口误。"唐子风连声说,"对了,老葛想跟我说什么重要的事情,你知道吗?"

"……"肖文珺一时语塞,这个唐子风,话题切换得也太快了吧?真是让人想跟他计较都找不着机会。她想了想,似乎再去纠缠前面的事情也没必要,于是只得无奈地说道:"他没跟我说,不过他说这件事情对于苍龙研究院的发展至关重要,而且在电话里说不清楚,所以想跟你见面谈。"

## 第二百八十二章　有人挖墙脚

葛亚飞是肖文珺导师带过的学生,曾在美国做博士后,是一名机床专家。为了照顾父母,他于去年回国,原本想在高校找个教职,无奈几家知名高校无法给他足够好的待遇,普通高校他又看不上。

唐子风从肖文珺那里得到这个消息后,亲自出手招揽,以10万元的年薪和一套120平方米的住房把他挖到了苍龙研究院,目前是重型曲轴机床项目组的负责人。唐子风曾听研究院的院长孙民向他汇报,说葛亚飞不负盛名,对重型曲轴机床了解很深,而且工作非常努力,他领导的这个项目进展很快,让船舶公司的康治超非常满意。

唐子风这趟回京城,原本也打算抽个时间去苍龙研究院的京城分部看一看,尤其是看看葛亚飞这个项目组的情况。没承想,没等他去找葛亚飞,葛亚飞却先通过肖文珺来约他了。

"老葛,有什么重要的事情,还不能在电话里跟我说吗?"

次日上午,在苍龙研究院京城分部的一间小办公室里,唐子风笑呵呵地对葛亚飞问道。

"这事吧,我怕在电话里说不清楚。还有,我也担心打扰唐厂长的工作,也不便贸然给唐厂长打电话,所以才通过肖师妹带个话,请唐厂长在方便的时候过来一趟,以便我当面向你汇报。"葛亚飞坐在沙发上,略带着紧张地说道。

唐子风皱了皱眉头,说道:"老葛,你怎么也学着说场面话了?你是文珺的师兄,也就算我的师兄,你直接叫我的名字就可以,或者称我一句师弟也行,怎么一口一个唐厂长的,这是存心把我往外撵是不是?"

"不是不是,我没有这个意思。"葛亚飞有些窘,他讷讷地说,"这是在企业里,你是我的领导,我还是得尊重领导的,要不大家就该说我狂妄了。"

"怎么,有人这样说过吗?"唐子风问。

"这个倒是没有……起码没人当面这样说。"葛亚飞说。

唐子风便明白了。没人当面说,那自然就是有人在背后说了。葛亚飞不是一个能言善辩的人,在国外待了多年,刚刚回国工作,在人情世故方面估计是不太擅长的。他有一个麻省理工的博士后牌子,而且是唐子风高薪聘来的,难免会招人嫉妒,各种背后说小话的事情就很难免了。

葛亚飞虽然不善交际,但智商是足够的。别人对他有看法,他岂能感觉不出来?一旦发现自己已经成为别人议论的对象,他便有了心理压力,做人也变得更内敛了,这就是为什么他见了唐子风会显得格外恭敬。

"葛博士,你大可不必在乎这些。"唐子风说,"群众的眼睛是雪亮的,你葛博士有多大的能耐,以及你的为人如何,别人终归是能够看明白的。你不用刻意去改变自己,照你的本色做事就可以了。企业里的人际关系,说复杂,的确是挺复杂。但要说简单,也非常简单,只要你有本事,人家就会服你的气。

"等到重轴机床研发出来,我给你们整个课题组发重奖,到时候大家就会知道,这都是你葛博士的功劳。没有你葛博士,大家就拿不到这笔奖金。你想,大家拿了奖金,还会在乎你平时如何说话吗?"

"唐厂长说得对,其实我父亲也是这样跟我说的。唉,我这些年光顾着读书了,待人接物方面缺陷不小,慢慢调整吧。"葛亚飞诚恳地说。

"嗯嗯,这事不急。"唐子风说,"对了,刚才咱们说啥来着?你是有什么事情要跟我说吗?"

"是的是的。"葛亚飞也回过味来了,自己约唐子风是为了向他汇报事情的,怎么一不留神就跑题了。

"唐厂长,我请你过来,是有一件很重要的事情向你汇报。上个月,有一家日资机床研究所的一个什么经理,通过我一个同学的关系联系上我,说要出高薪聘我去他们公司工作。"葛亚飞说。

"日资机床研究所?"唐子风一惊,下意识地问道,"他们为什么要聘你?"

葛亚飞说:"那个人说,他们听说我在重型曲轴机床设计方面有一些专长,而他们研究所也在开发这种机床,所以就想挖我过去。"

"哦,原来是这样。"唐子风应了一声,同时为自己刚才的脑残问题感到惭愧。这不是废话吗?葛亚飞是个人才,是人才就会有人挖,亏自己会问出这样的问题来。其实,他刚才想问的并不是这个,而是另外一个问题。

## 第二百八十二章 有人挖墙脚

"他们是怎么知道你的呢?"唐子风问。

葛亚飞摇摇头:"这我就不清楚了,我估计是研究院里有哪位工程师说出去的吧。那个来挖我的人,早先也是在一家国营大型机床厂工作过的,人脉很广。"

"是吗?哪家厂子的,他叫什么?"唐子风随口问道。

"是常宁机床厂的,他叫何继安。"葛亚飞说。

"何继安?这厮怎么又跑到日资企业去了?"唐子风直接就骂开了。他没直接和何继安打过交道,但听韩伟昌说过很多遍了。在韩伟昌的嘴里,何继安是个不折不扣的技术流氓,毫无节操可言。当然,唐子风也知道韩伟昌的这番评价水分很多,简单说就是"流氓相轻",毕竟韩伟昌的节操也是有问题的。

何继安最早进入唐子风的视野,是他从常宁机床厂跳槽出来,投奔了韩资的东垣机床厂,而且凭着韩资机床的幌子,在客户那里吹牛,抢了临一机不少订单。后来,受临一机等国内机床企业的挤压,再加上亚洲金融危机的打击,东垣机床厂宣告破产,何继安便逃到鹏城去了。因为他并不是什么重要的角色,临一机也没专门去了解他到鹏城之后的去向,谁知他竟入职了一家日资机床研究所,这是打算在"买办"的路上一直走下去了。

最让唐子风惊讶的是,东垣机床厂破产也就是春节前的事情,现在不过是2月底,何继安居然就已经在日资企业里混成了一个什么经理,还气势汹汹地跑来撬苍龙研究院的墙脚了。

"怎么,唐厂长认识这个何继安?"葛亚飞听出了唐子风话里的意思,好奇地问道。

唐子风点点头:"都是机床圈子里的,算是听说过他的名字吧。"

"哦。"葛亚飞应了一声,却也没再追问。唐子风刚才听到何继安的名字就直接爆了粗口,二人之间的关系显然不是这么简单。不过,唐子风不说,葛亚飞也不便多问,他只需要知道唐子风对何继安极没有好感就行了。

"他给你开了什么价?"唐子风问道。

葛亚飞说:"他没说具体价钱,只说按我在苍龙研究院的待遇,翻上一番。"

"那就是20万年薪,加一套240平方米的房子。"唐子风冷笑道。

"房子的事情,我没跟他说。"葛亚飞怯怯地解释道。

"那你是怎么想的?"唐子风又问。

葛亚飞挺了挺胸脯，说道："我直接就回绝他了，没给他留任何余地。"

唐子风故意问道："为什么呢？他不是承诺待遇翻番吗？"

葛亚飞说："唐厂长，我到苍龙研究院来，的确是冲着研究院的待遇来的，尤其是研究院给我安排的房子，现在我父母都到京城来了，生活很安逸，我非常感谢唐厂长的厚爱。"

唐子风摆摆手："别这样说，这是你应得的。你看，其实苍龙给你的待遇还太低了，人家日资企业一张嘴就能承诺给你翻番呢。"

"做人还是得有信用的。"葛亚飞认真地说，"我既然答应到苍龙研究院来工作，就不能见异思迁，这样做就对不起唐厂长你了。还有，我也很喜欢苍龙研究院的工作环境和工作内容，船舶公司的康总工跟我说，咱们国家整个造船业现在就卡在这一台重轴机床上，我能够参与这么重要的工作，这是我的人生价值所在，哪能因为别人多给了一些钱就跳槽了。"

他这样说的时候，唐子风一直在观察着他的表情。葛亚飞不是一个善于作伪的人，唐子风能够看出来，他说的这些话，是出于真心的。当然，也不是说葛亚飞就是那种有着远大理想、坚强意志的人，他拒绝何继安的招揽，很大程度上是因为苍龙研究院给他的待遇不算薄，工作环境也比较愉快，所以他才没有受到诱惑。至于说人生价值之类的，那就是在满足了基本生活需要之后才有余暇考虑的了。

"那么，你叫我过来，就是为了告诉我这件事吗？"唐子风问。

葛亚飞摇摇头："不是的。其实我已经拒绝了何继安，这件事要不要向你汇报，意义都不大了。我请你过来，是因为我听说何继安并不只是挖我一个人，而是找了研究院里的不少工程师，而且几乎都是能力很强的工程师。我没有向他们打听过，但我想，他能够给我开出待遇翻番的条件，给其他工程师，应当也会这样做吧。"

## 第二百八十三章　这也太不讲规矩了

听到葛亚飞这话，唐子风顿时就吓出了一身冷汗。对方如果只是挖葛亚飞一个人，无论挖到与否，唐子风都不是特别在意。就算葛亚飞看中人家给的两倍待遇，跳槽走了，苍龙研究院损失的也只是重轴机床这一个项目的开发进度，大不了再去找个懂行的来担纲，也耽误不了太多事。

可听说这个何继安找的并不只有葛亚飞一人，而是和不少工程师都联络过，唐子风就无法淡定了。对方挖人，肯定是瞄准有能力的人，而这些人都是各个项目组的骨干，有些与葛亚飞一样，当着项目组的负责人。如果有十个八个这样的人被挖走，研究院一半的工作都要停顿下来，这就不是短时间内能够弥补得了的。

挖墙脚这种事情，是非常恶心人的。任何一个单位里有能力的人都是少数，大多数人是能力平平的。为了保证公平，一个单位不能把能人与庸人之间的收入差距拉得太大，否则大多数的人都要觉得不公平，工作就没法开展下去了。

挖墙脚的那些人，就是针对你的这种情况，找到你单位里的骨干，许以高薪，诱惑其跳槽。面对这种手段，各单位可以说是一点办法都没有。你如果给这些骨干加薪，就会导致内部薪酬体系失衡，大多数员工不满意。但如果不给这些骨干加薪，面对外部的高薪引诱，很多人又会选择离开。

各单位的骨干，都是单位花了很长时间从普通人中筛选，又花了很大成本培养出来的。那些挖墙脚的民企、外企省下了这些时间和成本，只要许以高薪，就能够获得一批优秀人才，让你人财两空，这实在是一件让人恼火的事情。

在这种情况下，国企遭受的损失最为严重。因为国企的内部制度限制，给予骨干职工的待遇往往无法过于特殊。一些外企或者民营企业，就是抓住了这一点，才能大肆地挖墙脚且获得成功。这些年从国企中流失掉的骨干工程师和高级技术工人已经不是一个小数目,包括临一机也遇到过这样的事情。

苍龙研究院是由机二〇企业以及432厂、新经纬公司等外围企业单位合股建立的股份制企业,薪酬制度比传统的国企更为灵活一些,有些骨干工程师拿的薪酬远高于国企里的同行,人才队伍的稳定性总体还是不错的。

但这种高薪酬,也只是相对而言。由于机二〇企业都是国企,苍龙研究院也算是以国有股为主的企业,在薪酬制度方面不便走得太远。更何况,研究院里的大多数工程师都是机二〇企业派过来的,拿的是原单位的薪水,在研究院充其量再拿一份效益津贴,额度也比较有限。如果有外企出高薪来挖人,这些工程师流失的风险是很大的。

"这么大的事情,你怎么不早告诉我?"唐子风急了。听葛亚飞的意思,何继安来找他的事情,应当已经过了很多天了。这些天里,何继安还不知道已经联络过多少研究院的工程师,没准都已经有人偷偷跑到鹏城面试去了。

"我……"葛亚飞哑了。他也是后来才听说何继安去联络其他工程师的,得知这个消息之后,他就托肖文珺给唐子风带话了,谁知道肖文珺带个话要这么长时间呢?以葛亚飞的愚见,他们不是两口子吗,难道不应当是每天都会见面的吗?

唐子风也回过神来了,知道这事也没法怨葛亚飞。葛亚飞只是一个普通工程师,他自己拒绝了何继安的招揽,已经对得起研究院了。给他通风报信这事,算是葛亚飞分外的工作,他非但不应当埋怨葛亚飞,反而应当感谢他才是。

"这事,不是你的责任,我还得谢谢你给我提供了消息。"唐子风换了个口气说道。

"哪里哪里,这是我应当做的。"葛亚飞赶紧客套。

唐子风说:"这样吧,葛师兄,你平时多帮我盯着点,有什么新的动向,及时给我打电话。我马上回临河去,何继安要挖人,肯定是盯着总部那边的。我得赶紧去看着点,别让他把我们的墙给挖塌了。"

"好的好的,唐厂长快去吧。京城分部这边,我也会多和大家聊聊,告诉他们留下来才是最好的选择。就像我这样,不也从美国回来了吗?"葛亚飞说。

唐子风差点笑了出来,葛亚飞的这个现身说法,在本土的工程师那里可真没多少说服力啊。不过,葛亚飞能这样说,也是一番好意,唐子风当然不能打击,而是得鼓励几句,让葛亚飞心情愉快。

## 第二百八十三章 这也太不讲规矩了

送走葛亚飞,唐子风把京城分部的负责人裴荣找过来,向他打听有关何继安挖人的事情。裴荣对此事毫不知情,被唐子风问了个一头蒙。不过,在听明白了事情的原委之后,裴荣拍着胸脯向唐子风保证,说自己会去做大家的政治思想工作,务必让大家坚持理想信念,扎根研究院,拒腐蚀而不沾。

唐子风知道裴荣这话也就是一个表态,实际上能不能留住人,并不取决于裴荣的政治思想工作。毕竟现在的职工主见比过去多得多了,是走是留,最终还是取决于他们自己的考量。

听说唐子风刚回来马上又要去临河,许桂香一肚子舍不得,但也没办法。知道儿子第二天就要走,她有心多买点好菜让儿子在家里吃饭,转念一想,似乎让儿子去和准儿媳一起吃晚饭更为重要,于是便催着唐子风去约肖文珺。

最终,唐子风和谁一起吃了晚饭,当晚又是否回了家,已无法考证。次日一早,唐子风就登上飞机,飞回了临河。

"什么?挖墙脚?"

听到唐子风带回来的消息,秦仲年和孙民都惊呆了。孙民是临一机的技术处长,兼任苍龙研究院的院长。这段时间,孙民一直在忙着组织工程师们开发一款航天领域用于加工火箭发动机燃料舱的高精度铣床,忙得不亦乐乎,哪有空闲去了解职工动态,却没想到底下出了这么大的事情。

"唐厂长,那个葛博士有没有说,何继安都联系了什么人?"孙民怯怯地问道。作为研究院的院长,如果手下的工程师被挖走了一大批,他的责任无疑是最大的,他不由得惶恐起来。

唐子风摇摇头:"葛亚飞也是刚来没多久,本身就不认识多少人,只是偶然听到这个情况而已。在回临河的飞机上,我琢磨了一下,觉得咱们苍龙研究院这两年名气不小,目前这些工程师虽然不能说是国内机床界最顶尖的,好歹也是从各家大厂派过来的,水平和见识都不弱。

"国外机床公司如果要到咱们国内来建研究院,从咱们苍龙院挖人,恐怕是最省事的,不但能够挖走我们这里的技术,还能带去一些人脉。就说这个何继安,不就是因为在常机工作过十几年,在行业内人头很熟,所以干起溜门撬锁的事情,可谓轻车熟路。"

"小唐说得有理。"秦仲年说,"这两年,国内的机床需求上升很快,国际上的那些大型机床公司都盯上了咱们国内的市场。他们要想打开市场,就得有熟悉国内机床情况的人。苍龙研究院是咱们20家大型机床厂联合建立的,有得天独厚的优势。日本人想从苍龙研究院挖人,也是可以想象的。"

"这也太不讲规矩了吧?"孙民愤愤地说,"出高薪挖咱们的骨干,相当于剽窃咱们的技术,这是不是违法了?"

唐子风苦笑道:"这能违什么法?如果咱们和工程师们签了竞业限制合同,那么对方挖人,咱们的确可以拿出法律武器来予以打击。可谁让咱们根本就没签过这个合同呢?"

"咱们是国企嘛,哪有和职工签这种合同的。"秦仲年解释道。他是知道竞业合同这回事的,不过从来没想过要在临一机推行。

孙民说:"唐厂长、秦总工,虽然咱们没和工程师们签过这种竞业合同,可咱们毕竟是国有企业,这种事,是不是可以请二局出面干预一下?何继安的那个日资企业也是在国内吧?让当地的有关部门去警告他们一下,你们看有用没有?"

"我觉得没啥用。"秦仲年悲观地说,"咱们机械部对地方没有管辖权。再说,人家地方政府好不容易才吸引来这些外商投资,怎么会为了咱们就去得罪外商呢?"

唐子风说:"还有一点,那就是二局马上要撤销了,连机械部都要撤销,这个时候,还有谁会为了这样的事情给咱们出头?国家的政策是,政企职责分开,政府尽量不干预企业的经营行为。挖墙脚这种事情,也算是经营行为吧,你找谁说理去?"

"这……"孙民没辙了。机构改革的事情,他早就听人说起过,现在这个消息再从唐子风嘴里透露出来,他并不觉得有什么新鲜。他在国企工作了二十多年,已经习惯了凡事都找上级摆平,现在遇到日企挖墙脚的事情,而上级又已经指望不上,他可就不知道该怎么办了。

# 第二百八十四章　把篱笆扎牢

"当务之急,还是先了解一下情况,看看有多少人和何继安接触过,又有多少人想跳槽到日企去,弄清楚了情况,我们再商量对策也不迟。"秦仲年接过话头说道。

"也只能这样了。"唐子风点点头,他对孙民说道,"孙处长,你辛苦一下,找几个可靠的人,私底下了解一下,看看到底有多少人是打算跳槽的。"

"好的,我马上去办。"孙民答应得很爽快,这件事也让他郁闷至极,即便唐子风不交代他,他也要去调查的。

打发走孙民,秦仲年对唐子风问道:"小唐,如果真的有一些人打算跳槽,你有什么考虑?"

"那也只能由着他们去吧。"唐子风说,"现在又不比前些年了,咱们还能拿户口啊、档案啊之类的卡人。现在临一机都自身难保,凭什么要求人家忠心耿耿,非得和临一机同进退?"

"这叫什么话!"秦仲年恼道,"咱们这几年的发展不是很好吗,我看就是欣欣向荣的景象。"

唐子风说:"秦总工,你别告诉我说你不知道国家机构改革的事情。"

秦仲年点点头:"我听说过啊,机械部要撤销了,咱们要并入机电工业公司去,谢局长要当总公司的总经理呢。"

"我的天哪!"唐子风长叹道,"你们怎么都这么消息灵通啊,我看连孙民都对这件事了如指掌,闹了半天,我才是最傻的一个。"

其实,唐子风还真是冤枉别人了。这几个月,有不少人在他面前暗示过机构改革的事,反而是他自己对这件事缺乏关注。他是一个穿越者,对于"政企分开"这样的提法,觉得理所当然,不像秦仲年他们那样敏感。

虽说国家在前几年也一直在提政企分开的事情,但这一回调门明显比过去高得多，涉及的层次也更深。秦仲年这些人都是有丰富政策经验的，一听这个调子就知道国家肯定有大动作，然后找几个朋友一打听，也就知道是怎么回事了。

反观唐子风，这些年一直在享用穿越红利，凭着先知先觉过日子，分析能力直线下降，以至于机械部撤销在即，他居然是最后一个知道的。

听到唐子风抱怨，秦仲年皱了皱眉头，说道："小唐，你怎么又说脏话了？这件事，其实对咱们临一机的影响并不大，过去咱们归二局管，以后归机电工业公司管，其实情况是差不多的。你这段时间一直在外面跑，大家也没碰过头。我们几个厂领导凑在一起讨论过这件事，觉得临一机不会受到太大的影响，还是照着原来的路子走下去就行了。"

唐子风说："老秦，对这件事，我的确是有些迟钝了。前两天，我回了一趟二局，见着谢局长了。谢局长跟我说了这件事，还给了我们临一机一个选择，那就是我们可以考虑留在机电工业公司，作为机电工业公司的合资子公司，也可以搞股份制，吸引外来投资，包括外资。老秦，我想问问你，你觉得哪个选择更好？"

"当然是留在机电公司更好。"秦仲年不假思索地回答道。

"大家的意见都是如此吗？"唐子风追问道。他说的"大家"，当然不是指全厂7000名职工，而是指厂领导班子里的那些人，这一点秦仲年是能够听懂的。

"大家的意见嘛……"

秦仲年有些迟疑。他是个老实人，有时候看不懂别人的弯弯绕绕。他回忆着自己与其他几位厂领导聊天的过程，越回忆越蒙，似乎大家都说过应当留在机电公司，但又说搞成股份制公司也不坏。那么，什么才是大家的真实想法呢？老秦实在是晕了。

"我明白了，回头我和大家再商量吧。"唐子风看出了秦仲年的纠结，也知道自己是问道于盲了。他笑着岔开了话题，说道："还是说刚才的事情吧，我觉得，现在这个时代，大家都是很自由的，如果真有想跳槽去攀高枝的，咱们也没办法。不过，离职之前，总得把自己手里的工作交接清楚吧？还有，跳槽到新东家那里去的时候，不能从我们这里带走任何技术资料，这应当也是一个合理的要求吧？"

"这个要求是必须有的。"秦仲年说，说罢，又摇了摇头，"可是，咱们怎么约束他们啊？如果他们连户口、档案都不在乎，那么想跳槽，抬腿就走了，咱们还能拦着？"

"怎么不能拦着？"唐子风反问道。

"你也拦不住啊。"秦仲年道，"比如说，我今天下班了，收拾起东西就走了，明天就飞到鹏城了，你能拿我怎么办？"

秦仲年接着说："我考虑吧，要防备这种风险，需要多管齐下。第一呢，是要做好政治思想工作，尽量避免出现那种抬腿就走的情况。这些工程师也都是在各家厂子里工作很多年的，到了苍龙研究院之后，研究院对他们也不错，我想他们还是会顾及旧情的吧。"

"这倒也是。"唐子风说，"我相信大多数人还是有良心的。"

"就是嘛！"秦仲年对于唐子风接受自己的观点感到很满意，他接着说，"第二呢，就是我们要加强日常的技术交流工作，最起码，每周要有一次技术例会，每个人都要汇报自己的工作进展。这样万一有哪个人突然离开了，其他人也知道如何接手。"

"嗯嗯，这个制度好。"

"第三，就是要加强技术资料的管理。尤其是在这段时间里，要限制工程师把技术资料带出研究院。实在有必要带出去的，要进行详细的登记。如果未来这个人带着资料跑到外企去了，咱们凭着他签过字的登记记录，是可以追究他的法律责任的。"

唐子风点头不迭："老秦，高，实在是高啊！我怎么就想不到这些办法呢？"

"这算什么高明？"秦仲年不屑地说，"这都是我们过去在机床研究所搞过的技术管理手段，只是咱们临一机没这样做。当然，这也怪我，我应当早点把这些制度确定下来的。"

"亡羊补牢，也不晚吧。"唐子风说，"老秦，你现在就去把这些规定梳理出来，咱们临一机要这样搞，苍龙研究院也要这样搞。除此之外，我还会让机二〇秘书处把这个规定发给各家机床企业，让他们也都把篱笆扎牢了，别让日本人叼走了咱们的羊。"

秦仲年应道："好的，我马上去做。机床研究所的情况和咱们有点不一样，它那边的规则制度，也要修改一下才能搬过来，这事就交给我了。"

送走秦仲年，唐子风给销售部打了个电话，问韩伟昌在不在。结果韩伟昌还真在办公室,听说唐子风要召见自己,他一秒钟都没耽搁,便骑着自行车冲到厂部来了。

"唐厂长,你找我啊?"

韩伟昌一进办公室便急切地问道。唐子风没有注意到,韩伟昌的脸上分明有一些不太自然的神色。

"老韩坐吧。"唐子风指了指沙发,让韩伟昌坐下,然后也没绕圈子,直截了当地问道,"老韩,你和常机的何继安熟不熟?"

"这个……应该算是比较熟吧。"韩伟昌支吾着答道。

"你觉得,这个人的人品怎么样?"唐子风又问。

韩伟昌依然吞吞吐吐:"人品嘛,肯定是很糟糕的。当初他贪图东垣公司给的高薪,从常机跑出来,还到处说咱们临一机的坏话,抢咱们的订单,这种人,纯粹就是一个汉奸了。没错,就是汉奸。"

唐子风皱了皱眉,抬起眼看着韩伟昌,诧异地问道:"老韩,你最近没事吧?"

"没……没事啊。"韩伟昌躲闪着唐子风的注视,心虚地回答道。

"你肯定有事。"唐子风笃定地说。他分明记得,从前韩伟昌向他说起何继安其人的时候,那叫一个咬牙切齿,像是何继安欠了他多少钱一般。可刚才这会,韩伟昌就算在说何继安的坏话,明显都有些底气不足的样子,这就让人觉得奇怪了。

事有反常必为妖,这是唐子风的处世经验,尤其是对韩伟昌这个人,他的判断从未出过差错。韩伟昌是个脑子挺活络的人,经过唐子风几年的调教,现在也算是一个销售精英了,很擅长掩饰自己的真实情感。但这种技能只限于对除唐子风之外的其他人,在唐子风面前,韩伟昌有着一种本能的敬畏感,想掩饰点什么,最终的结果必定是欲盖弥彰。

"老实说,你是不是和何继安做了什么见不得人的交易!"唐子风断喝道。

"没有没有!我发誓,我绝对没有和何继安搞到一起去!自从东垣公司破产之后,我只知道他去了鹏城,现在是死是活我都不知道呢!"

韩伟昌举着一只手,赌咒发誓道。

# 第二百八十五章 有人要举报

听韩伟昌这样说,唐子风明白,韩伟昌的反常应当是与何继安无关的。在此前,他还担心韩伟昌与何继安搞到一起去了。不过,即便与何继安无关,唐子风也不能无视韩伟昌的表现,这厮若非捅了娄子,不会在他面前显得如此心虚的。

"那就说说吧,你到底是怎么回事?"唐子风往后靠了靠,让自己在办公转椅上坐得更舒服一些,同时用不容置疑的语气吩咐道。

韩伟昌还真吃这一套,他脸上的表情像是放电影之前倒带那样快速地变幻着,好一会,才哭丧着脸说:"唐厂长,其实,就算你不叫我过来,我也要来向你汇报的。我们部门的顾建平要举报我。"

"顾建平?"唐子风一愣。这个人自己是认识的,销售部的一名老销售员,业绩做得不错,算是韩伟昌的得力手下之一。唐子风去销售部视察的时候,韩伟昌还专门向唐子风介绍过这个人。据唐子风的模糊记忆,好像顾建平在韩伟昌面前还算是挺谦恭的,怎么突然要举报韩伟昌了?

"他为什么要举报你?"唐子风随口问道。这世界上没有无缘无故的爱,也没有无缘无故的恨,顾建平要举报韩伟昌,总得有个缘由吧。

韩伟昌说:"因为我发现他敲诈勒索客户,要处理他,所以他就威胁我,说要举报我。"

"他是怎么敲诈勒索客户的?"唐子风继续问。

韩伟昌说:"我也是偶然发现的。现在咱们厂生产的数控机床功能部件,在沿海的中小机床企业那里卖得特别火,已经到了供不应求的程度。很多企业为了抢在别人前面买到我们的功能部件,就要走咱们业务员的路子,吃吃喝喝之类的事情,是很寻常的。"

"嗯。"唐子风点了点头。这个情况,他也早就知道了。这几年,国内的机床市场上数控机床的比例越来越高,沿海的一些中小机床企业缺乏制造数控机床功能部件的能力,或者有些企业虽然能够制造一部分,但与临一机这样的国有大厂相比,品质相差很大,完全不堪使用。

去年,为了联合中小机床企业驱逐国内市场上的韩资机床,机二〇里一些有技术实力的厂子开始向外提供数控功能部件,那些中小企业采用国营大厂提供的功能部件,自己制造床身、立柱等部件,生产出来的机床在性能和质量上都足以与一些低端的韩资机床相媲美,最终打垮了诸如东垣机床等一干韩资机床企业,把国内低端机床市场的份额都抓到了自己手上。

在这个过程中,广大中小机床企业尝到了甜头,便索性不再考虑自制功能部件的事情,而是完全从国营大厂采购。功能部件的利润率比床身、立柱等傻大黑粗的部件要高得多,所以各家国营大厂也乐于与中小企业合作,自己做核心部件,中小企业做边缘部件。机床的销售和售后服务都可以甩给中小企业去做,国营大厂也乐得轻松。

中小机床企业数量众多,国营大厂也不可能为每一家企业都提供功能部件,毕竟机床市场的总规模是有限的,如果功能部件的产量过高,难免积压浪费,对市场的发育是不利的。机二〇对于各家生产功能部件的国营大厂有一个原则性的指导意见,即功能部件的产量不要超过机床市场需求的10%,多出来的那10%就是应付各种意外情况的。

在功能部件产量受限的情况下,卖给谁、不卖给谁,也是有一些讲究。唐子风要求,应当把功能部件卖给那些技术实力较强,有一定研发能力,同时还诚实守信的客户。这个分寸,自然就交给各企业的销售人员去把握了。

也曾有人提出,现在是搞市场经济,为什么不能让功能部件随行就市,确定价高者得。对此,唐子风的观点是,一味提高功能部件的价格,相当于挤压了中小机床企业的利润空间,不利于这些企业形成积累。机二〇的宗旨之一是培育中国自己的机床产业,在让大企业吃饱喝足的同时,也要关心中小企业的成长。中国机床产业面对的竞争对手是国外机床,所以中小企业是大企业的同盟军,而非敌人。

这些要求,都属于原则性的,在实践中如何做,就要看各企业的销售人员了。销售人员掌握着分配功能部件的权力,各家中小企业自然要下力气巴结,平日里吃吃喝喝,加上送点小礼物之类的,都是难免。唐子风懂得"水至清则

## 第二百八十五章 有人要举报

无鱼"的道理,倒也并不严格限制销售人员,只是叮嘱韩伟昌要把好关,发现不良苗头就要及时封杀。

现在看起来,这个顾建平应当就是在这个环节出了问题,被韩伟昌揪住了。

"我了解过了,顾建平利用咱们厂的功能部件供不应求的条件,在私下里组织拍卖,让井南那边的一些机床厂来竞买。最高的时候,一套功能部件的拍卖价比咱们的出厂价能高出7000块钱。"韩伟昌说道。

"这些钱呢?"唐子风问。

韩伟昌把手一摊,显然是一切尽在不言中了。

"臭虫!"唐子风恼了,这可是赤裸裸的贪污了,而且还损害了临一机的企业形象。临一机的功能部件卖得便宜,是为了向中小机床企业让利,以便培育起良性的产业生态,让这厮这样一闹,自己的安排还有什么意义?如果想让中小企业去竞拍,自己难道不会去做吗,用得着让这个顾建平在中间狠狠地切上一刀?

"你是什么时候知道的?"唐子风黑着脸问道。

"上……上个月。"韩伟昌结结巴巴地说。

"上个月!"唐子风眼睛都立起来了。现在是月底了,韩伟昌上个月就知道,这不意味着他拖了一个月才来向自己汇报这件事?甚至如果自己今天没给韩伟昌打电话,他是不是还打算拖到下个月才来汇报?

"我……我听说这件事以后,就去调查了一下,发现是真的。然后我就找顾建平谈,我的意思是让他把收的钱都退还给那些企业,我再找个由头扣他一大笔奖金作为惩罚,这件事就算过去了。老顾毕竟也是厂里的老人,我总不能看着他去坐牢吧。"韩伟昌说。

"你这个销售部长,干得很人性啊。"唐子风冷冷地说道。

韩伟昌垂着头,不敢接话。他的这个处置思路,的确是没法向唐子风交代的。

"然后呢,你和他谈妥了没有?"唐子风继续问。

"没有。"韩伟昌的声音低到听不见,"他不但不听,还说如果我敢处理他,他就向厂里举报我。"

"举报你什么?"唐子风问。

韩伟昌的脸红一阵白一阵,嘴唇哆嗦着,不敢说出来。

"你也收了客户的钱?"唐子风提示道。

韩伟昌摇摇头。

"那就是你收了手下人的贿赂？"

韩伟昌还是摇摇头。

"说话！你到底有什么把柄被他拿住了？"唐子风不再猜了，厉声地呵斥道。

"我……我跟一个客户去了……呃，去了那种地方，被顾建平知道了。"韩伟昌只差把头藏到裤裆里去了。这种事情，他是最担心被人知道的，尤其是怕自己的老婆孙方梅以及唐子风二人知道。如果说要排个顺序，他担心唐子风知道的程度，甚至高于怕被孙方梅知道的程度。

顾建平正是抓住了韩伟昌的这种心理，才反过来要挟他，让韩伟昌不敢处分自己。韩伟昌这些天一直都在纠结要不要来向唐子风坦白，或是答应顾建平的条件，以保全自己。经过若干个不眠之夜，韩伟昌内心那一点清明最终还是战胜了恐惧，他决定向唐子风坦白。正如他自己说的，就算唐子风没有给他打电话，他其实也是会上门来的。

"你是说，那种地方？"唐子风盯着韩伟昌，不敢相信地问道。

他蓦然想起黄丽婷似乎跟他提起过这件事，他当时还觉得韩伟昌可能会犯点经济上的错误，不太可能犯生活作风上的错误。毕竟，在唐子风的印象中，韩伟昌是一个挺顾家的男人，他的一句口头禅就是"我有两个孩子，一个14，一个16"。韩伟昌这几年做业务拿提成，赚了不少钱，但每次需要他自己掏钱吃饭的时候，他还是抠抠搜搜的，据说是花50元钱都要向老婆提申请。像这样一个好男人，怎么可能去"那种地方"呢？

韩伟昌脸羞得通红，也不敢看唐子风，只是轻轻点了点头。

"原来是这样。"唐子风吁了口气。他站起身，走到办公室的门边，拉开房门向走廊里看了看，发现走廊里并没有什么人在走动，于是重新关上门，还闩上了门锁，然后走到韩伟昌面前，扬起了巴掌。

## 第二百八十六章　雷霆之怒

韩伟昌条件反射地伸手去捂脸,唐子风最终恨恨地缩回了手。

"唐厂长,我……我错了!"

韩伟昌哇的一声就哭出来了,这其中大部分源于恐惧,还有几成就是因为这些天一直在做思想斗争,神经高度紧张,看到唐子风扬手,心理立马就崩溃了。

韩伟昌是奔五的人了,作为销售部的部长,他在临一机的中层干部里属于排名很靠前的,在厂里颇有一些地位,走到外面去更不用说了,谁敢不尊称他一句"韩总"?可即便如此,在唐子风面前,他始终都有一种谦卑的感觉。

"站起来!站直了!"

唐子风冲着韩伟昌吼了一声,然后便自顾自地坐回自己的座位去了。

韩伟昌老老实实地站起来,走到唐子风的办公桌前,果真立正不动,任凭鼻涕眼泪糊了一脸,他也不敢去擦,就这样可怜巴巴地站着,等着唐子风发落。

"说吧,事情是怎么发生的?从头到尾,不许有任何隐瞒!"唐子风下令道。

"是这样的……"

果不其然,面对着唐子风,韩伟昌老老实实地交代了。

据韩伟昌说,他其实对于去"那种地方"并没有什么兴趣,也知道这是一件不好的事情。但无奈一些客户对他百般奉承,非要给他安排,他也是担心拒绝这种安排会影响公司形象,所以才不得已为之……

"等等,韩伟昌,我没听错吧?你说你不去那种地方会影响公司形象,这是什么逻辑?"唐子风吃惊了。只听说过去那种地方会影响形象的,没听说过不去反而影响形象的,韩伟昌的价值观难道出了什么问题吗?

"现在外面都兴这样……"韩伟昌讷讷地说,"那些乡镇企业的老板,接待客人的时候就是一条龙,吃饭、唱歌、洗澡啥的。他们说了,像我这个地位……"

说到这,他不敢说下去了,在唐子风面前谈地位,这不是上赶着找抽吗?

"说呀,说下去,你这个地位怎么了?"唐子风催促道。

"唐厂长,这都是他们说的。其实我知道我老韩啥也不是,全是仗着唐厂长你提携,才有我老韩的今天,我该死!我错了!"韩伟昌说着便抬手在自己脸上抽了两记。自抽耳光这种事情,他在家里经常练习,如今已是技艺娴熟,那两记耳光听起来声音很大,但其实脸上一点也不疼。

唐子风哪是那么好糊弄的人,他冷笑道:"韩总这是何必呢?堂堂一家国营大厂的销售部长,一年经手几个亿的销售额,走出去多少人围着你转。你说你啥也不是,这不是太谦虚了吗?"

"没有没有,唐厂长,我真的错了。要不,你打我一顿吧。"韩伟昌着急地央求道。

唐子风说翻脸就翻脸,他从桌上抄起自己的水杯便砸了过去,同时厉声喝道:"韩伟昌,你以为我不敢打你!你别以为在我面前装疯卖傻就能蒙混过关。你看看你现在成了什么样子!穿名牌、戴名表、吃喝嫖赌一样不少,你还有一点人样没有!

"你自己回忆一下,几年前的你是个什么样子?苦哈哈坐上千公里火车去给人家修机床,赚个几十块钱就乐得像个傻瓜一样。我是看中了你吃苦耐劳,才带着你去做业务,给你创造机会,最后把整个销售部都交给你去管理。

"结果呢?你赚了点钱就嘚瑟了,有了点权力就开始摆谱?人家恭维你两句,你还真把自己当成韩总了?我告诉你,就你干的这些事情,我分分钟能把你送去筛沙子。你老婆如果知道你做的这些事情,你信不信她立马会跟你离婚,你下半辈子就准备跟你的劳力士手表一起过吧!"

"我……"韩伟昌被唐子风这连珠炮似的数落给说蒙了,一时不知该如何为自己开脱。

"你什么你?你自己好好想想,你是谁!当初你跟我说,你有两个孩子要养,一个14,一个16,你得去为他们挣钱。那时候你是韩伟昌,是孙方梅的丈夫,是你那俩孩子的父亲,是条硬邦邦的汉子。

"可现在呢,你是个什么玩意儿?成天跟着一帮暴发户鬼混,跟人比吃比穿比名表,连生活作风错误都敢犯了。你以为这样做你就成了上等人了,你就有面子了?你以为喷了点香水,就能遮得住你身上的人渣味了?我就问你一句,你每次出差回来见到你老婆孩子的时候,你会不会感到惭愧?你那俩孩子围着你喊'爹'的时候,你有脸答应吗!"

"我……"韩伟昌怔了一下,忽然蹲下身,捂着脸呜呜地哭了起来,泪水从他的指缝里狂泻而出。这一回,他可不是因为恐惧而哭泣,而是内心充满了悔恨和自责。

平心而论,韩伟昌还真不喜欢自己身上那些珠光宝气的饰物,那块花大价钱买来的劳力士手表,戴在他的手上,让他很是别扭。如果不是为了与人攀比,他更愿意戴着自己那块老式的浦江表,没那么重,也没那么惹眼,不小心在哪磕碰一下也不至于心疼。

再说被人安排"一条龙"的事情,韩伟昌第一回的确是觉得有些新鲜,但事后却是恶心多于愉悦。他一向接受不了那些风尘女子,只是为了在那些乡镇企业小老板面前显得自己"身经百战",才不得已而为之。在他内心,觉得自家那个黄脸婆比那些美女要可亲百倍。

自己是怎么走到这一步来的呢?韩伟昌真有些想不起来了。似乎是赚了一些钱之后,他便开始飘了;更重要的一个诱因,就是那次与何继安的偶然相遇,正是因为看到何继安的做派,他才萌生了要与人攀比的心理,以至于身不由己地走到了这一步。

韩伟昌最初跟着唐子风外出做业务的时候,虽然苦一点、累一点,还三天两头被唐子风捉弄,但他觉得那是一段美好的时光。付出了努力,就能够赚到钱,拿着提成回到家的时候,妻子脸上那惊喜的表情,是他能够得到的最好的奖赏。

这两年,他的地位高了,穿上了名牌西装,戴上了劳力士手表,吃的是山珍海味,随时有人奉承,可不知为什么,他感觉到的快乐却一天比一天减少了。他有时候会与客户拼酒,喝得酩酊大醉,别人都说韩总爽快,只有他自己知道,他喝的不是酒,他喝的是寂寞……

为什么要这样啊!韩伟昌在心里大声地责问着自己。

"行了,别哭了。"

唐子风拉开抽屉,找出一包纸巾,向韩伟昌扔去。韩伟昌只顾捂着脸哭,没注意唐子风向他扔东西。纸巾撞在他手上,掉在地上,韩伟昌才察觉到。他低头看了一眼,捡起纸巾,抽出两张抹了抹脸上的泪水,站了起来,倒是不再哭了。

"好了,坐回沙发上去吧。"

唐子风向韩伟昌挥了挥手。韩伟昌顺从地坐回去,唐子风也从办公桌后面绕出来,拉了把椅子,坐到韩伟昌的对面,然后用推心置腹的口吻说道:

"老韩,不是我不尊重你,你这一段的表现,实在是让我觉得失望。我打你,是因为我相信你的本质是好的,你良心未泯。你赚钱太快,晋升也太快,穷人乍富,难免迷了心志。没人点醒你,你是醒悟不过来的。"

韩伟昌点头不迭:"我知道,唐厂长,没有你我老韩还不知道要犯多大的错。当年临一机的厂长郑国伟,还有管厂长,我们销售部的老部长侯望,其实都是这样一步步错下去的,最后弄得身败名裂。我老韩如果再这样搞下去,说不定也和他们一样完蛋了。"

"你能够这样想,就说明你还有救。"唐子风说。

韩伟昌的表现,让唐子风觉得他还算是一个可挽救的人。

# 第二百八十七章　找一个合适的理由

听到唐子风这话,韩伟昌像是捞着什么救命稻草一般,连声说道:"唐厂长,我肯定有救,我一定痛改前非,请你给我一个机会吧!"

"你想要什么机会?你还打算继续当这个销售部长?"唐子风反问道。

韩伟昌一怔,旋即用力地摇着头,说:"不不不,我知道我已经不配当这个销售部长了,请唐厂长马上撤了我,我就当一个普通业务员好了。我一定兢兢业业工作,不辜负唐厂长对我的挽救。"

韩伟昌也真没白做这几年销售,懂得以退为进的道理。他有短处落到了唐子风的眼里,而且从唐子风刚才的表现来看,对于他的事情唐子风应当是非常恼火的。在这种情况下,他十有八九是无法再当这个销售部长了,与其等着唐子风把他撸下去,不如自己请求撤职,至少还能落一个"认错态度良好"的评价,为未来的东山再起打下基础。

没错,韩伟昌坚信自己是能够东山再起的,他的能力是得到了唐子风承认的。唐子风刚才对他的教训,也分明是没把他当成外人。

摸清了唐子风的心理,韩伟昌就知道自己该怎么做了。大不了先被撤职,然后以一个普通业务员的身份拉几个漂亮的业务,重新赢得唐子风的好感。届时就算不能官复原职,在销售部弄个科长啥的干干,也是不错的。

韩伟昌如此表现,倒是唐子风一下子有些不知该如何做了。

以时下的风气,一位销售部长犯点生活作风错误,还真算不上是什么滔天大罪。在此前,黄丽婷向唐子风暗示韩伟昌可能有问题的时候,也免不了要补上一句,说这种事情在商场上是难免的。在许多人的眼里,相比贪污或者受贿,这种事情的性质反而是比较轻的。

不过,唐子风对于这件事有另外的看法。如果是其他人,比如王梓杰啥的,犯点生活作风错误,唐子风也不会大惊小怪,毕竟都是成年人,对自己负责就好了。但韩伟昌的情况不同,这件事所表现出来的是一个非常坏的苗头,它意味着韩伟昌正在放弃过去的道德底线,这是堕落的开始。

如果唐子风默许了韩伟昌的堕落,用不了多久,韩伟昌就必然要走到贪污受贿这条路上去,多少曾经叱咤风云的人物,就是这样一步步走向身败名裂的。

现在看起来,韩伟昌的确是知错了,他刚才那番痛哭应当是真诚的。那么,该如何发落这个人呢?

让他继续当销售部长,肯定是不合适的。他身上有污点,至少顾建平是知道的,或许还有其他的职工知道,如果不予以处理,他就会成为一个很坏的典型,甚至带坏全厂的风气。此外,现在韩伟昌已经有了一些悔意,如果被轻轻放过,他没准会觉得自己的事情也没有多严重,过不了多久又会故态复萌,那时候再想纠正他就会比现在难得多。

直接把他一撸到底,让他去当一个普通业务员,这种处分倒是公平,但也有缺陷。一来,韩伟昌的确是个有能力的人,把他雪藏起来是一种浪费。二来,如果不给韩伟昌留一点希望,只怕他会一蹶不振,这无论是对临一机还是对韩伟昌自己,都不是一个好的结果。

"销售部长这个位置,你是不能再坐下去了。"唐子风沉吟着发话了,"你有没有合适的人选,可以接替你?"

"客户中心的主任胡迎华可以。"韩伟昌回答道。虽然是在谈论他自己的继任者,他的态度也没有一丝抵触,就像是在谈其他人的事情一般。

"可以。"唐子风点点头,胡迎华这个人他也是认识的,知道他能力不错,人品也过硬,可以接替韩伟昌的工作。当然,涉及中层干部的任免,唐子风也不能独断专行,而是要通过厂务会来讨论,他现在只是酝酿一下人选而已。

"那我是留在销售部,还是回技术处去?"韩伟昌怯生生地问道。

唐子风笑着反问道:"你自己的想法呢?"

韩伟昌说:"我服从唐厂长的安排,无论是留在销售部,还是回技术处,我都绝无二话,只是……"

说到这,他脸上露出一些难堪之色,却说不下去了。

"只是什么?"唐子风问。

韩伟昌讷讷地说:"能不能请唐厂长帮我找一个合适的理由,别说我是因为那种事被撸下来的。我这张老脸要不要倒也无所谓,孙方梅和我那两个孩子以后还要做人的,我不能让人家笑话他们。"

"你现在知道丢人了?"唐子风没好气地怼道。

"知道了,知道了。唐厂长,以后我如果再犯这种错误,你就直接把我咔嚓了。"韩伟昌说着,在某个方位上比画了一个剪刀手,让唐子风也不由得打了个寒战。

"算了算了,你也别跟我赌咒发誓了。"唐子风摆摆手,接着问道,"老韩,如果我安排你出一个长差,比如一年或者两年,你老婆能不能同意?"

"她必须同意啊!"韩伟昌说,说罢又赶紧补了一句,"只要我说是你唐厂长安排的,她肯定是不会反对的。"

"那好,周厂长那边缺一个得力的销售部长,你到他那边去待两年吧。"唐子风说。

"周厂长?你是说,滕机?"韩伟昌有些愕然。他原本以为唐子风要派他到哪个外地的销售公司去待着,却不料是让他到滕机去。从临一机到滕机,这不是换了一个单位了吗?难道唐子风要直接把自己辞退了?

唐子风看出了韩伟昌的疑虑,他笑了笑,说道:"机械部马上要撤销了,咱们这些机床厂都要重新安排。咱们临一机效益好,有可能会被留在机电工业公司。但滕机的效益差,二局大概会把它下放给滕村市,或者直接走改制的道路,拍卖给民营企业。"

韩伟昌听得心惊肉跳,他迟疑着问道:"那唐厂长的意思是……?"

唐子风说:"我和周厂长商量过,准备由临一机兼并滕机,让滕机成为临一机的一家下属企业。滕机现在最大的问题是没有业务能力,正好你也闲着,不如你到滕机去把它的销售部管起来,如果你能够为滕机打开业务局面,我给你记功,未来临一机建立专门的销售公司时,起码给你留一个副总经理的位置。"

"唐厂长说的是真的?"韩伟昌一下子就精神起来了。

"你先说你干得了干不了。"唐子风虎着脸说。

"干得了!"韩伟昌坚定地说,"不就是打开业务局面吗?滕机的情况,我多少也了解一些。技术实力还是有的,就是观念太旧了,从上到下都是这样,几个老产品做了好几十年也没有一点创新。销售就更别说了,别的厂子都是把客户当成上帝,滕机是业务员自己要当上帝。

"我和那些乡镇企业的老板在一起聊天的时候,他们提起滕机就是一肚子气。有时候他们是没办法,有几种型号的铣床只有滕机生产,国外的同类产品价格高得离谱,所以大家不得不从滕机买。用那些小老板的话说,从滕机买机床,绝对是物超所值,出一份钱,滕机是买一送一。"

"这不是挺好吗?"唐子风有些蒙,"他们送的是啥呀?"

"气。"

"气?"

"是啊,出一份钱,买一台机床,还能受一肚子气,这不就是买一送一吗?"

"……"

唐子风无语了。要不怎么说群众的智慧是无穷的,几乎是万物皆可恶搞。

"这么说,你对滕机的情况还是挺了解的?"唐子风问。

韩伟昌说:"了解得也不算多,但依我的经验,滕机要打开业务局面,还是大有希望的。就是不知道周厂长是不是还信任我,万一我过去了,有些工作思路和周厂长有分歧,就不太好办了。"

唐子风说:"这个你倒不用担心,既然让你过去,我就会跟周厂长说好,让他对你充分授权。临一机对滕机的兼并也是很快的事情,这段时间里,滕机的管理工作,我也会参与一部分的。"

"那可就太好了!"韩伟昌喜道,"有唐厂长亲自指导,我老韩就有方向了。"

"打住打住!"唐子风抖了抖身上的鸡皮疙瘩,说道,"那这件事就初步说定了,我回头给周厂长打个电话,他如果没意见,我就安排你到滕机去。这样也就有一个合理的名目让你离开销售部了。至于你回家怎么向孙方梅交代,我就管不着了。"

"只要唐厂长能给我保密,孙方梅那边,我肯定能说通的。"韩伟昌脸上带着谄媚的笑容说道。

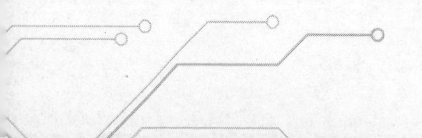

# 第二百八十八章　要做到知己知彼

听到唐子风对自己的安排,韩伟昌放心了,知道对自己的惩罚也就是这样了。

对韩伟昌来说,去滕机接手销售部,算是一种发配,或者叫戴罪立功。临一机的销售部长与滕机的销售部长,听起来级别是一样的,但地位和实惠都差得远了。

临一机这些年新产品迭出,许多产品在市场上很抢手,连带着业务员也很受欢迎。滕机虽然也是国营大厂,却是一副日薄西山的景象,难得有一两个产品还有一些销路,其他的产品都是严重滞销的,业务员也就是自己把自己当回事,其实又有几个客户真的看得上他们呢?

到滕机这样一家企业去当销售部长,相当于拓荒,韩伟昌现在就能想得出,自己未来一两年只怕是要累得蜕层皮的,而且由于业务态势不好,在一段时间内,他的收入也会锐减。不过,累归累,好歹是有希望了。一旦自己能够把业务做成,就会重新得到唐子风的青睐,后半辈子就不用愁了。

"那么,唐厂长,顾建平这事,你看该如何处理呢?"

收起对未来的忐忑,韩伟昌回到了此前的话题上。

"他组织拍卖,贪污拍卖所得,这些事情你有确凿证据吗?"唐子风问道。

"有一些证据。如果要证据确凿,我可以亲自去调查,那些掏了钱的小老板,我都认识。"韩伟昌自告奋勇地说。

唐子风想了想,说道:"你去调查不合适,这样吧,你把有关线索写出来,我找人去查。"

"这样也好。"韩伟昌说,接着又问道,"唐厂长,我想问一下,如果查出来的结果,证明顾建平的确贪污了拍卖款,厂里准备怎么处分他?"

"厂里为什么要处分他?"唐子风用不解的口吻问道。

韩伟昌愕然:"怎么会不处分呢?"

唐子风说:"直接移交司法机关啊,厂里多什么事?就他干的这些事,判上十年八年也不算多。"

"不会吧!"韩伟昌被吓着了,他愣了好一会,才怯怯地说道,"唐厂长,这样做是不是……我是说,老顾也是厂里的老人了,要不要给他留个机会?"

唐子风冷冷一笑:"留什么机会?有关开展业务的纪律,厂里也强调过很多回了吧?顾建平也不是刚干销售,哪些事情能做,哪些事情不能做,他会不懂吗?这件事情的性质,比你的事情恶劣十倍都不止,如果这样做的人还只是轻描淡写地给个纪律处分,以后临一机也别办了,尽早让这些蛀虫把厂子都给卖了。"

"这……"韩伟昌面有不忍之色,却也不知该如何说才好了。

韩伟昌在到销售部之前,就认识顾建平,虽说只是点头之交,可也点了十几年了。韩伟昌到销售部当部长后,顾建平对他的工作也算比较支持,算是一个比较得力的下属,这就让韩伟昌在处理顾建平的问题时,多少有些念着旧情。

韩伟昌听说顾建平拍卖数控功能部件的事情后,暗地里做了一些调查,得到的数字让他吓了一跳。他找到顾建平,向他陈述利害,要求顾建平退还所有的不法收入,他自己则承诺会替顾建平遮掩,不让这件事被厂里知道。

对于韩伟昌的好意,顾建平非但不接受,还反过来威胁韩伟昌,说自己知道韩伟昌在客户那里吃喝嫖赌的事情,如果韩伟昌敢把他的事情捅出来,他就要把韩伟昌的事情也捅出来。

韩伟昌由此知道,顾建平已经是执迷不悟了,无法指望他回头。韩伟昌也不敢隐瞒这件事,因为他知道,纸是包不住火的,厂里迟早会得知这个情况,到时候非但顾建平过不了关,他这个销售部长也会受到连累。他甚至可以想得出来,当顾建平面临牢狱之灾的时候,一定会逼迫他出来给自己洗脱。而如果韩伟昌不愿意为顾建平说话,顾建平依然会把他的事情说出去,与韩伟昌同归于尽。

既然事情早晚都要败露,韩伟昌只能选择向唐子风自首了。自首的结果,比韩伟昌预想的要好得多。

挨了一顿骂,洗掉了身上的罪责,对于韩伟昌来说,其实是赚了。韩伟昌能够帮顾建平求一回情,已经算是仁至义尽了,难道还要赔上自己的前程去替他

## 第二百八十八章　要做到知己知彼

扛雷?

退一步想,唐子风要把顾建平移交司法部门,也是完全正确的。从程序上说,顾建平犯了贪污罪,厂里不可能包庇他。从情理上说,顾建平做的事情太过头了,厂里如果不杀一儆百,以后大家有样学样,还真是不好办的事情。

想明白了这些,韩伟昌也就不再说什么了。他点点头,对唐子风说:"唐厂长,我明白了,厂里也是希望通过顾建平的事情教育其他职工,我觉得这也是非常有必要的。"

"销售部里像顾建平这样的人,还有多少?"唐子风问。

韩伟昌赶紧摆手:"没有了,没有了。"

说完,他又觉得不合适,于是补充道:"我是说,我知道的,也就是顾建平一个。其他的业务员,有时候吃客户几顿饭,收点小礼物啥的,倒是比较常见。但像他这样明目张胆贪污公款的,应当不多。"

"那好吧。"唐子风说,"这件事,你先别打草惊蛇,可以装着被他要挟住的样子。我这边会让人抓紧时间去调查,一旦证据确凿,就会把他移交给司法,然后我们再在全厂开展一次廉政教育。你也跟你下面的人说一声,有问题的尽早向厂里自首,该退赔的退赔,该罚款的罚款。如果心存侥幸,想蒙混过关,那就要准备去和顾建平做伴。"

"我明白,我会安排的。"韩伟昌信誓旦旦地说。

说完这事,韩伟昌看看唐子风的表情,觉得他似乎已经没有别的话要说,便站起身,说道:"唐厂长如果没其他的事,我就先回去了。唐厂长放心,我回去就把手表摘了,这辈子绝对不会再戴这个劳什子表。其他的事情,唐厂长就看我的表现吧。"

"嗯,行吧。"唐子风随口应了一句,也站起身来,准备送客。

看韩伟昌快要走到门边,唐子风忽然脑子里一激灵,喊了一声:"回来!"

"怎么,唐厂长还有什么事情吗?"韩伟昌回过身问道。

唐子风苦笑一声,用手指了指沙发,说道:"你坐下。我打电话叫你过来,是有其他事要跟你说,结果被你那点烂事一搅和,正事差点忘了。"

"呀,对啊!"韩伟昌也回过味来了,明明是唐子风打电话叫他来的,怎么正事没说,光扯他那点烂事去了?他乖乖地坐回沙发上,对唐子风问道:"唐厂长,你找我有什么事?"

"何继安你认识吧?"唐子风说,说完又改了口,"不对,我刚才已经问过你这个了。咱们说到了何继安的人品,是不是这样?"

"对对,咱们刚才说的就是这个。怎么,唐厂长,他又干什么坏事了?"韩伟昌问。

"你这段时间没见过何继安?"唐子风问。

"没有。"韩伟昌说,"自从他去了鹏城,我就没再见过他。"

唐子风说:"据可靠消息,就在前几天,何继安还来过临河。"

"他来临河干什么?"韩伟昌问。

"挖墙脚,挖咱们临一机和苍龙研究院的墙脚。"唐子风牙痒痒地说,接着便把从葛亚飞那里听说的事情向韩伟昌说了一遍。

"这个老汉奸!"韩伟昌立马就表现出了愤慨,他大声说道,"刚刚被韩国人踹了,现在又去给日本人捧臭脚去了,还帮着日本人挖咱们的墙脚。唐厂长,你说说看,这种人还叫人吗?"

"我叫你来,是想听你骂人的吗?"唐子风问道。

"不是不是。"韩伟昌变脸极快,他低眉顺眼地问道,"唐厂长,你需要我做什么?"

唐子风说:"现在我们光知道何继安在帮日本人挖咱们的墙脚,但他具体是如何挖的,已经联系了哪些人,我们还一无所知。你既然过去和何继安认识,那么肯定有什么途径能够了解到何继安的动向。

"现在我交给你一个任务:你务必在两天之内,搞清楚何继安做了一些什么,下一步还要做什么。我们要做到知己知彼,不能让何继安阴了,还不知道他躲在什么地方。"

"唐厂长请放心,我保证在两天之内把事情调查清楚。如果何继安还在临河,我就把他揪到你面前来。"韩伟昌拍着胸脯向唐子风保证道。

# 第二百八十九章　人心浮动

或许是出于将功赎罪的心理，韩伟昌不到一天时间就把情况调查清楚了，并向唐子风做了汇报。

据韩伟昌了解到的情况，何继安早在东垣机床公司破产之前，就已经勾搭上了一家刚刚进入中国的日本机床企业，名叫染野机床株式会社中国公司。染野会社是日本一家实力很强的机床公司，此次进入中国建立分公司，是因为看中了中国市场的机会。

染野中国公司落户在鹏城，拥有一处生产基地、一个研究所和一个销售中心。染野公司目前生产和销售的产品都是染野株式会社的成熟产品，只是根据中国用户的特点稍微做了一些修改。但染野会社的高管们知道，机床技术的发展速度是非常快的，用户的需求也是不断变化的，染野中国公司要想持续地从中国市场获得高额利润，就必须顺应市场需求，不断地开发出新产品，这便是染野会社要在中国建立一个研究所的原因所在。

按照染野会社的规划，整个会社的生产重心未来将逐渐转移到中国，这其中的一个重要原因就在于中国拥有丰富的廉价劳动力资源，无论是技术工人还是工程师，薪酬水平都只相当于日本国内的1/10甚至更低，这对于染野会社降低生产成本是非常重要的。

日本一度是世界工厂，拥有强大的工业制造能力和开发能力。但近年来，随着日本经济的发展，生活条件优越的年轻一代已经越来越不愿意从事工业，而是更青睐金融、文化等产业。工科大学毕业生的人数不断减少，以至于在职场上想雇用一些年轻的机械工程师已经越来越难。

相比之下，中国每年有数十万工科毕业生，这些人的薪酬要求普遍不高，花很少的钱，就能够雇到非常优秀的名校毕业生。这些年轻人当然还不足以马上挑起大梁，但如果有人对他们进行指导，以他们的才华加上吃苦耐劳的精神，完全能够做出非常出色的工作。染野会社决定要不断扩大中国研究所的规模,最终把所有的机床设计工作都转移到中国来进行。

在技术开发之外,染野中国公司更急于开展的工作便是打开销售市场。机床市场是比较讲究长期合作关系的,用户习惯于使用某个厂商的产品,在未来采购新机床时,也会优先考虑这家厂商。这其中,涉及操作人员的使用习惯,也涉及售后服务的连续性。作为一家新厂商,要获得用户的认可,需要很长的一段时间。

染野中国公司采取的方法,便是招募一批在中国机床市场上有丰富人脉关系的人员作为销售代表。这些人熟悉用户的需求,能够凭借老关系说服用户接受一个新的品牌。何继安正是因为具有这样的能力,而得到染野中国公司的重用。

何继安进入染野公司之后,同时担负了两个职责,一是利用他的人脉推销染野机床,二是帮助染野机床研究所招揽优秀工程师。"招揽"这个词听起来很温和,但何继安实际做的工作却是撬各家机床企业的墙脚。中国的优秀机床工程师绝大多数都在大型国营机床厂或者机床研究所,这些单位的工资都不高,何继安向他们许以两倍以上的薪酬,很容易让人动心。

"说到底,还是咱们太穷了。如果咱们能够给工程师提高工资,何继安这老小子也就很难挖到人了。"韩伟昌不无感慨地对唐子风说道。

"没用的。"唐子风摇头说,"日本的薪酬水平比我们高出10倍,我们除非把工程师的工资提高10倍,否则人家总是有办法挖咱们的墙脚。"

"是啊,谁让咱们是发展中国家呢。"韩伟昌顺着唐子风的话说道。关于这个问题,他其实已经想过,发现这的确是一个无解的问题。人往高处走,水往低处流,日资企业给的工资高,自然就有人想去攀高枝,这是很难拦住的。

"唐厂长,我了解过了,何继安目前不在临河,他流窜到黄阳那边去了。我已经让我的朋友盯着他了,啥时候他回临河来,我的几个朋友就会马上通知我。到时候咱们就给他来个瓮中捉鳖。"韩伟昌献计道。

唐子风说:"可是,咱们凭什么抓他呀,他也没犯法。"

"挖墙脚还不算犯法啊?"韩伟昌说。

唐子风说:"这种事情,还真找不出什么理由来抓他。再说,抓了他又有什么用,想跳槽的人,也不是咱们抓个何继安就能够留住的。"

## 第二百八十九章 人心浮动

"倒也是。"韩伟昌改口极快。他此前出主意说要抓何继安，私怨的成分更多一些，听唐子风说没理由抓人，他也就只能把这口气给咽下去了。

"好吧，老韩，这件事你办得挺好。"唐子风转过来鼓励了韩伟昌一句，"剩下的事，等我和秦总工、孙处长他们商量吧。你现在就准备做好销售部的交接工作，厂务会已经讨论通过了，决定调你到滕机去主持那边的销售工作，周厂长那边我已经说好了。你把家里也安顿一下，过一两个星期就走马上任去吧。"

"没问题！"韩伟昌答应得极其爽快，"我已经跟我老婆说过了，说这是唐厂长交给我的重要任务，我老婆二话不说就同意了。"

唐子风说："好，那你就快去做准备吧。滕机那边的工作，如果你能够圆满完成，过去的事情我就给你一笔勾销，厂里不会亏待你的。"

打发走韩伟昌，唐子风叫来了秦仲年和孙民。孙民奉唐子风的吩咐去了解苍龙研究院被挖墙脚的情况，此时也已经有了一些初步的结果。据他了解到的情况，研究院里与何继安有过接触的工程师有十几位之多，都是能够独当一面的专家。

不过，也正因为这些人是专家，在各自的厂子里都有一些根基，轻易舍不得放弃，所以到目前为止，真正流露过跳槽意愿的人，大致只有三四个人，其余的人或许还处于观望期，甚至有人是想等着看看其他同事跳槽过去的情况，再决定自己是否要跳槽。

"虽说想跳槽的人并不多，但他们造成的影响是很大的。现在研究院里人心浮动，尤其是那几个铁了心想走的人，到处吹嘘跳槽的好处，弄得其他的人也都没法安心工作了。"孙民抱怨道。

"这么大的事情，如果不是小唐提醒你，你是不是到现在都还没注意到？"秦仲年瞪着孙民，不满地质问道。

孙民一脸委屈，却也无从辩驳。职工想跳槽这种事情，在实际实施之前，都是要瞒着领导的，他不知道这个情况也是正常。当然，如果他警醒一些，平常多和职工聊一聊，有些蛛丝马迹总是能够察觉到的。现在人家挖墙脚都已经挖到他脚底下了，他才后知后觉地发现，的确也算失职了。

唐子风摆摆手，说道："秦总工，你也别怪孙处长了。他这些天一直在搞高精度铣床的项目，听说也是经常通宵达旦的，底下有些事情一时没发现，也不是他的责任。"

"哪里哪里,厂里派我去研究院当院长,我却在工作上出了这么大的纰漏,这个责任肯定是要担的,我请求厂里给我处分。"孙民装出一副诚惶诚恐的样子说道。他话虽这样说,心里却也知道唐子风是不会处分他的,毕竟这件事的确不能怨他,要怨也只能怨何继安这个敌人太狡猾,钻了研究院的空子。

秦仲年说:"处分就免了,小唐说得对,这件事也不能全怪你。咱们现在最重要的是要讨论一下如何处理这件事。小唐,你有什么考虑?"

唐子风沉吟片刻,说道:"有人要跳槽,咱们也拦不住。强扭的瓜不甜,这些人心思已经不在研究院了,非要把他们留下,也没啥意思。我倒是觉得,现在最重要的是稳定局面,想走的人,让他们尽快走。不想走的人,要让他们踏踏实实地留下来,把工作做好。

"刚才孙处长说研究院里人心浮动,这是最可怕的事情。其实走的人并不多,却影响了大多数人的工作积极性,这就很不应该了。"

孙民点头不迭:"是啊,我也是这样想的。那几个想走的人,就让他们走吧。死了张屠夫,咱们也不见得要吃混毛猪。可因为他们几个人要走,弄得大家都没心思做事,这个损失就大了。"

"可是,怎么稳定局面呢?"秦仲年问。

唐子风说:"很简单,那就是把事情挑开,不要遮遮掩掩。我想过了,既然咱们拦不住那些要走的人,索性也就光明磊落一点,敞开大门让他们走。不过,咱们也得把规矩立下来,要走的人,我们只给一星期的窗口期,过了这个点,再想走就得付出代价了。此外,咱们这里不是旅店,想走可以,但以后如果还想回来,可就没这么容易了,这一条也是要说在前面的。"

"这样好!"秦仲年赞道,"想走的,马上办手续,咱们绝不阻拦。留下来的,那就安安心心地工作,不要再想离开的事情。这样一来,那些首鼠两端的人,就得赶紧做出决断了。"

## 第二百九十章　择业自由

临一机的厂区里,有一片用铁栅栏分隔开的场地,其中有两幢办公楼和一个有着江南园林风格的花园。这块场地,便是临一机专门腾出来供苍龙研究院使用的办公区。

苍龙研究院是由机二〇的 20 家大型机床企业联合建立的。由于临一机在研究院建立的过程中出力最多,而且还贡献了利润丰厚的家用迷你组合机床设计作为研究院的"现金牛",其余 19 家机床厂都不得不同意临一机提出的建议,即把苍龙研究院的本部设置在临河市,临一机则贡献了这块场地用以安置研究院。

研究院安置在哪家企业旁边,对于这家企业的好处是十分明显的。研究院中的研究人员来自各家企业,相当于大家凑份子建立了一个高水平智库。临一机近水楼台,有点什么技术问题随时可以找研究院的工程师们帮助会诊,这是一份很可观的"红利"。相比之下,其他企业要想得到这样的技术支持,难度就非常大了。

除了办公场地之外,临一机还为各地派来的工程师们提供了宿舍,每人一个单独套间,拥有卫生间和 24 小时热水,在这个年代也算是豪华配置了。厂办小食堂专门开设了所谓的"专家灶",除了一日三餐之外,如果工程师们有需要,专家灶还可以随时为他们提供各种口味的夜宵,价格便宜得让人恨不得带上一家老小来享用。

虽说"尊重知识、尊重人才"这样的口号在国企里已经喊了十几年,但工程师们在各自原来的厂子里实在说不上得到过什么特殊优待,又因为这些人往往不够圆滑,在厂子里吃亏的时候远多于占便宜的时候,大家凑在一起痛说家史的时候,也都是唏嘘不已的。

这样一帮苦哈哈的知识分子,到了临河却被人奉为上宾,这种感觉是可想而知的。有时临一机厂方跑来请人去车间帮助解决一些技术问题,大家虽然知道这并不是自己分内的工作,却都毫无怨言,反而觉得有个机会能够帮临一机干点活,是自己无上的荣光。

顺便说一句,小唐厂长吩咐临一机厂办善待这些外来工程师的时候,存的就是笼络人心的主意。

这一刻,在办公楼外的花园一角,正有两名男子坐在凉亭的石椅上,一边抽着烟,一边小声地讨论着事情。

"关工,你觉得我是去染野好,还是留下来好啊?"

说话的人40岁上下,戴着近视眼镜,一看就是一副搞技术的样子。他眉头紧锁,似乎有很重的心思,抽烟的力度也非常大,这就是化郁闷为烟瘾的意思了。

此人名叫邵思博,来自楚天省枫美机床厂,是一位很有才华的机床工程师。一周多以前,经朋友介绍,他见到了自称代表日本染野机床公司的何继安。何继安向他承诺了一个三倍于他现在的工资的薪水,让他跳槽到染野机床研究所去。邵思博当时没有答应,表示自己要考虑考虑,但实际上是极其动心的。

三倍的薪水,是一个难以拒绝的诱惑,但邵思博也有一些割舍不下的东西,这包括了他在枫美机床厂的职位、资历,还有手头正在做的一些设计工作。

照邵思博的想法,他就算要跳槽,也得再等上几个月,一来是把手头的工作完成,以便对自己和苍龙研究院都有一个交代;二来则是想观望一下,甚至联系一下其他外企,对比一下条件。

可没想到,昨天研究院突然召开了一个全体人员大会,院长孙民做了一个简单发言之后,临一机的常务副厂长,同时也是机二〇秘书处秘书长的唐子风登上讲台,向大家说了一番令人目瞪口呆的话。

唐子风首先挑破了研究院里一个瞒上不瞒下的秘密,那就是有一些工程师已经在私下里与染野机床研究所的人进行过接触,而且不仅自己动了跳槽的心思,还在研究院里大肆蛊惑人心,制造了不少不稳定因素。

听到此话,邵思博等一帮与何继安见过面的工程师都有些尴尬甚至惶恐,不知道唐子风打算如何处理这件事。他们这些人虽然不是临一机的职工,但机二〇的各家企业同气连枝,万一唐子风向他们各自单位的领导提出一个什么处理方案,领导们或许也是会接受的。

## 第二百九十章 择业自由

大家都是在国营企业里干了十几二十年的人，天然地对"单位"存在着一些畏惧感。即便是已经想好要跳槽，大家也希望能够与单位和平分手，不想惹出是非。要知道，像临一机、枫美机床这样的大型国有企业，能量是很大的，与这样的大企业为敌，每个人都有些底气不足。

唐子风后面的话，让大家颇感意外。他表示，现在是市场经济年代，每个人都有择业自由，他代表临一机厂方宣布对想跳槽去日资企业的临一机工程师不施加任何限制，甚至连工程师们交钱在临一机家属区里买下的住房，厂里也不会收回，只是这些人如果要继续住下去，将不能享受免费的物业服务，需要按时交纳一定数额的物业管理费。物业管理费的标准并不高，所以也算不上是一个刁难人的条款。

唐子风还说，来自其他企业的工程师，他无权替他们所在的单位做出什么承诺，但他会利用机二〇机制，向各厂呼吁，希望各厂效仿临一机的做法，不要为难想投奔"自由"的工程师们。

就在大家欢欣鼓舞，准备给唐子风来一个雷鸣般的掌声时，唐子风话锋一转，露出了獠牙：

第一，所有想离开苍龙研究院的工程师，必须在从即日起一星期内提出申请并完成交接，未经申请擅自离开且未对工作进行交接的，研究院将动用法律手段予以追责。

第二，一星期内未提出申请的工程师，视为不愿离开，所有留下来的人必须与研究院补签服务协议，其中最重要的一条就是竞业条款，即从今往后，任何从研究院辞职的工程师在离职之后的三年内不得从事同类工作，违者将面临牢狱之灾。

"唐厂长，没这个必要吧！"

没等唐子风说完，台下就有人提出质疑了。说话的人用词挺委婉，但大家都明白，他的意思是自己无法接受这样的条件。

"不想签的当然可以不签。"唐子风笑得很灿烂，"不过待遇上可能就要相应降低一些了。另外，对研究院至关重要的课题，我们就不敢委托这些同志来承担了。"

提出质疑的那人还想再争辩什么，但举目四望，却发现找不到几个同盟军。在工程师中间，相当一部分人年纪已经比较大了，跳槽的机会不多，所以是否签订竞业协议,对他们来说并没有什么区别,大家最多是想着在签协议的时候,找研究院要求给点什么福利——我们这样忠心耿耿,难道不该给点奖励吗?

还有一些有跳槽心思的人,这个时候也不想当出头鸟,万一流露出二心,真的被研究院雪藏了,无法参加重点项目,未来想跳槽也没了资本,这显然是不理性的。至于说签了竞业协议还能不能跳槽,不妨再观望一下,万一过几年政策又变了呢?万一台上那个毛头小子被调走了呢?

按住挑刺的人,唐子风接着又讲了三四五六点,总的意思就是扎紧篱笆,避免再出现被人挖墙脚的事情。当然,他也说了不少积极的内容,向他们描述了一个美好的前景,就差说出"跟着我有肉吃"这样的经典口号了。

在会场上,当着唐子风的面,绝大多数人都保持了沉默,还在唐子风讲完话之后给予了礼貌的掌声。可一出会场,大家就炸锅了,想跳槽或者不想跳槽的人都开始大声地发牢骚,前者抱怨研究院不给大家自由,后者则声称研究院此举伤害了他们的感情:我们为体制奉献了一辈子,组织上居然对我们如此不信任,还要签什么竞业协议,我们的忠诚是需要用协议来约束的吗?

这些工程师里,也颇有一些年高德劭之辈,那是在各自的厂子里也敢跟厂长拍桌子的专家。于是,这些人便跑到孙民的办公室去拍桌子了,还有人跑到临一机技术处去找秦仲年诉苦,话里话外都是说临一机的这位年轻厂长太过颐指气使,亏自己过去还觉得这个小年轻礼贤下士,颇有古风,却原来是这样一个人。

孙民和秦仲年只得使出浑身解数来进行安抚,还向这些人透露说研究院正在讨论工资改革的问题,签竞业协议只是给大家变相涨工资的一个手段。反正你们也不打算走,签个字,每月就能多拿百来块钱的竞业限制补偿,何乐而不为呢?

这些人得到这个消息,都气呼呼地说,既然事已至此,那就算了,补偿不补偿的,他们倒也不在乎,主要还是想给小唐厂长一个面子。年轻人嘛,有时候考虑不周也可以理解,自己这把岁数了,也就不和他计较了。

对了,顺便问一句,这个啥补偿,从什么时候算起啊?

# 第二百九十一章　留在研究院有前途吗

邵思博不关心竞业补偿的事情,他只知道自己不得不马上做出抉择,要么走,要么留,想观望一段时间再决定已经没有可能。

竞业协议这种东西,邵思博是听说过的,国企里没有搞过,但一些进入中国的外企是会和重要员工签这种协议的。有些人觉得即便与研究院签个这样的协议,到时偷偷摸摸离开了,到外企去干自己的本职,研究院还能真的追着他们找麻烦不成?但邵思博没那么乐观,或者说没那么心宽。

他在临河的这段时间,也交了一些临一机的朋友。从这些朋友那里,他听说了有关唐子风的一些传闻。据说,这位异常年轻的常务副厂长,属于不可以常理推测的人。他和善的时候比谁都亲民,明明已经是临一机实际的一把手,还到处自称"小唐",足够低调了。可如果你认为他就是那种人畜无害的小白兔,那可就大错特错了。

苍龙研究院是唐子风建立起来的,邵思博有一百个理由相信唐子风会用最大的努力去维护研究院的核心利益。何继安挖人的事情,显然触犯了唐子风的底线,但似乎到目前为止唐子风还没有什么好办法来对付何继安,但这并不意味着他就不会找到一个方法来对付那些打算跳槽的人。

秉承一贯的作风,唐子风给想离开的工程师留出了一个窗口期,要求他们在一星期内做出决断。邵思博相信唐子风的这个承诺是真实的,不至于食言而肥。也正因为这个承诺是真实的,所以如果有人蹬鼻子上脸,在这个窗口之后继续想着跳槽,而且还想规避竞业协议的约束,唐子风是肯定会给予雷霆打击的。

邵思博不知道唐子风有什么办法来打击那些违约者,但他不敢赌。毕竟,他只是一介书生……

带着纠结的心理,邵思博把研究院里与自己关系要好的工程师关墉请到了楼下花园里,向他问计。

关墉是普门机床厂派过来的,此前还曾被唐子风带着出去跑过业务,与唐子风的关系不错。关墉为人厚道,比邵思博大了七八岁,邵思博一向是把他当成一个可信赖的老大哥的,所以遇到不好决断的事情,便找到他了。

"小邵啊,你自己是怎么考虑的呢?"

关墉没有直接回答,而是向邵思博反问道。

邵思博叹道:"我原来的打算是先看看情况,如果染野那边的条件的确不错,也有发展前途,我就跳槽过去;如果那边不行,我就先在研究院待着。我手边正在做的高精度随动偏心轴磨床,是国际最新潮流的技术,如果我能够把这个项目做完再出去,身价起码能再翻一番。"

"这么说,你最终还是打算走的?"关墉说。

邵思博说:"是啊,现在待在国企里有什么意思?到外企去,工资起码涨一倍。现在啥东西都贵,我们枫美那边的房子,一平方米都快到 800 块钱了,听说未来还要涨。我如果不多赚点钱,我孩子长大了要结婚买不起房怎么办?"

"你孩子多大了?"关墉关心地问道。

"都快 10 岁了。"邵思博忧心忡忡地说。

"比我强,我家的孩子都已经 18 岁了。"关墉叹气道,"我也愁孩子将来结婚买房的事情,可我没法和你比。你还年轻,能跳槽到外企去。我这个岁数,想跳也没人要了,还是踏踏实实留在研究院跟着唐厂长他们干吧。"

邵思博说:"这就是我想说的问题了。关工,你觉得留在研究院有前途吗?"

关墉沉思片刻,摇摇头说:"这事,我还真不敢跟你说死。以我的看法,唐厂长是个想做事的人,也有能力。就说上次我跟他去船舶总公司,那边提出要搞重型曲轴机床,我一听就想打退堂鼓了,可唐厂长就敢接,而且没几天就找到了一个在美国搞过曲轴机床的博士后。"

"目前这个项目已经做到一半了,船舶总公司那边的康总过去看过几回进度,乐得嘴都合不拢了,还亲自出马帮我们在船舶系统拉了上千万的机床订单。你说说看,唐厂长的本事是不是挺大的?"

"这一点我不否认。"邵思博说,"我和临一机的一些人聊过,他们对唐厂长也是佩服得五体投地。可他有本事是他的事情,就算他能够把临一机搞好,把咱们苍龙研究院也搞好,与我们这些人有什么关系呢?咱们也就是拿几个死工

## 第二百九十一章 留在研究院有前途吗

资的人,研究院的效益好了,能给咱们涨多少工资?"

关埔说:"这我可说不好。我和唐厂长一起出差的时候,他跟我闲聊,说起过一个设想,就是未来在研究院搞项目奖金制,每个研究项目标明奖金额度,一旦完成,就重奖项目的参与者。他还说,有些重点项目,给项目负责人发10万元的奖金也不为过。"

"10万?"邵思博眼前一亮。他现在的工资也就是每月1000元出头,如果有10万元的奖金,就相当于他七八年的工资,这可比去日企强多了。他不知道自己做的项目是否属于唐子风说的重点项目的范畴,但就算是次一级的,有个5万的奖金,也足够诱人了。

关埔看着邵思博的表情,心中暗笑,随即又添了一句:"还有,唐厂长还说过,现在研究院的工资太低了,留不住人,未来应当逐步提高大家的工资,尤其是拉开优秀工程师和普通职工的收入差距,让有能耐的人吃肉,没能耐的人喝点汤也就罢了。"

"真的?这是他什么时候说的?"

"去年的事情了,也不知道是因为什么事情耽搁了,这件事一直都没有做。不过我想,这一次染野来挖墙脚,说不定会刺激唐厂长重提这件事。他让大家签竞业协议,还让想跳槽的人赶紧离开,我估摸着,等这些人离开之后,他会在研究院采取一些大动作的。"

"关工,你觉得他会这样做吗?"

"我觉得,十有八九会这样。你不知道临一机搞'临机大匠'的事情吗?"

"倒也是啊……"邵思博脸上露出了一些异样的神色。

临一机评选"临机大匠"的事情,他们这些人到临河来工作不久就听说了。那是临一机的一项特殊政策,即在全厂评选出一批技术水平高超的工人,给予几倍于普通职工的高额津贴。因这项政策,临一机全厂工人学技术成风,技术好的工人处处受人尊重,技术差的走出门去都有些抬不起头来。

邵思博刚刚听说此事时,还向其他工程师感慨过,说自己那个厂子就没有这样的大手笔,以至于年轻一代工人都不愿意好好学技术,全厂的技术水平不断下降。

现在听关埔重提此事,邵思博忽然有了一些期待。他早就知道,评选"临机大匠"这件事最早就是由唐子风提出来的,那么,如果唐子风关注到苍龙研究院的问题,会不会也如此办理,在研究院里推行一套类似的政策呢?

如果苍龙研究院能够对技术水平高超的工程师给予重奖,邵思博自信能够成为被奖励的人员之一。事实上,何继安出手挖的人,也都是研究院里的顶梁柱,那些技术平庸的工程师,何继安也是不屑于搭理的。

要不要留下来看看呢?邵思博认真地思考起了这个问题。

关塘不便再说什么了,事实上,他对邵思博说的这番话,完全是出自唐子风的授意。研究院里与他一样担负着传话任务的人还有好几个,唐子风让他们带话的目的,就是给那些想跳槽的工程师一个新的选择。

关塘所说的方案,包括与项目相关的重奖,以及拉开薪酬档次等,都是唐子风打算在苍龙研究院推行的政策。但这些政策还得与机二〇里其他企业的领导商量之后才能确定下来,毕竟研究院里很多工程师都是各家企业派来的,唐子风也无权替各企业确定薪酬标准。

唐子风安排关塘等人带话的时候还有一个叮嘱,那就是让他们点到为止,无须强行挽留。这些想走的人都是人才不假,但唐子风也不想强人所难。如果这些人真的认为投奔外企更有前途,唐子风又何必去阻拦他们呢?

大不了自己再培养一批人出来,这就是唐子风的底气。

中国即将进入工业高速发展的阶段,各行各业的机床需求将会暴增,从而产生出无数高技术要求的机床研究项目。一个有才华的年轻工程师,只要跟过一两个项目,就能够成长起来,成为丝毫不亚于前辈的优秀设计师。有这样的信心,唐子风还怕研究院里这些人离开吗?

"我想,我可能还要和何继安再谈一次。"邵思博最后这样对关塘说。

## 第二百九十二章 何继安去哪了

"他们能联系得上何继安才怪。"

唐子风的办公室里,韩伟昌幸灾乐祸地对唐子风说道。

"其实大可不必。"唐子风坐在自己的办公桌后面,一边批阅着文件,一边淡淡地说道。

韩伟昌愤愤地说:"我就是看不惯这家伙嘚瑟,随便设个套就把他弄进去了。这件事可赖不着我,他如果真的洁身自好,我也没办法不是?"

原来,虽然唐子风发了话,让韩伟昌不必再管何继安的事情,韩伟昌却是阳奉阴违,依然通过自己的关系,关注着何继安的一举一动。

前些天,何继安在临河联络了一批苍龙研究院的工程师之后,便启程到黄阳省去了。他刚到黄阳省没两天,就接到临河这边好几位工程师打过去的电话,声称苍龙研究院推出了一个新政策,要求所有想跳槽的职工必须在一星期内做出决定,一星期之后,研究院就要与大家签订竞业协议,届时再想走就有很多障碍了。

何继安此前与工程师们接触,双方只是谈了一些初步的意向。关于跳槽这件事,工程师们都要再权衡一下利弊,有些还要与家人或者老领导啥的商量商量,不可能马上就决定。何继安也明白这种事急不得,于是便暂时离开了临河。以他的盘算,自己离开几天,给工程师们一些思考的时间,等他回来的时候,这些人的想法也就该比较成熟了。

挖人这种事情,一向是比较麻烦的。人家在原单位待了十几二十年,你想拍拍他的肩膀就让他听你的安排,这怎么可能?越是有能耐的人才,越会在跳槽的时候提出各种各样的条件,有些是生活条件,有些是工作条件,毕竟大家跳槽都是为了获得改善,如果没有足够好的条件,人家又何必离开呢?何继安对此有足够的心理准备。

让人没想到的是,苍龙研究院不知怎么知道了何继安挖墙脚的事情,突然来了这么一手,只给大家留了一星期的窗口,过时不候。那些有意跳槽的人都慌了手脚,他们要做出决定,自然要再找何继安磋商一番。最起码,跳槽过去之后的福利待遇啥的总得敲定了,人家才敢向研究院递辞职报告吧?

何继安得到消息,不敢耽搁,立马买了火车票赶回来,而这个情况被一直监视他动向的韩伟昌知道了。何继安在临河火车站刚下火车,就"巧遇"了两位他过去认识的井南小老板,据说是到临河来采购机床的。

见到何继安,两位小老板异常热情,非要拉着他到临河市内最高档的一家餐馆去吃饭。何继安不觉有异,还觉得自己挺有面子,能够让人家如此殷勤,于是便爽快地接受了邀请。

一顿丰盛的晚宴过后,两位小老板又提出要去娱乐场所休闲一下,这也是时下的风气了,何继安当然是不会拒绝的。

结果,就出事了。

他们三人在娱乐场所刚刚坐了不到五分钟,还没来得及跟陪酒的姑娘聊上几句,就遇上了传说中的临检。也不知道那俩小老板对警察说错了什么,领头的警官一声令下,警察们便把他们三人带回了警局,拘留了。

"你这两个朋友,居然心甘情愿陪着何继安在警局'喝茶'?"唐子风饶有兴趣地问韩伟昌。

韩伟昌用手拍了一下胸脯,本想说点大话,忽然又想起自己还是有罪之身,在唐子风面前过于张扬不太合适,于是换了一副谦逊的表情,说道:"这都是过去做业务的时候认识的朋友,他们欠了我一点人情,所以我跟他们一说,他们就答应了。'喝茶'这种事情,对他们来说是家常便饭了。"

"你和这个何继安得有多大的仇啊。"唐子风长叹道。韩伟昌这些年做销售倒是攒下了不少人脉,想找几个朋友不露声色地"治"一下何继安,自然是很容易的。但人情这种东西也是稀缺资源,用一回就少一回。韩伟昌仅仅为了收拾何继安就动用了这么多关系,确实是看何继安极不顺眼。

"我这不也是为了研究院的事情嘛。"韩伟昌表着忠心,"唐厂长你给研究院那些人留了一星期的窗口,那些人要想走,肯定要先和何继安把条件谈妥。我现在把何继安弄到里面'喝茶'去了,一星期之内,谁都别想找到他。等过了一个星期,那些人想跳槽也跳不了了,这不是帮研究院留住了人才吗?"

## 第二百九十二章　何继安去哪了

"其实没必要的。"唐子风说,"我既然说了不阻拦他们,那么一星期之内,他们如果想走,我是不会设置什么障碍的。现在你这样一搞,倒显得我们不够光明磊落了。"

韩伟昌说:"唐厂长,你放心,这件事情绝对不会牵连厂里。何继安出来以后也只会怨自己倒霉,不会想到是我给他设了套。至于研究院那些想走的工程师,他们通过这件事看清了何继安的本质,就算我们多给他们一个星期的窗口,只怕他们也不愿意走了。"

唐子风说:"好吧,事已至此,也只能这样了。有些铁了心想走的人,找不到何继安,估计也会直接和染野公司联系,到时候他们如果想走,也只能由着他们。你这个安排,对于那些还处在摇摆之中的人,恐怕会有一些效果。"

"对对对,我就是想挽救一下这些人。"韩伟昌打蛇随棍上,立马给自己报复何继安的行为找到了合理性。

唐子风说:"这样吧,老韩,你把这边的工作交接完了之后就抓紧时间去滕村吧。顾建平的事情,我已经让人调查清楚了。他的问题非常大,起码能判十年。为了避免他在被带走之前到处乱咬,说出一些不该说的话,我想等你离开之后再动手。你不在临一机,他想攀咬也找不到对象了。"

韩伟昌说:"我明白了,我明天就走。多谢唐厂长为我考虑得这么周全。不过,唐厂长,有件事我还要提醒你一下,顾建平的老婆廖国英可是全厂出了名的泼妇,早些年和厂长、书记啥的都闹过。咱们原来的厂长郑国伟那也是够嚣张的一个人,在廖国英面前都败下阵来了。你要是让公安把顾建平抓了,我担心廖国英会上你这里来闹呢。"

"还有这事?"唐子风笑道,"她男人贪污公款,被抓走也是罪有应得,她凭什么到我这里来闹?"

"她如果是讲理的人,还会闹得全厂闻名吗?"韩伟昌说。

唐子风点点头:"我明白了,到时候我小心一点就是了。抓人这事也不归我管,我会让朱厂长去安排。这个什么廖国英想闹,只怕也是去找朱厂长。"

"嗯嗯,这样就好。"韩伟昌似乎是放心了。

何继安未能如期出现,让苍龙研究院里一帮打算跳槽的工程师没了主意。有些人接连不断地往何继安的手机上拨电话,得到的都是关机的消息。这一情况让人觉得此前何继安与大家谈的事情似乎很不靠谱,有人甚至觉得何继安是不是唐子风派来的"托儿",专门为了勾出他们这些有二心的人。

邵思博在无法联系上何继安的情况下,思想彻底动摇了。他专门去找孙民谈了一次,询问研究院有没有改善工程师待遇的打算,孙民向他说了一番研究院未来的设想,与此前关埔跟他说的如出一辙。他思考再三,最终放弃了跳槽去染野的打算,与研究院签了竞业协议,踏踏实实地留下来做研究了。

与邵思博一样放弃跳槽想法的人还有不少,但也有几位正如唐子风所说,铁了心想走。这些人联系不上何继安,便直接给染野研究所那边的人力资源部打了电话,在获得了对方的一系列承诺之后,这些人便向苍龙研究院递了辞呈,投奔美好前程去了。

何继安被关了几天,出来之后也顾不上和那两个拉他下水的小老板计较,便开始给邵思博等人打电话。结果大多数人都表示,因为这几天与他联系不上,自己不得不放弃跳槽的计划。这些人还颇为不满地质问何继安,为什么突然玩起了消失。何继安一肚子委屈,却又不便说出来。

在研究院这边闹闹腾腾的同时,临一机也发生了一件惊人的事情。销售部的老推销员顾建平,在大庭广众之下,被临河市公安局的经侦大队铐走了。

警车刚刚离开临一机,临一机厂部便贴出了告示,向全厂职工通报了事情的始末。告示上声称,顾建平拿着厂里的紧俏产品搞拍卖,并把拍卖所得的溢价据为己有,初步调查的涉案金额超过50万元,此举已经触犯了法律。

关于顾建平所犯的罪行会受到什么惩罚,厂里一些无所不知的能人做出了解释,表示像这样的事情肯定到不了枪毙的程度,不过关上几十年,直至把牢底坐穿,应当是毫无悬念的。

## 第二百九十三章　临一机的去向

"真看不出来,老顾居然玩得这么大!"

"什么看不出来,顾家两口子这一年多来穿金戴玉的,怎么烧包怎么来,我早就知道他肯定有问题了。"

"有问题是肯定有问题的,销售部那些销售员,谁没问题?"

"我看韩伟昌的问题最大!"

"这个倒别乱讲,我听人说了,韩伟昌在外面花花哨哨的事情不少,可经济方面好像还真没啥问题。他赚的那些钱都是明面上的,咱们厂给销售员有提成,就他做成的那些业务,拿这些提成也不算多。"

"这倒也是,老韩这个人还是挺小心的,他老婆孙方梅管他管得严着呢。"

"嘻嘻,这可不好说……"

"我觉得吧,老韩肯定还是有问题,要不怎么被贬到滕村那边去了?说是去帮衬老周厂长,我看就是咱们厂里发现了他有问题,让他将功折罪去了。"

"是不是被顾建平的事情牵连了?最起码他也要负个领导责任吧?"

众人议论纷纷,倒也有人猜出了真相,只是越知道真相的人,反而越不会乱说。韩伟昌虽然在外面有些飘,但待在厂里的时候还是挺低调的,没拉什么仇恨,这也是众人不往他身上瞎联想的原因之一。

顾建平被警察带走的时候,倒是想过要拉韩伟昌来给自己求情。可此时韩伟昌已经远赴滕村去了,连销售部长的职务都被免了,顾建平就算想攀咬他,也是鞭长莫及。他手里掌握的韩伟昌的把柄,其实杀伤力不强。如果韩伟昌还在销售部长的位置上,他自可用这些把柄胁迫韩伟昌替他说话,但韩伟昌不在厂里了,他的这番打算就落空了。

借着顾建平被抓事件,临一机在全厂开展了一次纪律教育,重点检查了供销、基建、后勤等容易出现腐败的部门,狠狠地处分了一批人。有顾建平的例子在前面摆着,被处分的那些人都老老实实的,不敢和厂里较劲。在这些人看来,与判刑坐牢相比,撤个职、做个检讨、退还不正当收入之类的,都算是可以接受的结果。

"总的来说,咱们厂的风气还是不错的。7000人的大厂,出一两个顾建平这样的人也是难免。相比有些兄弟企业,咱们的情况已经很让人觉得欣慰了。"

厂务会上,书记章群乐呵呵地做着总结。相比杀气腾腾的唐子风,章群对于厂里出现的一些不良现象是比较淡定的,这就是阅历上的差异了。

"这个还得益于老周厂长打下的局面。"秦仲年说,"周厂长在厂里的时候,真正做到了两袖清风,提拔干部也是用人唯贤,没有搞裙带关系。上行下效,下面一些处室的干部想搞不正之风也就很难了。"

"子风的功劳也是很大的。"张舒赶紧补充道。现在厂里主持工作的人是唐子风,秦仲年把功劳都算到周衡头上去,可就要让唐子风觉得不舒服了。张舒是个伶俐人,知道这时候要帮唐子风表表功劳。

唐子风笑道:"张厂长谬赞了,我一年有半年时间不在厂里,厂里的管理都靠各位老大哥,呃,还有施大姐和宁姐姐在做,厂里的风气好,大家都有功劳,唯独我是不敢邀功的。"

老大姐施迪莎笑着说:"子风,你就别谦虚了。我家老头子经常说一句话,叫仓廪实而知礼节。咱们厂大多数的中层干部都能做到洁身自好,和咱们厂效益好、大家收入高是有很大关系的。咱们厂的效益好,一大半的功劳不都是在你子风身上吗?"

唐子风假装纳闷地问章群道:"章书记,咱们现在这算不算是表扬与自我表扬啊?怎么大家都在夸我呢?"

"那也是因为你该夸嘛。"副厂长朱亚超说,"我出去开会的时候,其他厂的领导碰上我,都跟我说,临一机能有现在的好局面,都是因为我们有一个了不起的小唐厂长呢。"

"呃……"唐子风无语了,大家都在表扬他,还真让他不知道该如何表现才好,过于得意自然是不行的,但过于谦虚似乎也有点虚伪,要不就继续装萌好了,谁让他在一班厂领导里岁数最小呢?

"子风,其实吧,我们大家等你回来,已经等了一些时间了。"副厂长吴伟钦开口了,语气里带着几分严肃,"机械部撤销的事情已经确定了,国家的政策是

## 第二百九十三章　临一机的去向

要进一步推进政企分开。关于咱们临一机的去向,现在也是众说纷纭,我们几个商量过几回,大家都觉得需要等你回来拿个主意呢。"

听吴伟钦提起此事,所有的人都不再开玩笑了。其实,刚才大家对唐子风好一通奉承,也是在为这个问题做铺垫。事情太大,大家都想听听唐子风的想法,但贸然提出来又不合适,所以才要插科打诨地活跃一下气氛。

唐子风看看众人,笑着说道:"各位,这件事我恐怕是最晚知道消息的,你们各位应当是充分讨论过了吧,不知道你们大家是什么想法?"

众人互相交换了一番眼色,最后都把目光投向了吴伟钦,估计是事先商量过,由吴伟钦来跟唐子风说这件事情。吴伟钦假意推让了一下,这才清清嗓子,说道:

"子风,我们几个人初步讨论了一下,大家觉得,下放给临河市这个选择我们是绝对不能接受的。咱们厂和临河市是平级单位,如果下放到临河市来,只能归临河市国资局管,这不是降格了吗?临河市盯着咱们厂的这些地皮已经不止一年两年了。如果咱们成了临河市管的企业,估计临河市第一件事就是要咱们厂搬家,说不定一分钱补偿款都不会给。"

唐子风没有吭声,只是点了点头,表示自己同意吴伟钦的观点。

"第二个选择,就是想办法留在国家机电工业公司。老张找人打听了一下,说好像二局那边也是希望咱们留下的。"吴伟钦说着向张舒那边示意了一下,表示这个消息是张舒打听来的。

唐子风点头说:"这件事,我这次在京城见到谢局长的时候向他问了一下,谢局长的意思是,如果咱们临一机想留在机电工业公司这边,公司是非常欢迎的。"

"哦。"吴伟钦应了一声,似乎是欲言又止的样子。

唐子风笑道:"老吴,你还有什么想法就一并说出来吧,这里也没啥外人,怎么还吞吞吐吐的?"

吴伟钦尴尬地笑了笑,说:"子风,能够留在机电工业公司倒也是挺好的,相当于咱们临一机和过去一样,还是部属企业,一切照旧。不过,我听说国家还给了另外一种选择,不知道子风你怎么看?"

"你是说,大家希望把临一机股份化?"唐子风问。

吴伟钦点点头,随即又解释道:"子风,你别误会,我们只是不太了解这种方式有什么好处和弊端,我们听说有些企业是希望搞股份化的,你是怎么考虑的?"

唐子风没有急于回答,而是先环视了整个会议室一周。他发现,章群、秦仲年、宁素云几个人都有些心不在焉,似乎对这件事并不感兴趣。张舒和施迪莎眼神有些慌乱,既想偷偷观察一下唐子风的态度,却又担心会被唐子风发觉。至于朱亚超、张建阳和厂办主任樊彩虹三人倒是显得比较坦诚,他们直接盯着唐子风,等待他的答复。

于是唐子风心里就有数了。章群等人都是部里派下来的,现在编制还在部里,估计股份化这件事就算要搞,也与他们无关。朱亚超等几人位置相对比较低,企业如果要搞股份制改革,他们不一定能够得到什么好处,所以带着几分打酱油的心态,无论唐子风如何做决定,他们都没啥意见。

对股份化这件事真正感兴趣的,也就剩下了吴伟钦、张舒和施迪莎三人,其中施迪莎属于那种没啥脑子的人,也不知道是被谁忽悠了几句,便萌生出想从股份化中捞点好处的念头。施迪莎的丈夫是省里的一位领导,她原本应当是对厂里这点利益不感兴趣的,不过,如果合法地捞到一些好处,她自然也是不会拒绝的。

"股份化这件事,谢局长也提了一句,我说要回来征求大家的意见,一会大家也可以畅所欲言。企业股份化改革的主要目的,一是引入资金,二是引入新的管理机制,但临一机目前经营状况良好,资金充裕,管理方面也没有明显的短板,所以这两条好处对于临一机来说都没有太大的意义。

"相反,股份化改革意味着咱们要换一个新的东家。如果新东家的思路和咱们一致,也是想做大做强临一机,那么情况还好,其实和咱们留在机电工业公司也没什么区别。

"但如果遇到一个目光短浅的东家,入股临一机只是为了捞一把就走,说不定就会要求咱们做一些短期行为,破坏临一机的长远规划,甚至把咱们厂彻底搞黄。这对于我们来说,就是一个最糟糕的结果了。

"所以,就我个人的想法而言,我是不赞成对临一机进行股份化改造的,我觉得还是先维持现状为好。当然,如果日后有机会能够上市圈钱,又另当别论。"

唐子风看着众人,平静地说道。

# 第二百九十四章　咱们怎么能这样做呢

"可是……"

张舒迟疑了一下，终于还是硬着头皮说道："子风，我听说，有些厂子搞股份化，是会让管理层持股的，你和谢局长谈的时候，他说过具体的政策吗？"

听到张舒说出这话，所有人都把目光投向了唐子风，各人脸上的表情迥异，但明显都是对这个问题充满兴趣的。

管理层持股在时下是一个很流行的概念，据说是从西方国家传过来的。管理层持股的意思，就是在企业股份化的过程中，拿出一部分股份分配给管理层，既可以是无偿赠送，也可以是由管理层出资购买，但购买的价格是要远低于市场价的，算是给管理层的一种福利。

管理层持股的目的，照经济学家的解释，就是调动管理层的工作积极性，解决"委托-代理困境"。

经济学理论认为，企业是股东所有的，管理层只是受股东委托来从事经营管理活动。由于企业赚钱与否都与管理层的利益无关，所以管理层会倾向于大手大脚，把本属于股东的红利用于各种挥霍，或者从事一些不理智的投资，损害股东的利益。

为了让管理层把企业当成自己的财产，就要使管理层也成为股东的一员，也就是通过管理层持股的方法，使管理层拥有企业的一部分股份。这样一来，管理层就是在为自己干活，自然就会更加勤勤恳恳、兢兢业业。国家只要付出少量的股权，就能够买到管理层的忠心，何乐而不为呢？

这个理论听起来挺丰满，但在现实中却非常骨感。那些因为没有股份就不愿意好好干活的国企厂长、经理，即便是拿到了少量的股份，又怎么可能会踏实工作呢？想想看，企业的主要股权都在国家手里，管理层拥有的只是一个小小的零头，就算能够分红，也不过是仨瓜俩枣，能填得满他们的欲壑吗？相比之下，他们还不如趁着手上有权，损公肥私，这么大的企业，随便捞一把，也比苦哈哈地等着股权分红要强得多。

当然，如果国家愿意拿出一半的股权来赠送给这些厂长、经理，或许他们是会满足的。但这些人又有何德何能，值得国家平白无故地送给他们这么多好处？

这些事情，当然是后来才被人们渐渐悟出的。在时下，学术界正在大肆鼓吹国企的管理层持股，许多政府主管部门的官员也被这种观念洗了脑，觉得既然是西方传过来的方法，自然是很好的。中央提出要搞市场经济，咱们没经验，而西方已经搞了几百年市场经济，咱们不跟西方学，还能跟谁学呢？

对管理层持股最感兴趣的，当然就是如吴伟钦、张舒这样的国企领导了。如果临一机要搞股份制改革，又要搞管理层持股，那么以他们的位置，自然是能分到一份的。临一机账面上的资产有两三亿元，另外还有临一机拥有的这块地皮，现在的价值不下5亿元，这是在账面上没有体现出来的。

总计七八亿元的资产，哪怕每名厂长只能分到1%，那也有七八百万之多，抵得上几十辈子的收入了。章群、秦仲年这些人，理智上是不赞成股份化的，但面对如此大的诱惑，要说他们丝毫不动心，那也是不可能的。万一政策允许他们参与，这可就是一个足以改变人生的机遇，他们能不在意吗？

"管理层持股这件事，目前并没有明确的政策，各地也是在摸着石头过河。"唐子风说，"不过，就临一机的情况来说，目前并不具备管理层持股的条件。有些企业搞管理层持股，是因为企业本身已经陷入经营困境，主管部门推行管理层持股，是为了激发管理层扭亏的动力。

"对于这些亏损企业来说，如果能够扭亏，国家相当于挽回了一家企业，那么拿出企业的一些股份来奖励管理层并不为过。如果企业未能扭亏，最终走向了破产，那么管理层拿到的股份也只是一张空头支票，国家并没有什么损失。

"临一机目前经营状况良好，说得不好听一点，把咱们这些人都撤掉，另外换一批人来管理，临一机也不会变得更差。在这种情况下，国家有什么理由平白无故地给咱们分股份呢？"

"这……"张舒哑了，一时不知道该如何说才好。

唐子风说的这个道理很简单，国家也不是傻瓜，好端端一个企业，凭什么要分几成给管理层？如果临一机是一家濒临破产的企业，而他们又是一群能够力

## 第二百九十四章 咱们怎么能这样做呢

挽狂澜的能人,那么国家许下重赏,换取他们努力工作,帮助企业扭亏,也说得过去。可临一机并不是这种情况,国家又有什么必要这样做呢?

或者还可以说得更极端一点,就算上级主管部门非要推行管理层持股,拿出几千万元的股份来分给临一机的厂领导,人家难道不会先换一批自己人上来,然后再推行这个政策吗?张舒也罢,吴伟钦也罢,都不是什么不可替代的重要人物,人家先把你撤了,再搞管理层持股,你能分到一毛钱吗?

看到张舒沉默了,朱亚超说道:"唐厂长说得对,管理层持股这件事,我也听说过一些,情况的确是唐厂长说的这样。不过,我还听说,有些厂子的领导为了搞管理层持股,故意瞎决策,把厂子弄到资不抵债,制造出一种马上就要破产的样子。这样一来,上级部门也就没办法了,只好把厂子三文不值两文地送给这些厂长。

"等股权到手了,这些厂长再重新把业务恢复起来,企业立马就活了。这些人相当于空手套白狼,凭空捞了个企业。"

"这不是犯罪吗!"秦仲年愕然道,"朱厂长,你说的是哪家企业?不会是咱们系统内的吧?"

朱亚超向他抱歉地笑了笑,说道:"秦总工,这个我可不方便说。人家也是因为跟我关系不错,才把这中间的奥妙说给我听,我要说出是哪家企业,不是把他们给卖了吗?"

"这不叫卖,这叫检举!"秦仲年愤愤地说,见朱亚超并不接茬,老爷子又转向唐子风,说道,"小唐,你应该把这件事汇报给局里,让他们好好查一查,看看是哪些企业的领导在挖国家的墙脚。"

"秦总工,这不关咱们的事,咱们也管不了。"唐子风用无奈的口吻对秦仲年说道。其实,朱亚超说的事情,他也听人说过。还有一些事情,现在没人知道,但在后世却被披露出来了,其中的各种操作,比朱亚超说的手段更为下作。唐子风只是临一机的常务副厂长,在整个体制中只能算是一名下级干部,哪里管得了这样的事情?

"老朱说的方法,咱们如果想做,也能做。"唐子风转向众人,淡淡地说道,"咱们也不用做得太极端,只需要犯一两个经营错误,把账面做成亏损,然后再去与机电工业公司谈。在现在的大形势下,要说服机电工业公司允许咱们搞股份制改革,同时推行管理层持股,我觉得还是很有可能的。

"当然,咱们临一机的家底,机电公司也是了解的,要指望机电公司同意无偿给咱们这些人分配股份,我觉得不太现实。更大的可能性是,让机电公司同意我们购买一部分临一机的股权,价格方面当然是可以商量的。大家各自想想办法,借点钱,把股份买下来,一转手,每人拿到三五百万的差价总是有的。大家说说看,对这件事有没有兴趣呢?"

"小唐,你这说的是什么屁话!咱们怎么能这样做呢?"秦仲年恼了,虎着脸对唐子风训道。

唐子风向他耸耸肩,说道:"秦总工,你如果不感兴趣,可以放弃啊。这件事涉及大家的福利,你不能因为你一个人的想法,就拦着大家发财吧?"

秦仲年的脸都憋成了紫色,他挥了挥手,想说点什么难听的话,一时又想不出来。章群坐在他旁边,伸手拍了拍他的肩膀,让他少安毋躁,然后对唐子风说道:

"小唐,我觉得咱们不应当这样做。咱们这些人毕竟都是党员,最起码的觉悟还是应当有的。你说的这种方法,是公然地钻政策的空子,挖国家的墙脚。虽然说可以做到瞒天过海,让上级部门看不出来,但咱们自己是不是也该摸摸良心,问问良心能不能安呢?"

唐子风不置可否,向其他人问道:"大家的看法呢?"

吴伟钦犹豫了一下,摇了摇头,说:"这样做,的确是有些不合适,一旦传出去,唉……"

这一声"唉",里面包含的信息就非常多了,既有对利益的不忍,又有面子上的挣扎,当然,还有一些担忧。毕竟是在体制内待了多年的人,要让他明火执仗地去瓜分国有资产,他还真没这个胆子。

"我表个态吧,大家打算怎么做,我不便评论。不过,如果要照唐厂长刚才说的方法去做,我退出。"朱亚超举起一只手,郑重地向唐子风说道。

# 第二百九十五章　你是这个意思吧

看朱亚超一副严肃的样子，众人都有些愕然。唐子风却笑嘻嘻地问道："老朱，大家都有份儿的事情，你干吗要退出呢？"

朱亚超淡淡地说："我和你们不一样，我是这厂里的老人，如果这样做，我怕以后被工人戳脊梁骨。"

"老朱，你这话有些过了吧？"

张舒脸上有些挂不住了，出言反驳道。

这一干人中，张舒是最热心于此事的，会前一直在厂领导中进行游说，希望大家共同发声，劝说唐子风去向机电公司提出搞股份化的要求。照他的说法，连机械部都要撤销了，以后国企肯定都是要转成股份制的。趁着现在这个机会，大家先拿到一些股份，好歹也算没白在临一机当一任厂领导。

在他进行游说的时候，章群和秦仲年都表示此事与他们无关，而吴伟钦和施迪莎则表示如果此事符合政策，那么他们是举双手赞成的。张舒也与朱亚超聊过这件事，朱亚超当时是不置可否，只说随大流，大家怎么做，他也怎么做就好了。

张舒对于朱亚超的这个回答还是比较满意的。在他看来，朱亚超肯定也是眼馋这些股份，只是面子薄，不好意思说出来而已。到时候，大家来个匿名投票，还愁朱亚超不支持自己的提案吗？

可谁曾想到，朱亚超说得好好的随大流，却在这个时候改口了，还说如果拿了厂里的股份，会让工人戳脊梁骨，这不是把大家都给道德绑架了吗？

"我觉得吧，管理层持股这种做法，也是国家提倡的，很多地方都在搞嘛。报纸上也有好几篇这方面的文章，那些人都是鼎鼎有名的教授，他们都这样说，可见这件事应当是利国利民的吧？"张舒对众人说道，眼睛却是偷偷地瞟着唐子风，想知道唐子风对这番说辞的态度。

宁素云说:"张厂长,我觉得,管理层持股这事儿,就算是国家提倡,也得讲究个合理性。咱们要求机电公司给咱们这些人分配股份,理由是什么呢?要说咱们做了多少贡献,那厂里的中层干部也有贡献,工人也有贡献,他们是不是也得分一份呢?

"如果全厂7000多人每人都要分一份,临一机可就彻底分完了。咱们毕竟是国有企业,所有的资产都是属于国家的,这样凭空全部分给个人,从手续上说也通不过啊。可如果不分给工人们,光分给咱们几个人,恐怕真会像朱厂长说的那样,被人戳脊梁骨了。"

"这个我就不懂了,我总觉得,报纸上提倡的事情,应当就是合理的。"张舒有些悻悻然地给自己找着台阶,说道,"咱们现在不是在讨论这件事吗?唐厂长,你是大学生,见多识广,要不你给大家说说,这事儿到底合理不合理?"

唐子风笑了笑,用手指指众人,说道:"老张这个问题,咱们先搁下。其他各位要不也发表一下意见,看看你们是支持老张的观点,还是支持老朱的观点。"

听他这样一说,张舒也没法再说什么了,只能尴尬地笑笑,假意对众人说:"对啊对啊,大家都说说吧。"

张建阳举起一只手,申请发言。在得到唐子风的许可后,他说道:"我觉得,如果厂里的中层干部和工人都没有股份,光我们几个厂领导拿股份,恐怕工人会有说法的。我和朱厂长一样,都是厂里的老人,厂里有这么多老同事、老邻居的,我还真不好意思拿这些股份,当他们的老板。"

"建阳这话也有道理,如果厂里的干部职工都没有,光是咱们厂领导拿,以后咱们的工作也不好开展了。"施迪莎附和道。她先前是支持管理层持股方案的,但听大家说了一通之后,又觉得这个方案似乎的确有些问题。她是搞党务工作的,很在乎群众影响,觉得这个方案不合理之后,她便倒戈到朱亚超一边了。

"樊主任呢?"唐子风又向樊彩虹问道。

樊彩虹笑道:"你们都是厂领导,我是给大家端茶送水的,我哪有资格发表什么意见。再说,如果是管理层持股,我可不算管理层,肯定没我的份儿,是不是?"

唐子风也笑着说:"那正好,你就代表没份儿的职工,发表一下看法吧?比如说吧,你会不会戳朱厂长的脊梁骨?"

## 第二百九十五章 你是这个意思吧

"这怎么可能呢!"樊彩虹笑得花枝乱颤,"我什么时候戳过领导的脊梁骨啊?更何况是朱厂长的脊梁骨。"

"没事,朱厂长很愿意让你戳的。"吴伟钦笑着说道,这句话多少带着些暧昧的味道,倒是让会议室里的气氛变得轻松了起来。

"好吧。"唐子风把声音略略提高了一些,让众人把注意力都集中到他身上,然后说道,"关于临一机的制度、安排问题,前两天我在京城的时候,曾经向谢局长请示过。谢局长的意思是尊重咱们厂领导班子的意见。

"刚才大家都发表了自己的意见,我感觉,大家对于临一机搞股份制以及管理层持股的问题,都是持怀疑或者否定的态度的。张厂长的意思,其实也是不看好这种方式,只是不清楚国家的态度,尤其是现在报纸上有这么多关于管理层持股的文章,张厂长想知道其中有什么原因。老张,你是这个意思吧?"

听唐子风问到自己头上,张舒赶紧点头:"对对,其实我对于管理层持股这种方式,也不了解,光是看报纸上成天在说,这不,我就想请唐厂长给我解解惑,省得我这个大老粗弄不懂国家的大政方针。"

张舒这话,就是明显的违心了。他折腾了这么长时间,岂能不知道管理层持股是怎么回事,而且他还非常清楚,很多厂子搞的管理层持股,背后都有各种上不了台面的违规操作,甚至说是违法也并不为过。他原先的想法,只是觉得既然别人能够这样做,临一机也可以这样做,反正是法不责众,有好处的事情,为什么不去做呢?

但刚才唐子风向众人问了一圈,虽然自己并没有表明态度,张舒却已经悟出一些端倪,那就是唐子风是不赞成这件事的。在临一机的领导班子里,秦仲年是个技术专家,或许是不可替代的,除此之外,具有不可替代性的人就只有唐子风一个了,诸如吴伟钦、朱亚超以及他张舒等人,并没有什么特殊之处,机电公司如果要做出什么重大决策,是不会考虑他们这些人的意见的,只有唐子风具有发言权。

如果唐子风不赞成搞股份制,那临一机股份化的事情,基本上就黄了。厂领导里,连施迪莎都已经改口了,剩下张舒和吴伟钦二人,肯定是改变不了唐子风的想法的。唐子风刚才总结的时候,声称所有的厂领导都对股份制这件事持怀疑或者否定的态度,这其实就是给张舒台阶了,张舒并不傻,哪能不赶紧顺着唐子风的话风表明态度。

唐子风点点头，接受了张舒的投诚，继续说道："管理层持股这种方式，对于一些企业来说是有用的，尤其是一些严重亏损的企业，通过管理层持股，能够激发管理层的积极性，使企业起死回生，还是有其积极意义的。

"其实，咱们国家在80年代搞的企业承包制，与现在说的管理层持股也有类似之处。承包厂长完成承包任务后，就能够拿到高额的承包费，这也就相当于企业分红了。

"不过，无论是管理层持股，还是企业承包制，都是针对经营存在问题的企业而推行的措施，算是一种无奈之举。大家想想看，如果一家企业经营状况良好，上缴利税充分，国家有什么理由非要拿出一部分来分给企业领导人呢？

"如果咱们在一家企业里当领导，就有权瓜分企业的红利，那么售货员是不是也可以把商店的商品拿回家去，厨师是不是可以随便吃厨房的东西，咱们车间的工人，是不是也可以要求对机床拥有所有权呢？"

"没错，国家给咱们发了工资，就是让咱们做工作的，哪有因为咱们在这个位置上，就惦记着要把厂子弄到自己兜里去的？"秦仲年愤愤地附和着。

"秦总工，你消消火，先等我说完。"唐子风拦住了秦仲年。秦仲年这话，虽然是泛泛而言，但在张舒等人听来，难免就会觉得是含沙射影，这不利于班子的团结。

秦仲年不吭声了，唐子风接着说："其实大家心里都明白，国家推出管理层持股这种方式的目的是什么。但时下有不少企业的厂长经理钻了国家政策的空子，故意把企业做成亏损，然后再以管理层持股的方式，瓜分国有资产。这种事情，现在也算是公开的秘密了，我想大家都应当听说过一些这样的例子，是不是？"

"这样的事情多了。"张舒闷闷地应了一句。

"没错，我这些天在各地跑，也听说了不少这样的事情。有些原本经营状况很好的企业，就因为领导起了贪心，故意做出各种错误的决策，结果生生把一家好企业弄到资不抵债。最后的结果，厂领导的确是捞到了好处，赚了个盆满钵满，但国家的财产流失了，职工的福利也流失了，这样的钱，咱们能去赚吗？"

唐子风沉着脸，对一屋子厂领导问道。

## 第二百九十六章　给火车头加点油

唐子风一席话,说得众人都沉默了。章群接过唐子风的话头,说道:"同志们,前几年社会上流行说一切向钱看,这几年虽然不太这样说了,但很多人心里仍然是这样想的。我觉得,咱们就算不说什么政治大道理,做人的起码原则还是应当有的吧?如果说咱们这些人对临一机做出了重大的贡献,国家要奖励咱们,给咱们发奖金也好,分配股份也好,这都是咱们的光荣,咱们可以光明正大地接受。

"但如果咱们并没有这么大的功劳,只是因为国家派咱们到这个位置上来,当书记,当厂长,咱们就生出了非分之想,要通过不光彩的手段,把国家的财产转移到个人手里,这种事,咱们不会亏心吗?就算我们可以做得天衣无缝,躲过法律的制裁,可群众的眼睛是雪亮的,谁做了什么亏心事,群众会不知道吗?

"刚才老朱说,他不想让工人戳他的脊梁骨,我觉得这话说得很好。咱们也都是40多岁、50多岁的人了,哈哈,当然,小唐还年轻,咱们这些人,也得为自己的晚节想一想了,不能工作了一辈子,最后还落下一个千古骂名,不值得啊。"

"瞧章书记说的,咱们这些人,也都是受党教育多年的,怎么可能做出这种事情呢?"

张舒训笑着说道,同时在心里嘀咕了一句:你这不还是大道理吗?什么群众的眼睛是雪亮的,厂子是国家的,又不是群众的,如果国家都不管,群众能说个啥?

心里虽这样想,但他也知道这件事是泡汤了。章群是临一机名义上的一把手,唐子风则是局领导心目中实际的一把手,他俩的意见都是不赞成搞股份化,其他人再说什么也是白搭。唉,明明是可以操作一下,弄个百八十万当养老资本的,摊上这么两个不食人间烟火的领导,也是没办法了。

想到此,他扭头看了吴伟钦一眼,得到的是对方一个无奈的眼神。当然,二人也都明白,他们原来的打算并没有十足的把握,此时的失望,也不算太多。正如唐子风说的,在临一机经营状况良好的情况下,机电公司不可能凭空给大家分配股份。而要把临一机做到亏损的程度,又不太现实。所以,说到底,这件事也只是一个美好的幻想,大家做了个白日梦,现在算是彻底地醒了。

"这么说,大家的意见已经统一了?"唐子风看看众人,问道,"是不是都觉得临一机还是留在机电公司,保留原有的国有身份为好?"

"我赞成!"秦仲年第一个说道。

"还是维持现状吧,现在的情况不是挺好的吗?"吴伟钦附和道。

"同意!"

"按章书记和唐厂长的意见办。"

"哈哈,能留在机电公司就挺好的,听说想留下来还不容易呢。"

众人纷纷表态,都是赞成留在机电公司的,连张舒也不敢再说股份化的事情了。大家开始分析留在机电公司的好处,作为国有企业,能够享受来自国家的各种政策保护,职务也还有上升通道,相比改制成股份制企业,还是有不少优势的。唯一遗憾的,就是原本有可能拿到的企业股份,现在已经没戏了。

"好,那么第一个议题就到这里,樊主任,回头你整理一个报告,提交给机电公司,就说临一机厂务会已经形成集体决议,大家都希望能够留在机电公司,保持国有身份。"唐子风向樊彩虹吩咐道。

"明白,唐厂长。"樊彩虹应道。

"那么,咱们是不是可以进入下一个议题呢?"唐子风看着众人,笑呵呵地问道。

"第二个议题?咱们还有什么议题吗?"吴伟钦诧异道。

唐子风说:"当然有第二个议题,这个议题是我让建阳安排的,要不,建阳,你来说说吧。"

众人都看向张建阳,张建阳向大家谦恭地笑了笑,说道:"事情是这样的,去年年底的时候,唐厂长跟我说,现在很多企业在搞改制,改制以后厂领导的收入都比原来高出一大截了。咱们厂没法搞改制,但厂领导的收入问题,也该考虑考虑。总不能咱们干的活比别人干得好,收入却比别人低,这就会影响大家的积极性了。"

"这是什么意思,小唐是说要给大家涨工资吗?"宁素云一头雾水。如果唐

## 第二百九十六章 给火车头加点油

子风觉得厂领导的工资太低,要给大家涨工资,这件事也应当是她这个总会计师来安排,怎么会让张建阳来说呢?张建阳现在的职务是厂长助理,分管由劳动服务公司改制而成的临荟科贸公司,与涨工资这事风马牛不相及啊。

"工资肯定是要涨的,不过,作为厂领导,咱们还是要吃苦在前,享受在后,全厂的工资涨了,咱们的工资才能涨,而且涨的幅度也不能高于一线的工程师和工人。"唐子风说道,"不过呢,咱们毕竟为临一机的繁荣做出了贡献,俗话说,火车跑得快,全靠车头带,咱们这一屋子,就是临一机的火车头。咱们没日没夜地拉车,总得加点油吧?"

一席话说得大家更蒙了,不知道唐子风到底想搞什么名堂。张建阳接过了唐子风的话头,说道:"唐厂长跟我说的意思是,咱们不方便在厂里给厂领导们谋福利,就要考虑堤内损失堤外补,他让我们临荟公司帮着物色一个好项目,专门吸收厂领导参股,大家不用投入太多本金,但一年起码得拿个十几万分红,就算是补偿大家的损失了。"

"还有这样的事情!"

所有的人顿时就不困了,甚至连秦仲年这种老夫子都两眼放光。说实在的,谁不喜欢钱啊!这会议室里的人,最年轻的也 40 多岁了,像章群这种,都要奔六了,家里子女都老大不小了,他们不得给孩子预备点结婚成家的资本?现在临河的房子都已经卖到了快 2000 元一平方米,京城好一点的地段都快到每平方米 6000 元了,谁不想多赚点钱?

张舒为什么打管理层持股的主意,说到底也是为钱所困。他说起来也是一家国营大厂的副厂长,副局级干部,可要想拿出几十万来给孩子买房,也是办不到的,他能不动歪心思吗?

管理层持股的事情,被唐子风和章群联手否了,大家都有些悻悻然。可没想到,唐子风在关上一扇门的同时,居然还想着给大家打开了一扇窗,这就是意外之喜了。

"小张,你快说说,唐厂长让你给大家找到了什么好项目?"张舒迫不及待地问道。

"开网吧。"

张建阳轻轻地吐出了三个字。

"网吧?这是干什么的?"张舒莫名其妙。

"好像是小孩子上网的地方吧,我家孩子说他们同学就有天天逃课去网吧玩的。"秦仲年说道。

"你说的是在京城吧?咱们临河可没听说过有这样的地方。"朱亚超说。

施迪莎说:"秦总工这样一说,我倒是想起来了,好像南梧已经有这种网吧了,就是弄一屋子电脑,交钱就能上网。我听说网吧的价钱特别贵,一小时得好几块钱呢。"

"对对,我也听说过,不过咱们临河的确是没有。"樊彩虹也补充道。

"怎么,小唐,开这种网吧很赚钱吗?"张舒把目光投向了唐子风。虽然网吧这事是张建阳说的,但张舒相信,这个主意肯定来自唐子风,而唐子风找来的项目,肯定是能赚大钱的。或者换句话说,如果这个主意不是唐子风出的,那大家还是洗洗睡吧,张建阳找来的项目,能不能赚钱还两说呢。

唐子风也不卖关子了,他笑着说道:"我给大家算笔账吧。现在临河还没有网吧,我们如果开一家网吧,一小时收费 4 元,肯定是没问题的。深夜的时候,咱们可以把费用减半,保证能够吸引到一批夜猫子。

"这样算下来,一台机器平均一小时收费 3 元,一天 24 小时,就是 72 元。一年 365 天,乘以 72,就是……"

"26280 元。"张建阳充分演绎了啥叫一个合格的捧哏,迅速帮唐子风算出了总数。

"对,26280 元。"唐子风说,"就算有个刮风下雨啥的,网吧不能保证满座,一台机器一年收 2 万元应当不在话下。时下一台过得去的计算机,有 1 万元就足够了。场租、电费、网费、网吧工作人员的工资等,都是小数目。一台计算机,半年就能够收回投资,然后一年赚 15000 元是稳稳的。

"以临河的年轻人数量,全市安排 500 台计算机绝对不会过剩。咱们也别太贪心,开三家网吧,总共布置 120 台计算机,这样算下来,一年的毛利就是 180 万。大家觉得,这样的生意能做吗?"

"太能做了!"张舒几乎要跳起来了。唐子风的这个计算,清清楚楚,大家一听就明白了。这一屋子一共是 10 个人,如果一年有 180 万的毛利,每人名下就能分到 18 万,这可丝毫不比去侵占厂子的股份差啊。

## 第二百九十七章　不违反原则

"小唐,这事,不违反原则吧?"

秦仲年小心翼翼地发问了。此前,他不赞成搞股份制,是因为觉得不能瓜分国家的财产。现在,唐子风给大家找了个赚钱的机会,好像与国家利益没啥关系,他自然就不会拒绝了。

说真的,看到老同学肖明的女儿光从临一机就赚走了几百万,他心里也是酸溜溜的,没事也琢磨着能不能找个合法的渠道赚点钱。他一向知道唐子风是个赚钱高手,很多次都忍不住想拉下老脸去和唐子风探讨探讨,请对方给自己支个招,或者更直接地给自己提供个机会。

这样的念头在老秦心里已经转了两年,他终于没能克服自己的羞耻心,所以一直都没好意思开口。如今,唐子风答应给全体厂领导谋点福利,帮大家找到了开网吧这样一个赚钱门路,秦仲年可谓惊喜交加。高兴之余,老夫子的迂腐本性还是开始作祟了,他必须要问问这种手段是不是合法,这钱拿到手里是不是踏实。

"这怎么会违反原则呢?"唐子风理直气壮地说,"开网吧也是国家允许的业务,而且普及互联网知识,也是利国利民的大好事。现在全国各地都在开网吧,咱们临河在这方面落后了。咱们如果能够开办临河第一家网吧,不但不违反原则,而且还是一个改革先锋呢。"

"可是,既然开网吧这么赚钱,为什么其他人没想到呢?"吴伟钦提出了一个新的问题。

唐子风看向张建阳,张建阳腼腆地笑了笑,把声音压低了几分,对众人说道:"这件事吧,咱们关起门来说,其实还是有一点点以权谋私的成分。开网吧是需要文化局审批的,文化局如果不发牌照,就属于黑网吧,是要被取缔的。这两个月,我一直都在跑这件事,这不,刚刚才把文化局的批复拿下来,要不我也不敢在这里向大家汇报。"

张建阳说:"现在盯上网吧这块业务的人不少,文化局那边对牌照管得非常严。他们能够批给咱们120台电脑的经营许可,这可是天大的面子……"

"怎么,你拿了厂里的利益去交换吗?"章群沉着脸问道。

"没有没有,绝对没有!"张建阳赌咒发誓地说,"这件事,我绝对没有出卖厂里的利益,更没有违法乱纪,大家可以放心。这件事,我是向唐厂长汇报过的,他可以给我做证。"

唐子风说:"建阳没有做违反原则的事情,至于其中的一些细节,我想大家就不必问了。我可以保证一点,开网吧这件事,没有损害临一机的利益,也没有损害临一机干部职工的利益。大家如果信得过我小唐的人品,就去准备钱吧,每人一股,10万元,我保证明年这个时候,每人能拿回20万以上的分红。"

听唐子风把话说到这个程度,大家也就不便再追问下去了。网吧是这么赚钱的业务,市文化局的牌照有多难拿,大家都是想象得出的。

大家担心的,只是厂里如果拿出了很多利益去与文化局做交换,换回来的好处却只分给了厂领导,这就属于以权谋私了,像秦仲年这种有道德洁癖的人,是难以接受的。但现在唐子风拍着胸脯说此事没有损害临一机的利益,也没有损害临一机干部职工的利益,大家就可以放心了。

开网吧这个点子,当然也是唐子风的穿越者福利。他记得在90年代末至新世纪初,国内的网吧是非常赚钱的。此时正值互联网在国内兴起之初,年轻一代都有很强的网瘾,而家里和学校里都无法给他们提供上网机会,网吧就成为他们最爱的场所了。

在这个年代,年轻网民们对于上网条件的要求非常低,一间空气浑浊的小屋子,80厘米宽的电脑桌,14英寸的彩显,全网吧共享的一根1兆带宽专线,就足以让他们如醉如痴地泡上一整天。谁如果能够弄到一张网吧牌照,随便租个废弃的仓库,支上几十台电脑,赚钱不要太快。

唐子风最早想起这个点子的时候,还琢磨过要不要自己去开个网吧。细细一想,开网吧需要弄牌照,网吧开起来以后,得应付工商税务卫生消防的各路检查,这也是很耗神的事情。又卖面子又费力气,最后一年赚个百八十万,这种事值得唐总去做吗?

自己不想做,可这个点子不能浪费。唐子风灵机一动,便把点子卖给了张

## 第二百九十七章　不违反原则

建阳，让他设法到临河市文化局弄一个牌照，然后联合所有的厂领导一起开个网吧，权当是给大家谋点福利。这点小钱，唐子风看不上，但对于张舒、朱亚超等人来说，可就是一笔大钱了。

给厂领导谋福利这事，唐子风也不是心血来潮才想到的。在此前，厂子还处于艰苦奋斗的阶段，大家也顾不上考虑个人福利。如今，厂子的经营一片欣欣向荣，也到了犒赏一下同僚的时候了。

张建阳原来就是临一机的办公室副主任，专门干接来送往的事情，与市里的许多部门都有联系。如今，他当了临荟公司的总经理，手上掌握着几十家下属企业，资源十分丰富，与市里各部门打交道就更方便了。他从文化局申请到了一张网吧牌照，整个交易过程并不涉及违法乱纪的事情，是完全能够经得起检查的，这也是唐子风事先向他反复叮嘱的。

厂务会在一片团结的气氛中结束了。每位厂领导走出会议室的时候，脸上的表情都显得非常严肃，似乎刚刚讨论过什么关系世界和平的大事。但实际上，每个人心里却乐开了花。

没有人拒绝参与网吧项目，10万元的投入对于每个人来说，也都是可以筹措到的。最多一年时间就能够翻着倍地赚回来，这样的好事，大家也不会错过的。

"晓惠，你今天怎么放学这么早？"

唐子风从厂部回到家，一进门就闻到了一股菜香，探头一看，于晓惠扎着一条围裙，正在厨房里大刀阔斧地炒着菜，一副厨神附体的模样。

"今天最后一节课的老师开会去了，就改成自习了。我想着好久没给唐叔叔做饭了，就逃了学，去菜场买了点菜回来。"于晓惠偏头看了唐子风一眼，嘻嘻笑着回答道。

于晓惠如今在市里的临河一中上高二，平时课程很紧，连周六都要补课，而唐子风又三天两头不在厂里，所以二人见面的机会已经很少了。不过，每次唐子风从外地回来，走进家门的时候，都会发现家里打扫得纤尘不染，被褥也拆洗过，还有一股太阳暴晒过的香气，这些家务活，显然都是于晓惠趁他不在家里的时候偷偷做的。

每次得知唐子风回来后，于晓惠总会找机会过来给唐子风做顿饭，或者约上唐子风、宁默以及宁默的女友张蓓蓓一块去大排档吃饭。顺便说一句，宁默和张蓓蓓的关系发展极快,宁默是个憨厚人,智商情商都不算高,但张蓓蓓却是精灵古怪,热情大方。每次大家凑在一起吃饭的时候,张蓓蓓都要当着唐子风和于晓惠的面,向宁默献殷勤,让唐子风嫉妒得心疼,于晓惠则屡屡要抗议"胖婶"毒害儿童。

"晓惠,你现在成绩怎么样?"

唐子风回房间放下上班带的公文包,来到厨房门口,与于晓惠拉着家常。

"成绩可好了。"于晓惠毫不脸红地自我吹嘘道,"上学期的期末考试,我是全年级第五名,厉害吧?"

"不错不错,这个成绩,够考清华了吧?我这次见你文珺姐,她还问起你呢。"

"嘻嘻,考清华还有点差距,嗯嗯,就是这么点儿差距。"

于晓惠说着,伸出手,用大拇指在小拇指的顶端比画了一下,那意思就是说只有一个极其微小的差距了。这姑娘原本挺低调、挺腼腆的,和唐子风、肖文珺这些人厮混过一段时间之后,便学到了他们身上的狂妄,或者说,是学霸特有的自信。

唐子风哈哈笑了起来,正打算找句什么话来打击一下小姑娘,就听得房门被人重重地拍响了:

"嘭嘭嘭,嘭嘭嘭!"

## 第二百九十八章　我改主意了

"谁呀！"

唐子风隔着门大声问道。以往也经常有干部职工跑到他家里来谈事，但不管是谁，敲门都是小心翼翼，没人敢如此嚣张地拍门。唐子风倒也不怕什么，此时毕竟是大中午的，又是在厂区里，还能有什么歹徒上门不成？

"唐子风，你给我开门！"

门外传来一个女人的声音，语气极其凶悍，唐子风自忖从来不曾听过这个声音，一时也猜不出是什么人。

"我知道了，是顾建平的老婆。"于晓惠凑到唐子风身边，小声地说道。

"廖国英？"唐子风一怔，马上反应过来，这时候会跑到他家里来闹事的，还真就是这个顾建平的老婆了。他只是有点诧异，忍不住向于晓惠问道："你怎么知道？"

于晓惠撇了撇嘴，说道："她儿子叫顾东飞，在子弟中学的时候和我是同班同学。有一次他上课不遵守纪律，我们老师批评了他，就是这个廖国英，跑到学校来追着老师打，我们都看到了。"

"居然这么猛。"唐子风不由撇了撇嘴。

他想起此前韩伟昌就警告过他，说顾建平的老婆廖国英是个全厂闻名的泼妇，一旦厂里让公安抓了顾建平，廖国英是肯定会找厂长闹的，首当其冲的就是唐子风。当时唐子风还没当一回事，没承想人家真的找到门上来了，而且从砸门的举动以及对他的称呼上看，绝对是来者不善。

"晓惠，你先到屋里躲会吧，万一这个女人要撒泼，别伤着你。"唐子风说道。

"我不，我站你边上，万一她要撒泼，我还能帮你一下。"于晓惠说道。

"也好吧。"唐子风说。他想到廖国英是个女性，如果仅仅是撒泼打滚，他倒也不惧，但万一她搞点脱衣服栽赃之类的勾当，总是会让人尴尬。此时他身边如果有个女孩子做证，倒是能省去一些麻烦。他叮嘱了一句，让于晓惠千万不要与廖国英发生冲突，然后便走到门边，拧开了门锁。

门锁刚刚拧开，门就被撞开了，随后，一团足有一百四五十斤的肥肉挂着风声冲向了唐子风，还伴随着一声凄厉的呐喊："唐子风，我跟你拼了！"

唐子风早有防备，他身体一闪，躲开了对方的攻击。廖国英冲得太猛，趔趄了几步才站住，转过身又准备往唐子风的怀里扑。唐子风往后退了一步，与对方尽可能拉开距离，同时用手指着对方，厉声喝道："廖国英，你给我站住好好说话，你敢乱来，别怪我不客气！"

廖国英稍一错愕，旋即还是继续向唐子风扑来，同时大声地喊着："来啊！来啊！你把我也抓去坐牢好了，我不活了！"

唐子风已经退无可退，再不还手，可就要被对方缠上了。想到此处，唐子风丹田一用劲，双掌用力挥出。廖国英被他推了个正着，向后退了几步，脚绊在一只方凳上，顿时失去了平衡，一屁股坐在了地上。

"来人哪！厂长打人了！厂长欺负我们小工人啊！我可活不了啦！"

廖国英索性躺倒，四脚朝天地一边扑腾着，一边哭号起来。

唐子风住的这套房子，对面没人住，楼上楼下的住户虽然听到了动静，却也不便出来围观，所以廖国英这通撒泼，一时并没有产生什么效果，只是震得唐子风和于晓惠二人的耳朵嗡嗡作响。

"廖国英，你好好说话。"唐子风沉着脸，站在两步开外对廖国英说道，"没人欺负你，顾建平的事情，是他咎由自取，你别说你原先不知道他贪污公款的事情。他往家里捞钱的时候，你不说话，现在在这里闹什么？"

"我不活了！厂长欺负人啊！"廖国英还是那副模样，躺在地上捶胸顿足，衣服也挣开了，露出一片白生生的肚皮。

唐子风被那白光晃得眼晕，赶紧把目光移开，同时继续说道："廖国英，我告诉你，你这样闹是没用的。国有国法，顾建平犯了罪，就得接受法律的惩处，你再闹也解决不了问题。我还可以告诉你，我唐子风也不是怕闹事的人，多少比你嚣张得多的人，我也收拾过，你这套把戏在我这里没用。"

"是啊，廖阿姨，顾叔叔的事情，是要按法律办事的，你在唐叔叔这里闹也没用的。"于晓惠躲在饭桌后面，柔声地替唐子风劝着廖国英。

"你是谁？"廖国英坐起来，眯着眼睛看着于晓惠，语气不善地问道。她此前

## 第二百九十八章　我改主意了

的眼泪还在脸上没干，可说话已经一点哭腔都没有了，让唐子风不禁暗暗佩服她的高超演技。

"我叫于晓惠，过去和顾东飞是一个班的。"于晓惠答道。

"你就是于晓惠？"廖国英盯着于晓惠，忽然用手一指，恶狠狠地说道，"我知道你，你就是和唐子风不干不净的那个小丫头！"

"廖国英！"唐子风真的怒了，他大声喝道，"你胡说八道什么！"

"我怎么就胡说八道了？好啊，你说我家老顾贪污，还让公安局把他抓去坐牢，可你又是什么好东西，你一到临一机就包了一个小的养在家里，还以为我不知道呢，我要去检举你！"廖国英一下子就来了精神，指着唐子风威胁着。

于晓惠已经气得脸上都快滴出血来了，唐子风上前一步，同样用手指着廖国英，斥道："廖国英，你敢拿这种事胡说八道，信不信我现在就抽你？"

"你抽啊，你抽啊！"廖国英见唐子风急眼，自以为得计，越发大声地嚷道，"你自己干的事情，还怕人说吗？你等着瞧，我会让全厂的人都知道！"

唐子风左右看看，伸手便抄起了刚才绊倒廖国英的那个方凳，举在手上，对廖国英说道："我再警告你一次，你敢拿这种事乱说，别怪我对你不客气！"

说到最后一句话的时候，唐子风的声音都有些破音了，脸也因为极度气愤而露出几分狰狞。他是真的被廖国英的无赖给气坏了，换成其他的事情，他倒也可以忍，但廖国英往于晓惠身上泼脏水，这就是唐子风忍不了的事情了。毕竟，于晓惠还是一个小姑娘，真让廖国英出去乱说，人家以后还要不要做人了？

廖国英嘴一张，本想再说点什么狠话，可随即就看到了唐子风的表情，不由得打了个寒战。她有十足的把握相信，如果她敢再胡说一句，唐子风是绝对会把那个方凳砸到她脸上去的。想到此，她再一次躺下，重新翻滚起来，嘴里依然是那几句叫嚣：

"厂长打人了！我不活了！"

看到此景，唐子风没法动手了。他是真想给对方结结实实地来一下，可理智告诉他这样做将会后患无穷。当然，如果刚才廖国英不改口，依然肆意编派他与于晓惠的关系，唐子风把她揍个鼻青脸肿，事后也是能够得到舆论支持的。可现在廖国英不说这事了，只是在地上耍赖，唐子风想打人也找不着由头了。

那一头，同样被气得七窍生烟的于晓惠突然跺了一下脚，跑进房间，从自己背来的书包里掏出一个手机,然后重新回到了客厅。她站在客厅一角,对着满地打滚的廖国英,开始拨打电话。

"喂,是孙奶奶吗?麻烦你帮我叫一下23号的苏化。"

电话拨通,于晓惠对着手机说道。

临河市区的梅东巷,看守公用电话的孙奶奶从自家屋里出来,迈着小碎步往巷子里走了十几步,对着一户人家的方向大声喊道:"苏化!23号的苏化,有你的电话!"

那户人家的房门打开了,从里面箭一般地蹿出来一个十七八岁,长得眉清目秀的男孩子。他跑到孙奶奶面前,压低声音问道:"孙奶奶,是我的电话吗?男的女的?"

"女的,是个小丫头的声音。"孙奶奶笑嘻嘻地说道。

"耶!"

男孩子欢呼一声,一溜烟地冲到孙奶奶家的窗外,隔着窗户抓起了放在窗台上的电话听筒,同时迅速把声音调成了美颜模式:"喂,是于晓惠吗?有什么事,尽管吩咐!"

电话这头,于晓惠的脸上快速地掠过了一丝腼腆,但随即就变成了阴冷的表情。她对着手机说道:"苏化,你不是总说你认识的人多吗?你帮我找几个人,到临河二中的高二年级,去找一个名叫顾东飞的人。"

"于晓惠,你要干什么!"

正在地上把自己摆成十八般模样的廖国英听到"顾东飞"三个字,立马就僵住了,尖着嗓子向于晓惠大声问道。

于晓惠看都没看她一眼,却把声音提高了几分,依然是对着电话说道:"找到这个人以后,你让你的人把他从学校里拖出来收拾一顿,别弄出伤就行。"

闻听此言,廖国英一个鲤鱼打挺就从地上蹦了起来,她一边向于晓惠这边冲,一边大声喊着:"于晓惠,你敢!我跟你拼了!"

唐子风刚才已经移动到了于晓惠的旁边,见廖国英冲过来,他跨前一步,侧过身子,用肩头一顶,便把廖国英又顶回去了好几步。

于晓惠抬起眼,意味深长地看了廖国英一眼,然后重新对着电话,大声说道:"苏化,你听好了,我改主意了。那个顾东飞,你让人使劲收拾,到时候不管

162

## 第二百九十八章 我改主意了

要赔多少医药费,我全包了。"

说罢这些,她掐断电话,瞪着几步开外的廖国英,凛然地说道:"廖国英,你再敢胡说八道,信不信我找 20 个人天天守在二中门口,专门盯着顾东飞,见一回揍一回。我倒要看看,咱们俩谁怕谁!"

## 第二百九十九章 你发个誓

"于、于、晓惠,你不能这样做啊!你和东飞是同学,你怎么能这样?"

廖国英的脸上终于露出了恐惧的神色,说话也变得磕巴起来,再没有此前的凶悍。儿子顾东飞是廖国英最大的软肋。唐子风对她的警告,她可以充耳不闻,因为她知道唐子风是厂领导,做事是要讲规矩的,而她最擅长的就是挑战各种规矩。

但于晓惠发出的威胁,却是她不敢忽视的,因为于晓惠还是一个孩子,可能根本就不知道规矩为何物。

廖国英不知道于晓惠刚才是在给谁打电话,但她相信,于晓惠的威胁是真实的,因为于晓惠的愤怒是真实的。她刚才灵机一动编排于晓惠和唐子风有不干不净的关系,本来是想用这件事来要挟唐子风,却没想过把于晓惠牵扯进来会有什么后果。

以她最初的想法,于晓惠只是一个小姑娘,平时看起来柔柔弱弱的,估计遇到事情只会哇哇地哭,而这又可以给唐子风制造出更大的压力。她万万没有想到,于晓惠在被她泼了脏水之后,居然采取了强硬的反击行动,直接就打电话叫人去收拾顾东飞了。

于晓惠说要找人去盯着顾东飞,廖国英还真不敢和她赌。于晓惠的父亲于可新原来是个老病秧子,全厂人都知道他是个废物。可后来临一机开发木雕机床,于可新弄了台电脑坐在家里专门设计木雕花样。这活计没有多累,主要是需要一些艺术天赋,而于可新恰恰就有一些艺术天赋。

结果,于可新凭着设计木雕花样,月收入上万元,比厂里最强壮的工人挣的钱都多,于晓惠也就一下子从贫困生变成了富二代。临河市的那些社会混混,看起来威风八面,其实一个个都囊中羞涩,否则也不至于跑去抢小学生的早点钱。于晓惠如果愿意花钱雇人去找顾东飞的麻烦,能够轻而易举地找到上百人,顾东飞那小身板,能架得住这些人的乱拳吗?

看到廖国英眼里露出来的央求神色,于晓惠板着脸,冷冷地说道:"我和顾东飞是同学又怎么样?他妈骂了我,我还不能拿他出气?廖国英,你不是厉害吗,有本事你把刚才说过的话再说一遍,我现在就让人把顾东飞的腿打断,大不了我出两万块钱给他做义肢!"

霸气!

唐子风在心里给于晓惠点了个赞。以他对于晓惠的了解,他知道所谓把顾东飞的腿打断,不过是一种威胁而已,于晓惠应当是干不出这种事情的。但从于晓惠刚才的表现来看,如果廖国英不低头,于晓惠让人去把顾东飞胖揍一顿,也是情理之中的事。

于晓惠在唐子风面前表现得很乖巧,但唐子风一向知道,于晓惠是个内心极其坚强的姑娘。她父亲身体不好,常年病休在家,全家的生活非常拮据,她差不多是从12岁起就在劳动服务公司打杂,以求赚点钱补贴家用。张建阳安排她给唐子风当保姆的时候,她才14岁。俗话说,穷人的孩子早当家,于晓惠正是在生活的重压之下,有了一份同龄人少有的倔强。

这两年,随着于可新成为劳动致富的模范,于晓惠不再需要去打工赚钱了,但小时候的经历给她留下的性格烙印却没有消退。她在平时看起来像是一个乖乖女,遇到事情的时候,性格的封印就被打开了,放出来一只长着利爪的雌虎。

"别别别,晓惠,阿姨错了,阿姨刚才是……我打你这张臭嘴,我让你乱说!"

廖国英说着,便自己抽起了自己的耳光。她下手很轻,但边抽边骂,倒也显出了几分认错的诚意。

"那你还骂我唐叔叔吗?"于晓惠问道。

"不骂了,不骂了,唐叔叔,啊不,唐厂长,你大人不计小人过,我刚才都是一时糊涂,你快帮我劝劝晓惠,让她把人叫回去,别去吓唬我家东飞。"廖国英转向唐子风,忙不迭地道着歉,还差点把唐子风叫老了30岁。

"晓惠?"唐子风向于晓惠喊了一声,却没有说自己的态度。

于晓惠明白唐子风的意思,她盯着廖国英说道:"你发个誓,绝不再找唐叔叔闹事。"

"这……"廖国英有些迟疑,旋即就看到于晓惠举起了手机,吓得她赶紧应道,"我发誓,我再也不找唐厂长闹了,我、我、我、我只向唐厂长反映情况,唐厂长,你说可以吧?"

唐子风打着官腔:"反映情况是可以的,但要注意方式方法。闹事这种举动,既不能解决问题,而且还会影响正常的工作。未来,你不但不能在我面前闹,也不能在厂里任何一位领导那里闹。你觉得厂里有什么事情处理不公,可以通过正常渠道反映,也可以向上级机关反映,这都是你的权利。你说说,你能不能办到?"

"能能,我保证以后再也不闹了。"廖国英说。说这些话的时候,她不停地向唐子风使着眼色,意思是让唐子风赶紧去做于晓惠的工作,叫于晓惠收了神通。

其实,像廖国英这种习惯于在单位上撒泼闹事的人,实际上是没多大胆子的。他们的战斗力只来自单位领导的软弱,说穿了就是所谓的"窝里横"。于晓惠并不是体制内的一员,她所威胁要动用的力量,是社会上的混混,这些人可不会跟你讲道理,一言不合就是用拳脚招呼,廖国英最擅长的"一哭二闹三上吊",在这些人面前一点用都没有。

唐子风也不便把廖国英逼得太狠,他转头对于晓惠说道:"晓惠,你再给你同学打个电话,让他先把人撤了吧。廖阿姨已经做了保证,我们就再给她一次机会吧。"

于晓惠点了点头,再次拨通了电话。那头接电话的,依然是苏化,这小男孩也算是和于晓惠心有灵犀,就知道于晓惠肯定还会有新的指示,刚才这会,一直都守在电话机子旁边呢。

"苏化,跟你找的人说,让他们先别动手。什么,要不要去二中?当然要去一趟认一下人,至于以后要不要动手,等我的通知。"于晓惠发着号令,还故意把声音提得很高,让廖国英听得清清楚楚。

"得令!"小男孩答应得极其脆生,甚至给人产生了一些画面感。

"这……"廖国英的表情像吃了苦瓜一样。她当然听得出,于晓惠这话是说给她听的,那意思就是要在她的头上悬一把剑,任何时候只要她敢违背刚才的誓约,于晓惠就要让这把剑落下来,刺到顾东飞的身上去。

面对着这种赤裸裸的威胁,廖国英还真是一点办法都没有。对方如果换成一个大人,廖国英或许可以考虑以威胁对威胁,说出一些诸如"大不了拼个两败俱伤"之类的狠话。但对方只是一个不满18岁的女孩子,廖国英吃不准于晓惠

## 第二百九十九章 你发个誓

会不会在乎她的威胁,万一这孩子愣头愣脑,不计后果,她敢拿儿子的安危去赌对方的理性吗?

"好了,廖师傅,你也不用担心,晓惠说话还是算数的,只要你安分守己,我相信晓惠是不会让人乱来的。晓惠,你说是吧?"唐子风看着于晓惠问道。

于晓惠冷哼了一声,算是回答。唐子风向她挥了挥手,说道:"那好,晓惠,你先到屋里去看会书吧,我和廖师傅谈谈。"

于晓惠点了一下头,便钻进北屋去了,还关上了门,留给唐子风和廖国英一个谈事的空间。唐子风转回头来,用手指了指一张凳子,对廖国英说道:"廖师傅,你坐吧,有事好好说,何必闹到这个程度呢?"

廖国英遭此挫折,气焰也全消了,只能蔫蔫地坐下,然后开始向唐子风哭诉,大致意思是觉得厂里对顾建平的处理太重了,希望能够网开一面啥的。她原本的诉求也是如此,之所以要到唐子风家里来闹一通,是想用这种方法要挟厂方。现在要挟不成,就只能改成央求了。

唐子风给廖国英讲了一番大道理,最后表示,厂里会与法院联系,在法律许可的范围内,给顾建平一些宽待。当然,鉴于顾建平的罪行较重,几年的牢狱之灾是不可能避免的,厂里出面,也就是让他少判几年而已。另外,他的公职必然也要开除,等到从监狱出来之后,如果他没有其他的生计,厂里可以安排他到临荟公司去当个合同工,只要好好干,凭他过去的人脉和经验,保障生活应当是没问题的。

廖国英说着一些感谢的话离开了,心里自然还是老大不痛快。她原本想要争取到的条件比唐子风承诺的要多得多,但这只能建立在她让厂领导都闻风丧胆的前提下。没想到,一个完全不在剧本之中的于晓惠扭转了整个局面,让她不敢再按原剧本演下去了。

演不下去,只能灰溜溜下台了,否则还能如何?

# 第三百章　有没有什么新动向

听到廖国英离开的声音,于晓惠从屋里出来了。她先到厨房把此前已经炒好的菜端出来,又盛了饭,与唐子风面对面地在饭桌边坐下来,开始吃饭。

唐子风挟了一筷子尖椒肉丝塞进嘴里,赞了一声,然后笑呵呵地对于晓惠说道:"晓惠,不错啊,菜炒得越来越好吃,这大姐大的气势也越来越足了嘛。"

于晓惠是知道"大姐大"这个词的意思的,她红着脸辩解道:"哪有嘛,我就是气不过廖国英乱讲,所以找个人吓唬一下她儿子。临一机谁不知道,顾建平和廖国英两口子最宝贝他们那个儿子了,从小娇生惯养的,谁在旁边说话声音大一点,都能把他吓哭了。"

"居然有这事?"唐子风愕然,转念一想似乎也有道理。不知道是谁总结过,说父母特别强势的,子女反而会很怯懦,或许是因为从小就被父母罩着,没有自己去解决过问题。反之,像于可新那种病歪歪的样子,便有了于晓惠这种外柔内刚的女儿。

"哎,你打电话叫的那个什么苏化,不会是你的小男友吧?"唐子风又起了八卦之心,他记得刚才于晓惠给那个男生打电话,口气颇为强势,这绝对不是对普通同学的态度。唐子风哪能听不出其中的端倪?

于晓惠立马就窘了,矢口否认道:"不是不是,他真的就是我的一个普通同学。就是……其实他就是馋我的笔记本电脑,所以总是抢着帮我做事。"

"馋你的笔记本电脑,这是什么梗?"唐子风诧异道。

见唐子风的关注点挪开了,于晓惠轻松了一点,她笑着说:"过去文珺姐不是教了我一些电脑知识嘛,后来我爸赚了点钱,我就让我爸给我买了一台笔记本电脑,平时就是用来学习的。后来苏化听说我有电脑,就特别馋,总是求我把电脑带到学校去,有时候就是课间给他玩10分钟,他都特别开心。"

唐子风哑然失笑。1998年,电脑在临河这种三线城市还是一个稀罕物件,私人拥有电脑的人家屈指可数,更不用说一个高中生有一台笔记本电脑,这也就是于晓惠这种新晋的富二代才有的待遇。不喜欢电脑的男生只怕是很少的,于晓惠说这个苏化是馋她的电脑,没准的确是真相,有些理工倾向严重的小男生,情商是很让人着急的。

"可是,别的男生不向你借电脑吗?"唐子风随口问道。

"其他人,我才不给他们用呢。"于晓惠撇着嘴说。

"为什么？这个苏化很特别吗?"唐子风问。

"他懂电脑啊。"于晓惠说,"其他男生玩电脑,就知道玩游戏,什么红警啊、魔兽啊,苏化借我的电脑,是用来编程序,他还教过我编程序呢。"

"原来如此。"唐子风明白了,高中生会编程序也不算是什么了不起的事情,但自己家里没有电脑,光靠着课间的时候蹭同学的电脑玩10分钟,居然也学会了编程,这就属于真爱了。于晓惠也是个爱学习的好学生,对于这种有志少年应当是会格外青睐的。

"后来,苏化就跟我商量,说可以帮我做一切事情,条件就是我每个星期把电脑借给他带回家去用一个晚上。"于晓惠慢慢放开了,说的事情也就越来越多了。

唐子风叹道:"唉,看来有一台电脑真的可以为所欲为啊……"

于晓惠皱了皱鼻子,以示不满,脸上却分明有一些笑意。她说道:"才不是这样呢。我是觉得苏化挺不容易的,他特别喜欢电脑,家里又买不起。他跟我说,他每回假期都去街上的打字复印社免费帮忙,目的就是在空闲的时候能够用一下人家的电脑。"

"他借我的电脑,是为了编一个大程序,他说编程序的时候思路不能断,一断灵感就没了。我记得文珺姐在你这里做设计的时候,也是这样的,有时候要做一个通宵。"

"的确如此,这些理工狂人都是这样的。有时候我一觉睡醒了,发现她还在画图呢。"唐子风嘴太快,差点又实话实说了。

"这些天,你上学放学啥的,稍微小心一点,实在不行,就让那个苏化给你当护花使者,主要是要当心廖国英使坏。"唐子风岔开前面的话题,对于晓惠叮嘱道。

"嗯,我会注意的。"于晓惠点头应道。

"还有,我过两天又要出差了。我出差期间,你也没必要总是跑过来帮我收拾屋子。高二很关键,你要多花点时间在学习上,你文珺姐还等着你考清华呢。"

"没事的,其实我有时候是到你这里来做作业,比在家里清静。"

"这倒是可以。嗯,还有,文珺姐问你,要不要什么学习资料,她去帮你找。"

"不用了,文珺姐过去给我寄了好多资料,还有她读高中时候的笔记,足够我用了。"

唐子风又问道:"对了,胖子叔叔那边,有什么新动向没有?"

他问这个问题,倒不是因为没见着宁默。他这趟回来的第二天,宁默就带着张蓓蓓到他这来过了,大家聊得还挺开心的。不过,他一直担心宁默心眼太实诚,别被张蓓蓓给算计了,所以叮嘱于晓惠有空的时候关注一下宁默。他相信以于晓惠的机灵劲,如果宁默和张蓓蓓之间的关系有什么不对头,于晓惠是肯定能够发现的。

听唐子风说起宁默,于晓惠笑得几欲喷饭:"你说胖子叔叔啊,他现在被胖婶管得可老实了,胖婶叫他向东,他绝不敢向西的。"

"嗯嗯,我也感觉到了。"唐子风点头道。宁默和张蓓蓓到他这来的时候,唐子风的确感觉到了宁默身上的变化,其一是穿着打扮比过去讲究了,也更整洁了,不再成天裹着一件油渍麻花的工作服;其二就是说话没那么粗俗了,偶尔不小心带出一句屯岭那边的脏话,都要赶紧改口,还要小心翼翼地看看张蓓蓓的脸色。

对于宁默的这个变化,唐子风是比较欣慰的,这说明张蓓蓓对宁默是真心,否则也不至于花这么多心思去管着宁默。至于说到惧内啥的,这不是中国男人的"优良传统"吗?唐子风自己在文珺姐面前,不也是唯唯诺诺的,这有啥丢人的?

"还有就是,胖子叔叔准备在临河市区买房子,他和胖婶一到周末就到处看楼盘。"于晓惠又说道。

"这死胖子,这么大的事情,怎么没跟我说呢?"唐子风抱怨道。买房是一项大事,照着宁默和唐子风的关系,这样的大事,他不应当瞒着唐子风的。再说,以宁默的积蓄,在临河买房子恐怕还真有些捉襟见肘,唐子风还打算帮他一把呢。

## 第三百章 有没有什么新动向

唐子风参股黄丽婷开的丽佳超市，用的是宁默的名义，他因此承诺把自己名下的股份分出一成给宁默。超市创办之初，因为缺乏可靠的人手，宁默也曾跑前跑后地给超市做过不少事情，还担负着替唐子风监督超市运营的职责，所以这一成股份他倒也拿得心安理得。

这两年，超市赚了不少钱，但分红并不多。这也是唐子风与黄丽婷商量好的，即把大多数的利润都用于开新的分店，个人不着急分钱。就这样，宁默前前后后在超市拿到的分红，总计也有30多万，比他在临一机赚的工资要多了十几倍。

不过，宁默花钱也是大手大脚，光是回老家给父母盖新房子就花掉了十几万，平时与厂里的同伴们一起吃饭，也屡屡是买单的那个。唐子风曾有一次问过宁默有多少积蓄，宁默拍着胸脯吹嘘说有足足10万。

拥有10万元的积蓄，对于一个单身汉来说，当然是很了不起的，但如果要买房、结婚，可就有点不够了。临河市区的好地段，房价已经涨到2000元一平方米了，10万元只够买个50平方米的两居室，而且连装修的钱都留不下。

唐子风早有打算，准备在宁默结婚的时候，送一笔厚礼，起码让胖子能够买套150平方米的豪宅。时下的风气，大家买房都是奔着80平方米左右，因为80平方米的房子相比过去的条件也算是极大的改善了。但唐子风知道，进入新世纪之后，人们买房的标准越来越高，80平方米的房子就显得比较落伍了。如果宁默要买房，唐子风肯定要建议他一步到位，买个150甚至200平方米的大房子，最起码也要与胖子的体型相匹配不是？

可没料到，宁默居然向唐子风隐瞒了自己要买房的事情，是无意的疏忽，还是刻意不想让唐子风知道呢？

# 第三百零一章 胖子立志

"我是不想跟你说。"

面对唐子风的质问,宁默坦率地回答道。

他们俩这会儿坐在临河市人民广场旁边美食街的一个大排档里,每人面前放着十几串烤串,脚边还有半箱啤酒,正在边喝边聊。

"为什么不跟我说?"唐子风诧异道。

宁默端起面前的酒杯,一口闷干,然后放下杯子,也不急于倒酒,而是用眼睛看着别处,幽幽地说道:"蓓蓓说,我不能总是靠着你。"

"这是啥话!"唐子风不满地说,"她不会是嫉妒你我的关系吧?你就没跟她说,我不会成为她的情敌。"

"切!"宁默向唐子风表示鄙夷。

"我和蓓蓓去看房子,她选中了一套52平方米的两居室,说以我们俩的钱刚好能够买下。我看中了一套85平方米的三居,她嫌贵,我就跟她说,钱的事情不用担心,我可以先跟你借点,以后再慢慢还。"宁默说道。

唐子风摆摆手:"还什么还,我的钱不就是你的钱吗,咱俩谁跟谁?"

他话是这样说,但也知道,大家各自成家之后,钱财方面的事情肯定不能再像单身时候那样随便。宁默说向他借钱,未来自然是要还的,只是还钱的时间可以拖得长一点。宁默拿着丽佳超市的分红,就算借几十万,几年时间也就还上了,这应当就是宁默敢说出借钱一事的倚仗吧。

宁默苦笑着说:"我跟蓓蓓也是这样说的,我说我和你好得像一个人似的,找你借点钱肯定没问题。你现在在京城的生意做得那么大,连你老婆都特别能挣钱,拿出十几万来一点困难都没有。"

"是啊。她是怎么说的?"唐子风问。

宁默说:"蓓蓓说,你的钱是你的,就算再多,也不是我的钱。她说你是个好人,她相信如果我们要向你借钱,你肯定啥都不会说。可是,如果我们向你借了钱,以后就没法再做朋友了。"

"这……也不至于吧。"唐子风目瞪口呆,一时都不知道该怎么说了。

宁默心思单纯,自忖与唐子风是高中时候的铁哥们,从来没有想过二人的身份有什么差距,也不会觉得向唐子风借点钱有什么不妥。张蓓蓓是个外人,但也正因为是外人,所以旁观者清,反而能够看到宁默与唐子风二人关系中的不平等,以及这种不平等中的隐忧。

宁默是把唐子风当成朋友的,唐子风也把宁默当成朋友。但宁默是个普通钳工,有点钱,却也是来自唐子风白送的那一成超市股份。唐子风是临一机的常务副厂长,而且大家都知道,他头衔上的这个"副"字用不了多久也会被拿掉,他会成为临一机名副其实的一把手。

除此之外,唐子风还有一份很大的产业,即便宁默不知道细节,但以他向张蓓蓓描述的情况,张蓓蓓也能估摸得出,这份产业起码是在千万级别的。

身份和财富上的落差,固然不足以成为宁默和唐子风二人关系的障碍,但如果宁默凡事都要指望唐子风帮忙,日常开销花的是超市的分红,买房则要向唐子风借钱,那么宁默在唐子风面前还能挺得起腰吗?时间长了,二人的关系必然会蜕变成主导者与附庸者的关系,的确很难再像过去一样做肝胆相照的朋友了。

张蓓蓓知道唐子风是个好人,也知道他是把宁默当成一个胸无大志的小伙伴照顾着。宁默很享受这种被唐子风照顾的感觉,事实上,他在高中的时候,就一直是被这个学霸同桌照顾着的,他丝毫没有觉得被唐子风照顾有什么不妥。

但张蓓蓓的想法不同。她之所以看上宁默,是觉得宁默是一个勤劳能干的男子汉,她不希望自己的男人站在别人面前矮上半截,所以当宁默满不在乎地声称可以找唐子风借钱的时候,张蓓蓓断然地阻止了他的企图。

"可是,胖子,买一套52平方米的两居室,太亏了。以后你们要是生了孩子啥的,根本就住不下,到时候还得再换房。"唐子风换了个角度劝道。

宁默说:"我们已经改主意了,暂时先不买房子了。"

"不买房子,你们不结婚了?"唐子风问。

"我们现在住着也挺好的。"宁默略带几分羞涩地说。

临一机早年效益不错,在厂里盖了不少房子,单身职工也能分到一人一间的筒子楼。张蓓蓓到临河来工作之后,便住进了宁默的宿舍。

"也用不着这样苦着自己吧。"唐子风说,"胖子,我可以先借点钱给你的,你未来再还我就是了。如果你觉得过意不去,给我算上点利息也行,比如九出十三归啥的,我不介意。"

"真的不用。"宁默说,"我们现在不买房,倒也不全是因为钱的问题。其实蓓蓓也能从她家的亲戚那里借到钱,现在不是还有按揭的办法吗,我们凑一凑,交个首付,买套100平方米的房子也是能够买得起的。"

"这也是一个办法。"唐子风点头说。借银行的钱,虽然利息高一点,但可以规避掉张蓓蓓担心的不平等问题,也是一个可行的选择。

宁默说:"蓓蓓跟我说,做人要学会自立。后来我琢磨了好几天,觉得她说得挺对的。你老唐和我一样,都是乡下出来的,凭什么你就能够把生意做得这么大,还当了厂长,我就只能靠着你帮忙,连帮老婆找个工作都要走你的关系?"

唐子风吸了一口凉气,不悦地说:"胖子,你这是啥意思?打算跟我画地绝交了是不是?"

宁默连连摆手:"不是不是,我的意思是说,我没你唐帅聪明,可好歹也是受你熏陶这么多年的人,就算是一个傻子,也该有点灵性了吧?其实,今天就算你不来找我,我也要去找你的,我想辞职去开公司,你能不能帮我参谋一下?"

"辞职开公司!"唐子风惊得差点把桌子都掀了,"胖子,你受啥刺激了?等等,你先说说,你想开什么公司,不会是想学黄丽婷开超市吧?"

"当然不是。"宁默说,"我哪会做生意啊,我也就是这两年跟着芮师傅学徒,在机床装配这方面有点特长。我想自己开个机床维修服务公司,专门帮人家修机床,碰上那些乡镇小机床厂,需要找人帮忙装配机床的,我也可以干。"

"你和张蓓蓓商量过吗?"

"当然商量过,她支持我。"

"就你一个人?"

"不是,赖涛涛也有这个打算,我们俩想合伙干,蓓蓓可以给我们当会计,还负责接业务。涛涛找了个女朋友,可以在公司做行政。"

"也就是两对小夫妻开的双重夫妻店。"

唐子风听明白了。宁默说的赖涛涛,也是临一机的钳工,和宁默是技校时候的同学,因为有宁默这层关系,与唐子风也在一起吃过十几次饭,算是很熟悉了。临一机这两年职工工资涨了好几倍,像宁默、赖涛涛这些熟练工,一个月已经能够拿到1000多元的工资,在临河本地能够达到小康标准。不过,如果打算结婚买房,那么这点工资就显得很拮据了,赖涛涛或许也是因为这个原因,而动了下海的念头。

"老唐,你觉得这事有戏没有?"宁默怯怯地问道。

唐子风反问道:"你自己觉得呢?"

宁默说:"我觉得有戏。去年为了拆东垣公司的台,韩伟昌带我去给井南那边的私人厂子帮忙,我认识了一批私人老板。他们那些厂子,没什么过硬的工人,有时候碰上一点技术的问题,就要求爹爹告奶奶地到处找人帮忙。

"我当时就想过,如果咱们临一机能够设一个部门,专门去给这些小厂子帮忙,收费哪怕高一点,他们也会乐意出的。他们那点技术问题,搁在我眼里,根本就算不上啥,花不了多少工夫就能帮他们解决了。"

"这事,你怎么没跟我说过?"唐子风问。

宁默说:"我跟韩伟昌说过,他说我这个想法不靠谱。咱们临一机,堂堂的国有大型机床企业,哪有去给私人小厂子打下手的道理。我想想他说得也对,就没跟你说了。"

"嗯,倒的确是这个道理。"唐子风说,说罢又笑着问道,"然后你就把这个点子留给自己用了?"

宁默说:"我原来也没打算自己干。后来蓓蓓劝我要自立,我一想,自己开个公司不就是自立吗?我不会做生意,可我会修机床啊,我就专门开一个修理机床的公司,一年赚个几十万还是有把握的。"

"要说起来,倒也是一个不错的业务。"唐子风说。全国在用的机床有上百万台,每年需要维修的机床不计其数。有些机床过了保修期,如果找原厂家来维修,需要支付不菲的费用,如果有家维修公司,收费几百元就能帮着修好,用户肯定愿意接受。

还有,就算是保修期内的机床,有些机床厂也不愿意为了一个小故障就专门派人千里迢迢去维修,如果能够在当地找到一家维修公司,请这家公司代为维修,也能省下不少钱。

这样想来,开一家机床维修公司,业务应当是不用发愁的,一年能不能赚到几十万,目前还判断不出,但起码是不至于亏本的。

## 第三百零二章　坐吃山空

"胖子,不错啊,开始创业了。"

唐子风向宁默举了举酒杯,笑呵呵地调侃道。

宁默一反常态地没有傻笑,而是同样举起酒杯向唐子风示意了一下,然后一口喝干杯中酒,轻叹一声道:"男人嘛,总得有点自己的事业,要不怎么养得活老婆孩子呢。"

"嗯?"唐子风狐疑地盯着宁默。

宁默抬起眼,目光与唐子风碰了一下,明显就有些慌乱了,他支吾着说道:"我只是随便说说嘛,你别乱想哈……蓓蓓不让我说的。"

"呃……"唐子风被雷住了,他敢拿出一串肉串打赌,宁默肯定不知道"欲盖弥彰"这四个字怎么写。他有心调侃宁默两句,话到嘴边,又觉得有些不妥,于是便改了口,问道:"胖子,你打算什么时候辞职?"

"尽快吧。"宁默说,"井南那边有几家企业已经跟我预约了,我只要过去就有业务可以做。对了,我还想问问你呢,辞职是不是还要写辞职申请啊?我过去也没写过这个,要不,你让你的秘书替我写一份吧。"

"你不觉得你这个要求有点奇葩吗?"

"不会啊,过去你不是经常帮我写请假条吗?"

"你让杨老师帮你写过请假条吗?"

"这倒没有……"

宁默开始回过味来了。唐子风说的杨老师,正是他和宁默高中时候的班主任,宁默可以让唐子风帮自己写假条,写完之后是要递给杨老师的。如果直接请杨老师帮忙写假条,写完再交给杨老师,好像是有点违和的感觉。

如今的情况也是一样,唐子风是厂长,宁默要辞职,是要把辞职信交到唐子风手上的。让唐子风的秘书帮着写辞职信,再交到唐子风手里去,这感觉是挺别扭的。

"你家蓓蓓不会写这种东西？"唐子风问。

宁默顿时忸怩起来，说道："她倒是挺会写东西的，可是如果我连一封辞职信都要叫她帮着写，以后在她面前不是更抬不起头了吗？哥们，你就让你秘书帮我写一份吧，到时候我签个名就好了。"

唐子风又好气又好笑，说道："你不敢让张蓓蓓帮忙，可以去找于晓惠啊，她现在算是一个小学霸，写点应用文也就是手到擒来的事情。不过，你也别辞职了，写个请假条吧，就当是请长假。未来如果你创业成功了，再办辞职也不迟。如果创业不成功，还可以回来上班，最起码能保障小胖子的奶粉钱吧。"

"可是，我问过别人了，大家都说现在厂里不让请长假了。"宁默怯怯地说。

唐子风把手一摆："别人不能请，你想请是没问题的。我好歹也是一厂之主，给你开个后门，谁敢说什么？"

"真的？"宁默喜形于色。时下虽然正值国企大批改制，铁饭碗的观念正在逐渐被抛弃，但像宁默这种在国企里干了七八年的人，还是挺在乎国企身份的。他选择下海，只是为了获得更高的收入，心里多少还是有些忐忑的。唐子风同意他以请长假的方式去下海创业，相当于给他留了一根安全绳，随时可以把他拉回岸上，他也就没有后顾之忧了。

停薪留职这种方式，早些年在国企里是比较盛行的，但这几年许多企业都收紧了停薪留职的口子，宁默说厂里不让请长假，这个情况也是真实的，厂里的确有这样的规定。不过，规定也是有一定弹性空间的。

"你是准备到井南去开公司吗？"唐子风又问道。

"是的。"宁默点头，"那边私人厂子多，很多厂子的技术水平都不怎么样，我和涛涛去了，就是大师傅，肯定能够到处吃香的、喝辣的，业务不用发愁。"

"好吧。"唐子风说，"现在你也是有家的人了，张蓓蓓是个很能干的人，有她在你旁边盯着，我也可以放心了。到了井南那边，如果遇到什么过不去的坎，你千万记得第一时间给我打电话。我认识那边一些国营大厂的领导，紧急的时候，让他们出面帮帮忙，应当是有用的。"

"没问题！"宁默答应得极爽快，"碰上事情，我肯定要找你的。不过，老唐，你也别把我看扁了，说不定过几年胖子我也是有好几百万的人，等你结婚的时候，我送你一辆车。"

"我从来都没把你看扁过。"唐子风笑着说,"就你这体型,要把你看扁,还真有点难度。你有这个志向就好,我等着你送我车。"

"来,再干一个,祝我好运吧。"宁默举起酒杯,豪迈地说。

"祝你好运,干!"

"干!"

宁默下海的事情办得很快。照唐子风的指点,宁默果真去找于晓惠,请她帮忙给自己写了一份请长假的申请。其实唐子风给宁默支这个招,也是有所考虑的,于晓惠一直把唐子风和宁默二人当成很亲近的人,宁默下海这件事如果事先不和于晓惠通个气,于晓惠心里会有些难受的。现在宁默请于晓惠帮着写请假条,于晓惠心里的感觉就好多了。

人事处的处长事先已经接到了唐子风的吩咐,宁默把申请递上去,马上就获得了批准。宁默请长假期间,工资福利等全部暂停,但他在厂里的那间宿舍还可以保留,这样宁默如果要回临河来,也就有个落脚点了。

赖涛涛和宁默同时提交了申请,但他交的是辞职申请。

宁默和张蓓蓓离开临河的时候,唐子风没能去送行,倒是于晓惠给"胖叔胖婶"送去了一兜自己亲手煮的茶叶蛋,让他们在火车上吃,还抹着眼泪让他们要经常回临河来。宁默拍着于晓惠的头,信誓旦旦地表示等她考上大学的时候,自己一定会回来给她祝贺,还会送给她一台国内最贵的笔记本电脑,因为那时候他肯定已经是一个有几百万身家的大老板了。

唐子风没去给宁默一行送别的原因,是他此时已经不在临河了。国家的机构改革方案已经确定,机械部等一批行业主管部门被撤销,临一机被划到国家机电工业公司旗下,成为机电公司的全资子公司。而周衡当厂长的滕村机床厂却因为经营业绩欠佳,被下放给了滕村市。唐子风匆匆离开临河,就是赶往滕村去与周衡商量这件事去了。

"全厂职工的情绪波动非常大。滕村市国资局昨天专门把我找过去,跟我讲了一个意思,那就是滕村市不会为滕机担保一分钱的银行贷款。滕机如果财务上出现问题,滕村市是不负任何责任的。"

周衡在自己的办公室里接待了风尘仆仆的唐子风,一见面就向他介绍了滕机所面临的严峻形势。他与唐子风说话的态度,还是和过去一样,但唐子风分明能够从他的语气中听出一些疲惫的感觉。

## 第三百零二章 坐吃山空

几年前,周衡带着唐子风前往临河去接手临一机的时候,还是意气风发,干劲十足。而这一年时间,他的锐气似乎已经被滕机这样一个大包袱拖垮了,精神头明显比不了当年。

"滕机如果发不出工资,几千人生活没有着落,滕村市政府敢说自己不负责任?"唐子风不屑地评论道。

周衡说:"他们当然不可能不负责。但他们事先跟我打这个招呼,就是想把自己的责任尽可能撇开。到时候如果真出了什么事情,他们会把压力都推到我们厂领导这边,届时就可以向我们提出各种不合理要求,而我们为了几千人的生存,也就不得不答应他们的要求了。"

"他们能有什么不合理要求?"唐子风随口问道,话刚出口,他就想起了一事,说道,"你是说,滕村市和当初临河市一样,也是盯上了你们厂子的这块地皮?"

"正是如此。"周衡说,"现在滕机唯一值钱的东西,就是我们脚底下这块地皮了。机械部把滕机下放给滕村市之后,滕村市曾打算直接让滕机搬家,把地皮腾出来搞房地产。滕村这几年经济不景气,但房地产还是有一定的市场的。

"我们估算过,滕机的这块地,能值1亿多元,但市政府只想拿出不到2000万来。如果我们把这块地贱卖给市政府,滕机未来就再也没有发展的可能性了,只能坐吃山空。等到把这2000万用完,滕机就得破产了。

"正因为看到这一点,所以我坚决咬住,除非市里能够拿出1个亿来赎买,否则滕机绝不搬家。这不,双方就僵持住了,国资局放话说不管我们,就是因为这件事。"

## 第三百零三章　顿感压力山大

"可是，老周，滕机下放给了滕村市，你现在也算是滕村市的干部了吧？滕村国资局完全可以先把你撤了，换个听话的厂长上来，不就行了吗？"

唐子风提出了一个问题。

周衡说："从职权上说，他们当然可以这样做。可就算换个新厂长上来，厂里的决策也得过全厂 5000 名干部职工这一关。现在我在厂里说话还能管点用，换个别人上来，说话根本就不管用。到时候厂里的工人闹起来，市政府同样是没办法的。"

"这倒也是。"唐子风点点头。滕机和临一机一样，过去都是部属企业，在当地自成体系，从厂领导到普通职工，都有高人一等的感觉，根本不把当地政府放在眼里。现在国家搞机构改革，滕机被下放到滕村市了，但干部职工的心态一时是调整不过来的。如果滕村市敢对滕机指手画脚，用不着周衡出面，厂里的职工就不会答应。

滕村市恐怕也正是因为明白这一点，才不敢随便动滕机的土地，而是要与周衡商量。在协商不成之后，滕村市又摆出了一副撒手不管的姿态，等着滕机自生自灭。

"厂里的职工是什么心态？"唐子风又问道。

"大家都着急了。"周衡说，"原先大家觉得滕机是部属企业，真到山穷水尽的时候，部里肯定会伸手拉一把的。现在连机械部都没有了，滕机直接转给了滕村市，而滕村市又明确表示不会帮滕机，大家就感觉到压力了。

"这些天直接来找我打听消息的中层干部就有几十位，普通工人不方便直接来找我，也都在向他们各自的车间主任打听，这些情况下面也都汇报上来了。"

"有压力是好事啊。"唐子风说，"穷则思变，趁这个时候让大家转变观念，丢掉过去老国企的大爷作风,应当更容易吧。"

周衡苦笑说:"哪有这么容易。厂里的确是有一些干部职工在反省滕机自己存在的问题,提出应当向南方的一些企业学习,转变经营观念。但大多数的职工是另外一种想法。现在厂里占主流的一种观点是,我们滕机为国家做了几十年的贡献,现在国家不管我们了,这是对我们不公平。"

"说得好像谁没做过贡献似的。"唐子风叹了口气。类似于这样的观点,他在许多地方都听到过。人在遇到困难的时候,往往会下意识地从别人身上找原因,埋怨别人对自己不好。能够凡事都从自己身上找原因的,那就是圣人了,当然,这种人活得也挺累的……

"我们有个副厂长,叫聂显伦的,经常在工人里散布这种言论,很多工人都觉得他特别正义,是工人的代表,搞得现在我在厂里说话都不如他管用。"周衡无奈地说。

"那就让他当厂长好了,你早点退休回京城,含饴弄孙,岂不美哉?"唐子风说。

周衡冷笑道:"他如果有这个能耐,我早就让贤了。这家伙过去在厂里就是一个混日子的家伙,因为资历够了,加上有点背景,这才当上了副厂长。这一回,他也是趁着厂里思想混乱,出来哗众取宠,说些大家爱听的话,其实是给厂里添乱。但普通工人哪懂这些,就觉得他说得有道理,都吵吵着说要去市里请愿。"

唐子风笑道:"我倒觉得,此人也并非一无是处。最起码,他把工人的情绪挑动起来了,也让滕村市不敢对滕机轻举妄动了,是不是?"

周衡愣了一下,也笑了起来,说道:"你这样说,倒也有几分道理。有他在中间搅和,滕村市也的确是要投鼠忌器。这样想来,滕村市国资局没有动我的位置,只怕也是担心万一我下去了,没人能镇得住这个聂显伦,市里会更被动。"

"这也真够乱的。"唐子风说,他掰着手指头,挨个地算着,"机械部撤销了,不管滕机了;滕村市盯上的是滕机的土地,不在乎滕机生死;厂里的职工自己不思进取,只想让国家继续管着自己……也就是说,闹了半天,全中国只有咱们两个人还想着要振兴滕机,我顿感压力山大啊。"

"压力山大也要扛起来啊。"周衡应道,他早就很熟悉唐子风的各种俏皮话了。他说道:"国家把这么一个厂子交到我手上,我总不能看着它垮掉吧?滕村这边作为老工业基地，这些年垮掉的厂子数以百计，让人看着实在是心疼。其他厂子的事情，我管不了，眼不见心不烦。可我毕竟是滕机的厂长，做不到置身事外啊。"

"高尚是高尚者的墓志铭啊。老周，你最大的缺点就是太高尚了。"唐子风感慨道。

"什么话！"周衡不满地斥道。

唐子风嘻嘻笑着，把刚才那句调侃给糊弄过去，然后问道："老周，你跟我说说，对于滕机的未来，你的期望是什么。"

"期望嘛……"周衡想了想，说道，"两条吧。第一，滕机的生产基础不能丢掉，这毕竟是咱们国家积累了几十年的装备工业底子，如果就这样丢掉了，实在太可惜了。"

"嗯嗯，明白。"

"第二，全厂职工的生活保障不能丢，包括退休职工在内，不能让这些为国家工作了一辈子的人，没有一个幸福的晚年。"

"你的腔调和你说的那个聂什么伦也没什么区别啊。"唐子风笑道。

"怎么没区别了？"周衡说，"他的观点是滕机为国家做过贡献，国家不能不管。我的观点是……咦，我的观点是啥来着？"

他突然就觉得有些晕了，他原本是觉得自己与聂显伦完全不同的，被唐子风这样一绕，还真给绕晕了。自己分明不是这个意思好不好，可自己到底是啥意思呢？

唐子风替他总结出来了："退休职工的事情不说，他们毕竟已经退休了，厂子搞成什么样，与他们无关，他们有权利得到退休工资。但在职职工是另一码事，他们要想保持原来的生活水平，就必须付出努力。该转变观念的地方，就必须转变；该出大力流大汗的地方，就不能偷懒。想要像过去一样享受大爷待遇，没门。"

"你这话……"周衡龇着牙，一副牙疼的样子，说，"好吧，意思大致是你这个意思，可未免有些太冷酷了。"

"话糙理不糙。"唐子风理直气壮地说。

"也是。"周衡屈服了，唐子风的说法也是对的，有些时候，还真得有点强硬

## 第三百零三章 顿感压力山大

作风,他问道,"如果照你这个观点,你打算怎么做?"

唐子风说:"我想好了,冲着你老周的面子,滕机的事情,我是肯定要管的。滕机的退休工人,不管怎么样,我都能管起来,大不了把滕机的土地还给滕村市,拿到2000万,也够给这些退休工人发20年的退休金了。但现有职工,我只能是给他们机会,愿意接受这个机会的,我欢迎,想在我面前甩大爷作风的,老子不伺候。"

"万一他们闹起来怎么办?"周衡问。

"怎么闹?钱在我兜里,他们还能上来抢?"唐子风问。

周衡说:"职工闹事,你就算没经历过,总是见过的吧?真有上千人闹起来,厂子的生产秩序就没法保证了。这么大的事,警察来也不好管,你不也差点经历了吗?"

"那可和我没关系。"唐子风笑着纠正道。其实,过了这么多年,周衡早就已经知道那件事的原委了,唐子风这样说是没啥意义的,也就是习惯性狡辩而已。说完这句,他又回到了正题,说道:"老周,我也考虑到你说的这种情况了,所以,我这些天想了一下,觉得临一机还是不宜直接接手滕机,最好能够来个曲线救国,用温水煮青蛙战术。"

"你打算怎么做?"周衡问。

唐子风压低声音,向周衡说了一套方案。周衡认真听完,琢磨了一下,点点头说:"这样也好,分步骤逐渐消化滕机的职工和资产,省得一下子吃进去,消化不良,反而把临一机也拖下水了。"

"正是如此。"唐子风说,"不过,要做到这一点,就需要高度保密,不能让任何人知道我们的真实打算。"

周衡说:"这就意味着,即便是滕机的厂领导班子,我也不能向他们透露实情。每个厂领导都有个三亲六故的,厂务会上的消息,是无法保密的。"

"这就是你的事了。"唐子风把手一摊,"如果这个消息从你老周嘴里泄露出去,导致计划失败,我可不负责任。到时候拍屁股走人,滕机这摊子烂事,谁爱管管去,与我无关。"

"好吧。"周衡是真的习惯于唐子风的愈懒了,但他也知道,唐子风此人嘴上刻薄,内心却是有热情的。

"这件事,还有一个障碍,就是滕村市政府。你要想实施你的计划,不可能绕过滕村市政府,他们那边能不能保密,我就不敢说了。"周衡提醒道。

唐子风把手一挥,说道:"他们那边,同样不能透风。现在咱们必须把所有各方都当成贼防备着。你让人帮我联系一下,我今天下午就去见滕村的官员。"

# 第三百零四章 是一种什么态度

听说临一机主持工作的常务副厂长来访,分管经济的滕村市副市长苏荣国下令打开市政府的大会客厅,并亲自下楼迎接唐子风一行。跟在苏荣国身后的,有经贸委主任寇文有、国资局长谢达等,闹闹腾腾地足有十几位之多。而反观唐子风这边,除了他自己之外,也就只有一个秘书吴定勇了。

吴定勇原先是唐子风的司机,后来也客串唐子风的贴身保镖,负责跑腿打杂外加应酬的时候替领导挡酒。唐子风对外介绍说吴定勇是自己的秘书,也就是打打马虎眼,因为吴定勇文化程度并不高,写个几百字的报告能出十几个错别字,至于病句啥的,都不值一提了。幸好唐子风自己是个快手,也用不着秘书来给自己写稿子。

"欢迎欢迎,想不到唐厂长竟然这么年轻,而且轻车简从,实在称得上是新一代年轻领导干部的典范啊。"

见唐子风从车上下来,苏荣国紧走两步上前,一边与唐子风握手,一边送上了廉价的表扬。他事先已经知道唐子风是位年轻干部,但的确没想到居然会年轻至此。在见到唐子风的那一刹那,他甚至有些怀疑滕机那边传过来的消息是不是有误,这么年轻的一个人,能是临一机的领导吗?

苏荣国没有在机械行业的工作经历,对于临一机并不熟悉。但今天上午滕机的办公室打电话过来联系的时候,特地说明了临一机过去是与滕机平级的部属企业,堂堂的正局级单位,而唐子风则是从机械部派遣下去的干部,挂着常务副厂长的衔,实际上是临一机的负责人。

滕村人没有不知道滕机有多牛的,既然临一机过去是与滕机平级的,那么它的负责人自然也就是非常牛的,值得苏荣国亲自迎接。更何况,滕机那边说了,唐子风是滕机的厂长周衡专门请来的贵客,是来帮助滕机渡过难关的,不可怠慢。

搁在十几年前,滕村市政府对于一个外地来的企业负责人,即便不说不放在眼里,至少也到不了需要扫榻相迎的程度。滕村最不缺的就是企业,尤其是大型国企。滕村市政府侍候好本地这些大国企也就够了,哪有必要去奉承外地来的国企领导?

可时过境迁,今天的滕村已经远非过去了。全市上百家企业破产或者处于破产边缘,巨大的就业压力迫使市政府对任何外来的投资商都必须给予高度重视,哪怕这些投资商只是来投资建个饭馆,至少也能安置七八个下岗职工,能够帮着市政府减轻一些负担。

临一机这样的庞然大物,自然不可能是来滕村投资一个小饭馆的,它随便撒点钱,起码也能创造百八十个工作岗位吧?像这样的"金主",苏荣国岂能不恭敬?

唐子风是通过滕机介绍到市政府来的,从道理上说,滕机起码也应当安排一个副厂长陪同他一道过来。但唐子风今天要谈的事情,涉及滕机的处置问题,让滕机的人待在旁边,就不太合适了。所以,滕机只是为唐子风派了车,送他和吴定勇二人过来。司机和车子会一直在市政府楼下等着,但不会参加唐子风与苏荣国的会谈。

宾主在楼下寒暄了几句,便向办公楼里走去。市府办公厅的一名副主任在前面引着路,唐子风则与苏荣国肩并肩一起走,聊着一些风土人情方面的话题,顺便互相摸着对方的底。

走在滕村市政府办公楼的楼道里,唐子风深切地感觉到了滕村市在经济上的困窘。这幢办公楼已经有一些年头了,建造的时候,应当是花了一些钱的,格局颇为大气,装修也很考究。但这几年,市政府明显是囊中羞涩,连办公楼的日常维护费用都大为节省,走廊墙上不时能够看到一些墙皮脱落的痕迹,有些地方补刷了白灰,看上去却更为扎眼,因为新刷上去的颜色与旁边的颜色对比鲜明,像是一块块的补丁一般。

相比之下,临河市的市政府办公楼就豪华多了,墙面每年都要重新粉刷一次,用的还是据说最环保的进口水溶漆。每个办公室的门外,都钉着有机玻璃的门牌,上面用中英日三种文字写着科室的名称,让人一看就觉得特别与国际接轨的样子。滕村市政府办公楼里各个科室门外,用的还是那种木头做的小牌子,和临河市郊区农村村委会的木牌同款。

## 第三百零四章　是一种什么态度

走进地上铺着暗红色地毯的大会客厅，唐子风和苏荣国同时感到了尴尬。大会客厅的格局是照着会见外宾那种模式设计的，中间是双方领导的位置，两边一长溜都是随员。滕村市的这边倒是无妨，有这么多人，足够坐满各个位置。临一机这边只有唐子风和吴定勇二人，往那一坐，显得空空荡荡的，再与对面的阵势一对比，感觉颇为诡异。

"这个……是不是有点太隆重了？"唐子风向苏荣国说道。

"不隆重，不隆重，欢迎唐厂长这样的贵客，是应该的。"苏荣国说，"这个会客厅是我们市政府最好的会客厅，其他地方都太简陋了，配不上唐厂长的身份。"

"苏市长客气了。"唐子风也就不再说啥了，人家要讲这个排场，自己何必装低调呢？反正是谈事，坐哪都能谈，那就客随主便吧。

宾主分别落座，早有服务员送上来茶水、瓜果。苏荣国给唐子风介绍了一下参加会谈的滕村市干部，又说了几句场面话，然后才进入了正题："听说，唐厂长这次到滕村来，是来帮助滕机脱困的？"

唐子风摆摆手说："帮助脱困倒也谈不上，滕机在周厂长的领导下，目前还算不上是非常困难，最起码工资还是能够足额发放的。周厂长叫我过来，主要是谈两家企业合作的事情。周厂长一直是我的老领导，过去在机械部的时候，他就是我的处长，后来他又是临一机的厂长，而我当时是他的助理。现在他到滕机来了，提出希望和临一机建立长期合作关系，我们自然是不会拒绝的。"

"是啊是啊，唐厂长真是一个念旧情的人。我听说，临一机在唐厂长的领导下，经营蒸蒸日上，效益非常好。现在唐厂长能够拉滕机一把，让滕机重焕生机，我们市政府是非常期待的啊。"苏荣国说。

唐子风说："苏市长过誉了，临一机能有现在的成绩，也是过去周厂长在的时候打下的基础，我不过是前人栽树、后人乘凉罢了。说到拉滕机一把，我倒是有点问题，想请教一下苏市长。我这次冒昧拜访，也就是为这个而来的。"

"嗯嗯，唐厂长有什么要问的，就尽管说好了，我们市政府就是为企业服务的，唐厂长有什么要求，我们也会尽最大的努力予以满足。"苏荣国说着漂亮话，心里想着：来了，终于进入正题了。

"这次因为中央机构改革，滕机和其他很多部属企业都下放到了地方，滕机也被划给了滕村市。我想打听一下，滕村市对于滕机划归滕村市管理这件事，是一种什么态度?"唐子风说。

"滕村市作为一级地方政府,对于国家的决策,当然是坚决服从的。国家把滕机划归滕村市管理,是对我们的高度信任,我们当然要努力做好各项服务工作,支持滕机持续稳定地发展,让这家有着光荣传统的企业继续保持蓬勃的生机。"

苏荣国一席话说得极其顺溜,估计曾经在不同的场合多次说过类似的话。不过,这些话里没有任何的营养,全都是套话。

唐子风微微一笑,说道:"苏市长,我来市政府之前,是先到了周厂长那里的,和他谈了很多事情。听周厂长的意思,好像是说滕村市国资局向滕机打过招呼,表示不会给滕机任何帮助,包括不会帮助协调银行贷款等事情,不知道这是不是一个误会?"

"有这事?"苏荣国的脸迅速板了起来,他冲着坐在下首的国资局长谢达问道,"老谢,这话是你们对滕机说的吗?"

"没有没有,我们从来没有这样说过。"谢达矢口否认,没等苏荣国或者唐子风说什么,他又赶紧补充道,"我的确是有一次和周厂长交流过,说目前我们国资局找银行申请贷款也非常困难,如果滕机想通过我们去向银行申请贷款,我们恐怕是帮不上忙的。周厂长说的意思,大概就是这个吧。"

"你怎么能这样向企业说话呢!"苏荣国用批评的口吻说,"就算你们有困难,企业遇到困难的时候,你们也是必须要全力以赴提供帮助的,怎么能说帮不上忙这样的话?能不能帮上忙,不试一下怎么会知道?"

批评完谢达,他又转回头,对唐子风笑着说:"唐厂长,这中间可能是有一些误会,我们政府就是为企业服务的,滕机现在也是我们滕村的企业,我们哪能见死不救?不过嘛,谢局长说的情况也是属实的,现在滕村的亏损企业数量非常多,为了帮助企业贷款,我们政府方面也是殚精竭虑,有时候还真不是我们不努力,实在是力所不能及啊。"

# 第三百零五章　我们肯定是会尽力的

苏荣国和谢达这番话，唐子风岂能听不懂？事实上，苏荣国也知道唐子风是能够听懂的，他之所以要这样做，也不过就是一个姿态而已。

"滕机的情况，不是很乐观。"唐子风没有去和苏荣国掰扯什么力所不能及之类的概念，而是照着自己的节奏说道，"从前，有机械部统一协调，滕机能够从全国机械行业获得一些订单，虽然吃不饱，但起码也能支撑。但机械部撤销之后，许多大型企业都划拨给了各地的地方政府，经营上就要更多地考虑本地区的利益了。滕机再想通过政府渠道获得业务，难度将会非常大。

"这一次周厂长叫我到滕村来，就是想和我商量一下如何促进滕机的业务发展。我和周厂长讨论了一些方案，但这些方案都是需要滕村市政府给予一定支持的。如果市政府方面无法提供这些必要的支持，滕机要想打翻身仗，恐怕是比较困难的。"

苏荣国皱了皱眉头，问道："唐厂长，不知道你说的政府支持，是指什么？"

"第一，滕机的设备陈旧，产品落后，要想在激烈的市场竞争中生存下来，必须投入一笔资金用于更新设备，同时开发出几个拳头产品。而滕机的财务状况，各位领导想必都是知道的。要做到这一点，需要请市政府帮助协调，从银行获得至少1000万元的低息贷款。"唐子风狮子大开口。

"这个……"经贸委主任寇文有忍不住就想插话了。

"老寇，你等等，让唐厂长先说完。"苏荣国阻止了寇文有的企图。他的脸色有些难看，他听出来了，唐子风此行是替周衡来跟市里谈条件的，他想听听唐子风，或者说是周衡，到底有多大的胃口。

唐子风假装没注意到滕村市一干官员的反应，继续说道："第二，滕机目前人浮于事的现象非常严重，要想让滕机焕发活力，就需要实行减员增效。周厂长和我核算过，滕机至少要淘汰1500名职工，这部分淘汰职工的安置，需要请市里帮助解决。"

苏荣国的脸更黑了,连带着谢达、寇文有等人都阴沉着脸。如果不是顾及唐子风的身份,这些人连骂街的心都有了。帮助解决1500名职工的安置,你怎么不让我们去维护世界和平?滕村上百家企业破产或者濒临破产,下岗职工数以万计,而且这其中多数是原来的市属企业职工,不像滕机是过继给滕村市的。原有的下岗职工都安置不了,还帮你安置,你有没有搞错?

"第三,为了稳定滕机的职工队伍,希望市里能够在住房政策、子弟就学、干部晋升等方面,给予滕村一些优惠政策,具体就照着市里其他几家骨干企业的标准就行了。"唐子风说道。

"凭什么!"寇文有终于爆发了,"滕机当初是部属企业的时候,给我们滕村做过什么贡献?那时候它动不动就吹牛,说自己是中央企业,不归市里管。现在好了,机械部没了,中央也不管它了,把它硬塞到我们市里来。到这地步,它还想着向市里要这要那,真把自己当成一棵葱了?"

听到寇文有爆粗,苏荣国迟疑了一下,却没再阻止他,而是让他把这席话都说了出来。寇文有是个暴脾气,用市领导的话来说,就是"作风比较硬朗",在关键时候能够发挥特别的作用。唐子风替滕机提的几条要求,连苏荣国都听不下去了,放寇文有出来撑唐子风一通,也算是一种谈判策略。

唐子风不急不躁,他微笑着对寇文有说:"寇主任,你这话我就不赞成了。过去是过去,现在是现在。过去滕机是部属企业,你说它没给滕村做贡献,可它也没占滕村的便宜啊。滕机的教育、医疗、住房等等,都是自己解决的,没占用滕村的资源。

"还有,滕机虽然没有直接给滕村市做过什么贡献,但间接的影响,你能否认吗?如果没有滕机,滕村能有现在这样的交通条件、电力条件吗?还有,滕村的很多工业企业,都得到过滕机的帮助,没有滕机提供的技术支持,滕村本地的工业能够发展到今天这个地步?"

唐子风这话可真不算是耍赖,很多地方的发展,都得益于国有大型企业的落户。一个地方有了一家大型企业,就会形成一批围绕着大企业生存的中小型企业,从而形成一个产业集群。

还有,大型企业是可以向周围产生技术溢出的。滕村本地的一些机械厂,在早期的确得到过滕机的指导。当然,有些并不是滕机厂方提供的指导,而是

## 第三百零五章　我们肯定是会尽力的

由滕机的工程师、高级技工等出去"走穴"进行的指导，但你能说这不是滕机给当地带来的好处吗？

"可是……"寇文有梗着脖子，想反驳一下唐子风的言论，可一时竟找不到好的说辞。唐子风说的这些，寇文有又岂能不知道，他说滕机对滕村没有任何贡献，原本就是一句气话，是经不起推敲的。唐子风能言善辩，一张嘴就抓住了寇文有的破绽，让他难以自圆其说。

"唐厂长，现在争论这个已经没有什么意思了。"苏荣国发话了，他也不愧是市领导，一下子就否定掉了此前的话题，把谈话的主动权抓回到自己手上。他说道："不管滕机过去是什么情况，现在既然已经是滕村市的企业，我们对它当然是要一视同仁的。不过呢，刚才我也说过了，有些事情，不是我们想不想照顾滕机的问题，而是我们有没有这样的能力的问题。现在滕村市的情况也非常困难，否则我们也不会盼着像唐厂长的临一机这样有实力的企业到我们滕村来……呃，来造福我们滕村。"

唐子风看着苏荣国，笑着问道："苏市长，我是不是可以认为，我刚才提的这几条要求，市里都无法满足？"

"当然不是完全无法满足的。"苏荣国说，"贷款方面，难度是最大的，当然，我们会尽力去协调各家银行，看看他们能不能挤出一些资金来扶持一下滕机。就业方面，我们市里有再就业工程，滕机如果有淘汰出来的人员，我们可以纳入这个系统进行统一管理。

"再至于说优惠政策方面嘛……这个涉及的部门很多，我也需要逐个了解，现在实在没办法给唐厂长一个明确的答复。不过，我可以做一个保证，只要市里有这方面的能力，我们肯定是会尽力的。"

这番话，其实就是车轱辘话，与他此前的表态并没有什么区别。反正都是尽力而为，如果没做成，那当然就是无能为力了，你还能说啥？

唐子风点点头，说道："如果是这样，那滕机的情况就比较危险了。周厂长最多过两年就要退休了，一旦他退休，厂里恐怕没有其他人能够挑得起这副大梁，那么滕机的破产恐怕只是一个时间问题。周厂长担心，滕机一旦破产，5000多工人，再加上2000多退休职工，还有家属，差不多近2万人的生计就成问题了。不知道市政府这边有没有相应的预案？"

此言一出，众人都沉默了。大家对于滕机有各种不满，也的确不想费心费力去帮助滕机,当然,能力上的欠缺也是一个重要的原因。可万一滕机撑不住,像其他企业一样破产了,5000多职工下岗,2000多退休人员拿不到退休金,滕村市也真是扛不住。这些人都是滕村的居民,市政府能不管吗?现在滕村背的下岗职工包袱就已经够重了,再压上滕机这样一个巨无霸,滕村市恐怕真的会被压趴下了。

"其实,我们国资局给滕机想过一个办法的。"谢达讷讷地开口了,他看了苏荣国一眼,见对方向他微微颔首,便接着往下说道,"滕机目前的厂区,处于滕村市的繁华地带,我们找人评估过,认为这块地至少能值2000万元。

"我们向滕机的领导,也就是周厂长提出过建议,建议滕机搬迁到郊区去,把厂区的土地还给市政府,市里给予滕机2000万元的补偿。这样一来,滕机不就有了更新设备和进行技术改造的资金了吗?"

"不会吧?"唐子风诧异道,"难道滕村现在的地价这么便宜,滕机的土地好像是有将近1500亩吧,居然只值2000万?"

"嗯嗯,这个嘛……"谢达窘了。2000万这个数字,当然是他打了马虎眼的。滕村经济不行,地价的确起不来,但也没便宜到一亩地才1万多块钱的程度。事实上,周衡也找人评估过,得出的结果是滕机的1500亩土地至少值1亿2000万元,这还是按工业用地计算的,如果改成商业和住宅用地,价格起码可以再翻上一番。

"2000万这个数字,只是国资局这边预估的,可能不太准确。"苏荣国接过了话头,"因为滕机方面对于这个方案不感兴趣,所以谢局长他们那边也就没有做进一步的详细评估。如果做个详细的评估,也许2500万,甚至3000万,也是可能的。不过,前提是滕机愿意接受这个方案。唐厂长,你来市政府之前,周厂长有没有跟你提过这件事呢?"

# 第三百零六章 账不是这样算的

"提过。"唐子风坦率地说,"不过,周厂长说他无法接受这个方案。"

"他说过为什么吗?"苏荣国问。

唐子风说:"说过,周厂长认为,现在谈搬迁的事情,不合时宜。如果滕机正处于蒸蒸日上的状态,能够给职工优厚的待遇,那么厂子搬迁倒也不是太大的问题。但现在滕机的经营状态不容乐观,原本就是人心思动的时候,再把厂子从市区迁到郊区,不可避免地会带来职工思想的激烈波动,一些有能力的职工甚至可能选择离职,这对于滕机来说,就是雪上加霜了。

"市里答应给 2000 万的补偿,这笔钱连新建厂区都不够用,更别奢谈更新设备和产品研发。唯一的作用,就是能够让滕机再苟延残喘一两年,最后会连一点起死回生的希望都没有了。"

"这个……也不至于吧。"谢达硬着头皮说,"我和周厂长讨论过。市里同意另外拿出一块土地,当然是郊区的土地了,置换给滕机。滕机搬迁过去之后,只需要新建一些车间。考虑到滕机现在的生产任务也不满,所以一时也用不上太多的车间,这样就可以省下一些资金了……"

说到这的时候,他自己也觉得说不下去了。2000 万对于个人来说,的确是一笔大钱,但对于一个有 5000 多职工的厂子来说,简直就是杯水车薪,即使全部留下来作为工资,也就能够撑上一年时间。更何况,搬迁一个厂子,哪有不建厂房的道理,而这些钱用来建厂房,的确是杯水车薪啊。

其实市政府对于这个问题也有过讨论,有人提出应当给滕机以更多的补偿,比如 4000 万,或者 6000 万,至少要让滕机能够恢复生产,而且多少还有点流动资金。不过,另外一派观点认为,滕机已经没什么希望了,现在给它更多的钱,完全就是浪费,还不如把这些钱留下来,等到滕机破产的时候,至少还可以用于善后。

这样的话，谢达是不方便直接说出来的，但周衡与唐子风此前分析滕村市的用意时，已经猜到了这一层。

"苏市长，我是不是可以这样说，其实滕村市对于滕机，已经是不抱希望了？"

唐子风把头转向苏荣国，平静地问道。

苏荣国想了想，反问道："唐厂长，你觉得滕机还有希望吗？"

"我觉得，事在人为吧。"唐子风答道。

苏荣国看了看众人，又把目光投向坐在唐子风下首的吴定勇，似乎是迟疑了一下。唐子风明白他的意思，说道："苏市长，你有什么话就直说吧，小吴是我的秘书，跟了我很多年，有关的纪律，他还是了解的。"

"嗯嗯。"苏荣国不置可否地嗯了两声，然后说道，"唐厂长，咱们也是明人不说暗话吧。的确，市里对于滕机未来的发展，有些悲观。目前我们这一片老工业基地的国企情况都非常不好，滕机前些年在经营上就陷入了困境，周厂长接手之后，情况比过去稍好一些，但也不容乐观。

"更重要的是，周厂长已经是58岁的人了，而且还是部里派下来的干部，我们估计，他在滕机也不会待太久。正如你说过的，一旦他离开了，滕机内部找不出其他人可以挑起这副大梁，让滕村市派人去接手，我们一时也找不出合适的人选。

"这样一来，滕机出现严重亏损，甚至破产，都是极有可能的。市政府不能不预先做出一些准备。"

"所以你们希望滕机把现在的土地腾出来？"唐子风问。

苏荣国说："腾出这块土地，目的也是使市政府未来能够有力量安置滕机的下岗职工。唐厂长说得对，这块土地的价值，的确不止2000万，如果运作得当，卖出1亿也是有可能的。

"市里的想法是，先用2000万的资金，从滕机手里把这块土地拿过来，找开发商进行开发。未来取得收益之后，就可以把这笔钱作为滕机职工的安置资金。当然，再多的钱，也无法把滕机的职工永远养起来，职工们还是要积极开展再就业的。

"有了这笔钱，我们至少可以为职工们争取到一个缓冲的时间，比如三年，或者五年。到时候国家的经济状况可能也好转了，会有更多的资金用于帮助我们老工业基地脱困,这样这些职工的生计也就有保障了。"

"市领导真是用心良苦了。"唐子风由衷地说。

这就是位置决定视角了。滕村市政府的确对滕机不看好,但也不至于想眼睁睁地看着滕机近2万职工和家属生活无着。即便不从一些高尚的动机出发,单是从市里的社会稳定着想,市政府也不可能让2万人挨饿。更何况,这世界上哪有那么多坏人,包括苏荣国、谢达、寇文有这些人在内,都是有着正常人的情感的,还能真的不在乎2万人的死活?

苏荣国不能答应唐子风提出的那些要求,一是因为要帮助滕机获得贷款、安置富余职工,的确是一件很困难的事情;二来则是因为他觉得即便这样做了,滕机也不可能起死回生,充其量就是在浪费了市里的大量资源之后,最终还是走向破产。滕村市的资源是有限的,好钢要用在刀刃上,哪有这样白白糟蹋的道理?

但周衡和唐子风抱的是另一种想法,那就是他们想不遗余力地救活滕机。相比苏荣国等人,周衡和唐子风对于滕机的未来有着更多的信心,所以自然无法接受滕村市的安排。

"苏市长,能不能给我们一个机会呢?"唐子风忽然问道。

"什么机会?"苏荣国问。

唐子风说:"既然滕村市对滕机已经不抱希望了,就让我们临一机来试试,如何?"

"让你们试试?"谢达说,"我听人说,临一机曾经想兼并滕机,唐厂长说的是这个意思吗?"

唐子风笑着反问道:"谢局长,如果我们真的想兼并滕机,滕村国资局准备开一个什么价钱?"

"最起码……最起码也得5个亿吧?"谢达略带着一些支吾地说道。

"5个亿?"唐子风看着谢达,笑呵呵地问道,"谢局长这5个亿是怎么算出来的?我怎么觉得,最多1个亿也就够了。"

"1个亿是不可能的。"寇文有也加入了讨论,"刚才苏市长已经说过了,如果运作得当,光是滕机的这块地,就值1个亿。滕机原来的固定资产起码有二三个亿吧,还有……品牌资产之类的,现在国外也是很讲究这个的。"

"对对,还有滕机的技术,也是值很多钱的。"谢达补充着。

唐子风把手一摊，说道："可是，刚才你们明明说，对滕机已经不抱希望了。如果把滕机的厂区都卖了，收回钱来作为滕机职工的安置费用，它的什么固定资产、技术、品牌啥的，不都没了吗？"

"账不是这样算的。"市财政局副局长钟静芬说，"唐厂长，滕机的固定资产是实实在在存在的，就算扣掉折旧，起码也值1个多亿。再加上它的土地，还有技术、品牌之类的，就算不值5个亿，3亿以上是最起码的。你现在说只出1亿，也就相当于它那块地的钱，这不等于白捡了一个厂子吗？"

唐子风说："钟局长，你应当换一种算法。滕村市原本是打算把滕机的土地卖掉，用于开发房地产，这样一来，这些土地上的固定资产也就没了。至于滕机那些机器设备，如果你们能找得到买主，估计能卖个千儿八百万。如果找不到买主，也就只能当废铁，能值几个钱？再至于说技术、品牌啥的，皮之不存，毛将焉附？你们还能指望有人收购它的技术和品牌不成？

"所以呢，滕机的固定资产加上土地，对于滕村市来说，也就值1个亿。而且滕村拿到这1个亿之后，还得用来安置滕机的职工，估计财政这边一分钱都落不下。如果把滕村以1亿元卖给我们临一机，最起码，三年之内，滕机职工的工资是不需要滕村市操心的，滕村相当于净落下1个亿，吃点啥不香？"

"这倒也是……"钟静芬被唐子风给说服了，她是管钱袋子的，对钱更为敏感。唐子风这套算法，还真没啥破绽，对于滕村市来说，的确是一个更好的选择。

苏荣国听不下去了，他轻咳一声，阻止住了属下几员大将与唐子风的讨论，说道："唐厂长，你这个算法，是建立在滕机完全没有希望的基础上的。但现在滕机在周厂长的领导下，还在开展生产自救，市政府这边，也在大力地帮助滕机恢复生产经营活动。

"所以，现在就让滕机市以1亿元的低价，把滕机卖掉，而且还包括了滕机价值1亿元以上的厂区土地，这是不合理的。如果我们答应了，就是国有资产的重大流失，我们这一屋子的人，都是没法向市委交代的。"

几分钟前，苏荣国还在振振有词地说对滕机失去了信心，一转眼，又变成了市政府在大力帮助滕机恢复生产。说到底，就是看到临一机有意接手，怎么也得抬抬身价了。

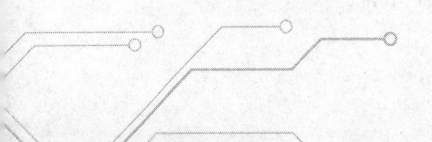

## 第三百零七章　我现在就走

"那么,按苏市长的意思,临一机应当出多少钱呢?"唐子风问道。

苏荣国说:"临一机如果想兼并滕机,滕村市政府是大力支持的,这对滕机和滕村市来说,都是一个非常好的结果。当然,我相信临一机有意兼并滕机,也是看到了兼并滕机所带来的好处,那就是一个多赢的局面了。

"兼并的费用方面,我无权擅自做主,这需要请专业人员对滕机的价值进行评估之后,才能确定。不过,我可以表一个态,滕村市政府会按照最优惠的价格,接受临一机对滕机的兼并。所有能够免除的费用,我们一概都会免除,这一点请唐厂长放心。"

唐子风笑道:"呵呵,苏市长这话,……嗯,我听懂了。我也表个态吧,我们临一机能够接受的上限,在就是1.2亿左右。我们也可以接受另一个方案,那就是由临一机出资6000万,收购滕机50.1%的股权,滕村市国资局可以保留余下的49.9%,到时候滕机赚了钱,滕村市是可以拿到分红的。

"至于说超过1.2亿的价格,我也不能说绝不接受,不过,这就需要获得我们厂务会的授权了。事实上,我们临一机有一些领导对于兼并滕机这件事,也是不太积极的。"

"1.2亿是绝对不可能的。"寇文有回答道。

唐子风转头去看苏荣国,苏荣国假装喝茶,并不与唐子风对视,同时选择了沉默,这就相当于表示自己同意寇文有的意思了。唐子风等了几秒钟,没等到苏荣国的回答,突然笑了起来。

他这一笑,可把大家都给笑蒙了。大家说的都是严肃的事情,偶尔脸上带点微笑、苦笑、冷笑、嘲笑啥的,都在合理范围之内,可唐子风这个表情,分明就是有点乐不可支的样子,这算是个啥事呢?

"唐厂长,你这是……?"寇文有诧异地问道,唐子风却是笑得更厉害了,一边笑一边摆手,大致是表示自己一时控制不住,笑得没法说话了。大家等了足有半分钟,唐子风才笑定,他一边抬手擦着眼角笑出来的泪水,一边说道:"不好意思,不好意思,刚才实在是想到了一些可笑的事情,失态了,失态了。"

"唐厂长想到了什么可笑的事情,要不说出来让大家一起乐乐吧?"谢达没好气地呛道。在此前,因为唐子风算是苏荣国的客人,谢达在他面前不便放肆,说话还是比较谨慎的。唐子风刚才的表现,算是很失礼了,谢达也就不再和他客气了。

唐子风脸上还带着笑容,对谢达说道:"谢局长,这事对于我来说挺好笑的,不过如果说给谢局长听,谢局长就不见得会觉得好笑了。不瞒各位说,到市政府来之前,我还有点忐忑不安,生怕我开始说1.2亿的价钱,滕村市二话不说就答应了,那我们临一机可就惨了。

"刚才寇主任说1.2亿是绝对不可能的,我算是一块石头落了地。有了寇主任这句话,我回去就好向周厂长交代了。你们是不知道,为这事,我都愁了好几个月了,现在突然解脱了,所以一下子没憋住……"

说到这,他又笑了起来,还伸出一只手捂着半边脸,似乎是真的不好意思让人看到他失态的样子。

众人一开始都没听懂他的意思,待到回过味来,所有人的脸都黑下来了。

这家伙的意思分明是说,他原本压根就不打算兼并滕机,只是碍于周衡的面子,才不得不跑过来与大家虚与委蛇。前面他与谢达、钟静芬等讨价还价,不过都是在演戏,真实的目的就是要让滕村市开一个高价,以便他有理由退出这件事。

这个意思是不是唐子风的真实意思,倒还另当别论,毕竟谈判的时候,虚虚实实都是可能的。最关键的是,他居然把这样的话公开说出来,这简直就是耍无赖了。这一屋子人,处级以上干部就有七八位,唐子风自己也是一个正局级企业里的常务副厂长。在这种场合,大家说话都是恨不得使用外交辞令的,这个小年轻居然这样口无遮拦。

"唐厂长,你是说,你跑到市政府来,就是为了耍我们滕村市的?"谢达怒气冲冲地说道。

唐子风把手一摊,冷笑道:"谢局长何出此言啊?我拿着1个多亿的资金,千里迢迢跑到滕村来,你把这叫作耍你们?"

谢达一滞,后面的话就说不出来了。唐子风的理由好强大,谢达都不知道该如何批驳才好。

"可是,你刚才又说生怕滕村把滕机卖给你,这不说明你实际上并不想兼并滕机吗?"钟静芬说。

唐子风说:"从我个人的本意上说,我当然不想兼并滕机。我在临一机当厂长当得好好的,最多到明年,我们厂的营业额就能超过 10 亿,在国家机电公司旗下也算是个明星企业。滕机经营困难,内部关系复杂,我吃饱了撑的才愿意背这么一个大包袱。"

"那你来市政府干什么?"谢达问道。

唐子风凛然道:"因为我的使命感啊!我是受党教育多年的国家干部,我能眼睁睁地看着滕机这样一家有几十年历史的老企业垮掉吗?我能眼睁睁看着滕机 5000 多干部职工下岗吗?我的责任心让我不得不对滕机伸出一只手,在力所能及的情况下,拉滕机一把,这有错吗?"

谢达再次被噎住了。他有 100 个理由相信唐子风这话是吹牛,可问题在于,在这种场合,人家唐子风说出来了,你心里再不信,也无法反驳。你如果敢说唐子风的话是假话、是套话,人家就敢拉着你来理论:

怎么,你不相信一个国家干部的信念吗?难道你没有这样的信念吗?就算你自己没有信念,还不允许别人有信念吗?

苏荣国没法再装哑巴了,他看出来了,唐子风真的能言善辩,自己这帮手下想和他耍嘴皮子,那是一点胜算都没有的。万一有谁说错一句话,被他抓住把柄,日后在什么地方借题发挥,对于滕村市来说,也是一桩麻烦。

"唐厂长,咱们也别绕弯子了,你说说你的真实想法吧。"苏荣国沉声道。

唐子风收起刚才那副玩世不恭的表情,正色说:"那好,苏市长,我就实话实说吧。滕机是一家老企业,是机械部二局原来的'十八罗汉厂'之一,周厂长对它很有感情,所以再三要求我出手相助。

"我这次到滕村来,周厂长向我提出了两点要求,一是希望能够保留下滕机这么多年积累下来的技术,二是能够保障滕机 5000 多在职职工以及近 2000 退休职工的生活。周厂长是马上就要退休的人了,滕机的死活,其实和他并没有什么关系,他是完全出于一片公心,却向我卖了私人的面子。

"周厂长是我的老领导,他的要求,我肯定是要尽力办到的。但我的能力有限,如果滕村市愿意以不超过1.2亿元的价格把滕机卖给临一机,那么我就接下来,努力让滕机恢复生机。如果滕村市狮子大开口,那我就只能爱莫能助了。

"我要说的是,滕机的职工和家属一共有2万人,这都是滕村市的居民。如果滕机破产了,这个包袱是要由滕村市来背的,与我唐子风一点关系都没有,与周厂长同样是一点关系都没有。如果你们觉得周厂长叫我到滕村来,是带着什么私利,那你们就搞错了。如果大家觉得我唐子风从临河跑到滕村来,是为了捞什么便宜,那我可以现在就走。

"各位,告辞了,有去临河的机会,给我打个电话,我请各位吃大餐。"

说着,唐子风毫不犹豫地站起来,向众人拱了拱手,转身就向外走。吴定勇也连忙起身,跟在唐子风的身后向外走去。

"哎!"谢达下意识地喊了一声,转头去看苏荣国,却见苏荣国只是站了起来,并未试图叫住唐子风。唐子风走得那叫一个爽利,大家只是一眨眼的工夫,他和吴定勇二人就已经不见踪影了。

"这、这、这……这就是个愣头青啊!"寇文有用手指着大门的方向,好半天才怒不可遏地骂了一句。

"就是,这都什么人啊!"

"这家伙真的是个常务副厂长?"

"少年得志,一点规矩都不懂啊!"

其他众人也一齐吐起槽来。这也算是开眼界了,两个副局级干部在一起谈事,其中一个人说翻脸就翻脸,抬腿就走了,这不是儿戏吗?

苏荣国沉着脸,向众人挥了挥手,说道:"算了,大家各自回去吧!今天的事情,大家回去之后不要乱说。"

"明白明白!"众人忙不迭地应着,也不再说什么,脚步飞快地离开了。今天这事,可是领导被人扫了面子,估计一肚子气正找不到地方撒呢,谁还敢去触领导的霉头。

## 第三百零八章　可以提供一些业务

寇文有落在最后,见其他人都走了,这才回过头对苏荣国问道:"苏市长,你看这是怎么回事?这个唐子风身为临一机的常务副厂长,不该这样莽撞的啊。"

"他莽撞?"苏荣国冷哼一声,"这小子把咱们全给耍了。"

寇文有愕然:"我没明白。"

苏荣国说:"这事不是明摆着的吗,他就是不打算收滕机,但又磨不开周衡那边的面子,所以就拿咱们当了个挡箭牌。他最后那一番话,相当于把责任都推到咱们滕村市头上了,说是咱们滕村市故意刁难,所以他才没法接手滕机。这样一来,周衡也就没法说什么了。"

"可他也没必要把这些话都说出来吧。"寇文有说。苏荣国的这个分析,与唐子风自己说出来的一模一样,这就让寇文有觉得奇怪了。按道理来说,唐子风既然是想搞阴谋,起码应当掩饰一下,哪有实话实说的道理?

苏荣国叹道:"这就是他聪明的地方啊。你想想看,周衡不过是曾经当过他的一任领导,他凭什么那么听周衡的话,周衡说一句,他就带着1个亿跑过来了?说到底,他不是要做给周衡看,而是要做给行业里的其他人看。周衡在机械部当了几十年的机电处长,人头熟得很,唐子风做出一副对周衡忠心耿耿的样子,在行业里就能搏一个好名声。

"你听他刚才说的话,他说他本来不想兼并滕机,是为了周衡才这样做的。现在没做成,也是因为我们滕村市政府不给他机会,他一点责任都没有。他把这些话公开说出来,大家只会觉得他襟怀坦白,不会再去琢磨其他的事情。

"这样一来,好人全是他做了,坏人全是咱们做了,这不就是把咱们都给耍了吗?"

"可是……他就不怕咱们真的答应他的条件,以1.2亿的价钱把滕机卖给他?"

"他怕啥？如果咱们真的答应1.2亿的价钱,他也会接受。光是滕机这块地皮就值这么多钱,其他的厂房、设备啥的,他相当于白捡,他能不要吗？"

"这……合着他里外都不怕啊。"

"可不就是吗？你看他装得像个愣头青似的,心里的算计精着呢。咱们全给他当垫底的了。"

"这小子也太阴险了吧！不行,今天这事,咱们不能替他宣传,我一会跟大家再交代一下,让大家谁也不能把今天的事情说出去。他想当好人,咱们可不给他当陪衬。"寇文有恨恨地说。

苏荣国拍了拍寇文有的肩膀,说道:"老寇,你还是太老实了。今天的事,咱们的人会不会往外传,我不敢说,可你架不住唐子风他自己会出去说啊。你看吧,回头滕机那5000多职工,肯定都会说咱们市政府不地道,咱们再想收滕机的那块地,难度可要大出几倍了。"

要说起来,能当上副市长的人,眼光可不是一般的犀利。正如苏荣国预言的那样,没到半天时间,市政府大会客厅里的那番对话,就已经在滕机传得妇孺皆知了。

"什么,临一机想出1个亿收购咱们厂,被滕村市给否了？"

"否得好！花1个亿就想把咱们厂买过去,当是买胡萝卜呢？"

"你拉倒吧,就咱们厂这个鸟样,人家愿意出1个亿,你就知足吧。"

"被临一机收过去有什么好的,去看那帮南方人的臭脸吗？"

"那也比厂子倒闭了强吧？"

"你哪只眼睛看到咱们厂会倒闭了？"

"你不会觉得咱们厂还有救吧？"

"好不容易有个厂子愿意把咱们接过去,市里还漫天要价,有本事,你倒是给我们滕机找点活啊！"

"就是！以后咱们厂如果发不出工资,就找市政府去,谁让他们不答应临一机接手的。"

"我看这帮家伙就没安好心……"

一时间,滕机上下议论纷纷,观点也各不相同。有人觉得如果厂子能够被临一机兼并,或许是一个好的结果;也有人认为临一机和滕机都是老国企,凭什么滕机就需要临一机来搭救,自己努努力未必就做不到临一机的样子。

## 第三百零八章 可以提供一些业务

不过,有两点是大家普遍认同的,其一是临一机对兼并滕机并没有太大的兴趣,人家纯粹是看在老周厂长的面子上才愿意伸手的;其二是这件事所以没有成功,完全是滕机市政府从中作梗,怨不到临一机头上。

"现在的情况就是这样,目前咱们手上的生产任务,连一半的生产能力都达不到。照这样下去,最多到下下个月,咱们厂发工资就成问题了。"

滕机的厂务会上,周衡看着一干厂领导,沉着脸说道。

"部里也太不负责任了,把咱们往滕村市一扔,就啥都不管了。咱们这么多年为部里也算是兢兢业业吧,结果落这么一个下场。"副厂长聂显伦气呼呼地说道。

"老聂,这种话就没必要说了。"另一位名叫宋大卓的副厂长没好气地说,"这是国家政策上的事情,咱们说啥也没用,还是讨论点现实的问题吧。"

"这怎么就不现实了?"聂显伦说,"同样都是部里的企业,为什么有些企业就能划到国家机电公司去,继续吃国家的饭,而咱们滕机就得划给滕村市,市里一点资源都没法给咱们提供。我倒是觉得,咱们应该向上级提出意见,最起码,得给咱们一个过渡期吧?在这个过渡期里,国家得保证咱们的业务,不能让咱们饿肚子。"

"如果提意见有用,那么多企业都会去提了,哪轮得到咱们滕机。"副厂长石爱林说。

类似的话,聂显伦已经在厂务会上说过无数次了,大家都听腻了。到了这个级别的干部,起码的政策水平还是有的,哪能想不明白这其中的道理。全国各系统像滕机这样被下放给地方的企业数不胜数,哪是滕机一家企业提点意见就能够改变的。聂显伦说的这些话,用来煽动一下厂里的普通职工或许还有效,在厂务会上这样说,实在是浪费大家的时间。

"周厂长,关于临一机兼并咱们滕机的事情,还有希望没有?我倒是觉得,如果能让临一机把咱们给兼并了,咱们的情况可能就有转机了。"石爱林转向周衡说道。

周衡摇摇头:"临一机的唐厂长去和市政府谈判的事情,大家可能也都听说了。市里开出来的价钱太高,临一机接受不了,所以这事基本上就搁置下来了。"

"市里也管得太宽了吧?"宋大卓不满地说,"他们不愿意让临一机来兼并咱们，那就拿出点实在的东西来扶持我们啊。要我说，让临一机兼并，恐怕是咱们滕机最好的出路，临一机的唐厂长，经营能力真是没说的。咱们厂现在的这点业务，不也是'机二〇'那边介绍过来的？如果咱们当初没有参与'机二〇'，现在这会恐怕就已经停工了。"

"我倒不这样看。"聂显伦呛声道，"那个唐子风，也就不到30岁吧？能有多大的本事？临一机能有现在的样子，还是咱们周厂长在那的时候打下的底子。现在周厂长都已经到咱们滕机来了，咱们还有什么必要非要靠着临一机？"

"临一机能够有今天的成绩，并不是我一个人的作用，各方面的因素是很多的。"周衡说，"那些因素，有一些咱们滕机也是有的，还有一些就是咱们滕机所缺乏的。过去这一年，咱们也搞了一些改革，有一些成效，但效果还不够。现在厂里这个情况，也不太适合再做什么大的动作。对于咱们来说，怎么解决眼前的财务困难，才是最为重要的事情。"

"周厂长，你的意思是说，咱们和临一机之间的合作，就一点希望都没有了？"石爱林问道。

周衡迟疑了一下，说道："唐厂长从市政府回来以后，跟我说过，如果市政府坚持原来的报价，临一机是绝对不可能兼并滕机的。不过，他表示可以给咱们一些业务，帮助咱们解决一点困难。"

"他可以给咱们业务，居然有这样的好事？"好几位厂领导都是眼睛一亮。滕机的困难不就是业务不足吗？如果唐子风答应给滕机提供一些业务，那滕机还能有什么困难呢？

周衡看看众人，露出一个苦笑，说道："唐厂长说的给咱们业务，并不是直接把业务交给咱们做，而是要租咱们的车间和生产设备，另外就是雇咱们的工人，咱们只能拿到设备的租金和工人的工资，业务利润这方面，咱们是拿不到的。大家说说，这样的业务，咱们是接还是不接？"

# 第三百零九章　过去的事情一笔勾销

井南省芮岗市，新塔模具制造公司的车间里。

韩伟昌从一台仿形铣床背后绕出来，一边用棉纱擦着手上的机油，一边对旁边的一名操作工人说道："你开机试试吧，应该没问题了。"

此时的韩伟昌，身上穿着一件沾了油污的工作服，脸上也不知啥时蹭上了几道黑印子，手腕上的劳力士手表已经消失了，看上去就是一位普普通通的工人，全然没有了从前那副暴发户模样。

机器开动起来了，电机带着刀具嗡嗡旋转的声音听起来甚是悦耳。那操作工向韩伟昌跷起了一个大拇指，赞道："韩师傅，真有你的，一点事都没了。"

"那是，也不打听打听，我老韩是干吗的。"韩伟昌哈哈笑着，语气里带着自夸，却丝毫也不让人觉得反感。

"韩师傅，你喝口水。"

一位身穿廉价西装的小伙子递上来一瓶矿泉水，殷勤地说道。这小伙子名叫郑康，是滕机销售部的一名销售员，这次是跟着韩伟昌一道到井南开拓业务的。

韩伟昌被唐子风发配到滕机去，周衡没有给他任命任何职务，只是向滕机的厂领导说这是他从临一机借来的一位销售能手，是来给厂里的销售员做业务示范的。

韩伟昌到滕机之后，先是一头扎进了车间，跟着各道工序，熟悉滕机的生产情况。滕机的主营产品是各类铣床，临一机则是以磨床生产为主，同时也生产铣床和镗床。韩伟昌作为曾经的临一机工艺科副科长，对于铣床技术并不陌生，在车间里待了一个星期就基本上了解了滕机的产品情况。

随后，他便从滕机销售部挑了一位看上去还比较顺眼的小伙子，也就是郑康，坐火车南下，来到了井南。

芮岗的这家新塔模具制造公司，曾经是滕机的老客户，从滕机买过不少铣床，但这一两年订单锐减，而且三天两头打电话或者发函到滕机去投诉。韩伟昌在销售部看到过新塔公司的投诉记录，心里的感觉难以形容。

新塔公司最早给滕机打电话，仅仅是报告有一台从滕机购买的仿形铣床出了问题，让滕机派人过去检修。作为一家颇有规模的模具制造企业，新塔公司的机床数量很多，一台铣床趴窝，对于整个生产并没有什么影响，所以在联系的时候，也没催得特别紧，态度还是比较好的。

可不承想，滕机这边足足拖了一个月时间，直到对方连打了四五次电话，这才安排了人过去。关于此事，韩伟昌向销售部负责售后的人员进行了了解，得到的回答是，为了这么一台铣床专门派人去一趟井南，很不划算，所以售后部门是凑齐了好几个维修请求，才统一安排了维修工，这一拖可不就过去一个月了吗？

仅仅是拖延了一个月，倒也罢了。滕机的维修工到了新塔公司之后，拆开出故障的机床一看，确定是其中一个零件损坏了，必须更换，而他显然是不可能随身带着所有机床配件上门的，这就意味着他必须回滕村拿了配件再回来，或者由滕机把配件寄往芮岗，维修工等收到零件之后才能完成维修。

以新塔公司的意思，滕机方面无论采用哪种方法，他们都可以接受，前提就是尽快把机床修好。新塔公司有很多机床不假，但也不能让一台机床总是趴在这里不能用吧？滕机的维修工哪管这套，直接撂下一句话，说现在没有零件，他也不能在井南等下去，所以维修的事情只能等下次再说了。

什么，下次是啥时候？问厂长去啊！

没错，那位维修工当时就是这样说的，他觉得自己很幽默……

这一来可就把对方给惹急了。新塔公司是一家私营企业，老板叶永发是农民出身，白手起家创下这么大的企业，那也是有性格的人。要说起来，叶永发平日里待人还是挺宽厚的，动辄就说谁都不容易，做事留一线，日后好相见。

可遇到滕机的这种大爷作风，叶永发可谓是兔子急了也咬人，当即就翻了脸，说自己手上有滕机的销售合同，设备维修是滕机的义务。因为滕机的设备出了故障且维修不及时，给自己的企业造成了经济损失，滕机不但要负责把机器修好，而且要赔偿这些损失，否则他就要告到法院去，不信拿滕机没办法。

对于叶永发的威胁，滕机的维修工自然是不怕的，这不关他的事情。他离

## 第三百零九章　过去的事情一笔勾销

开了井南,回到滕机,向销售部交了差就完事了。在随后的一年多时间里,新塔公司先是取消了原定向滕机订购的一批铣床,同时隔三岔五地给滕机打电话,告知滕机因为机床仍未修复,截至目前,滕机已经欠了新塔公司多少误工费,还有多少多少利息。

滕机销售部当然也不是完全不讲理的,一开始还耐心地跟对方解释,说会尽快安排新的维修工人带着零件过去。可新塔公司这边估计也是被先前的维修工气着了,态度很强硬,声称维修是必须的,误工费也必须同时带过来,交完钱再进门。

这样的要求,当然就有些恶心人了。新塔那边算出来的误工费还真不多,也就是一千多元,相比一台铣床的价格来说不算个事,滕机派人去一趟井南,差旅费也得好几百了。滕机这几年财务状况不太好,但也不至于拿不出这1000多元钱,只是这种被人逼着赔偿误工费的事情,实在有些憋屈,这岂是骄傲的滕机人能够接受的?

双方于是就谈崩了,一方声称马上就要去法院告状,另一方则叫嚣着"有本事去告,老子不怕"。新塔公司这边负责此事的是个血气方刚的小伙,滕机这边则是一位中年大妈,双方隔着千里电话线拌嘴,居然吵了一年时间也没厌烦。

韩伟昌在滕机销售部看到的,就是这样一份资料。他向销售部的现任部长曾灿伟求证此事时,曾灿伟把手一摆,说道:"这种事太正常了,井南那些乡镇企业就喜欢鸡蛋里挑骨头,不理他们就是了。"

韩伟昌无语。他向售后中心要了维修单,到库房领了需要更换的配件,便带着郑康到井南来了。他无法改变曾灿伟等人的想法,只能先从郑康这样的小年轻下手,他要向郑康演示一下,啥才叫真正的销售。

听说是滕机派来了维修人员,叶永发当即表示不见,并且不允许韩伟昌一行进门,除非滕机先把这一年多的误工费加利息都交上。韩伟昌自然不会去交这些钱,但他也有自己的办法。这些年,韩伟昌在井南结交了不少私营企业的老板和高管,他通过芮岗的一位私企老板给叶永发递了个话,叶永发碍于熟人的面子,终于点头允许韩伟昌进门了。

韩伟昌进门之后,叶永发没有见他,而是安排了一位名叫刘允的小经理带韩伟昌去看那台出故障的机床。以韩伟昌的想法,自己先把机床修好,消除掉双方结怨的症结,然后再托人说情,掏钱请叶永发吃顿大餐,自己当场罚酒三杯啥的，事情也就过去了。

韩伟昌知道，井南人其实是很好打交道的。你得罪了对方，只要把姿态做足了，人家有了面子，自然就不会再跟你为难了，该做生意继续做生意。那种一言不合就砸锅的人，是不可能把生意做到这么大的。

想法很丰满，现实却骨感得让韩伟昌想骂街。他把那台机床拆开，正准备把自己带来的配件换上去，却惊讶地发现这台机床损坏的并不是他带来的这个配件，而是另外一个配件。先前那个混蛋的维修工，回去汇报的时候，居然把零件名称写错了。

"哈！"叶永发听到刘允报告过来的这个消息，在自己的办公室里就笑喷了，他狂笑了足有十分钟，这才挥舞着手臂，吩咐道：

"你去跟他们说，曲松到渔源有直达的飞机，让他们厂里的人带着零件现在飞过来。我给他们 24 小时，24 小时之内，如果他们把机床修好了，过去的事情一笔勾销，我请他们的人吃海鲜。如果做不到，有多远给我滚多远。妈的，如果是老子的公司里有这样不靠谱的售后，老子扒了他们的皮！"

曲松是长化省的省会，渔源则是井南的省会。叶永发的意思，是让滕机那边派人带着零件先赶到曲松，坐飞机到渔源，再从渔源赶到芮岗，如果中间不耽搁，24 小时之内把零件送到，并把机床修好，倒也是可能的。

滕机如果愿意这样做，那么自然就显示出了诚意，叶永发也不吝啬给滕机一个面子，结束这场毫无意义的斗争。但滕机如果做不到，那就对不起了，叶永发也是要面子的，凭什么一而再、再而三地迁就你滕机？

"用不着 24 小时，给我 4 个小时就行。"

听到刘允带来的话，韩伟昌淡淡一笑，给出了一个霸气的回答。

## 第三百一十章　好久没摸机床了

"这家伙想耍我？"

叶永发得到报告之后的第一个反应就是如此。4小时的时间，意味着韩伟昌不是从滕机本厂获得配件，而是能够在芮岗本地找到配件。

芮岗这个地方并没有滕机的销售服务网点，甚至整个井南省都没有这样的网点。这几年，以东叶省的临一机为代表，一些大型机床企业陆续开始在全国各地建立售后服务中心，一个中心可以辐射周边几个省，以达到对客户及时响应的要求。滕机属于没有建立售后服务中心的那批企业，不知道是因为骨子里还残留着官商作风，还是因为经营状况不善，没有能力这样做。

在本地没有销售服务网点，韩伟昌又如何能够在4小时内找到相应的配件呢？叶永发脑子里闪过了一个阴谋论，那就是韩伟昌在他面前演了一出戏，他其实是带着正确的配件来的，但故意装作带错了配件的样子，制造出一个反转剧情，以便获得叶永发的欣赏。

至于为什么叶永发会有这样的猜想，那自然是因为他自己过去就曾经干过这种事，哪个成功的企业家没有学过"演员的自我修养"呢？

"他问我们公司有没有120毫米的45号碳素圆钢。"刘允的回答让叶永发倍感意外。

"他想干什么？"叶永发问。

"他说，他可以现做一个配件换上去。"刘允道。

"现做？有意思。"叶永发笑了，这还真是一个不错的主意。

现做一个零件，对于机械企业来说，实在是太容易不过的事情了。新塔公司就是做金属机加工的，各种设备齐全，制造一个零件没有任何困难。事实上，如果不是为了和滕机赌气，叶永发也可以让自己的工人做一个零件出来，把那台铣床修好。

以往，新塔公司有一些设备出现小故障的时候，叶永发就是这样做的。因为为了一个小故障去找厂家来维修，实在很麻烦，自己做个零件换上去，反而更简单。

在此前，新塔公司不清楚滕机这台铣床出故障的原因，就算能够推测出是零件磨损了，也不会轻易去更换，尤其是不能轻易用自己制造的零件去更换。机器上的零件，不是光外观相同就可以的，材料、加工工艺、热处理工艺等都有讲究，自己造的零件如果与原厂的生产工艺不同，装上去不耐用也就罢了，万一出了什么岔子，导致设备出现更严重的故障，那就麻烦了。

当然，如果设备已经过了保修期，原厂零件又昂贵得令人发指，自己造个零件去替换原厂零件，对于中国的工业企业来说，也是司空见惯的事情。早些年因为外汇紧张，有些企业的进口设备出了故障，不就是自己凑合着修的吗？有些进口轿车上的零件，企业都敢自己造出来换上，4S店标价500元的零件，企业自己造一个，连1元钱都花不了，装到车子上去，一点毛病都没有。

正因为知道这些，对于韩伟昌表示要现场制作一个零件这件事，叶永发并没有觉得特别惊讶。在感慨于韩伟昌的机智之余，他对这个人也产生了浓厚的兴趣。滕机的售后人员是什么德性，叶永发是清楚的，现在居然出现这么一个兢兢业业的人，能不让叶永发觉得大开眼界吗？

韩伟昌随后的表现，不断刷新着叶永发对他的观感。一个零件的加工涉及车、铣、磨和热处理等若干个工序，韩伟昌居然一个人就全拿下了，使用的当然是新塔公司的设备，这是叶永发许可的。

韩伟昌带来的郑康进厂就直接到了销售部，从来没有下过车间，对于机加工可谓是两眼一抹黑，一点忙都帮不上。而韩伟昌硬是在没人帮忙的情况下，用不到四小时的时间就造出了一个合格的零件，并装到了出故障的机床上。

"韩师傅，开眼了，你这技术，搁在咱们厂也不输给车间里那些老师傅了！"

郑康站在韩伟昌身边，诚心诚意地拍着马屁。他看不懂韩伟昌的操作，但起码也知道能够同时开几种机床是很牛的事情，至少他是望尘莫及的。

"做销售的，没这两下子还行？"韩伟昌向郑康吹嘘了一句，旋即转向站在另一侧的刘允，笑着说道，"刘经理，你看，我们这算是达到叶总的要求了吧？"

"了不起，了不起。"刘允笑着赞道。韩伟昌在机床上加工零件的时候，刘允就在不停地用手机向叶永发汇报进度，叶永发在电话里已经表示了对韩伟昌的

## 第三百一十章 好久没摸机床了

认可,所以刘允对韩伟昌的态度也就温和多了。

"那么,你看……能不能请叶总赏个光,我和小郑想请叶总吃顿饭,当面向叶总端酒赔礼。"韩伟昌说道。

刘允道:"韩师傅言重了,叶总已经交代了,今天晚上他做东,请韩师傅和郑师傅吃海鲜,赔礼啥的,叶总说就不必提了。"

"哈哈,叶总真是大人有大量,我老韩佩服。今天晚上这顿,一定得由我们买单。"

"这事我说了不算,韩师傅和叶总商量吧。"

"应该的,应该的。"

当天晚上,重新换回西装的韩伟昌带着郑康,在刘允的引导下,来到了芮岗一家颇有档次的海鲜大餐厅。走进刘允事先订好的包间,韩伟昌看到叶永发已经提前到了,旁边还有此前替韩伟昌说过情的那位芮岗本地老板——福美厨房用品公司的董事长李永福。

"韩总来了,快请快请,我们可等了你一会儿了。"

见到韩伟昌进门,李永福哈哈笑着过来相迎。他与韩伟昌的交情是在韩伟昌担任临一机销售部长的时候结下的,井南这些与韩伟昌熟悉的私企老板,对韩伟昌都是称呼为"韩总"的。

"李总别寒碜我了,我现在哪是什么总啊,我已经被打发到滕机当个普通业务员了。"韩伟昌一边与李永福互相拍着肩膀表示亲热,一边自谦道。说罢这些,他又转向叶永发,恭敬地说道:"叶总,不好意思,我来迟了,一会我再加罚三杯。"

"韩总客气了,快请坐吧。"

叶永发坐在主位上,嘿嘿笑着做了个手势,请众人落座。他的企业规模比李永福的企业要大得多,芮岗这个地方是很讲究以财富论地位的,所以他可以在众人面前表现出一个上位者的姿态。

韩伟昌带着郑康入座了,刘允担当了服务的角色,跑到门外去找服务员点菜去了。叶永发把头转向韩伟昌,问道:"韩总,我刚听老李说,韩总原来是在临一机当销售部长的,不知道怎么又到滕机去了。照理说,临一机和滕机是平级的,而且现在临一机的经营比滕机好了十倍都不止,韩总到滕机去,怎么也得提上一两级吧?怎么会亲自来做售后呢?"

韩伟昌露出一个尴尬的神色，说道："什么韩总不韩总的，都是过去的事情了。叶总、李总，不瞒你们说，我是在临一机犯了点错误，待不下去了，所以我们厂长就把我派到滕机去了。在滕机的具体职务嘛，现在还没定，这不，先带个徒弟出来跑跑，联系点业务。

"售后服务这块，我过去也是做过的。新塔公司这件事，是我们滕机做得不地道，我就是专门来向叶总赔礼的。一会酒上来了，我自罚六杯，三杯是为了刚才迟到的事情，另外三杯就是为了过去我们滕机给叶总添了麻烦，我算替我们销售部给叶总道歉了。"

"哈哈，过去的事情都过去了，韩总没必要再提了。"叶永发摆了摆手，"我听刘允说，白天的时候，韩总是亲自动手加工零件的，这份诚意，我老叶领了。我当时不知道这件事，如果早知道，安排两个工人去做，也是方便得很的，哪有必要劳烦韩总自己动手。这个刘允也是笨得很，我后来已经骂过他了。"

韩伟昌笑道："叶总客气了。这本来就是我们滕机的事情，哪能麻烦新塔的工人去做。我过去在临一机是搞工艺的，机加工这块熟得很。好久没摸机床了，本来还担心搞不好，结果一上机床，哈哈，总算是技术还没丢。"

"技术这东西，跟骑自行车一样，学会了就丢不了。我过去刚开厂子的时候，也是车铣刨磨一个人做的，这几年生意做大了，机床也摸得少了。不过，如果让我去做个零件，我估计也还能做出来。"叶永发说道。

"是啊是啊，技术这东西，学了就丢不了，叶总的技术，肯定比我强得多了，要不也开不了这么大的公司嘛。"韩伟昌附和着，顺便岔开了刚才的话题。

刚才叶永发说用不着韩伟昌亲自去做那个零件，这种话也就是哄哄幼儿园的孩子。韩伟昌有100个理由相信自己开机床的那会工夫，叶永发就待在他的办公室里遥控观察着。正是因为看到韩伟昌挥汗如雨，一个人把零件做出来了，叶永发才会坐到这里来与他谈笑风生。如果当时韩伟昌自己不动手，而是央求新塔的工人帮忙，他就别想见着叶永发了，还是早点买车票回滕村去更好。

# 第三百一十一章　机床是谁生产的

大家聊了几句闲天，各种酒菜便陆续端上来了。韩伟昌果然要了三个一两装的杯子，一字排开，倒上白酒，便准备向叶永发端酒谢罪。叶永发哪会让他这样做，连忙劝阻，李永福也在一旁说着客气话，最后的结果是韩伟昌把三杯酒都喝了，而叶永发和李永福也分别陪了三杯，这就算是把双方的面子都照顾到了。

"韩总，你刚才说你在临一机犯了点小错，被打发到滕机去了，这算是正式调动过去，还是临时去帮帮忙？"

酒过三巡，李永福开始向韩伟昌打听正事了。叶永发也把头转向了韩伟昌，表现出对此事颇感兴趣的样子。事实上，叶永发刚才愿意给韩伟昌面子，也是因为听李永福说韩伟昌其实是临一机的销售部长，叶永发不想和滕机打交道，但和临一机他还是想搞好关系的。

临一机这几年发展势头很不错，俨然有国内机床行业领头羊的意思，叶永发的新塔公司每年要采购的机床不少，和临一机搞好点关系，还是非常有必要的。

韩伟昌没有急于回答，而是端起酒杯，向二人又敬了杯酒，这才悠悠地说道："李总这个问题嘛，其实都一样。大家都是朋友，我也不瞒你们，临一机现在正打算兼并滕机，我到滕机去，算是去打个基础。未来滕机被临一机兼并了，两边的销售部肯定要合二为一，我们唐厂长说打算成立一个独立的销售公司，到时候……"

说到这里，他向二人递过去一个讳莫如深的眼神。

"韩总的意思是说，等到你们两家合并了，韩总就是这个销售公司的一把手了？"李永福瞪大眼睛问道。

韩伟昌笑着连连摆手："这怎么可能呢。临一机也好，滕机也好，能人多得很，哪轮得到我去当一把手，到时候，我也就是在里面打打杂而已。"

他话是这样说,脸上的表情却带着几分得意。李永福和叶永发都是生意场上滚打过来的人,岂能看不出韩伟昌的真实意思?倒是郑康坐在一边,满脸惊愕,显然是被韩伟昌爆的料给震惊了。

"滕机如果还是现在这个样子,可真不行,弄不好,会把你们临一机都给拖下水了。"叶永发沉声说道。

韩伟昌跷起拇指赞道:"叶总高见,照着滕机现在这个样子,我们临一机是肯定不敢接手的。不过,我们唐厂长的能力,想必叶总和李总也都听说过。现在滕机的厂长周衡,是我们临一机原来的厂长,也是我们唐厂长的老领导。我听唐厂长说了,他准备和周厂长联手,好好地整顿一下滕机,最多半年时间,要让滕机的内部管理达到我们临一机的水平。"

"能做到吗?"叶永发问。

韩伟昌说:"这种事,也不是谁打个包票就能相信的。不过,从过去这几年来看,我们唐厂长想办成的事情,还真没哪一件是办不成的,我对他有信心。"

"原来是这样。"叶永发沉吟片刻,说道,"韩总,我也不瞒你,今天我请韩总吃饭,其实是有些事情,想向韩总请教一下。我今年打算添置20台模具铣床,这方面,国内技术最好的,也就是你们滕机了。如果我不从滕机买,就只能从国外进口。

"国外的模具铣床,最便宜的是韩国的,可自从去年的事情之后,我们井南这边的厂子,都不敢买韩国货了。除了韩国货,再就是日本货相对便宜一点,德国、意大利、瑞士的几款,价钱高得离谱,我是不敢考虑的。"

韩伟昌点点头:"我明白叶总的意思。即便是日本货,一台铣床也是80多万吧?配件之类的也都是天价。如果买我们滕机的铣床,价格可以拦腰斩,配件基本是白送。这一里一外,20台铣床,差不多能够少花1000多万。"

"可不是嘛!"叶永发说。

"可是,如果买我们滕机的铣床,叶总又担心我们的售后跟不上,再闹出像这回这样的事情,是不是这样?"韩伟昌继续说道。

"正是如此。"叶永发重重地点头。

这些天,他也是纠结得厉害,滕机的铣床便宜,但滕机的服务实在是太差了,尤其是此前两家还结了怨,让他再掏钱去买滕机的机床,他实在是觉得不舒服。韩伟昌的出现,让他看到了一丝解决问题的希望,但有些事情他还是要先

## 第三百一十一章 机床是谁生产的

问个明白的。

"除了售后之外,叶总还有没有其他的要求呢?"韩伟昌问。

叶永发说:"有。滕机的模具机床,价钱的确是比进口的便宜,但使用起来,也比进口的麻烦。同样是仿型铣床,进口铣床设定更方便,在控制面板上选几下就可以了。你们滕机的铣床,自动化程度比人家的可是差了一大截了。"

"是啊,滕机的技术开发实在是太差了,我们的工人也都不愿意用滕机的机床。你们临一机这方面做得就很不错,这两年新推出的机床,设计上和进口机床也差不了多少了。"李永福附和道。

叶永发说:"韩总,你刚才说临一机准备兼并滕机。如果真的完全兼并了,滕机的一切能够向临一机看齐,那我们订购滕机的机床,就一点顾虑都没有了。现在两家还没有合并,你让我从滕机买一大批设备,我还真有点不踏实呢。"

韩伟昌哈哈一笑,说道:"叶总,这事也简单。如果我以临一机的身份和你签合同,你这 20 台铣床,从临一机出货,质量和售后都按临一机的标准,出了问题由临一机负责,你放心不放心?"

"和临一机签合同?"叶永发有些诧异,"那么机床是谁生产的呢?"

"滕机啊。"韩伟昌说。

"你是说,临一机去向滕机买这 20 台机床,然后再转卖给我们?"

"不是,是我们临一机雇滕机的工人生产这 20 台机床,再卖给你们。整个过程中,除了工人是滕机的,其他的都是临一机的。"

"这是个什么方式?"叶永发好奇地问道。

韩伟昌瞟了郑康一眼,说道:"小郑,我在这里跟叶总说的事情,你回去以后,不许跟任何人说,明白吗?"

"明白明白。"郑康点头不迭。

韩伟昌此时表现出来的气场,已经把郑康给镇住了。韩伟昌在滕机这些天,表现得颇为低调,包括郑康在内的滕机销售部的人员对韩伟昌都没什么特别的感觉,只知道他是周衡从临一机借过来的所谓金牌销售。滕机的人哪会在乎什么金牌不金牌的,你不就是一个销售员吗,大不了就是业绩做得好一点,有啥了不起的?

这回郑康跟着韩伟昌出来,心里虽然存着向韩伟昌学点销售技巧的想法,但并没有把韩伟昌太当一回事。直至坐到这张饭桌边,听到叶永发和李永福都一口一个"韩总"地称呼韩伟昌,而韩伟昌在他们面前也是谈笑风生,丝毫没有一点拘谨,郑康才知道原来韩伟昌是个这么牛的人。

韩伟昌其实倒也不担心郑康回去之后说长道短,他之所以要叮嘱郑康一句,只是为了在叶永发等人面前显示自己要说的话是有一定密级的,这样才能增强可信度。这就有点像有些人每次吹嘘自己的背景之前,都要欲盖弥彰地叮嘱别人不要外传,其实内心的想法却是巴不得别人把这件事传得世人皆知。

"叶总,这件事就涉及我们临一机和滕机之间的关系了。正如你知道的,滕机的内部风气,的确是有些问题。我们临一机如果直接把滕机兼并掉,只怕会消化不良,反而把自己给胀死。所以,我们唐厂长就想了一个办法,那就是先租后买。"韩伟昌说。

"先租后买?啥意思?"叶永发问道。

韩伟昌说:"我们打算先从滕机租几个车间,再租一批工人,由我们组织开展生产。这些工人如果不听话,我们直接就退回去,从滕机换一批听话的过来。未来,等到时机成熟,我们兼并滕机的时候,听话的那些职工我们全部留下。不听话的,就给点钱直接买断工龄,他们爱上哪去上哪去。"

"这么个先租后买啊。"叶永发听懂了,不禁笑道,"这倒是一个好主意。这么说,如果你们接下这20台铣床的订单,就会放到滕机去生产,工人是滕机的,但车间主任是你们临一机的。生产出来的产品,也算是临一机的产品,不是滕机的产品。"

"正是如此。"

"这倒是可以考虑。"

"叶总想一下,如果觉得合适,咱们就草签一个合同,你把铣床的具体要求告诉我,我回去让技术部门设计一下,包括你说的操作不方便的问题,我们也一并给你解决了。"

"行。如果是以你们临一机的名义,我倒是放心了。这20台铣床,我最多能出1000万。韩总给我们好好算算,别赚我们太多的钱就好。"

"瞧叶总说的,我们'黑'谁也不能'黑'叶总啊。新塔公司这么大的企业,未来肯定是我们的大客户,我们巴结还来不及呢,哪敢多赚叶总的钱。"

"哈哈,韩总真会说话。来来来,我敬韩总一杯。"

"同敬同敬。"

# 第三百一十二章　买点啥吃不香呢

这顿酒喝得宾主尽欢。叶永发是个精明的生意人,知道多一个朋友多一条路,多一个冤家多一堵墙。虽说新塔公司是甲方,滕机是乙方,但叶永发也没必要在韩伟昌面前摆甲方的架子。合作才能双赢,如果不懂这个道理,叶永发也不可能把公司做到这样的规模。

吃完饭,李永福张罗着要请大家去娱乐一下,韩伟昌看到他脸上露出的神秘微笑,就忍不住打了个寒战,想起自己在唐子风办公室里的遭遇了。他婉拒了李永福的好意,声称厂里有纪律,这种事情他是绝对不会去沾的。

见他说得如此严肃,李永福和叶永发也就不再坚持了,而是带着几分真诚地表示对韩总的节操十分敬佩,说他这才是真正做事的样子。

从饭馆出来,叶永发安排了一辆公司的小轿车送韩伟昌和郑康回酒店。在酒店门口下车后,韩伟昌看看郑康脸上那一缕失望的表情,笑着问道:"怎么,小郑,你还惦记着李总给咱们安排的娱乐活动呢?"

"没有没有,哪能啊,瞧韩、韩、韩总你说的。"郑康结巴了两句,他此前一直是称呼韩伟昌为"韩师傅"的,这会突然有些喊不出口了。叶永发那种身家几个亿的大老板都尊称韩伟昌为韩总,他一个月薪不到300块钱的小销售员,敢不把韩伟昌放在眼里吗?

韩伟昌微微一笑,说道:"你就别叫我韩总了,让厂里的人听到不合适。我岁数比你大一点,你称我一句老韩就好了。小郑啊,我跟你说,咱们出来做业务,千万要记住一点,别去贪图小便宜。

"我说句糙话,你真有那个心思,自己掏点钱去干点啥,我都可以睁一只眼、闭一只眼,不会干涉。这些私人老板请你去那种地方,没事的时候自然是没事,一旦有点什么事情,这可就是你的把柄,会被人捏在手上,到时候你就下不来台了。"

"我懂了。"郑康连连点头。韩伟昌这话,说得很是推心置腹,他没有站在道德高处,说什么洁身自好之类的,而是从利益角度入手,这就让郑康很好接受了。郑康看着韩伟昌,眼睛里闪着泪光,说道:"韩、韩哥,你真有经验,以后多教教我。"

韩伟昌点点头,问道:"小郑,你怎么样,没喝醉吧?"

"没醉,这点酒,算不了啥。"郑康说。

韩伟昌说:"那好,咱们也先不着急回屋了,酒店后面有个小花园,咱们一块走走,消消食,我也给你讲讲销售的事情。"

"好咧!"郑康应道。

二人穿过酒店大堂,后面果然有一个挺大的花园。此时已经是晚上十点多钟,花园里没有其他人。韩伟昌领着郑康,一边在花丛间走着,一边给他上课。

"小郑,今天的事情,你怎么看?"韩伟昌问。

"韩哥太牛了!"郑康说道。

"你是说我做那个零件的事吗?那算不了啥。早些年临一机效益不好,一年才发三次工资,我经常出去帮人家修机床,赚点吃饭的钱,这种现场加工个零件的事情,干得太多了。"韩伟昌感慨地说。

"不光是这个。"郑康说,"我是说,那个叶总原来连门都不让咱们进,韩哥你给他们修好机床以后,他就请咱们喝酒了,这就是韩哥你的本事了。"

韩伟昌说:"小郑,这就是我要跟你说的事情。咱们做销售的,就得学会给人当孙子,别动不动就把自己当成大爷。你想想看,咱们滕机,5000多人的国营大厂,要技术有技术,要地位有地位,结果混得还不如新塔这样一个私人企业,这是为什么?"

"国家不管咱们了呗。"郑康低声嘟哝道。对于类似于新塔这样的私人企业,他在内心是充满着羡慕嫉妒恨的,但为什么滕机不行,而新塔却能够如此红火,他一直没有想通,于是只能用厂子里最流行的一个解释,那就是国家不仗义,滕机辛辛苦苦为国家干了这么多年,最后却被一脚踢开了。

韩伟昌冷笑道:"你要是这样想,咱们滕机永远都翻不了身。你想想看,叶永发原来就是一个农民,最早起家的时候,靠的是从乡农机厂买来的一台旧机床。他当时给人家做零配件,买不到原材料,就到废品收购站去捡国营厂子扔掉的边角料。你说说看,是咱们滕机从国家得到的支持多,还是新塔得到的支持多?"

## 第三百一十二章 买点啥吃不香呢

郑康不吭声了,他岁数小,对于乡镇企业起家时候的事情不太了解。不过,韩伟昌跟他说的事情,他还是相信的,这种事韩伟昌也没必要骗他不是?

韩伟昌继续说:"咱们滕机和新塔之间的区别,就在于一个做生意的态度。你想想看,以叶总的身家,他犯得着亲自请咱们喝酒吗?咱们一个月才赚几个钱,他就算让那个刘允请咱们吃顿饭,都算是给咱们面子了,你说是不是?"

"这应该是韩哥你的面子大吧?"郑康猜测道,"他刚才不是说想买咱们滕机的设备吗,所以想跟韩哥你拉拉关系,是不是这样?"

韩伟昌说:"道理的确是这样。但是,就算他不请我吃饭,难道我就不卖机床给他了?我们不卖机床给他,吃亏最大的是咱们,而不是他。他大不了多花一点钱,去买进口机床。而咱们丢了这笔生意,全厂人就得喝西北风,你说说看,是谁最怕做不成这笔生意?"

"……"

"明明是咱们要求着人家买咱们的设备,可咱们却跩得像个大财主似的,你觉得,咱们不是傻吗?"

"……"

"咱们滕机过去的确是很牛,那是因为国内只有咱们一家生产这类机床,人家高兴不高兴都得买咱们的设备。可现在呢,不说人家可以买国外的设备,就算是国内,也已经有不少厂子在生产和咱们相似的机床,你说,咱们还有资格牛吗?"

"我就是看不惯有些小老板一副暴发户的样子,好像有点钱就了不起似的。"郑康说道。韩伟昌的话,句句诛心,让郑康有些尴尬了,他不得不找个理由来给自己撑撑脸面。

韩伟昌说:"有钱不好吗?小郑,我现在给你200块钱,让你帮我跑个腿,去外面买盒烟,你去不去?"

"……当然去!"郑康迟疑了一秒钟,终于还是说了心里话。

如果换个场合,换个对象,遇到这种问题,郑康或许会牛烘烘地喊出一句"饿死不吃嗟来之食"之类的硬话,但他心里明白,如果真有这样一个机会,跑跑腿就能够拿到200块钱,他是不可能拒绝的。

有200块钱,买点啥吃不香呢?低个头,服个软,喊韩伟昌一句"哥",就能够赚到200块钱,这样的事情凭啥不去做?

韩伟昌笑了，他说道："如果有个机会，能够赚到5万块钱，前提是你要去给叶永发倒一个月的痰盂，你干不干？"

"干！"郑康这回没再打磕巴。为了200块钱，他能够接受去给韩伟昌跑腿，那么为了5万块钱，去给叶永发倒痰盂又算个啥？别说一个月，倒上一年也无妨啊，5万块钱，都够在滕村买套房了，谁能抵得住这样的诱惑？

韩伟昌说："那我告诉你吧，我今天和叶永发谈了20台铣床的单子，加起来就是小1000万的业务额。照我们临一机的规矩，业务员可以提1%作为提成，这就是10万块。咱们俩一人一半，所以，这桩业务，你就能拿到5万块。怎么样，小郑？……小郑，小郑！"

郑康此时已经化身为一尊雕像了，眼睛瞪得滚圆，嘴张开一半，一丝哈喇子从嘴角缓缓流出，他也毫无察觉。韩伟昌说的话，实在是惊世骇俗，他那颗脆弱的小心灵完全承受不住这样的冲击。

什么，就吃这么一顿饭的工夫，自己居然就赚到了5万块钱，这一定是个幻觉吧？

要不，自己拧韩伟昌一把，看看他疼不疼？咦，为什么不是拧自己一把呢？

韩伟昌是在跟自己开玩笑吗？可是，他又有什么必要和自己开这样的玩笑呢？

如果韩伟昌说要给他发几百块钱的业务奖金，郑康或许还会客气一下，说点诸如自己并没有干啥，当不起这样的奖励之类。可韩伟昌许诺的金额实在是太大了，大到让郑康都不敢尝试去谦让一二。万一他说出什么谦让的话，韩伟昌就坡下驴，把这个承诺直接收回，自己不是傻眼了吗？

可是，这么大的好处，韩伟昌二话不说就砸给自己了，自己连句客套话都不说，真的合适吗？

"韩、韩总，你、你这是……可是，这个业务，我真的没出啥力啊。"郑康嘴哆嗦着，终于还是廉耻心战胜了贪欲。他是很清楚的，这桩业务，即便真的有这么高的提成，也不应当落到他的头上，毕竟，从头到尾，他除了给韩伟昌当背景墙之外，并没有其他的贡献。

当个背景墙，拿个500的提成也就罢了，或者，5000也马马虎虎，哪有拿5万的道理？

# 第三百一十三章　当年老韩也是这样过来的

"怎么会没出力呢？"韩伟昌看着郑康说，"你以为这个业务就已经到手了吗？后续还得了解新塔这边的详细需求，签合同，催款，盯着厂里给客户发货，未来这小半年时间里，你得准备在滕村到芮岗之间跑20个来回，你以为很容易吗？"

"跑200个来回也没问题啊！"郑康拍着胸脯说。

"还有，客户这边如果有啥要求，你得及时响应，没准有时候还得看人家的脸色，人家脸色再难看，你也得忍着。"

"忍，我忍！不就是一个脸色吗，就算他当面打我的脸，我也绝不会还手。"

"还有，厂里如果发货不及时，或者出了啥别的纰漏，你也得协调。比如生产处那边……"

"大不了我请生产处那几个调度吃顿饭呗，好烟好酒侍候着，这能花几个钱？"

"这就对了。"韩伟昌露出一个笑容，"咱们做销售的，就得有这种精神。给人赔几个笑脸，也不会掉块肉，一笔业务做下来，就是好几万的提成，人家羡慕还来不及呢。我跟你说，叶总这边可是大客户，你把这个客户哄好了，以后每年一两千万的业务都不在话下，你算算，你能拿多少提成？"

"不管多少，不都是韩总你的功劳吗？到时候韩总给我多少，我就拿多少，绝对不会有半句怨言。"郑康谄媚地笑着。他一向自诩是个有性格的人，长这么大，他还从来没在谁面前说过软话，可这一会儿，他觉得对韩伟昌说软话没有任何心理负担，似乎一切都是天经地义的。

谁让韩伟昌一张嘴就答应给他5万的提成呢？

有钱真的可以为所欲为啊。

"以后，这摊子业务就得你自己去跑了，我不可能每回都带着你。所以，以后的业务如果有提成,也是你自己的事情。该我提的部分,也是厂里明确确定的。"韩伟昌认真地说。

"可是……"郑康这才想到一个重要的问题,支吾着问道,"韩总,你说的这个提成制度,不是临一机的制度吗?"

"目前的确是临一机的制度,但未来滕机也会搞这样的制度。"韩伟昌说,"刚才在饭桌上你没听到吗,新塔这20台机床,人家不是交给滕机做,而是交给临一机做,所以要按临一机的制度来计算提成。"

"那、那、那……那和我们滕机有什么关系呢?"

郑康又结巴了。和韩伟昌在一起,他经常有一种脑子不够用的感觉。

韩伟昌说:"小郑,我问你,你希望不希望临一机兼并滕机?"

郑康下意识地摇了摇头,又赶紧改成点头,点完之后,犹豫了一下,终于还是把一束迷茫的目光投向了韩伟昌,尴尬地说:"韩总,你问我这个,我是真的回答不上了。这些天,厂里的人为了这件事,争得不可开交,就差打起来了。"

从自尊心上说,郑康和广大滕机职工一样,都不能接受自己的厂子被别人兼并,自己总有一种沦为二等公民的感觉。但听说临一机能够给自己发这么大的一笔提成,郑康又觉得"归顺"临一机也是一件不错的事情。两种心态互相交战,郑康最终把自己给绕糊涂了。

韩伟昌说:"小郑,我跟你说,面子这东西,不能当饭吃。滕机连工资都发不下去了,这个时候还死撑着个国营大厂、老厂的面子,有什么意思?临一机这几年有多红火,你知道吗?我们的工人一个月能挣2000块钱工资,滕机归到临一机来,有什么吃亏的?"

"可是,厂里不是说兼并这事被市里给搅黄了吗?"郑康问道。

韩伟昌说:"黄不黄,这得看我们唐厂长是怎么打算的。他如果想兼并滕机,光靠滕村市那几个人,能搅得黄?"

郑康问:"韩总,我怎么觉得,你对你们那个唐厂长,特别服气的样子。我听人说,唐厂长今年还不到30岁吧,真有这么大的能耐?"

韩伟昌嘿嘿笑道:"唐厂长的能耐有多大,你根本就想象不出来。我跟你说,唐厂长刚到我们临一机的时候,我们厂子衰败得都快关门了。唐厂长当时还是个厂长助理,他带着我跑到外地去讨人家欠我们厂的钱。对方那个厂子,多牛啊,谁的面子都不给,我们说让他们先归还一半,他们只答应给十分之一。

结果,唐厂长一出手,你猜咋的?"

"咋的?"郑康如一切优秀的捧哏一样问道。

"他们厂长乖乖答应把所有的欠款都还了,还给我们每人包了一个红包当辛苦费。我那个红包里是整整300块钱,啧啧啧,当年的300块钱,我拿回家去,我老婆乐得眼睛都睁不开了。"

韩伟昌陷入了美好的回忆。虽然现在的他光一块手表就值好几万,但他依然觉得当年拿到金车给的300元红包时才是最幸福的。

"你们唐厂长,是怎么办到的呢?"郑康好奇地问道。

韩伟昌一滞,旋即讪笑着说道:"这个就不好对外说了,我们厂里的职工怎么传的都有,有人说唐厂长当时是拿了块板砖威胁了对方那个厂长,还有人说拿的是管钳,反正不管怎么样,他办到了别人根本办不到的事情。"

"原来是这样。"郑康脑子里浮现出一个不可描述的场景,对唐子风的崇拜也立马增加了几十个百分点。敢于拿着板砖去威胁对方厂长的人,很符合郑康心目中英雄的形象。他对韩伟昌问道:"那,韩总,你当时是在干吗呢?"

"我嘛,啥也没干,就是找了个地方站着。"韩伟昌说。他说的是大实话,不过,听到郑康耳朵里,就觉得是谦虚了。

"我做销售,那也是唐厂长手把手教出来的。你想,我原来是搞技术的,哪会做销售啊。唐厂长带着我一家客户一家客户地跑,跑下来的业务,让我拿一半的提成,他自己是厂领导,就一分钱也不拿。你说说,这算不算是高风亮节?"韩伟昌说。

原来当年老韩也是这样过来的。

郑康明白了,对于韩伟昌承诺给他的5万元提成,也感到踏实了。他也知道,韩伟昌其实是可以一分钱都不分给他的,因为这桩业务从头到尾都是韩伟昌在谈,就算后续需要他去跑腿,给个三百五百的辛苦费,他也无话可说。

韩伟昌这样大方地分给他一半提成,这就是在学过去唐子风的做法了。

"那么,唐厂长现在对我们滕机是什么意思呢?"郑康又回到了此前的问题上。

韩伟昌说:"滕机的职工是什么德性,小郑你也应当知道了。如果我们现在兼并了滕机,未来光是伺候这帮大爷,就得把我们临一机也拖死。"

"这个……也不能这样说,滕机……有些职工还是挺讲道理的。"郑康讷讷地说道。的确,滕机职工的德性,他是非常清楚的,有多少人梗着脖子声称绝对不会接受临一机的奴役,这个时候,如果临一机兼并了滕机,滕机绝对是一地鸡毛,够让临一机的人喝一壶了。

韩伟昌没有去计较郑康的话里,他继续说道:"现在临一机的态度就是,听话的,就过来干,不听话的,那就自生自灭好了。就比如说销售部这么多人,我为什么就带你出来了?"

"因为我听话!"郑康赶紧抢答,同时在心里暗自庆幸,其实他本质上也并不算是听话的那类人,只是阴差阳错地在韩伟昌面前表现得好一点,结果就被韩伟昌抽中出来当跟班,并捡到了一个巨大的蛋糕。

他想好了,从今往后,他就是韩伟昌的金牌跟班了,韩伟昌让他往东,他绝不向西!

"所以,我今天跟你说的事情,你回去以后,一句话都不能泄漏。有时间,多和厂里的人聊聊,让他们别犯傻,老老实实和临一机合作,临一机亏待不了他们。"韩伟昌叮嘱道。

"明白明白,我知道该说啥,不该说啥。"郑康诺诺连声,又问道,"那么,韩总,咱们这次接的订单,是照你说的那样,由临一机负责,再转给滕机去生产吗?"

"正是如此。"韩伟昌说,"这桩业务,会由临一机和新塔公司签订合同,然后我们会租用滕机的设备,从滕机雇一批工人来制造这些机床。干得好的人,未来临一机会全部雇用。干得不好的,就对不起了。"

"嗯,我明白了。"郑康点头道。他开始在心里盘算,回去之后,要跟厂里那些与自己关系不错的同事透个风,让他们好好与临一机合作,千万别犯别扭。

# 第三百一十四章　我教你一手吧

"你这不是犯别扭吗？"

滕村机床厂，齿轮车间的车间主任文建民一脸无奈地对铣工高树椿说道。

前些天，滕机与临一机签署了一个合作协议，允许临一机租借滕机的厂房、设备，并雇佣滕机的工人，为临一机生产机床产品。随后，临一机拿来几台龙门铣床的订单，开始从滕机的各个车间招募工人进行生产。高树椿作为齿轮车间里技术最好的铣工，被列入了推荐给临一机的工人名单。

滕机已经有很长一段时间生产任务不足了。高树椿和他的工友们一星期倒有三四天是闲着的，只能在车间找个角落打牌消磨时间。听说有活干，大家报名都很踊跃，临一机方面当然是希望雇一批技术水平更高的工人，所以高树椿便在众人之中脱颖而出了。

按照滕机与临一机之间的协议，被临一机雇佣的工人，工资由临一机方面负担，临一机同时还会向滕机另外支付一笔费用，算是借用人员和设备的租金。从滕机方面来说，把设备和工人借给别的企业去从事生产，当然是比较窝心的事情，对方给的钱相当于设备折旧和工人工时成本，利润都由对方全部拿走了，滕机相当于替人做嫁。

但既然自己接不到订单，那么替人做嫁也总比全厂工人都闲着要强。临一机能够雇走一批工人，相当于减轻了厂里的负担。临一机支付的租金，也是厂里的一笔额外收入，虽然金额不高，也是聊胜于无吧。

周衡在厂务会上提到这件事的时候，其他几位厂领导是颇有一些微词的。大家觉得临一机此举有些欺负人，既然你们能够接到订单，而且产品也是滕机更擅长的铣床，就应当把订单直接交给滕机来生产，大不了滕机付给你们一点信息费，利润的大头还是应当留给滕机的。

可微词归微词，人家临一机不接你这个茬，你又能如何？自己的业务员不给力,同样是出去跑客户,人家临一机就能从你的鼻子底下把订单抢走,你有什么可说的?

客户不是傻瓜,他们之所以愿意和临一机签单,而不是和滕机签单,除了两家厂子业务员能力上的差异之外,人家更看重的,是临一机有更可靠的质量和售后承诺,未来有什么问题,找临一机解决,远比找滕机更让人踏实。说到底,就是滕机自己把自己的信誉给做砸了,与业务员的关系还真不是太大。

滕机的厂领导其实也知道这一点,但谁又愿意承认自己有问题呢?企业经营不善,往别人身上甩锅不好吗,自我反省这种事情,实在是太讨厌了。

话说高树椿接到自己被临一机雇用的通知之后,还是挺高兴的。现在滕机的工资还勉强能够按时发放,但工资标准比临一机要低出一大截。去给临一机干活,拿的是临一机的工资,干满一个月,拿到的钱比在滕机干活要多出一倍多,这种机会,谁不想要?

一台龙门铣床上千个零件,涉及滕机所有的工种。临一机要借用滕机的地方和设备进行生产,自然不可能把所有用到的设备都搬到一个车间里去,更何况,有些设备根本就是不能搬动的,只能在原来的地方生产。这样一来,工人们原来是怎么生产的,现在依然是怎么生产,只是负责生产调度的人由滕机的管理人员变成了临一机的管理人员。

以高树椿的想法,自己是车间里最牛的铣工,龙门铣床上的这些齿轮加工,也是他过去干惯了的,谁来管理,他都是照样干活,还能出什么岔子不成?

可偏偏就出了岔子。

分配给高树椿的业务,是加工机床变速箱里的几个大齿轮。高树椿拿到图纸,看了看各个参数,就开始干活了。他手脚麻利地把工件的毛坯夹好,装上合适的铣刀,略略对了一下进刀点,便启动机床,吱吱地开始切削起来,一套操作如行云流水,懂行的人一看就知道他是一位极其牛叉的高级技工。

在高树椿心里,存着一个不足为外人道的念头,那就是要在临一机的调度面前好好地露上一手。他这样做,并不是为了讨好临一机的调度,也不是为了其他什么私利,他只是想让这帮南方佬看看,滕机虽然经营不太景气,但虎老雄风在,滕机工人的技术,是不容小觑的,你大爷永远都是你大爷……

"咦,这位师傅,你怎么没换刀啊?"

一个声音在高树椿身后响起来,带着很浓的南方口音,还有就是用口音也

## 第三百一十四章 我教你一手吧

掩饰不住的不满。

高树椿没有慌张,他先稳稳地完成了正在做的操作,把铣刀退离工件表面,这才回过头,看向站在自己身后的那人。这个人高树椿是认识的,文建民此前给他们介绍过,是临一机派来的生产调度,名叫陈劲松。

见面的时候,陈劲松曾向大家做过自我介绍,说他也是做铣工的。他没有说自己的岁数,但从脸相上看,也就是30岁不到的样子,比高树椿小了起码10岁。高树椿有足够的自信,认为自己的铣工技术足够给陈劲松当师傅。

"你说什么换刀?"高树椿看着陈劲松,漫不经心地问道。这是一种高手对"菜鸟"的说话方式,你越表现得满不在乎,就越能显示出自己胸有成竹。

"按照工艺要求,你用三面刃刀铣完这个台阶面之后,需要换单角刀铣那两个角度槽,你怎么没换刀,先去铣直角槽了?"陈劲松用手指着放在一旁的图纸,说道。

高树椿微微一笑,说:"陈调度,你干铣工的时间不长吧?我教你一手吧,你来看,这个台阶面和这个直角槽,都是用这把三面刀,我先铣直角槽,再换刀去铣那边的角度槽,就能少换一次刀。"

"你也是干铣工的,应该知道换一次刀要耽误多少工夫吧?我先把用这把刀的操作都做完,再换下一把刀,加工一个这样的齿轮,起码能省三分之一的时间。"

"这个我懂。"陈劲松点点头,"可是工艺文件上说,要先铣角度槽,然后再铣直角槽,你得严格按照工艺文件的要求来做。"

高树椿不屑地说:"搞工艺的那帮人,压根就没干过活,你听他们的,那就是瞎耽误工夫。反正角度槽要铣,直角槽也要铣,谁先谁后,有什么区别吗?我干了快二十年铣工了,就这么一个破齿轮,我还用得着看什么工艺文件?"

陈劲松黑着脸说:"这位师傅,哪个地方先加工,哪个地方后加工,我虽然也不懂,但我相信,工艺那边是有讲究的,他们不会无缘无故地让你多换一次刀。"

"对了,我在技校的时候,听老师说过,有些工件的材料偏软,加工的时候表面容易变形,所以要留出一些时间来让表面恢复。我琢磨着,工艺上规定各个部分的加工顺序,是不是就是为了留出恢复变形的时间。如果我们违反了工艺要求,零件的精度就会受影响。我们都不了解具体的工艺设计思路是什么,所以还是照着工艺文件的要求来做是最好的。"

"你说的是技校里那一套,这些东西在工厂里吃不开。我们滕机造了几十年铣床,我自己,还有我师傅,还有我师傅的师傅,都是这样干的,你到市面上去打听打听,我们滕机的铣床精度不行?"高树椿呛道。

陈劲松显然并不擅长吵架,要论铣工技术,他也的确不是高树椿的对手。滕机是专业制造铣床的,滕机的铣床质量在行业里数一数二,高树椿说滕机几十年都是这样生产的,让陈劲松还真没啥话来反驳。

不过,陈劲松有自己的原则,那就是工艺文件上的要求是必须严格执行的,这也是这几年临一机不断强调的生产纪律。临一机过去也有一些工人不太在乎工艺文件,觉得只要自己加工出来的零件与图纸上的要求完全一致,你凭什么管我是如何造出来的。

但实际上,工艺文件上的要求往往是有依据的,这些要求都是基于理论推导以及无数经验的总结,有些要求看上去似乎是繁文缛节,但照着做就能够生产出质量更好的零件,违背了工艺要求,零件哪怕表面上尺寸、光洁度等完全一样,内在的质量指标却是达不到要求的。

要向所有的工人解释工艺文件背后的理论依据,是不现实的,所以车间里的规则就是一切严格按照工艺文件去做。你觉得有更好的办法,可以向技术部门提出合理化建议。技术部门如果接受了,则你的办法会成为新的工艺要求。技术部门如果不认可你的办法,那你就只能乖乖地照着技术部门的要求去做,不能自己随便修改工艺设计。

"这位师傅,我不管滕机过去做过多少年的铣床,既然你现在是接受了临一机的生产任务,那么就必须按照临一机的规定来做。你刚才加工的这个齿轮不符合要求,回头我找我们的工艺员来看看,如果他说还能用,那就留下来。如果他说不行,那就要当成废品,同时要按规定扣罚你的工资。"陈劲松严肃地说道。

# 第三百一十五章　老子不伺候了

"你还蹬鼻子上脸了!"

听到陈劲松的话,高树椿终于炸了。

一开始,高树椿还带着几分炫耀的心态,想让临一机的人看看啥叫金牌铣工,别以为自己能拿到订单就了不起,离了我们滕机的工人,你们能造出好铣床来吗?

及至陈劲松跟他死抠工艺文件,高树椿就有些不痛快了。都是当工人的,谁不知道工艺文件的重要性? 即便是滕机,厂里规定也是必须严格按照工艺文件生产,并没有公开允许工人随便更改工艺要求。

但规定是规定,厂里的各种规章制度多了,你又不是刚进厂没几天的新员工,哪有天天捧一本规定在手里当个宝贝的道理?

早些年,中国工业水平低,有些工业产品,能够制造出来就已经很不错了,哪里谈得上什么严格的工艺要求。比如一根轴,大家都知道应当用车削加工,但具体到先车哪个部分,后车哪个部分,每次的进给量设定为多少的时候最节省工时,同时能保证表面粗糙度要求,还要减少车刀磨损,这都是需要经过长期积累才能够形成的知识,中国当年哪有这样的积累?

所以,在很多企业,工艺文件的编制本身就是不够严谨的,有些工人自己摸索出来的经验,反而比工艺工程师的更管用,于是工厂也就默许甚至鼓励工人搞各种创新。还有以工人的名字命名的各种操作法,其中有些的确是合理的改进,有些则是以牺牲质量为代价换来表面上的省时省力。

高树椿此前的操作,就是一种取巧的方法。他把使用同一把刀具的操作放在一起完成,然后换下一把刀,这样就节省了换刀的时间,表面上看是有可取之处的。但正如陈劲松说的理由,有时候,工艺工程师是故意要把几个操作分开,虽然增加了换刀的次数,却能够换来零件质量的提升。在这种情况下,如果工人擅自修改加工顺序，工程师们的设计就落空了。

高树椿并不认为自己的做法有什么不对，但他也知道，陈劲松抓着这个把柄跟他较真，他终究是理亏的。如果陈劲松换一个更和缓的态度，再如果高树椿没有看不惯临一机的心态，这件事其实是比较好解决的。但陈劲松并不是一个擅长与他人沟通的人，而高树椿也的确存着看不上临一机的心理，二人话赶话，出现矛盾也就是必然了。

"怎么回事？"正在车间的另一端与工人说话的文建民听到这边的动静，赶紧跑过来了，向二人同时问道。

"这位师傅不按工艺要求做，我提醒他，他不听。"陈劲松指着高树椿，向文建民投诉道。高树椿是滕机的职工，陈劲松对他没有管理权，只能向文建民告状。

"小高，有这事吗？"文建民向高树椿求证道。

"是他故意找碴。"高树椿愤愤地说道，接着便简单地把事情的经过向文建民说了一遍，其中自然要强调一下自己作为一名资深技工，对于工艺问题是非常了解的，而这份工艺文件中的要求，有诸多不合理之处，自己选择一个更好的方案，是毫无问题的。

"这个……"文建民为难了。如果这桩活是滕机自己的活儿，他怎么说话都可以，即便觉得高树椿的处理不当，他也可以提出"下不为例"，至少让高树椿有个缓冲的台阶。

他这个车间主任也不是混来的，当年他也曾是一名优秀技工，懂得一些工艺问题。他知道，高树椿的处理方法，即使不对，对零件质量的影响也不大，属于可以睁一只眼闭一只眼放过去的。好好跟高树椿讲讲道理，让他后面的零件严格照着工艺要求来做，也就罢了，能有多大的事儿呢？

可眼前这事，却不是他能够做主的。陈劲松是临一机的人，这桩活儿也是临一机的活儿。人家一口咬住，说临一机的要求就是如此，文建民能说啥？

临一机是与滕机齐名的国营大厂，你指责临一机的工艺文件不合理，人家能接受吗？唐子风把陈劲松等一干临一机人员派来的时候就说过，这批产品虽然是放到滕机制造，但将来打的是临一机的牌子，如果质量上出了问题，丢的是临一机的面子。所以，所有的工人都必须严格执行临一机的生产要求，做不到这一点的，就别来凑热闹了。

## 第三百一十五章 老子不伺候了

对于临一机的这种说法，滕机的一干领导和中层干部是很不以为然的，自己又不是没有生产过机床，甚至当年滕机的技术水平还是高于临一机的，啥时候轮到你们在我们面前扯什么生产要求了，这不是拿着鸡毛当令箭吗？

可陈劲松恰恰就是拿着唐子风给的这根鸡毛当令箭，非说高树椿的做法不对，他已经加工到一半的这个零件要作为废品，还要因此扣高树椿的工资。对此，文建民还真找不出什么办法来打圆场。

"陈调度，你看这样行不行。高师傅是我们车间里技术最好的铣工，经他手加工出来的零件，在我们厂里一直都是免检的。你说他违反了工艺要求，这可能只是一个误会，主要是我们滕机的工人不太熟悉你们临一机的工艺文件。

"现在这个齿轮已经加工到一半，要不就让高师傅先把它做完。后面的齿轮，让高师傅严格照着工艺要求做，你看怎么样？"文建民客气地说。

"不行！"

"不行！"

陈劲松和高树椿同时说道，说完二人才发现对方居然和自己说得一样，不禁又互相瞪起眼来。

文建民一愕，他看了看高树椿，又看了看陈劲松，最终还是先向陈劲松开口了：

"陈调度，你觉得哪里不行？"

"现在这个齿轮，高师傅没有照着工艺要求做，按照我们临一机的规定，需要先撤下来，听听工艺那边的意见。如果工艺觉得还可以做下去，我们才能继续做。如果工艺觉得不行，那就只能当成废品。"陈劲松虎着脸说。

刚才高树椿与他同时喊出"不行"这句话，让他觉得很是愤怒，明明是你做错了事情，你们主任在给你说情，你还叽叽歪歪说不行，你把自己当谁了？

"这个没必要吧？"文建民也有些不高兴，他说道，"小陈，工艺上的事情，我多少还是懂一点的，小高没有照着工艺要求做，是他的不对，但是……"

"我怎么就不对了！"

没等文建民把"但是"后面的理由说出来，高树椿先不干了，他梗着脖子说："这个工艺文件本身就是多余的。我当了快二十年铣工，像这样的齿轮我做过没有一万，也有八千，哪个齿轮出过问题？怎么，来了个临一机，我们滕机连齿轮都不会造了，还要临一机来教我们造齿轮？"

231

"小高,话也不能这样说。"文建民满头大汗。

此时,车间里的不少工人都已经围过来了,听到高树椿的话,有人甚至还叫了一声好,显然是看热闹不嫌事大的意思。这几个月来,厂里一直都在讨论临一机兼并滕机的事情,大多数工人心里对临一机是存着一些芥蒂的,现在看到高树椿跳出来与临一机叫板,大家本着帮亲不帮理的心态,自然而然就站到高树椿一边了。

"过去咱们滕机怎么生产,这都是咱们自己的事。现在咱们是承接了临一机的生产任务,就得照着他们的工艺要求去做,这叫……叫客随主便吧。"文建民硬着头皮挤出一个成语来。

"什么狗屁客随主便,文主任,这里谁是主,谁是客?这是咱们滕机的地盘,怎么这么个南方佬就成了主人了?"高树椿指着陈劲松,语气不屑地说道。

"对,这是滕机,咱们才是滕机的主人!"又有人跟着喊起来了。

"起什么哄!"文建民对众人吼了一嗓子,然后转向陈劲松,问道,"陈调度,你看这件事,还有没有商量的余地?"

"我没有这个权力。"陈劲松摇了摇头,周围满是充满敌意的目光,让他有些胆怯。但要说顺着滕机人的意思,放弃工艺要求,他是绝对不敢的,他也的确没有这个权力。

"老子不伺候了!"高树椿被陈劲松的态度彻底激怒了,他转过身,从机床上把那个加工到一半的齿轮卸下来,举在手上向陈劲松晃了晃,说道,"你不是说老子做的齿轮是废品吗?那就当废品好了,这坨子铁值多少钱,直接从老子工资里扣!老子不差这点钱!"

说罢,他把那齿轮往一旁的废料箱里使劲一扔,然后转身便走,那姿势极其雄壮。

"这……这是何必呢!"文建民跺着脚。

平心而论,陈劲松的态度,让文建民也很不好接受,但高树椿这一手,却彻底把事情给推到无法收拾的境地了。文建民是车间主任,不能像高树椿那样快意恩仇,或者说不能像高树椿那样任性。与临一机的合作,是厂里的决策,他把这事弄砸了,该怎么向厂里交代呢?

"这个情况,我只能向古处长汇报了。"陈劲松面无表情地说道。

# 第三百一十六章　你长能耐了

"不愿意干就换人吧,强扭的瓜不甜嘛。"

听到被派往滕机协调代工生产的临一机生产处长古增超的汇报,周衡一副满不在乎的样子,笑呵呵地说道。周衡在临一机当厂长的时候,古增超就是生产处长,算是周衡的老部下了,所以周衡对他说话是可以很随便的。

"可是,周厂长,此风不可长啊!"古增超苦着脸提醒道。

周衡反问道:"此风为什么不可长?"

古增超一愕:"如果大家都学这个高树椿,那咱们的任务不就完不成了吗?"

周衡笑着说:"你怎么会觉得大家都会学这个高树椿呢?"

古增超说:"我只是担心会有这种可能。高树椿的行为,明显是违反规定的,如果不对他进行严肃处理,以后大家都会学样,咱们的生产就没法维持下去了。周厂长,我听说滕机很多工人都支持高树椿,说他是条汉子,还说要和他一样,抵制临一机的生产。滕机这边对于这种情况,难道就打算坐视不管吗?"

周衡冷笑道:"正因为有很多工人都支持高树椿,所以我们现在才不适合对他进行严肃处理。小古,你知道唐厂长为什么不急于兼并滕机,而是采取了现在这种办法?"

古增超点点头,说:"唐厂长跟我们说过,这叫温水煮青蛙战术,怕一下子把滕机兼并过去,滕机的工人接受不了。"

周衡说:"就是这个意思。滕机是一家老企业,历史比临一机还长,而且过去在部里的地位也比临一机还要高。厂里的工人都有一些傲气,觉得自己的厂子被临一机兼并是一件很不光彩的事情。在这种情况下,如果我们仓促地推进临一机对滕机的兼并,必然产生文化上的冲突,到时候真的闹出滕机职工集体抵制的事情就麻烦了。

"所以,小唐和我商量,先用这样的办法,吸收一部分滕机的职工帮临一机工作，拿临一机的工资，但同时要服从临一机的管理。如果这些人不愿意接受临一机的规章制度约束，那咱们也不强求，由着他们自己去。等到月底发工资的时候，大家就会知道该如何选择了。"

"我明白了！"古增超笑了起来。

周衡这话说得也太直白了，不过古增超喜欢。这些天，古增超在滕机也打听过，知道滕机职工的月工资才300多元，而临一机的职工工资已经超过1000元了。这些被安排为临一机生产的滕机职工，干满一个月就可以按临一机的工资标准拿钱，相当于滕机工资的3倍，但凡脑子没进水的人，也知道该如何选择了。

"高树椿扔掉的那个齿轮毛坯，暂时不要计较，以免激化矛盾。未来如果高树椿改变主意了，想接受临一机的工作，那就要先赔偿这个毛坯的材料费，然后才能上岗。"周衡又交代道。

"明白。"古增超答应得很爽快。

一个齿轮的材料费也就是几十元钱，正常生产时也会有一定比例的损耗，计较与不计较都是无所谓的。这个时候去让高树椿赔偿材料款，只会激化矛盾，于事无补。

而如果未来有朝一日高树椿屈服于临一机的"金钱攻势"，打算低头了，届时再向他索赔，就相当于让他为自己的冲动买单，相信能给他留下一个更深的教训。周衡的这个安排，可以说是老谋深算了，古增超只能佩服。

高树椿当众折了临一机调度的面子，大家都等着看本厂以及临一机会有什么反应。谁承想，这块石头扔到水里去，并没有激起任何波澜。古增超与文建民沟通了一下，文建民便安排了另外一位铣工去接替高树椿的工作。也不知道文建民事先跟他说了些什么，这位新安排过来的铣工没有像高树椿那样使性子，而是老老实实地照着临一机的工艺文件操作，没有再与陈劲松起什么争执。

"这事就完了？"

家属院里，几个大老爷儿们凑在一起，聊起高树椿这件事，都觉得有些意兴索然。大家先前都觉得临一机那边应当会有所反应，或者滕机的厂领导应当会下来做做工作。高树椿已经在私底下放了话，说自己宁可饿死，也不受临一机的气，在滕机的地面上，凭什么让临一机的人耀武扬威。有不少人也已经准备好了要以某种方式声援高树椿，结果却落了个空。

## 第三百一十六章 你长能耐了

"估计这些南方佬也觉得自己理亏吧,不敢和老高龇牙。"一位名叫宁大喜的工人猜测道。

"我还就等着他们龇牙呢,到时候,骂不死他们!"另一位名叫林奔的工人说。

"龇牙又能咋的?我还怕了那个小年轻不成?"说这话的正是高树椿本人,作为事件的当事人,他在这个场合里隐隐有些被当成意见领袖的感觉,这种感觉让他颇为受用。

"我学铣工的时候,那个调度估计还在穿开裆裤呢,居然还敢教我怎么铣齿轮,反了他了!"高树椿用高傲的口气说道。

"没错,老高的技术,搁在整个系统内也是排得上号的,只有他教人家的份儿,谁有资格教他啊!"林奔夸张地说道。

"老林,你这是毁我呢!"高树椿假意地骂道,"我那两下子,得看跟谁比。搁在咱们滕机,我那两下子是不够看的,如果拿到临一机的人面前,哼哼,足够当他们的师傅了。"

"就是!咱们滕机造机床的时候,临一机还在造锄头呢。"

"听说临一机这几年效益好,也就是他们那个厂长有点路子,能够弄来业务。如果把这些业务交给咱们滕机,干得肯定比他们强。"

"强出百倍也不止了。"

大家越吹越得意,最后自己也觉得有些离谱了,不禁都尴尬起来。自家的事情自家知道,滕机有技术底子不假,但这些年一是技术逐渐陈旧,二是厂里的规章制度执行不严,产品被用户投诉的事情不断增加,反而是临一机的产品口碑越来越好。厂里的销售员出去跑业务,带回来的消息让人颇有些脸上无光,自己再这样吹,也实在是吹不下去了。

"主要是销售部那帮人不争气。如果他们争点气,咱们厂也不至于落到替临一机打工的份上。"宁大喜愤愤地说。

"没办法啊,有钱的王八大三分。你看,老高不给他们干了,老胡不是巴巴地就贴上去了?人家还真不怕咱们撂挑子。"林奔说。

他说的老胡,正是车间里接替高树椿去给临一机干活的那位工人,名叫胡荣根,技术比高树椿差出一截,最大的优点就是老实本分,属于一板一眼老实干事的那类。

这个话题与高树椿有关,所以高树椿也就不便评论了,他说道:"唉,老文也不容易。周衡可是从临一机过来的,虽然说现在是咱们滕机的厂长,可他的心也是偏着临一机那边的。他发了话,老文敢不照办吗?"

"那这事就这样过去了?"林奔问。

"不过去怎么办? 他们还想让老高赔那个毛坯的钱?"宁大喜说。

高树椿装出凛然的样子,说:"我还等着他们让我赔呢,不就是50块钱吗,老子赔得起。"

林奔说:"老高,你当时也是冲动了。其实我看文主任的意思,是想糊弄糊弄,其实那个零件还能用。你把零件往废料箱里一扔,那可就真的报废了,如果厂里非要让你赔,你还真找不出不赔的理由。"

"我就是打算赔的。"高树椿说,"我用不着他们高抬贵手,既然觉得我干得不对,那就直接报废呗,别回头把那个零件装到机床上,出了问题还说是我的责任。不就是50块钱一个毛坯吗,我大不了全家人吃一星期水疙瘩,省下菜钱也会赔给他们。"

"高树椿,你长能耐了!"

高树椿话音未落,就听到一个女声在旁边响起,吓得高树椿打了个哆嗦。这声音,他再熟悉不过了,说话的正是他老婆苗彩英。

"你犯什么别扭!"苗彩英来到高树椿面前,指着他的鼻子斥道,"我刚听人说,你在车间里又抖威风了,把文主任都给晾了,还当着文主任的面,砸了个零件毛坯。你发财了是不是? 人家争破头皮都要去干临一机的活,你呢,分到手里的活都敢撂挑子,还敢扔零件,我原来怎么没发现你有这么大的能耐呢!"

"我……我这、我这当时不是气不过吗?"

高树椿骤然间就矮了五公分。别看他平时在别处牛烘烘的,厂里又有几个人不知道他是个典型的"妻管严"呢?

其实,这两天,高树椿一直没敢把车间里的事情告诉老婆,而且还在苦恼,万一车间要他赔偿那个零件毛坯的材料款,他该从哪去弄这笔钱。他目前偷藏起来的私房钱只有30多块,而这一个零件毛坯,按厂里的价格来计算,起码也得50多块。如果真要赔钱,他就不得不想办法撒个谎,从苗彩英那里再讨20

## 第三百一十六章　你长能耐了

块过来才够。

没等他把准备撒的谎编好,苗彩英已经从其他人那里听说了这件事,正气呼呼地跑来,准备向高树椿兴师问罪,却又听到了高树椿刚才吹出的牛皮,说什么要全家吃一星期水疙瘩啥的,苗彩英岂有不雷霆震怒的道理?

## 第三百一十七章　不就是吃水疙瘩吗

给苗彩英传消息的，是滕机的一位职工家属，名叫萧桂英，她现在的身份是丽佳超市滕村店的一名管理人员。

如今滕机的人都已经知道，丽佳超市是在临河起家的，丽佳超市的老板正是临一机的家属。大家还知道，丽佳超市之所以会到滕村这样一个三线城市来开分店，全是因为厂长周衡的面子，而丽佳超市的滕村店开业后，也的确招收了几十名滕机的家属。

丽佳超市的效益不错，所以这些在丽佳超市上班的家属拿的工资，甚至比她们的丈夫在滕机拿的工资还高，这些人也就因此成了铁杆的"临粉"。在最近厂里关于临一机兼并滕机一事的议论中，这些人都是坚定地站在临一机一边的。

据萧桂英说，临一机原本是打算兼并滕机的，但此事被滕村市给搅黄了。临一机的那个年轻副厂长在滕村市政府那边碰了一鼻子灰，已经放出话来，说滕村市如果不低头，临一机是绝对不会兼并滕机的。

虽然不会兼并滕机，但临一机依然眼馋滕机在铣床制造方面的能力，所以未来一段时间会从滕机挖一批人走，有些人会被调到临河的临一机本厂去工作，还有一些人会在滕村本地安置，成为临一机滕村分厂的职工。

"挖人的总数嘛，大概就是咱们厂职工的1/3，一千六七百人的样子。彩英，这个数字是绝密的，我只告诉了你，你可别出去说。"萧桂英在向苗彩英传话的时候，神秘兮兮地叮嘱道。类似这样的话，她已经说过上百遍了，苗彩英此前也已经通过各种辗转的渠道听到过，此时只是再听一次原版而已。

嗯嗯，还是萧桂英版的原版，厂里流传的版本也是有十几个不同原版的。

"挖走一千六七百人，那岂不是和厂领导关系好的人才有机会，像你家老李那种？"苗彩英向萧桂英求证道。

## 第三百一十七章 不就是吃水疙瘩吗

"才不是呢!"萧桂英说,"人家南方人精着呢,他们才不管你跟谁熟不熟,只挑那些技术好的。像我家老李那种没技术,光会跑跑腿的,肯定是没戏了。"

萧桂英的丈夫李生泉是厂里后勤处的一名科长,的确是不懂什么技术的。不过黄丽婷曾代表唐子风向萧桂英两口子保证过,只要他们愿意在这段时间里帮临一机多做点宣传,未来不管临一机接受滕机多少人,必定会给李生泉留一个名额。

否则萧桂英能这样上赶着到处宣传吗?

"可是,如果把这些技术好的工人都挖走了,咱们滕机不就垮了吗?"苗彩英担心地说。她也是厂里的职工,像她这种双职工家庭,全部的生计都拴在工厂身上,所以是最担心工厂垮台的。

萧桂英说:"彩英,你别天真了,就算这些工人都留下,滕机早晚还不得垮掉?现在咱们厂里还有周厂长坐镇,他能弄来一些业务,大家吃不饱,也饿不死。等到周厂长一退休,咱们厂还有什么指望?"

"唉,说得也是。对了,萧姐,你说临一机只要技术好的工人,你看我家老高应当没问题吧?他的铣工技术,在齿轮车间是数一数二的。"苗彩英求证道。从她心里来说,觉得如果临一机要挖技术最好的工人,她丈夫高树椿肯定是会入选的,不过,这种事情总得别人帮着确认一下,她心里才踏实。

谁知她此言一出,就见萧桂英冷笑起来,说道:"你家高师傅的技术,那肯定是没说的。可不是我说你啊,彩英,你也得劝劝高师傅,平时脾气别那么大,人在屋檐下,有时候也得低低头,是不是?"

苗彩英一愣:"萧姐,你这话是什么意思?难道我家老高又跟谁闹别扭了?"

萧桂英说:"彩英,你还不知道?厂里都已经传开了,说高师傅在车间里和人家临一机派来的生产调度打起来了,拿着这么大一个零件毛坯就往人家脑袋上夯,还好人家躲得急,要不这一夯下去,还不得出人命?"

"啊!"苗彩英顿时就惊得呆住了,萧桂英比画的零件尺寸,有磨盘大,这不得有好几百斤,这是能往人脑袋上夯的东西吗?当然,苗彩英身为车间里的工人,也是有点常识的,知道齿轮车间里生产的齿轮是多大个头,这种磨盘大的零件,应当是演绎出来的。不过,就算是小个一点的零件,也不能拿来夯人啊,更何况还是夯临一机派来的调度。

萧桂英说:"这件事,听说让厂里压下去了。不过,给临一机干活的事情,已经换给其他人去做了。经过这件事,我跟你说,未来临一机如果要从滕机挖人,高师傅怕是没戏了。啧啧啧,临一机现在一线工人的工资能拿到1500块,抵得上咱们厂里四五个月的工资,你说说看,高师傅这是何苦呢?"

苗彩英哪里还能听得下去,当即就去找高树椿了。高树椿的目标也挺明显,正站在树荫下和几个工友吹牛,苗彩英还没走到跟前,就听到高树椿说什么大不了全家吃一星期水疙瘩之类的话,苗彩英当即就炸了。

"你发疯啊!人家说你两句怎么啦,你还成皇上了,说不得骂不得是不是?你还拿着零件往人家脑袋上夯,你有本事倒是往我脑袋上夯啊,把我夯死了,你还能少买二斤水疙瘩是不是!"苗彩英冲着高树椿就是一通呵斥。

"我没有啊!"高树椿叫着屈。自己啥时候拿零件夯人了,好吧,自己当时其实是有一点那样的冲动的,可那毕竟只是一个设想是不是?

"苗师傅,你消消气,老高那也是看不过去那群南方佬在我们面前指手画脚的。你说,老高那技术,还用得着临一机的人教他怎么干活吗?"宁大喜在一旁帮高树椿开脱着。

他不说还好,这话一出口,苗彩英更是气不打一处来了:"人家指手画脚怎么啦?人家临一机一个月能拿1500块钱的工资,咱们才拿几个钱?人家有这个本事,就该人家指手画脚,咱们不服咋的?"

"我还真就不服!"高树椿呛道。搁在平时,他肯定是不敢对苗彩英呛声的,可现在旁边还有其他人,而且在几分钟前,他还是这一群人中的意见领袖,是享受着众人崇拜的目光的。苗彩英上来就对他一通训斥,这让他觉得自己很没面子,于是犟脾气便上来了。

"你说啥?"苗彩英也没想到丈夫还会顶嘴,她瞪着高树椿喝问道,"你不服谁?"

"我不服临一机那帮人。"高树椿说。打死他他也不敢说是不服苗彩英,把矛头指向临一机的人,苗彩英应当能放他一马吧?

"我呸!"苗彩英直接向高树椿虚唾了一口,"人家巴结着临一机的人都来不及,你还说什么不服。我跟你说,高树椿,你现在就去找文主任,让文主任带着你去找临一机的人赔礼道歉,啥时候人家原谅你了,啥时候你回家吃饭。"

"凭什么呀!"高树椿彻底地恼了,冲着苗彩英便吼了一句。

高树椿当然也是有脾气的人,甚至他的脾气在厂里还是排得上号的,否则

## 第三百一十七章　不就是吃水疙瘩吗

也不至于成为第一个与临一机方面发生冲突的人。他平日里让着苗彩英，是本着"好男不和女斗"的想法，现在听到苗彩英居然逼他去向临一机的人道歉，还要求得人家原谅，他脸上可就挂不住了。

高树椿此时的心态，可以说是恼羞成怒。在与陈劲松发生冲突，并当着众人的面把那个加工到一半的齿轮扔进废料箱之后，高树椿就已经有几分后悔了。扔零件那个动作很酷，但带来的后果也很严重。他做出这个举动，就相当于彻底与临一机方面撕破脸了，除非他自己觍着脸去找人家讲和，否则人家是不会再接收他的。

拒绝给临一机干活，就相当于失掉了一个能够赚两三倍工资的机会，而且还面临着赔偿零件材料款的风险，高树椿能不焦虑吗？他之所以在宁大喜、林奔等人面前夸夸其谈，其实恰恰是为了掩饰自己的焦虑，给自己的行为寻找一些同情。

在这种情况下，苗彩英冲上来撕开了他的伪装，让他不得不直面自己的错误，他岂能接受得了？

"有钱就了不起吗！有钱就可以对我指手画脚吗！老子就是不给他们干，老子宁可天天吃水疙瘩，也不在乎他们的山珍海味！"高树椿发出了大义凛然的宣言。

"好好好，高树椿，你有种！"

苗彩英气得嘴唇直哆嗦。结婚十几年，高树椿当然也犯过别扭，但像这次这样蛮不讲理的情况，苗彩英还是第一回见。

"你喜欢吃水疙瘩是吧！那你就带着你儿子吃水疙瘩去吧！家里还有四斤水疙瘩，够你们爷俩吃一星期的。我回我娘家去，这些天，你们爱吃什么吃什么！"

苗彩英撂下一句话，转身便走，带走了一阵小风。

"老高，这……"众人都傻眼了，纷纷用目光提示着高树椿，让他赶紧去追老婆，老婆生气了，后果很严重。

"喊！吓唬谁啊，不就是吃水疙瘩吗？咱爷们又不是没吃过！就吃一星期给那老娘们看看，谁怕谁啊！"

高树椿看着老婆远去的背影，发着色厉内荏的宣言。

## 第三百一十八章　酱肉好吃吗

所谓水疙瘩,也称为大头菜,是北方很常见的一种咸菜。在早些年商品经济不发达的时候,北方一到冬季就没什么蔬菜了,切一盘水疙瘩下饭是再平常不过的事情。高树椿扬言能够吃一星期水疙瘩,也是基于自己的童年记忆。想当年,肉蛋鱼啥的都是凭票供应,父母的工资要养全家六七口人,像高树椿这种滕机子弟,哪个不是吃着水疙瘩长大的?

吃水疙瘩咋了?吃水疙瘩也比去看临一机那帮王八蛋的臭脸要强!

高树椿夹了一大筷子水疙瘩丝塞进嘴里,嚼得咯吱作响。其实,现在他家吃的水疙瘩,比他小时候吃的已经改良许多了,最起码舍得放油了。

"爸,怎么又是水疙瘩啊?"

儿子高凯歌一脸苦相,看着桌上的菜抱怨着。

"你妈跟我吵架了,回你外婆家去了。她没留下钱,就留了几个水疙瘩,所以咱们就只能吃水疙瘩了。你不是还吃了一个鸡蛋吗?"

高树椿指着儿子面前的鸡蛋壳提醒道。苗彩英说到做到,还真的就扔下他们爷儿俩,自己回娘家去了,连菜金也没给他们留下,只留了四斤水疙瘩和六七个鸡蛋。高树椿把水疙瘩切成丝炒了几大盘,作为父子俩的下饭菜,每顿饭再给儿子煮一个带壳的白水鸡蛋作为补充。因为苗彩英留下来的鸡蛋数量不多,高树椿自己都没舍得吃。

"可是我们已经吃了三天水疙瘩了。妈妈什么时候回来啊?"儿子带着哭腔问道。他今年12岁,正是最能吃的时候,每天光吃水疙瘩加一个鸡蛋,远远不够身体的需要。

高树椿叹了口气,说道:"我也不知道,你妈那个脾气你又不是不知道,不等她气消了,她是不会回来的。"

"可是我再也不想吃水疙瘩了。"高凯歌说。

## 第三百一十八章 酱肉好吃吗

"你这才吃了几天?"高树椿斥道,"当年我像你这么大的时候,一个冬天都是吃水疙瘩,还没这么多油。那时候,一个人一个月才供应四两油,难得有一个鸡蛋吃,都跟过年似的。"

"可那是你小时候啊。"高凯歌说,"现在都快到21世纪了,谁家还成天光吃水疙瘩呀!"

高树椿心念一动,对儿子问道:"如果咱们家没钱了,必须天天都吃水疙瘩,你受得了吗?"

高凯歌一愣,随即认真地问道:"爸,咱们家为什么会没钱了?"

"我是说如果……"高树椿说。

高凯歌沉默了片刻,幽幽地问道:"是不是你和我妈都要下岗了?"

高树椿分明看到儿子眼睛里有什么东西闪了一下,似乎是一星泪花。他赶紧改口,说道:"不会的,你爸这么好的技术,怎么可能下岗呢?我只是考验考验你而已。"

高凯歌不吭声了,他伸出筷子,夹了几根水疙瘩丝到自己的碗里,然后开始埋头吃饭,一副极其懂事的样子。

高树椿腾地一下就站了起来,他用手抚了一下儿子的头,说道:"儿子,你先别忙吃,走,我带你到陈师傅那里买块酱肉去。"

"你不是说我妈没留下钱吗?"高凯歌抬起头看着父亲,狐疑地问道,脸上却分明有了几分喜色。

"男人哪能没点私房钱啊?"高树椿向儿子自豪地说道。

在儿子惊奇而崇拜的目光的注视下,高树椿从家里的五斗柜底下翻出一张10元面额的钞票,然后便带着儿子出了门,前往离家不远的一个小卖部。那个小卖部是厂里职工开的,除了卖烟酒糖果之外,还卖店主自己做的酱肉。以往,家里没什么好菜的时候,苗彩英就会去买几两酱肉回来给高凯歌吃,这也是高凯歌的最爱。

"爸,你也吃啊。"

买了酱肉回来之后,高凯歌便把刚才父子俩的谈话给忘了。他把放酱肉的盘子往高树椿那边推了推,示意高树椿也吃一点。

高树椿笑着把盘子又推回到儿子面前,说道:"我不吃。你妈不是成天嚷嚷着让我减肥吗?我得少吃肉才行。"

"你不肥,我妈才肥呢,她不能吃肉。"高凯歌埋头吃着酱肉,含含糊糊地说道。

"儿子,酱肉好吃吗?"

"好吃。"

"想天天吃吗?"

"想。"

"那我天天给你买。"

"唔……"

"你在家慢慢吃,吃完把碗筷洗了就去写作业,我出去一趟。"

"好。"

高凯歌答应得很痛快,他的注意力都集中在酱肉上了。

高树椿拿了盒烟,出了家门,向着文建民家的方向走去。一开始,他走得很慢,心里五味杂陈。走着走着,他的脚步就快了起来。走进文建民所住的单元楼门,他噔噔噔三步并作两步地上了楼,来到文建民家的门前。

笃笃,笃笃笃!高树椿敲响了房门。

"谁呀?哟,小高,你怎么来了?"

文建民开了门,见门外站的是高树椿,他略微有些错愕,但随即便伸手招呼高树椿进门了。像滕机这样的老厂子,大家也没什么个人隐私之说,工人有事跑到领导家里去谈是很平常的事,文建民的家人也不会觉得不妥。

高树椿在文建民家客厅的沙发上坐下,文建民的夫人给他端来了一杯水,又和他寒暄了两句便回卧室去了。文建民坐在高树椿对面,正准备拿烟,高树椿已经把自己的烟盒掏出来了,并给文建民递了一支。

二人就着文建民的打火机点着了烟,各抽了两口之后,文建民问道:"怎么,小高,你有事找我?"

高树椿努力地在有些僵硬的脸上挤出一丝笑容,说道:"文书记,那天的事情,是我错了,我向你做检讨。"

"检讨?"文建民愣住了。高树椿向他做检讨,而且是主动检讨,这在文建民的记忆中还是第一次。

高树椿是本厂子弟,80年代初顶班进厂,从学徒工做起。年轻的时候,因为不懂事,再加上性格不好,也是犯过不少错的,在车间主任面前做检讨不是一次

## 第三百一十八章 酱肉好吃吗

两次了。但当文建民到齿轮车间当主任的时候,高树椿已经是30多岁的人,技术上也有一套,属于车间里比较有地位的工人,平时哪怕是犯点小错,文建民也不敢让他检讨,甚至连批评他一句,都要带着几分笑脸,生怕搞坏了关系。

这一次高树椿与陈劲松发生冲突,还当着文建民的面砸了一个零件毛坯,这就属于比较严重的事情了。但文建民依然没想过要让高树椿做检讨,这几天还在琢磨着找个什么办法给高树椿顺顺气,免得矛盾进一步激化。

高树椿在外面放言要和临一机斗到底,这话也传到了文建民的耳朵里,让他觉得好生无奈。可就在文建民觉得此事难以解决的时候,高树椿却主动跑上门来做检讨,这是怎么回事?

"小高,检讨不检讨的,你也是车间里的老人了,用不着这个的。"文建民字斟句酌地说,"这次的事情嘛,其实都怨我,是我没有……"

"这事不怨你,是我自己犯贱,我自己欠收拾。"高树椿打断了文建民的话,自轻自贱地说道。认栽这种事情,想起来挺难堪,但只要开了口,似乎也没那么难。

不就是低个头吗?我就低头了,怎么的!我不是为自己低头的,我是看儿子的分上,就为了让我儿子能够天天吃上酱肉,我就低头了!

高树椿在心里对自己喊道,同时有了一种崇高的感觉。

"不不不,小高,你不用这样说,谁还没个脾气呢?哎哎,你有这个态度就好,好得很。你有这个态度,事情就好解决了。"文建民欢喜地说道。

"古处长和陈调度那边,会不会有什么意见?"高树椿问。

文建民说:"不会的,不会的。你放心,古处长和陈调度都是很好说话的人,大家都是为了工作嘛,怎么可能会跟你计较呢?"

"我明白了。"高树椿点了点头。文建民的意思,其实是说临一机那边根本就不在乎这件事,你高树椿不想干,自然会有其他人顶上来。你高树椿愿意道歉,人家也接受,这叫大人不计小人过。说到底,人家就没把你当一棵葱,也就是你自己在那穷嘚瑟而已。

"那么,车间还会安排我去干临一机的活吗?"高树椿又问道。

"没问题!"文建民大包大揽,"这事我说了就能算。陈调度那边,回头你跟人家客气两句。你的技术在那摆着,人家不可能不要你的。"

"那我就谢谢文主任了。"高树椿站起身,向文建民深深鞠了一躬,便告辞了。

　　文建民一直把高树椿送下楼,说了很多宽慰他的话,高树椿只是笑着点头,表现得像个听话的中学生一般。

　　离开文建民家的楼门口,高树椿没有急着回家,而是走到了一片小树林里。这片小树林位于家属区的一角,是职工和家属们晨练的地方。此时已经是晚上八点多钟,大家都猫在家里看电视,树林里静悄悄的,只在几个角落里藏着几对热恋中的小年轻,这些人自然也是没工夫注意到高树椿的。

　　高树椿踱到一处小石凳旁,坐了下来。他摸出一支烟,叼在嘴里,伸手再去摸打火机,却发现打火机忘在家里没有带出来。他把烟从嘴里拿下来,捏在手上,眼睛怔怔地望着树林里斑驳的光影,思绪纷乱。

　　忽然,两颗豆大的泪水从他的眼眶渗了出来。他扔了烟,用手捂着脸,无声地痛哭起来。

## 第三百一十九章　学霸的做事风格

"喂,媳妇,咱几点出门啊?"

清华南门外,某个颇有些档次的住宅小区的一套单元房里,唐子风坐在电脑前,一边懒洋洋地用鼠标指挥着屏幕上的几个农民砍树,一边对坐在另一侧同样对着电脑屏幕却眉头紧锁的肖文珺问道。

自从年初肖明到京城与唐子风的父母见过面之后,唐子风与肖文珺的关系便升了一个台阶。唐子风每次回京城来,住在家里的日子反而不如住在这套房子里的日子多了。

这套房是肖文珺用自己挣的钱买的,原本只是为了偶尔过来住住。后来宿舍里另外两个女生都搬出宿舍了,肖文珺一个人待在宿舍里也没意思,便也完全搬了出来。

住都住到一起了,唐子风便自然而然地把对肖文珺的称呼改成了"媳妇",当然这只限于在两个人独处的时候。换成在其他场合,他依然是规规矩矩地称肖文珺为"肖师妹"。

今天,小两口事先商量好要去逛家具城,因为他俩已经合股在京城买了一套200多平方米的大跃层。虽然房子还没有拿到手,但装修方案和家具的配置都是需要提前做准备的。依着唐子风的意见,等开发商交了房,他弄辆车到北三环去拉一车宜家家具回来就行了,那也算是流行时尚了,但他的这个提案遭到肖文珺的断然否认。

肖文珺在此前也完全不懂装修、买家具这一类事情,但架不住她有一堆懂行的闺密啊。与她同宿舍的刘熠丹和董霄二人目前也正在忙着筹划买房的事情,几位室友闲暇的时候,聊的话题都是与这些内容相关的。

肖文珺耳濡目染,现在时不时也能说出几句诸如简约派、田园风、斯堪的那维亚风尚之类的专业术语。据她说,宜家家具对于单身男女来说属于时尚,但如果成了家，还用宜家家具，就会被人笑话了。唐子风在别的事情上足够聪明，但涉及这些就完全成了白痴，只能听凭肖文珺安排。

说好吃过午饭就出门，可等唐子风在厨房洗完碗筷出来，却发现肖文珺还在对着电脑发呆，说是突然想到了一个什么点子，要耽搁几分钟。唐子风可是知道，肖文珺一旦开始做设计，她嘴里的"几分钟"就等于十几分钟、几十分钟甚至若干个小时。于是，他也好整以暇地开了电脑，点开"帝国时代"，准备先玩上一局再说。

七个由电脑扮演的古代文明都被唐子风给灭了，最后敌方只留下一个农民。唐子风修了一堵围墙把那个可怜的幸存者圈禁起来，然后便指挥着自己的农民开始满地图砍树。眼见着整片大陆上的树木都被砍光了，放眼看去是满目疮痍，可肖文珺还坐在那里，丝毫没有动窝的意思。

"喂，媳妇，你还去不去了？"

没听到肖文珺的回答，唐子风转过头看着肖文珺再次问道。

"你急啥？"肖文珺没好气地问道。

"是你急好不好，昨天是谁说今天要去看家具的？真是的，房子还没拿到呢，看啥家具啊。"

"是你急着要买房的好不好？"

"是老肖催我买房的好不好？"

"谁让你急着要见老肖，他能不催着你买房吗？"

"是啊，老肖都发话了，我能不听吗？"

"可这个铣床的新设计也是你催着要的，还怪我了？"

肖文珺果断地避开了关于买房的话题。事实上，在买房这件事情上，她远比唐子风积极，再争论下去，她是占不到上风的。

唐子风又岂会和她争个高下，听到肖文珺改口，他指挥着几个长枪兵上前去把最后一个敌人干掉，然后一边退出游戏一边说道："铣床的事情也不急，实在不行，过几天你和我一块到井南那边去走走，和模具企业的技术人员聊聊，或许就会有所启发。"

"好吧。"肖文珺也关了计算机。被唐子风一打岔，她原来那点含糊的思路就更找不着了，还不如出去转转。她站起身，一边换衣服一边说道："我只是刚才吃饭的时候突然隐隐约约有些想法，坐到电脑跟前，又想不起来了。走吧，还

## 第三百一十九章 学霸的做事风格

是先去看家具，说不定换换脑子又想起来了。"

唐子风只能是摇头叹气，关于机床设计的事情，他是真帮不上什么忙，想给肖文珺一些提示都办不到。

几周前，韩伟昌从井南过来，向唐子风汇报了他在井南与一些模具企业联系业务的结果。据韩伟昌说，目前井南及周边几省的制造业发展非常迅猛，从而带动了模具产业的大发展。无论是金属制品生产，还是塑料制品生产，都离不开模具。而模具制造，则是严重依赖于铣床和磨床的。

早些年，中国制造的金属制品和塑料制品档次较低，对模具的要求不高，基本上不需要什么精密模具。许多模具企业使用普通铣床和磨床就能够满足生产需要。这些年，客户对模具的精度要求不断提高，模具的复杂程度也与过去不可同日而语，这就直接导致了对高档铣床和磨床的需求。

模具企业需要的高档铣床和磨床，具有两个特征，一是加工精度更高，二是数控化程度更高。过去开模具，有个什么流线型之类的要求就已经算是很时尚了，而现在的模具却讲究带有各种花纹，甚至有些产品的商标都要直接做到模具上，以便一次性冲压成型。

模具变得复杂了，就要求机床有更高的数控化程度。国内的机床企业都已经掌握了数控技术，但与国外巨头相比，水平无疑是差出一大截的，也就是靠着价格便宜，才能赢得一小部分市场。要搞这种适应复杂曲面、高精度加工的数控机床，国内企业还真是有些吃力。

韩伟昌这一趟在井南接触了十几家模具企业，大家都表示进口铣床价格太高，他们承受不起，但同时又抱怨国产铣床智能化程度太低，加工一些复杂表面的时候，光是编写数控代码就能让人崩溃。这些企业的负责人声称，如果国产铣床能够解决数控操作方面的问题，光是井南、明溪一带的模具企业，一年就能够提供几亿元的铣床订单，而且在价格上也不会过于苛刻。

几亿元的铣床订单，足够让滕机从谷底跃到巅峰。唐子风得到韩伟昌的消息，便钉上了这件事。临一机要兼并滕机，没有几个拳头产品是不行的，而模具铣床无疑是可以作为拳头产品的东西。他指示苍龙研究院集中力量分析模具企业的需求，尽快拿出能够让这些企业满意的设计。

肖文珺作为苍龙研究院的高级专家，也被分配了任务。但她在完成这些任务之余，却一直在琢磨另外一个问题，那就是有没有可能跳出国外模具铣床的套路，走出一条新路。

沿着国外的技术路线走，路径是现成的，方向也是明确的，唯一的问题就是这条路上所有的关口都已经被人占了，或者换句话说，就是布满了各种专利门槛。自己能够想到的解决方案，外国大公司都早已想到，而且都申请了专利。

自己照着别人的方式做，就需要给别人交专利费，最后成了替别人打工。而要想绕开这些专利，且不说能不能找到新的方法，就算新方法存在，往往也是效率更低的，因为捷径是最容易被人找到的，那些未被人找到的路径，往往都是过于偏僻，人家或许不是找不到，而是懒得去找。

与唐子风厮混久了，肖文珺现在的眼光也高得很，凡事都想着要与国外巨头竞争。要想与国外竞争，就需要有新思路，而且是一种颠覆性的思路，用唐子风的话来说，就是弯道超车。肖文珺并不确信是否真的存在一条这样的思路，但她还是想试一试，这就是一个学霸的做事风格。

肖文珺发了狠，带来的后果就是在连续几星期的时间里，她时不时就会突然陷入沉思，而且不分时间、场合。像这种说好要出门却突然变卦的事情，已经算不上啥了。

换上一身清凉夏装的肖文珺，看上去就比较正常了，不再是那副令人敬而远之的表情了。小两口手牵着手出了家门，上了电梯直奔地下车库。

时下即便是在京城，私家车也还是比较稀罕的，地下车库里一半的车位都是空着的。唐子风用遥控器按开了自家帕萨特的车锁，坐进了驾驶座，那一侧，肖文珺也抱着一个小坤包坐到了副驾驶位置上。

# 第三百二十章　雕花家具之母

"子风,你看这组衣柜怎么样?"
"我觉得挺好的。"
"好在哪?"
"够大。"
"我嫌它太大了,一组摆在一起,太压抑了。"
"嗯嗯,是有点压抑。"
"咦,那边那组看着好像精致一点。"
"的确是很小巧。"
"会不会不够用……"
"……"

唐子风现在深深理解为什么很多男人都惧怕和老婆一起逛商场,实在是女人的心思太飘忽不定了,你永远都无法猜出她的评价标准是什么。刚才还在说方桌显得太呆板,你换一个圆桌,她又说空间利用效率太低,没法靠着墙摆放。一个各方面都令人满意的柜子,仅仅因为导轨品牌不是她所知道的那几个,就会被果断地放弃。而走过好几十家店之后,她突然又说还是刚才那个柜子更好,"要不咱们再回去看看吧"。

"媳妇,你确信自己不是来锻炼身体的?"

唐子风一边揉着腿肚子,一边抱怨道。

"这才走了几步?你现在身体怎么这么差?"肖文珺不满地说道。

"走路和走路不一样啊。"唐子风说,"如果是在野外走,走10公里我也没问题。可像这样一步三摇的走法,太费肱二头肌了。"

"你的肱二头肌长在小腿上?"

"这倒没有,可你有一半的体重挂在我的肱二头肌上好不好?"

"我不重啊。"

"你确信？"

"对了，你说咱们不买板式家具，买实木家具好不好？董霄说她以后买家具就要买实木的，现在又开始流行实木家具了。"

"……刚才咱们好像不是在讨论这个话题。"

"这不重要啊。"

肖文珺说着，拽着唐子风便扎进了一家卖实木家具的店。

"欢迎二位，看看实木家具吗？我们这里的实木家具，用的都是巴西紫檀。这种木料木质密，看上去特别厚重，非常适合像二位这样的身份。"导购员巧舌如簧地做着推销。

"我们二位是啥身份？"唐子风笑着问道。

"大哥你一看就像是做大买卖的，肯定是个大老板。"导购员肯定地说。

"这你可猜错了。"唐子风说，"我就是一个研究生刚毕业的小老师，一个月挣不到3000块钱，哪是什么大老板。"

导购员大摇其头："大哥，你这可骗不过我，就你这个气质，最起码也是管好几千人的大企业的，大学老师可没你这气派。"

唐子风惊奇了。他说自己是个大学老师，不过是随便套了一下王梓杰的身份，想和导购员逗个趣。他没想到导购员居然能够一言道出他是企业里的管理人员，而且还说这家企业起码是好几千人，这几乎是神了。

他不知道，这些干导购的，成天练的就是一个眼力。只有准确地识别出顾客的身份，他们才能决定如何向顾客推销，以及如何与顾客讲价钱。唐子风穿的服装很普通，但一举一动却表现出了一些领导者的气质。又因为他是在工厂里当领导，言谈显得较为随性，这与机关干部或者一些文化公司里的高管是截然不同的。

再看到与唐子风挽着手的肖文珺，导购员就更加确定，这二人绝对是有钱的主儿。肖文珺肩上背着的小包，起码值一万元以上，以她的年龄，能够背一个这么贵的包，旁边这男人的身家能少得了吗？

"不错，小老弟眼力不错。我是在工地上带施工队的，手下好几千民工。这不，马上要结婚了，想到你们这配点家具，你有什么推荐的吗？"

唐子风也懒得再装低调了，他牛烘烘地向导购说道。

"没问题,哥你喜欢哪种风格的?我们这的家具有中式的,也有欧式的,还有日式的,就是不知道你们喜欢哪种。"导购说。

肖文珺此时已经松开了挽着唐子风的手,她走到大厅里陈设着的家具面前,这里摸摸,那里看看,同时在心里想象着这些家具摆放在家里的场景,甚至还配上了人物,比如一个粉粉嫩嫩的小姑娘……

"师傅,这组柜子多少钱?"

肖文珺指着一组衣柜开始询价了。

导购一直跟在肖文珺的身边,闻听立马就开始忽悠:

"姐,你是说这组维多利亚风格的衣柜吧?这可是我们卖得最好的一款。你看,这用料多实在,柜门都是20的板子,你敲敲看,听听这声音。我不是吹,别家的柜子柜门能用到12的板子就不错了,有些用的都是8的板,随便戳一下都能戳穿了。"

唐子风笑道:"小伙子,你这是答非所问啊。我老婆问你这组柜子多少钱,你跟我们说这板子有多厚干什么?再说,谁吃饱没事天天在家里戳柜子玩,我倒是觉得8毫米的门板就足够了,你这20毫米的门板,完全是浪费材料啊。"

"不浪费,完全不浪费,我跟你说,哥……"导购员摆出一副打算向唐子风进行科普的架势。

肖文珺不耐烦了:"喂喂,你还没告诉我呢,这组柜子多少钱?"

"这组柜子嘛……"导购员假意地沉吟了一下。他刚才那番做作是有目的的,一来是强调柜子的品质很高,让唐子风二人有点心理准备,能够接受一个比较高的价格;二来则是通过这种方式,判断一下对方是不是懂行。

如果对方是那种没啥社会经验的人,被他这一通忽悠就该显出怯意了,这样他就可以挥刀痛宰。而如果对方根本就不在意他的忽悠,就说明对方是经常逛家具城的,对家具价格有所了解,这时候他就只能说一个比较靠谱的价,以免给对方留下恶劣的印象。

从刚才唐子风和肖文珺二人的表现中,导购员已经能够感觉出来,这二位不是那么好糊弄的人,同时,他们似乎也不是那种在意价格的人。他思索了一下,压低声音说道:"二位如果真心想要,我也不给你们报虚价,这组柜子,12800,你们看怎么样?"

"就这么一组破柜子,12800?你欺负我们没看过家具是不是?"肖文珺恼了。她知道实木家具比板式家具贵,这家店的家具用的材料也的确是巴西紫檀,或者至少是同一类的木料,价格贵一点是正常的。但要说一组柜子卖到 10000 元以上,这就未免太黑了。

她的确是看中了这组家具,以她和唐子风的财力,即便是一组柜子 12800,他们也能买得起,但这并不意味着他们就能甘心被人宰。

"姐,我真的没唬你!"导购员叫着屈,"我们家的家具在整个家具城都是最好的,别家的家具用料哪有我们家的这么足?还有这做工,你去对比一下就知道了。你看看,我们这柜门上雕的花纹,纯手工,都是几代传下来的老木匠雕的。"

"你这是纯手工雕的花?"唐子风用手摸着柜门上雕出来的花纹,笑着问道。

"绝对是手工雕的,你看看这纹路,用机器雕出来的能有这么细吗?"导购嚷嚷道。

唐子风不屑地说:"你还是去唬其他人吧。我告诉你吧,我家那个厂子就是生产木雕机床的,如果我没猜错,你这店里所有家具上的木雕,都是用我们厂的机床雕出来的。你看到这位大姐没有?我说的那些木雕机床,就是这位大姐设计的。你能骗别人,能骗得过她?"

"不会吧?"导购狐疑地看着肖文珺,怎么看也不敢相信这是一位能够设计木雕机床的人。但要说不相信,他又想不出唐子风这样骗他的理由。

"这么细的花纹,怎么可能是用机器雕出来的呢?"导购咕哝着。

"这有啥?比这更细的花纹,机器也能雕出来。文珺,你给这小伙子讲讲啥叫金属切削。"唐子风拍拍肖文珺,调侃道。

肖文珺却没有搭理唐子风,而是走到柜子跟前,伸手抚摸着那些花纹,眉毛皱成了一个疙瘩。

"怎么,文珺,你又有啥想法了?"唐子风对于肖文珺的这个表情可太熟悉了,那是她开始思考技术问题的表现。他只是不明白,刚才肖文珺还在兴致勃勃地与导购砍价,怎么一转眼就切换到科研模式了?

"子风,你说,咱们用雕刻的方法代替铣削,怎么样?"肖文珺猛地回过头来,看着唐子风,脸上分明有了一些兴奋之色。

"啥意思?"唐子风一愣。

"模具啊!"肖文珺说道,"我这些天一直都觉得我好像忽略了什么事情,现在才明白过来。我们根本就没必要和外国人去拼精密铣削,咱们可以把木雕机床的思路用到模具机床上,以雕代铣,问题不就解决了吗?

"那些模具厂要做的是精密加工,很少做重切削,所以现有的数控铣床用来制造模具,切削性能完全是浪费的。咱们采用木雕机床的设计,采用小刀具、大功率、高速主轴,就像雕花一样雕刻模具,肯定能满足他们的要求。

"走,咱们马上回去,我要马上把设计图画出来!"

肖文珺一边说着,一边拉着唐子风便向外走。唐子风哭笑不得,只能紧紧跟上,只留下那个饶舌的导购站在原处,一副诧异的表情。

## 第三百二十一章　不可能三角形

其实肖文珺算是典型的"灯下黑",临一机的木雕机床就是她设计的,而且这个设计为她带来了好几百万的专利费,让她从一个苦哈哈去给人讲课攒钱买笔记本的穷大学生,一跃变成校园里数得上号的隐形富婆。

前些天在琢磨模具铣床新思路的时候,她就隐隐约约地觉得自己脑子里有一个什么想法,却又始终抓不住。她被传统加工中心的套路给限制住了,总想着在这个概念底下进行创新。而但凡她能够想到的点子,国外大公司的设计人员都已经想到了,而且已经注册了专利,让她抓耳挠腮,无从下手。

刚才站在家具展厅里,摸着衣柜柜门上的花纹,她突然悟出,自己这些天的思路完全走偏了。模具制造其实就是在金属表面上雕花,直接套用木雕机床的思路就好了,为什么要把自己囿于加工中心的设计套路呢?

从原理上说,木雕机床也是一种铣床。她最早设计长缨木雕机床的时候,就是参考了仿形铣床的设计。但随着长缨木雕机床的一次次改进,其与传统铣床之间的差异逐渐显现出来,那就是偏重于使用小刀头的精细加工,强化了"雕刻"的概念。

传统的加工中心当然也可以用小刀头进行精细加工,但其主要功能是较大尺度范围内的铣削加工。在模具加工中,如果模具的尺度较大,细节要求不高,则采用加工中心是比较合适的,其加工效率更高。但近年来消费品越来越倾向于精致化,对模具的精细化要求也就越来越高,传统加工方法就有些不适合了。

比如说,过去用树脂做一个杯子,从上到下都是光溜溜的,模具的设计和加工都非常简单。而这些年,市场上开始出现表面带有图案或者文字的树脂杯,这些图案或者文字当然不可能是后期雕刻上去的,只能是在模具制造时就雕好,生产时一次性注塑成型。

要制造这种带有图案或者文字的模具,就涉及精细加工。用传统的加工中心来进行这种精细加工，可以说是高射炮打蚊子，倒不是说打不下来，关键是效率太低了，许多能力完全是被浪费的。

肖文珺原来的设计思路，是提高加工中心的精细加工能力，这就意味着同一台加工中心既要能够进行大开大合的铣削作业，又要满足头发丝上雕花的精细加工要求，其结果自然就是增加了机床的设计难度，而且极大地提高了机床的生产成本，最终失去价格优势。

国外的加工中心走的就是这条路径。它们不在乎成本，自然能够做到二者兼顾。反正用户爱买不买，如果你不买它们的设备，你就无法制造出精密模具，就会失去高端模具市场。普通模具和高端模具之间有着几倍的差价，能够制造高端模具，就能赚到超额利润，机床厂家从这些高额利润中分走一杯羹，也是合情合理的。

消费品的升级换代，就是一个收取奢侈税的过程。就比如茶杯是用来喝水的，只要能够装水就是一个合格的茶杯。如果厂商满足于制造一个装水的容器，那么他们是赚不到钱的，要想赚大钱，就必须在茶杯上做各种文章，比如改个什么艺术造型，在茶杯上刻一部《红楼梦》啥的。

要制造出一个刻着字的茶杯，需要更高级的材料，需要专用机床，还需要专门的设计人员，能够养活一大批人，而最终得到的产品，依然不过是一个装水的杯子而已，其实并没有给消费者带来什么新的福利。

西方国家的人均GDP一度是中国的几十倍，并不意味着西方百姓就是每天吃大鱼大肉，大量的GDP都是体现在这些奢侈税上的。一枚国际顶级奢侈品牌的回形针就要卖几十美元，说到底就是钱太多，不这样折腾不行。

中国改革开放之初，主要是承接国外转移过来的劳动密集型产业，生产一些低端消费品，因此对于模具的要求也比较低。随着低端消费品的生产完全被中国企业包圆，企业的自我竞争越来越激烈，利润越来越薄，一些完成了资本原始积累的企业开始进军中高端消费品市场，中国制造的档次和品质在不断提高，随之而来的，便是对高端模具的巨大需求。

叶永发的新塔模具公司，早些年做的都是低端模具，用"傻、大、黑、粗"来描述十分恰当。这些年，新塔公司开始转向高端模具制造，遇到的最大障碍就是机床的不匹配。

要制造高端模具，就需要高档机床。高档机床市场基本上是被国外机床巨头垄断的，人家生产的机床性能好，加工精度高，但价格同样高得离谱。叶永发计算过，如果完全使用进口机床来生产模具，自己在模具上赚到的利润，会一分钱都剩不下，全都白白送给外国机床厂商了。

正因为这样，叶永发找到了韩伟昌，希望国内机床企业能够向他提供适合精细加工，同时价格低廉的机床。除了新塔公司之外，井南、明溪等几个沿海加工工业发达的省份里，还有许多类似的模具企业有同样的需求。据粗略估计，这个市场一年至少能够提供五亿元以上的需求，而且这个数字还在迅速地增长。

市场很诱人，但也需要过硬的产品才能赢得这个市场。唐子风把韩伟昌带回来的信息交给苍龙研究院，一帮工程师殚精竭虑，发挥出螺蛳壳里做道场的精神，努力试图在性能、质量与成本的这个"不可能三角形"中找出破解之道。

到目前为止，苍龙研究院已经取得了一定的成果。工程师们对滕机原有的数控铣床进行了多项改进，已经勉强能够达到性价比高于进口机床的程度。但性价比这个概念，其实是缺乏说服力的，对于叶永发这些人来说，为了更好的性能多花一两万块钱并不是不能接受的事情，如果滕机的铣床性能上比进口铣床差得太多，仅仅是价格便宜，是很难打动这些人的。

肖文珺也正是因为知道这一点，所以对原来的设计思路一直不满意。她觉得，应当存在另外一条思路，能够完美地避开目前的障碍，取得革命性的突破。

以雕刻替代铣削，就是肖文珺找到的新思路。彻底摘掉原有加工中心的大尺度铣削功能，专注于精细雕刻，就能够使机床的结构大为简化。而且由于机床只做一项工作，这一项工作的质量就能大幅度提高，这远比把各种功能都集成在同一台机床里要强得多。

至于说把铣削和雕刻分开会不会导致人工的浪费，谁在乎呢？中国最不缺的就是人工啊。

想明白了这一点，肖文珺哪还有心思去看什么家具？她催着唐子风开车回家，然后一头扎在电脑前，便开始画图了。木雕机床就是她设计的，现在要从雕刻木材转向雕刻金属，不外乎增加机床的刚性，提高主轴、伺服电机的功率等等，对肖文珺来说，实在是轻车熟路啊。

其中当然还有很多东西是需要考量的。比如进行雕刻作业需要提高工作台、滑板等移动部件的灵活性，这就要求这些部件的重量和体积都不能太大，而这又必然影响到其刚性。在灵活性与刚性之间如何权衡，就体现出了一个学霸的水平。

"子风，这种机床要和传统的数控铣床区分开，你觉得叫什么名字好？"

肖文珺一边画图，一边忙里偷闲地与唐子风聊天。设计思路的问题解决了，余下的事情对于肖文珺来说就算不上什么难题了，所以她还能够一心两用。

当然了，她主要也是担心自己专注于搞设计，会冷落了唐子风，从而给男友造成创伤。这也是室友们对她的告诫，作为一名女博士，不注意这个问题，后果会很严重的。自从知道这个理论之后，肖文珺就不断提醒自己要经常和唐子风聊聊，不能再像过去那样，一画起图来就心无旁骛。

"就叫雕床吧。"唐子风在另一台电脑前与来自四个不同文明的敌人进行着激战，头也不回地答道。

"可是我现在这个设计，还要保留一定的铣削功能，不是纯粹的雕刻。"

"那就叫雕铣床。"

"我觉得这个名字会让人误以为这就是一种铣床，那个'雕'字容易被人忽略。"

"那就叫数控雕铣一体复合型多功能高性价比质量可靠实行三包模具加工专用精密机床。"

"有本事你重新说一遍，看看会不会说串了。"

"多说几遍就不会串了，名字长点显得酷。"

"我觉得还是叫雕铣机吧，你觉得呢？"

"这个名字好，媳妇你真是取名字的高手，以后咱们娃的名字就归你取了。"

"唐子风，你真给文科生丢人！"

# 第三百二十二章　居然是拼起来的

仅仅在二十年前，井南省合岭市还是一个以农业为主的城市，当然，那时候它也不叫合岭市，而叫合岭地区。

可能是由于地处东南沿海，在"备战备荒"的年代里属于前线，国家不敢在这里布局太多的工业项目，整个合岭地区加起来只有不到100家工业企业，而且绝大多数都是仅有几十人甚至十几人的小厂子，做点副食加工或者农机修配的业务，在全国的工业体系中属于可以忽略不计的部分。

由于人多地少，合岭的农业其实也并不发达。当地的稻米出产不足以养活全地区的农民，农民们一年中有大半年要靠红薯度日，而且也仅够果腹而已。

在井南省有一个段子，说合岭人如果到省会渔源去办事，用不着做自我介绍，人家只要一看他们那副黄皮寡瘦的形象，便能猜出他们的原籍，基本是八九不离十的。

穷则思变，这是永恒的道理。即便在国家限制私营经济发展的年代里，合岭人也照样偷偷摸摸地做着各种小生意，例如走村串户，用自家做的麦芽糖换取别人家的鸡毛等废品，再转手卖给国营的废品收购站，赚取那一点微薄的差价。

因为做这种生意而被以"投机倒把"的罪名抓过的人，在合岭能凑出几个团，以至于几十年后，合岭本地的私人老板们凑在一起喝酒，聊起往事来，一桌子上就找不出几个不曾被抓的。

20世纪80年代初，国家开始对民营经济松绑，合岭人在长期做小生意中锻炼出来的商业才能得到了施展的机会。短短几年时间，合岭就出现了数千家小型工业企业，这些企业一开始都披着"村办企业""社办企业"的外衣，慢慢就露出了原形，清一色都是农民自家或者合伙创办的私营企业。

到90年代末，合岭已经成为一个全国闻名的金属制品制造基地，有几百种

## 第三百二十二章 居然是拼起来的

产品的产量达到全球的一半以上。全市几乎每个村都有若干家企业,有的村甚至每家每户都是企业主。大片的农田被占用,建起了厂房。一些零星地块也只是用于种植蔬菜,没人再有兴趣种粮。

制造业的发展,带来了对机床的庞大需求。在合岭市区,随处可见各种机床销售点和维修点,有些门面只经营某个品牌的机床,有些则是经营某一类型的机床。正因为机床销售点和维修点数量众多,所以当有一家名叫"胖子机床"的维修店在合岭市区开张的时候,除了左邻右舍的店家凑过来看了看热闹,就没有其他人觉得有啥新奇了。

宁默和工友赖涛涛合开的这家机床维修店,使用"胖子机床"这个名字,主要是为了增加识别度。别家店用的都是什么"鑫"、什么"隆"之类的招牌,孤立地听起来觉得颇为吉利,但当同一条街上有十几个什么"鑫"的时候,客户就难免会产生审美疲劳了。回头客走错店门的事情,也是经常发生的,这就显出招牌缺乏识别度的缺陷了。

胖子机床是一家双重夫妻店,宁默的老婆张蓓蓓在店里做会计,赖涛涛的老婆刘晓静在店里做行政,宁默和赖涛涛二人则是店里的维修工。

宁默选择到合岭来创业,是因为他此前曾被厂子派到合岭来与赵兴根、赵兴旺兄弟的龙湖机械厂合作过。通过赵家兄弟,宁默认识了不少合岭本地的私营企业老板,并与他们在酒桌上结下了深厚的友谊。

宁默这些年在厂里得到过名师指点,钳工技术比很多四五十岁的老师傅还要精湛,加之为人正直豪爽,一些私企老板都向他承诺,只要他到合岭来开店,自己厂里的机床如果出了故障,肯定优先找他帮忙维修。

胖子机床开业之后,这些私企老板倒也没有食言,给了他们不少维修订单,在价格上也没太过挑剔。几个月下来,胖子机床的净利润已经超过了 10 万,张蓓蓓每天数钱数得手抽筋,脸上 24 小时都带着白痴般的笑容,话说,她的肚子也越来越大了,胖子快要当爹了。

这天,胖子机床店来了一群不速之客,连宁默和赖涛涛也特地推掉了几个客户的订单,留在店里接待这些人。不过,负责接待工作的,却不是他们这两位店主,而是临一机前任销售部长韩伟昌。

"叶总,你来看,这就是我们临一机和滕机联合推出的新型模具机床,我们给它起了个名字,叫作雕铣机。它的特点是以雕代铣,最适合做精密模具的加工。"

韩伟昌指着摆在店堂中间的一台模样平常的机器,向新塔模具公司董事长叶永发介绍道。说罢,他又向跟在叶永发身后的一干人等也分别打了招呼,那些人也都是井南一些制造业企业的老板,只是企业规模没有新塔模具公司那么大,有叶永发在场,韩伟昌没有与他们单独打招呼,也算不上是失礼。

把木雕机床改造为模具机床的想法,源自肖文珺。由于有木雕机床的设计经验在前,苍龙研究院一帮工程师通力协作,花了不长的时间,就把专门用于金属精细雕刻的雕铣机设计出来了。

尽管雕铣机是专门为滕机设计的拳头产品,唐子风却没有马上把产品交给滕机去制造,而是安排临一机先进行了试制。临一机制造的样机迭代了五个版本,最终得以定型,也就是现在摆放在胖子机床店里的这一款。

一台雕铣机将近一吨重,韩伟昌要在井南推荐这种雕铣机,自然没法背着这么一个铁疙瘩到处跑。他知道宁默在合岭开了这家机床维修店,便与宁默商量,把雕铣机放在胖子机床店里,遇上有客户对机床感兴趣的时候,他就把人带过来,进行现场演示。

当然,使用胖子机床店的场地,也是需要付费的。韩伟昌把这桩生意交给胖子机床店,多少也有些照顾宁默的意图,因为老韩知道,宁默与唐子风的关系,那可不是一般的亲近。

"以雕代铣,这有什么好处吗?"叶永发打量着这台其貌不扬的机床,淡淡地问道。

"叶总,你看看,这是我们雕出来的样品。"

韩伟昌从宁默手里接过来一个银光闪闪的工件,递到了叶永发的手上。

"嗯,还不错,表面光洁度挺高的,这弧线也挺光滑。不过,用我们现在用的加工中心,也能加工出这个效果,你这个机床,个子也太小了一点,要加工一些大件就不行了吧?"

叶永发在手上摆弄着这个工件,评论道。

"叶总高明!我们这种雕铣机,目前主要就是针对小工件,也就是80乘80的样子。"

韩伟昌先恭维了叶永发一句,然后神秘地笑笑,问道:"不过,叶总,你就没发现这个工件有什么特别吗?"

## 第三百二十二章 居然是拼起来的

"特别?"叶永发一愣,他认真地看了看,摇摇头说,"没什么特别的,不就是一个方块吗,面上切了几刀而已。"

韩伟昌用手指了指,说道:"叶总,你认真看看这个地方。"

叶永发瞪圆眼睛又看了看,还是摇着头说:"我没看出什么特别的。"

韩伟昌伸手接过那个工件,在自己刚才指的那个地方稍稍用力一按,神奇的事情发生了,那个地方居然凹了下去,整个工件一下子就变成了两片。

"这居然是拼起来的!"

不单是叶永发,其他人也都震惊了。他们刚才虽然没上手,但离着不远,这工件的状况他们也是看得清清楚楚的。在韩伟昌动手之前,这工件分明就是一个整块,无论如何都看不出上面有什么缝隙。

而现在,韩伟昌用手一按,工件就分开了。这哪里是一整块工件,分明是两片拼装起来的,上面那片有几个孔洞,下面那片带着几个凸起的圆柱,圆柱套在孔洞里,严丝合缝,看着就像是一个整体一般。

这是多高的加工精度啊!

使用精密铣床,当然也能够加工出这样高精度的工件,但一般只限于一个特定平面的加工。这种又是孔洞又是圆柱体的精密加工,如果在精密铣床上实现,足以让一名优秀铣工崩溃。

"这就是这台雕铣机加工出来的?"叶永发按捺着内心的激动,指着雕铣机向韩伟昌问道。

"正是。"

"难吗?"

"不难。"

"能现场给我们演示一下吗?"

"完全可以。"

韩伟昌说着,向一旁的赖涛涛比画了一下。赖涛涛不知从哪拿出一块表面做过粗加工的毛坯,走到雕铣机跟前,动作娴熟地打开机床的保护罩,把毛坯夹装到了工作台上,再关上保护罩。接着,他又在控制面板上按了一堆按键,机床嗞嗞地响着,保护罩里的雕刻头开始在工件上切削起来。

大家都凑上前来,隔着透明的机床保护罩,观察着里面的加工过程。这些人都是干机械出身的,虽然没见过这种雕铣机,但打眼一看,也明白它的工作原理是什么。雕铣机其实就是铣床,只是采用了小刀头,突出了精细加工。由于功能单一,它的加工精度便可以有效地提高,操作难度也有所下降,这就是它相对于普通加工中心的优势了。

## 第三百二十三章　给你指条路

加工工件的图纸是事先就已经输入到雕铣机里去的，要完成这样一个工件的雕刻，需要一两个小时的时间，大家自然不会围着这台机器傻看着。韩伟昌引导着众人来到旁边，向他们展示了一批雕铣机生产出来的工件样品。

"这花纹，太细密了，普通加工中心可做不出来。"

"这个头像也是雕出来的吗？这刀头也太灵活了吧！"

"咦，这么小的字，而且……这是行楷字体吧？这是怎么弄出来的？"

一开始，大家都还想着要装得从容淡定一点，不能让韩伟昌看出自己对这种机床的兴趣。可看到那些美轮美奂的样品，大家就装不下去了。大家都是搞精密加工的，在金属表面上加工出这些图案有多难，每个人都非常清楚。

有许多模具都需要在工件上刻字，哪怕是一个标准宋体字，要转化为数据文件也是一件极其麻烦的事情。可韩伟昌向他们出示的样品，居然还能刻出行楷来，这是何等奢侈的行为啊。

"韩总，这些图案的数据，肯定不是人工写进去的吧？"芮岗福美厨房用品公司董事长李永福试探着问道。

"当然不是。"韩伟昌牛烘烘地说，"我们有专门的程序，只要拿扫描仪对着图案一扫，就能够自动生成数据文件，非常方便。"

"这东西，我好像见过。"一位名叫谢守国的小老板说，"韩总，你们这个方法，是不是和街上那些搞木器雕花的一样？"

"谢总高见！"韩伟昌笑道，"我们可不就是照着雕花机床的设计开发的吗？大家应该知道吧，现在国内最好的雕花机床，就是我们临一机开发的。"

"对对，我有印象，我有一个亲戚就是买了你们临一机的雕花机床，现在开了个雕花店呢。"另一位小老板附和道。

"这种雕铣机，倒是挺对我们的路子。"叶永发开口了。明人不说暗话，韩伟昌此前已经向他说过，临一机开发这种雕铣机，就是冲着新塔公司这样的模具企业来的。他粗略地看过来，发现雕铣机的确符合他的需要，他如果还装出不屑的样子，就未免太小瞧韩伟昌的智商了。

"韩总，这样一台机器，你们的报价是多少？"叶永发直言不讳地问道。

"如果叶总想要，我们可以做到 35 万一台。"韩伟昌说。

听到韩伟昌的报价，在场的小老板们一下子就全哑了，一个个在心里琢磨着这个价格。叶永发沉了沉，摇摇头说："这个价太高了。滕机的数控铣床，一台不到 50 万，能加工一米五的模具。你们这种小机床，也就是 80 公分的加工范围，而且只能做少量的铣削，比数控铣床的功能少得多。这样一台机床报 35 万，太高了。"

"没错没错，价钱太高了，就这么一个小玩意而已。"其他小老板也纷纷说道。

机床的价格，当然不是按照体积来计算的。有些进口的小机床，体积甚至比这台雕铣机还小，报价 100 多万元人民币，大家也得捏着鼻子认。机床虽小，里面数控系统、导轨丝杠、电主轴、刀库、对刀仪等一样也不会少，甚至由于体积小，这些部件的精密度要求更高，价钱反而会比大机床还贵。

可那毕竟是进口机床不是？国产机床卖到 35 万，大家就觉得贵了。如果加点钱，就能够买到一台国产加工中心，粗活细活都能干，何必买这样一台只能做雕刻的小机床呢？

当然，大家说归说，这种雕铣机的优点，大家也是看在眼里的。加工中心理论上说也能做这种精细雕刻，但要保证精度，效率就会受到影响，而要提高效率，又无法兼顾精度，哪有雕铣机这样好用。

韩伟昌是惯于与这些小老板打交道的，当然能够听得出大家话里的意思。他没有向众人解释，而是对叶永发说道："叶总，我报的这个价，还是针对新塔公司的，因为只有新塔公司才能保证一个基本的批量。如果是单台生产，35 万只怕连成本都不够呢。"

"我们新塔也要不了太多。"叶永发说，"如果机器的性能可以达到你跟我说的水平，使用寿命也没问题，我们可以考虑进几台试试，不过最多也不超过 10 台。"

"我敢保证，叶总用过这种雕铣机之后，肯定会追加订货的，起码是 50 台以上。"韩伟昌笑呵呵地说道。

"那也就是极限了。"叶永发没有否认,而是顺着韩伟昌的话说道。他内心的真实打算,也是采购50台左右。他还想到,有了50台雕铣机,他就能够接更多的精密模具订单,就算一台雕铣机的价格是35万,他要把设备投入赚回来,也不算是太难的事情。

韩伟昌说:"50台,勉强可以算是一个批量了,不过,光是这样的销量,要把成本降下来,还是太难了。你们不知道,这种雕铣机里面用的部件,都是专用的,有些在市场上都买不到,我们必须自己配套。就为了开发雕铣机里用的高速电主轴,我们临一机前期就投入了几千万,你们算算,我们得卖多少台机床,才能把这些投入赚回来。"

在工业上,产量越高,成本越低,这是常识了。

一套高速电主轴的价格近2万元,其中一半是固定成本的分摊。为了开发这种电主轴,厂家需要投入设计费用、试制费用,还要设计专用的模具、夹具等,各种投入高达几千万元。这些前期的投入,是要分摊到每一件产品中去的。

如果厂家最终生产了几千套电主轴,则每一套分摊的固定成本就是1万元。而如果厂家能够生产几万套电主轴,则每一套的分摊就下降到了1000元。这其中的差距非常可观。

临一机开发的这种雕铣机,主要的目标客户是各类模具企业,按照韩伟昌的估计,每年的销量能有1000多台的样子,这样算下来,一台机床卖到30万左右,利润是比较可观的。如果价格再低,就有些鸡肋了。

30万一台的设备,如果一年能够卖出1000台,则相当于3亿元的产值,足够让滕机这样的企业打一个翻身仗了。当然,雕铣机一旦问世,肯定会有其他厂商跟进仿造,滕机也不可能完全垄断这个市场,能够凭着先发优势,占有一半市场,也是很不错的。

叶永发等人自然也知道价格和批量之间的关系,而且也知道韩伟昌的报价里肯定还有余地。他报出35万的价格,估计就是存着以30万成交的心思的。如果是30万一台,叶永发倒也可以接受,不过,作为买家,谁又不想多压一压价呢?

"韩总,你们这种雕铣机,一年打算卖多少台?"叶永发问道。

韩伟昌说:"这个还真不好估计。按照我们临一机生产处算的成本,如果一年卖不到2000台,那就是净亏本了。可要想一年卖出2000台,我还真没把握呢。"

他这话就是打马虎眼了，因为他实际的打算，只是一年卖出1000台而已。模具企业虽多，也不是哪家企业都急于更新设备的，而且一台雕铣床也能够用上好几年，人家今年买了，明年还会再买吗？要想一年卖出2000台，韩伟昌实在是没有信心。

叶永发笑了，他问道："这么说，韩总报的这个价钱，就是照着一年2000台的销售算的？"

"是啊。"韩伟昌装出苦恼的样子说，"其实35万一台已经是亏本赚吆喝了，如果不是叶总，而是其他人，我起码得报40万的价。"

"如果你们一年能卖2万台，你觉得价钱能降到多少？"叶永发突然问道。

"2万台！"韩伟昌蹦了起来，"叶总，你别诓我。你叶总这么大的生意，也只能买50台而已，一年2万台，你让我卖到非洲去吗？"

"不用卖到非洲去。"叶永发笑着说，"你先告诉我，如果你们一年能卖2万台，你的价钱能够降到多少？"

"30万！"韩伟昌毫不犹豫地说。

"那就算了。"叶永发耸耸肩膀，显出一副懒得和傻瓜费口舌的样子。

"28……20万！"韩伟昌牙一咬，报出了一个极端的低价。

按照一年1000台的产量，韩伟昌能够接受的最低价格，也就是25万左右，这差不多就是赚个辛苦钱的意思了。如果报到20万，就真的是赔本买卖了。但如果一年能够达到2万台的产量，韩伟昌即便以20万一台销售，也依然有可观的利润，因为各种固定成本会被摊薄到可以忽略不计的程度。

可一年2万台，这不是开玩笑吗？

但是，叶永发报出这样一个数字，仅仅是为了跟他韩伟昌开玩笑吗？韩伟昌可真是不信。人家叶永发也是大企业家，没事逗他玩？

"韩总，我给你指条路，成与不成，我就不敢保证了。不过，如果成了，你们这种雕铣机一年卖出2万台，应该是不在话下的。"叶永发说道。

"真的？"韩伟昌只觉得浑身的血都在向上涌，他盯着叶永发说道，"叶总，如果真能做成这么大的销量，你们新塔公司要的50台机床，我连20万一台都不要，直接给你算成15万！"

# 第三百二十四章　营销成本

南方，鹏城市。

嘉川电子公司总经理温国辉坐在自己的真皮大转椅上，手里握着一个高倍放大镜，全神贯注地察看着另一只手上拿着的一块金属片。那金属片只有一寸多的大小，表面加工极其精致，温国辉正在端详的，是金属片上刻着的几行小字。

"这就是你说的雕铣机刻出来的？"

好一会，温国辉才抬起头，看着老板桌对面站着的一人，那人正是韩伟昌。

临一机开发雕铣机，是为了满足精密模具加工的需要。但模具行业对于雕铣机的需求，其实并不大，一年1000多台的销量，对应着3亿多元的销售额，即便完全被滕机拿下，也就够滕机混个温饱，要想借此重振辉煌，是远远不够的。

叶永发给韩伟昌指出了另一条道路，告诉他除了模具行业之外，电子行业对于这种雕铣机的需求，可能是更值得关注的。叶永发说，他的模具公司曾经接到许多家电子厂的订单，这些电子厂生产各种小型电器，比如随身听、寻呼机、手机等。

这些小电器体积很小，价格却很高，而且带有奢侈品的属性。作为奢侈品，消费者对于外观的要求是非常挑剔的，而且也愿意为精致的外观支付一笔不菲的溢价。电子厂也明白这个道理，所以一直在绞尽脑汁试图做出更加精美的外壳。

叶永发的新塔模具公司，很大的一块业务就是给这些电子厂做电器外壳的模具。电器外壳不外乎两类材质，一类是塑料，另一类是金属。

塑料外壳是采用注塑工艺成型的，新塔公司为电子厂提供的是注塑模具。时下的工艺已经能够在塑料外壳上形成分辨率非常高的花纹，但由于塑料的材质偏软，这种花纹在使用中很容易被磨损，所以一些塑料外壳在使用一段时间之后就没法看了。

要让外壳保持精美的外观,就只有使用金属材质。金属材质的外壳是用冲压成型的,大的纹路可以冲压出来,一些图案、文字等就很难直接冲压出来了。目前,各家电子厂采用的方法,就是先冲压出一个金属外壳,然后再用加工中心在外壳上雕刻出图案或文字,这与模具厂制造模具的工艺颇为相似。

但模具的产量,岂能比得上电子产品外壳的产量?有些电子厂一年生产上千万部随身听,你听说过哪家模具厂的模具是以万来做计量单位的?

新塔模具公司是井南排得上号的大型模具公司,叶永发想采购的雕铣机,也不过就是几十台而已。但如果韩伟昌能够拿下一家电子厂,人家随随便便就能采购上千台雕铣机。中国正在逐步成为世界工厂,全球的小型家电一半都是在中国制造,如果能够打开电子行业的市场,一年卖出2万台雕铣机也是轻轻松松的事情。

得到叶永发的这个指点,韩伟昌如醍醐灌顶。他向叶永发再三道谢,又许下无数让利的承诺,然后便马不停蹄地奔向了珠三角,那里正是小型电器的生产中心。

嘉川电子公司是韩伟昌拜访的第一家电子企业。这家企业目前是全球闻名的电器代工企业,许多国际知名品牌的电器产品,都是由嘉川公司代工制造的。

韩伟昌来到嘉川公司,递上自己的名片,名片上写的仍然是临一机销售部长的头衔。不过,临一机的主营产品是磨床和镗铣床,嘉川公司作为一家电子企业,对这类产品并没有什么需求,所以韩伟昌的名头在这里并不管用。

一个底层的采购经理接待了韩伟昌,态度还颇有一些敷衍。但当韩伟昌递上几片自己带来的金属外壳雕铣样品之后,那位采购经理的眼睛就直了。采购经理拿着雕铣样品去找了自己的部门经理,部门经理又向采购总监做了汇报。再往后,便是公司的采购总监和生产总监一同带着韩伟昌,来到了温国辉的办公室。

"这就是我们的雕铣机生产的样品。"韩伟昌回答道。

"生产这样一个样品,需要多长时间?"温国辉继续问道。

"15分钟。"韩伟昌答道。他说的当然是指雕铣工艺的时间,这样一个金属片,前期还要做冲压、裁剪、抛光等一系列操作,这些时间就不归韩伟昌管了。

"15分钟……"温国辉沉吟起来。

"温总,如果一件是15分钟,我们三班倒,一天就是96件,1000台一个月起码能保证完成150万件……"生产总监王坤替温国辉做着计算。生产过程不可能做到满负荷,考虑到换班、机器保养等因素,王坤计算出来的结果是比较可靠的。

1000台……

韩伟昌只觉得心脏的跳动速度都失控了。果然是这些电子企业凶猛啊,计算产能都是照着1000台的规模来说的。临一机过去服务的客户都是机械企业,就算是一些大客户,一次买上几十台机床,就算是一个大单了,谁有这样的气魄,动辄就说1000台机床能够如何如何。

不管心里怎样激动,韩伟昌的脸上却没有什么异样。他露出一个谦恭而自信的笑容,等着对方说话。

"你们这种机床,使用寿命有多长?"

"首次大修不少于2万小时,报废时间不少于4万小时。"

"日常维修的情况怎么样?"

"正常使用的话,一个月停机检修一次足够了。"

"机床能一直保持这样的加工精度吗?"

"我们能够保证。"

"那么,你们一个月能够提供多少台这种机床?"

"这个就要看温总能够订多少货了。"韩伟昌平静地说道。

"我明白了。"温国辉点点头。韩伟昌这个说法,他是懂的。韩伟昌的意思是说临一机目前的产能并不大,但如果嘉川公司有意订购几千台,临一机也有办法在短时间内把产能提高到满足对方需求的程度。现在的问题,只是他要下一个多大的订单而已。

"阿坤,你看呢?"温国辉把头转向王坤,问道。

王坤看看韩伟昌,然后说道:"我觉得可以试试。上次韩国人让咱们做的那批产品,咱们接不下来,就是因为金属外壳搞不掂。如果这种雕铣机真的能够像韩部长说的那样好用,而且工作稳定,我们接下那批订单也就没问题了。"

"可是,万一韩部长他们的雕铣机掉链子了,咱们怎么办?"温国辉淡淡地说道。

"我们可以签协议,如果我们的产品达不到要求,你们可以退货。"韩伟昌说。

温国辉耸耸肩:"韩部长,我们跟客户签个合同,可不能说句造不出来就了事的。如果我们接了客户的订单,而你们的机床又出了问题,我们完不成订单,不但拿不到钱,还要给客户高额赔偿。这些赔偿,你们能替我们承担吗?"

"这个恐怕不行。"韩伟昌直言不讳。

开玩笑,临一机生产的机床,在各行各业中都有应用。有些单位采购机床是为了制造大型设备,一台机床不过几十万元,一台大型设备价值数亿,如果因为机床出问题就要赔偿客户的全部损失,多少个临一机也不够赔的。

温国辉当然也知道这个问题,他所以那样说,不过是为了抬杠而已。而抬杠的目的,自然是想从韩伟昌这里榨出最多的好处。

大家都沉默下来,嘉川这边的人是用沉默来给韩伟昌施加压力,韩伟昌则是在无声地抵抗。双方都知道,对方是想合作的,只是谁也不想表现得太积极,以免在谈判中陷入被动。

温国辉首先打破了沉默,他对采购总监李学军问道:"学军,你的看法呢?"

李学军说:"我觉得,韩部长他们的设备,还是有些可取之处的。现在温总和王总不放心,是因为不知道他们的设备到底质量怎么样。光凭韩部长拿过来的这几个样品,也说明不了什么问题。"

说到这,他不再往下说了。

韩伟昌哪里听不出来,这几个人分明就是在唱双簧,一唱一和地,就等着他表态呢。韩伟昌接过李学军的话头,说道:"这个也简单,如果嘉川真的有意,我们可以提供几台设备供你们试用。你们觉得好,咱们再谈合作的问题。如果我们的设备不行,那么用不着温总开口,我们就自己把设备拉回去了,绝不要嘉川出一分钱。"

几个人等的就是韩伟昌这句话,王坤应道:"这个倒是可以,不过,韩部长能够提供几台样机呢?"

"3台……5台,怎么样?"韩伟昌迟疑了一下,伸出一个巴掌,对众人说道。

按照目前的生产批量,一台雕铣机的出厂价是25万左右。这其中有一半是已经花掉的固定成本,变动成本的部分也就是10万出头。如果给嘉川提供5台样机,相当于60多万的花费,对于一个有可能采购1000台机床的潜在客户

## 第三百二十四章 营销成本

来说,付出这笔营销费用是完全值得的。

更何况,即使对方最终并没有接受雕铣机,这5台样机也是可以拉回去的,只是免费给对方使用一段时间而已,成本就更是可以忽略不计了。

听到韩伟昌这样说,王坤把头转向温国辉,用目光向他请示。温国辉微微一笑,对韩伟昌说道:"韩部长,5台样机对我们来说可不够,最起码,得100台!"

# 第三百二十五章 倒是可以试试

"答应他!"

厂务会上,唐子风轻松地向众人说道。

温国辉狮子大开口,要求临一机为嘉川公司提供100台雕铣机作为试用的样机,韩伟昌不敢做主,便把这个信息报回了厂里,他自己则在鹏城等着厂里的答复。乍听到这个要求,临一机的厂领导们都炸了锅,除唐子风之外,每个人都只有两个看法:第一,温国辉太无耻了;第二,韩伟昌疯了。

唐子风是唯一一个支持给嘉川公司提供这些样机的厂领导。在此前,他已经与韩伟昌通过电话,韩伟昌表示,自己在这件事情上拿不准,既觉得温国辉的要求太过分,又觉得应当答应对方的要求,因为对方是一个潜力巨大的客户。

"子风,这太激进了吧?"秦仲年瞠目结舌地说,"一台雕铣机,按出厂价就是25万,100台就是2500万,就这样平白无故送给他们试用?"

"其实也没那么贵。25万是出厂价,照着咱们的生产成本计算,一台有10万元就顶天了,余下的都是固定成本的摊销,还有营业费用,不信你问宁姐。"唐子风说。

总会计师宁素云点点头说:"小唐说得对,不算分摊成本,我们生产一台雕铣机的成本也就是10万元的样子。"

"那100台也是1000万啊,就算嘉川公司是一家大企业,有可能给我们一个上千台的订单,我们一下子拿出1000多万去做前期营销,赌注是不是下得太大了?"秦仲年说。

"是啊,我也觉得有风险。"副厂长张舒说,"如果是10台8台,也就罢了,百八十万的损失,我们现在还能承担得起。一下子拿出1000万,就为了赌他们未来会买我们的设备,是不是有点冒险了?"

"万一他们的目的就是骗咱们100台设备过去,用完了就翻脸,咱们不是成了冤大头了?"

"老韩这个人,是不是太自以为是了?这样的条件,他当时就应当顶回去,怎么还拿回来讨论?"

"由俭入奢易,由奢入俭难啊,是不是厂里有了点钱,这销售部就不把1000万当一回事了?"

"太冒进了!"

厂领导们纷纷摇头表示反对,只不过是把矛头指向韩伟昌,而不敢直接批评唐子风而已。这其中,一方面是因为唐子风的工作做得出色,已经赢得了大家的尊重,另一方面就是大家每次反对唐子风的意见,最后都会发现自己被"打了脸"。"打脸"的次数多了,大家也就学聪明了。

唐子风环顾全场,发现除了做会议记录的樊彩虹之外,就剩下厂长助理兼临荟科贸公司总经理张建阳没有吭声,于是笑呵呵地用手指了他一下,问道:"老张,你的看法呢?"

"我吗?"张建阳一愣,旋即笑着说,"我的看法嘛,呵呵,我觉得,唐厂长从来都是高屋建瓴,算无遗策,他既然支持这样做,想必是有道理的。不如唐厂长先给我们解释一下这样做的好处在哪,也让我好好学习学习。"

"哈,小张的马屁拍得越来越高明了,用我女儿的话说,小张可是小唐的忠实粉丝呢。"副书记施迪莎开着玩笑,她知道张建阳是不会生气的,没准还会为之自豪。

唐子风也笑道:"建阳这是在给我刨坑呢,他先把我捧到天上去,说什么算无遗策,回头我解释不上来,可就栽了。"

"没有没有,我说的都是真心话!"张建阳赶紧解释。

唐子风也只是谦虚一句,他接着张建阳的话茬说道:"那好吧,我谈一下我的看法。首先,我想请大家评估一下,咱们的雕铣机是否适合嘉川公司这样的电子类企业。"

"这个应当是没问题的。"副厂长吴伟钦说,"从销售部反馈过来的情况,咱们这种雕铣机,对一些金属制品企业非常有吸引力,远远超出了咱们最初的预想。这些企业对于雕铣机的功能提出了一些新的要求,我们正在和秦总工这边合作,开发新的机型。"

"第二个问题,如果我们能够把年销量从千台的量级,提升到万台的量级,是不是能够大幅度地降低成本？"唐子风又问道。

"这还用说，如果一年真的能够售出一两万台，咱们的出厂价能够降到 15 万以下，前期的投入基本上都可以忽略不计了。"吴伟钦说。

"这就是了。"唐子风说，"要想把年销量提升到万台的量级，必须要靠嘉川公司这样的大客户。韩伟昌跟我说过，嘉川公司那边表示，如果咱们的雕铣机能够达到他们的要求，他们起码会采购 1 万台，分成 3 年下单，平均一年就是 3000 台以上。如果我们能够拿下三家这样的企业，一年 1 万台的目标就达到了。"

"可是，如果他们只是为了骗我们的样机怎么办？"书记章群问道。

唐子风说："关于这个问题，我分析过了。嘉川公司是世界级的代工企业，每年的代工费收入是以百亿元计算的，大家觉得，这样一家企业，有必要骗我们 100 台样机吗？"

"这可不好说。"张舒说，"他们又不用花成本，上嘴唇一碰下嘴唇，咱们就巴巴地把 100 台样机送去了，人家干吗不要？"

唐子风说："张厂长这话可不对。咱们把 100 台样机送过去，他们虽然没给我们付钱，但也不是没有成本的。你想想看，要让这 100 台样机运行起来，他们起码得培训 300 名操作工人，这些人盯在机器上，嘉川公司也是要给他们付工资的。

"如果咱们的雕铣机真的有问题，生产出了废品、次品，这些损失也是要嘉川公司来承担的。嘉川公司这么大的企业，要调整生产模式非常困难，他们愿意接受咱们的样机，就说明他们的确存了未来大批量使用雕铣机的心思。

"除非他们在试用中发现咱们的雕铣机达不到他们的要求，那是咱们自己的问题，也就怨不了嘉川公司了吧？"

"也有道理。"吴伟钦点点头。他是分管生产的，自然懂得唐子风的意思。如果有人送几台设备到临一机来要求试用，他也是要掂量掂量的，不会因为人家的样机没收钱，就欣然接受。说得直接一点，人家的时间和人力也是要算钱的，谁会为了占你一点小便宜，就随便去试用一批新设备？

其他人也悟出了这个道理，嘉川公司毕竟不是一个小企业，大企业做事是要权衡一下得失的。100 台样机对临一机来说是一笔不小的支出，但对于嘉川公司来说，的确可以不放在心上。人家愿意试用你的机器，就说明人家对你的机器感兴趣了,只要你的机器好,人家肯定就要了,哪里会去玩那种空手套白狼的无聊游戏?"

"还有一点。"

唐子风见大家的态度已经松动,便继续说道:"咱们原来没有注意到电子行业这个大市场,我们的雕铣机是为模具行业设计的。电子行业需要什么功能,咱们并不了解。利用嘉川公司这个平台,咱们就可以深入地了解电子行业的需求。

"就算嘉川公司最后不接受咱们的产品,至少咱们也能知道他们不满意的地方在哪,咱们应当如何改进。有了这些经验,咱们最终必定能够拿下这个市场。"

"哈,小唐这是打算拿嘉川公司当咱们的实验室呢!"章群笑着调侃道。

"如果是这样,那咱们必须派几个工程师到嘉川公司去,实地观察他们的使用情况。"秦仲年迅速地想到了自己的职责。

"这是肯定的。"唐子风说,"就算咱们不提,嘉川也会要求咱们派工程师过去,以便随时提供技术支持。嘉川公司是搞电子代工的,和咱们没有竞争关系,他们才不会担心咱们从他们那里学到什么技术呢。"

"如果是这样,那倒可以试试。"

几个厂领导互相交换一个眼色,都微微地点了点头。他们非常无奈地发现,自己再次被唐子风说服了。这个唐子风,观察问题的时候屡屡与别人有着不同的角度,更可气的是,每次他的角度都是更高明的。

"直接送出去 100 台设备,足足 1000 万的成本,小唐的魄力,真是别人无法比的。"章群感慨地做着总结。

"1000 万,咱们现在也能赔得起。"宁素云笑着补了一句。这几年临一机经营状况良好,账上的余钱越来越多,宁素云说话也有底气了。

"那么,这件事就这样定下来吧。宁姐,到时候你亲自跑一趟鹏城吧,去和嘉川公司签试用合同,我相信,有宁姐出马,咱们肯定吃不了亏的。"唐子风说。

宁素云佯装不满地说:"你这算不算是推卸责任啊?万一咱们真的被嘉川公司骗了,厂里的干部职工可就要说是我上了人家的当,你唐厂长的一世英名就能够保全了。"

其他厂领导也都笑着鼓噪起来:

"没错没错,小唐太阴险了,明明是你支持给嘉川公司样机的,你自己不去签约,太不合适了。"

"让小宁去签约也行,今天晚上,唐厂长是不是该请大家一顿啊?"

"对啊,唐厂长也该请大家吃一顿了,你和肖博士的喜事,是不是也该办了?"

## 第三百二十六章 免费劳动力

厂务会再次开成了一次团结的大会，一次胜利的大会。

与许多企业里厂领导互相钩心斗角的情况不同，临一机的领导班子可谓是一团和气。大家在一些具体问题的处理上当然会有不同意见，但争论归争论，很少有伤及相互感情的情况，大家的私交都是很好的。

出现这种局面，一来是因为临一机的经营正处于上升期，事业蒸蒸日上，大家都劲头十足，哪里会去搞各种歪门邪道的名堂；二来则是临一机的实际领导人是唐子风，大家拼能力拼不过他，哪里还会有争权的念头，还不如管好自己那一亩三分地。

当然，还有一个重要的原因，是大家不便说出来的，这就是会后张建阳私下里向唐子风汇报的事情。

"咱们的网吧现在生意非常火爆，照你的盼咐，上个月我给大家分了一次红，每位领导都分到了这个数……"张建阳说着，神秘兮兮地向唐子风比画了一个巴掌。

"一人5万？不错不错，难怪我刚才看大家都是满面红光的。"唐子风笑呵呵地说道。

组织厂领导合股开网吧这件事，来自唐子风的提议，具体是由张建阳去操办的。网吧的前期投入，是厂领导集体凑的钱，每人出了10万，这也是为了让大家分钱的时候能够心安理得。事实上，大家凑的钱还有一些不足，唐子风又给了张建阳100万，这才完成了两个网吧的装修和设备购置。

唐子风让张建阳对此事保密，他自己只按出资10万计算，与其他人拿同样的分红。但这种事又哪里是能瞒得住的，唐子风多出的那部分钱，是要从网吧的收益中逐步扣还的，所以张建阳就必须向所有厂领导公示网吧的投资情况，说明这笔钱是由唐子风借给网吧的。

大家都知道唐子风自己有一摊子买卖，虽然不清楚这些买卖一年能赚多少钱，但唐子风比大家有钱这一点，厂领导们都心知肚明。唐子风不与大家争分红，这份人情大家都是要心领的，至少在不涉及原则的问题上，多给小唐捧捧场、鼓鼓掌，这也是做人的本分吧？

"网吧开张到现在不到3个月，每人就分了5万，一年下来就是20万，你说大家能不开心吗？我听说，秦总工前几天回京城去探亲，临走前专门到丽佳超市总店去给他爱人买了一个包呢。"张建阳笑着说了一则八卦。

"就老秦这么个老古董，居然还会给老婆买包？"唐子风惊愕道。

张建阳笑道："可不是吗！他买回来还藏藏掖掖的，不好意思让别人知道。结果被罗小璐看到了，一下子就宣扬开了。"

"然后呢？"

"然后当然是大家都夸秦总工是个模范丈夫，知道疼老婆。不过，我听我老婆说，技术处的那些女同志都在背后笑话秦总工，说他太落伍了，那个包还不到200块钱，是丽佳超市的打折货。"

"唉，还是穷惯了啊……"

唐子风感慨万千。时下国内的工资水平还不高，像滕机那种经营困难的企业，职工的月工资才300多元，对于他们来说，花200块钱去买一个包，的确算是奢侈消费了。但与此同时，一些国际大牌也已经在内地市场出现了，时尚女性花几千块钱买一个包已经算不上是新闻，肖文珺背的包就价值上万。

秦仲年肯定也是经常听手下的女工程师们谈论买包的事情，所以才会心血来潮去给太太买包。但以他的消费观念，哪舍得花几千块钱去买个不能吃、不能穿的装饰品，花出去200块钱，恐怕就已经是他咬着牙做出的决策了。

"你呢，拿了钱，没给老婆买点啥？"唐子风看着张建阳，用开玩笑的口吻问道。

"我才不给她买东西呢！不能惯她这种毛病。"张建阳凛然说道。

"真的？"

"我直接拿了1万块钱给她，她想要啥，自己去买，别总指望我去给她买……"

"……老张你真是条汉子！"

张建阳很乐于在唐子风面前放低姿态，在他看来，能够博唐子风一笑，是一

## 第三百二十六章 免费劳动力

件很荣幸的事情。他比唐子风大 15 岁,往回倒退十几年,唐子风见了他都是得称一声叔叔的。但张建阳在唐子风面前丝毫没有一点长辈的感觉,反而时时以学生自居。

张建阳现在的职务是临一机的厂长助理,分管由劳动服务公司改制而成的临荟科贸公司。不知道是他原本就有经营管理的才能,还是得益于唐子风的耳提面命,他在临荟公司的工作做得非常出色。这个原本只是作为临一机附属品的三产公司,目前一年的营业额近亿元,俨然临河市的一家大公司了。

公司规模大了,张建阳在外面的地位也是水涨船高。寻常人想见张建阳,已经需要向他的秘书预约了。临河市的领导与他见面时,也会客气地称一句"张总",而不是像过去那样叫他"小张"。

张建阳是个聪明人,他知道即便自己的确有一些能力,这些能力在唐子风面前也是不够看的。他其实也不清楚唐子风的本事到底有多大,或许是因为他一开始潜意识里就存了甘拜下风的念头,于是凡事都跟紧唐子风的步伐。

"走吧,趁现在没事,你带我去看看咱们的网吧吧。"唐子风说道。

"好的好的,我还一直想请唐厂长去指导一下工作呢。"张建阳忙不迭地说道。

二人坐着临荟公司的小轿车来到了位于临河市中心的网吧。网吧取名与临一机没有任何瓜葛,由张建阳随便编了一个名字,叫作飞羽网吧,大致是指网速极快,有飞一般的效果。

当然,唐子风对这个解释是颇为不屑的,1998 年国内三线城市的网速,按后世的标准来看,只能算是龟速了,但你总不能把网吧命名为神龟网吧不是?

"目前咱们有两家店,每家店有 60 台机器。网费是上午 10 点到晚上 10 点 4 块,晚上 10 点至第二天早上 10 点 2 块。很多年轻人都是来上夜场。"

张建阳一边带着唐子风参观网吧,一边介绍道。

"我看现在的生意也不错嘛,基本上都坐满了。"唐子风说。

张建阳说:"那是因为现在已经放学了。咱们这个网吧旁边就是市一中,当然了,按照市里的规定,网吧不能开在学校旁边,所以咱们的门离一中的门有 500 米。一中很多学生一放学就会过来上网,到晚自习的时候才走。"

"有没有逃学来上网的?"

"也有,不过,我交代过网吧的经理,如果发现有学生逃学来上网的,就要马上赶走,这也是我和教育局那边约好的事情。"

"嗯嗯,这样好。"唐子风说,"咱们赚钱归赚钱,耽误学生学习就不合适了。到时候万一家长去告状,咱们也有麻烦。"

"对对,我也是这样想的。这也是唐厂长你一向教育我们的,说是企业的社会责任嘛。"

"哈,这样理解也行。"

正说笑着,唐子风眼角的余光一闪,发现在前面一个机位上,一位穿着校服、明显是高中生模样的男孩子正把一台机箱从桌子底下拎出来,手里螺丝刀一晃的工夫,已经把机箱盖给卸开了,然后便把机箱里的网卡、显卡、声卡啥的拔出来摆了一地。

"咦,老张,那是怎么回事?"唐子风诧异地问道。没听说过网吧还允许上网者拆机器的,而且旁边的网管似乎还有点熟视无睹的样子。

"哦哦,你说这孩子啊。"张建阳也看见了那男生,便给唐子风解释道,"这学生名叫苏化,是临一中的学生,今年上高三了。他计算机玩得特别好,而且会修机器,技术比市里那几家电脑公司的技术员还好。……而且他给网吧修机器,不收钱。"

最后一句话,他是贴着唐子风的耳朵小声说的,语气中颇有一些得意。

"不收钱?凭什么?"唐子风也低声问道。

张建阳说:"他是主动上门来跟网吧经理谈的,他说他在课余时间可以免费帮咱们修计算机,解决软件故障啥的,条件就是咱们允许他在这里免费上网。网吧经理觉得挺划算,就答应他了。"

"居然有这样的事。"唐子风哑然失笑。修计算机其实并不难,只是一台计算机价值六七千,寻常人哪敢乱拆乱动。正因为会修计算机的人少,电脑公司里的维修人员也就显得特别跩,收费极黑。网吧能够找到一个免费的维修工,自然是很划算的。

至于说允许对方免费上网,其实也花不了多少钱。毕竟这孩子平时要上学,哪有那么多时间来上网。

## 第三百二十七章　我不要钱啊

也许是觉得这个名叫苏化的小男生有点意思，唐子风走到他跟前，蹲下身，看了一会，遂后问道：

"同学，这电脑怎么啦？"

苏化在网吧修电脑，被人围观已经不是一次两次了。唐子风刚蹲到他身边的时候，他也没在意，只是专注地用尖头镊子夹着一团酒精棉在主板上擦着上面的污垢。听到唐子风问话，他头也不抬地回答道："坏了。"

"哪坏了？"

"我也不知道。"

"你不知道，那你现在在干吗？"唐子风好奇地问道。

苏化终于扭头看了唐子风一眼，然后说道："我昨天就来修过这台机子，板卡、内存都没问题，所以我估计可能是主板上积灰了。这几天天气有点潮，主板上积了灰尘可能会漏电，我把灰尘擦掉再试试。"

"如果擦掉灰尘还不行呢？"唐子风杠道。

苏化说："那就再来一次。反正就是这几个件，拆掉重装一次，说不定就好了。"

"嗯嗯，这就是所谓'薛定锷的电脑'吧。"唐子风笑道。苏化的话还真不是胡说八道，计算机的硬件故障有时候的确是莫名其妙的，前一分钟无论如何都不亮，也不知道在哪拍一下，就亮了，然后就能够稳定地使用下去。

"你也会修电脑？"

苏化却反过来对唐子风产生了兴趣。他刚才这套说辞，对很多旁观者说过，别人听到之后，都是老大不高兴，或者不屑，觉得他肯定是在敷衍自己，或者是自己也不懂。只有唐子风接受了他的解释，似乎还挺认同的样子，有这种认知的人，在临河可不算多。

"苏化,你怎么跟唐厂长说话的!"张建阳在旁边看不下去了,"你个小屁孩子,人家唐厂长好好地跟你说话,你还一副爱理不理的样子,真把自己当成谁了?万一惹得唐厂长不高兴,立马就能让你滚蛋。"

"唐厂长?"苏化一惊,脱口而出道,"你就是唐子风?"

"是啊,我是唐子风,怎么,你知道我?"唐子风笑着问道。

"呃呃……"苏化立马就窘了,有些手足无措的样子,他支吾着说道,"唐、唐叔叔,我听……呃,我听人说起过你……"

唐子风心里一动,问道:"你叫什么来着?"

"苏化。苏联的苏,化学的化……"

"怎么会起这样一个名字?"

"呃,听我爸妈说,是照着实现四化的化来取的,他们差点让我叫苏四化。"

苏化尴尬地解释着。他出生于1981年,那时候报纸广播都在说实现四化,他的父母给他起个这样的名字实属正常。

"我想起来了,你是于晓惠的同学,对不对?"

唐子风终于回忆起来了。他过去就听过苏化的名字,一次有个女工跑到他家里去闹事,把他和于晓惠都给骂了。于晓惠气不过,打电话给自己同学,让他找人去收拾那个女工的儿子,最终把那个女工给吓住了。

唐子风很清楚地记得,于晓惠联系的那个同学,正是名叫苏化。而且据于晓惠说,这个苏化是个电脑迷,成天巴结于晓惠,就是为了让于晓惠把自己的笔记本电脑借给他用。网吧对于苏化这种人的吸引力是无穷的,但他又没有钱来付机时费,所以选择给网吧义务修机器来换机时,也就在所难免了。

"是,就是于晓惠跟我讲过你,她说你特别厉害。"苏化老老实实地说,全然没有了刚才那种漫不经心的慵懒模样。看起来,于晓惠在苏化面前没少吹嘘唐子风的丰功伟绩,让这个小男生对他产生了敬畏感。

"你和晓惠关系很好吗?"唐子风笑着问道。上次他就感觉于晓惠与电话那头的男生关系非同寻常,现在见着正主了,岂有不打听打听的道理?他这段时间和肖文珺泡在一起,多少沾上了一些女生的八卦心。

谁说女博士就不是女生来着?

"我和于晓惠的关系……一般吧。主要因为她有一台笔记本电脑,是她自己用的。"

## 第三百二十七章 我不要钱啊

苏化讷讷地说。他说于晓惠的计算机是"她自己用的",是指于晓惠拥有一台属于自己的计算机,这在他们同学里是绝无仅有的。有些同学家里也有电脑,但都是父母用的,这个年月里哪有几户人家会给上中学的孩子配电脑的?

"也就是说,你是和她的笔记本电脑关系好,和她的关系很一般?"

"那倒也不是……"

"我怎么觉得,晓惠对你挺好的。"

"哪有嘛……唐叔叔,你可别乱说。"

"我乱说?那你脸红什么?"

"我没脸红……我……我这是被酒精熏的,还有,这机房里挺热的……"

"别解释,解释就是掩饰。"

"唐叔叔,我们真的没啥。"

苏化绷不住了。一个17岁的小男生哪是唐子风这种人的对手?他抬头看看左右,然后压低声音对唐子风说道:"唐叔叔,我和于晓惠是不可能的。她家境又好,学习成绩又好,老师说她很有希望考上清华的,我怎么可能和她有什么……"

张建阳在唐子风与苏化开始聊天的时候就离开了,他不清楚唐子风与苏化是如何认识的,但也知道自己待在旁边有些碍事。唐子风此前其实是在逗苏化玩,想从这小男生嘴里套点话,好拿去逗于晓惠。听苏化说得认真,唐子风也不便再开玩笑了,他问道:"怎么,你成绩不好吗?听于晓惠说,你本事挺大的。"

"我就是喜欢计算机,其他的都不行,尤其是文科特别差,高考估计也就是上个大专的水平。"苏化自暴自弃地说道。

"那你计算机水平怎么样?"唐子风问。

"还行吧。"说到计算机,苏化的自信一下子就回来了,他用一种低调的炫耀口吻说道,"编个普通的程序没什么问题。"

"啥算普通的程序呢?"唐子风追问道。

苏化用手一指吧台的方向,说道:"比如说吧,这个飞羽网吧有60台计算机,现在还是用手工结账,一到临一中放学和上晚自习的时候,好多一中的学生集中上机和下机,他们就忙不过来。我跟他们经理说了好几次,说可以帮他们编一个自动管理程序,上机下机自动结算,他们不信。其实这种程序简单得很,我肯定能编出来。"

"他们为什么不信?"

"谁知道,应该是他们也不懂吧。"

"你确信自己能编出一个管用的管理程序?"

"绝对没问题。"

"那好,咱们过去跟他们经理说说。"唐子风拍拍苏化的肩膀,站起了身。

苏化下意识地随着唐子风站了起来,这才懵懵懂懂地问道:"去说什么?"

"问问他们要不要这样一个程序啊。"唐子风说,"你负责跟他们说,我给你担保。"

苏化一下子兴奋起来,他拉着唐子风的袖子问道:"唐叔叔,你是认识他们的经理吗? 对了,这个网吧不会是你们临一机开的吧?"

"这你就别管了。"

唐子风说着,把苏化带到了吧台前。张建阳正坐在吧台里与网吧经理魏科聊着天,见唐子风过来,他赶紧拉着魏科起身招呼。为了避嫌,唐子风没让张建阳安排厂里的转岗职工或者家属来管网吧。

"小魏,这就是我们唐厂长,人大毕业的,水平特别高!"张建阳向魏科做着介绍。

魏科是个伶俐人,他忙不迭地向唐子风打着招呼,又指挥着手下的网管赶紧去拿饮料。唐子风拦住了众人,指着苏化对魏科问道:"小魏是吧,这孩子你熟吗?"

"熟,他就是临一中的,上高三吧,计算机技术不错,经常过来给我们维护机器。"魏科说道。

唐子风说:"巧了,我刚知道,他是我一个晚辈的朋友。他说他能帮咱们网吧编一个管理程序,方便咱们记账。小魏,你听他说过吗?"

魏科脸上明显有些尴尬,他讪笑着说道:"这事嘛,苏化倒是跟我说过,可他没说他认识唐厂长你啊。我也是怕耽误他学习,所以没让他编这个程序。不过,既然唐厂长说起这件事了,那要不就让他试试吧?"

苏化一脸激动,他向魏科做着保证:"魏经理,你放心,我肯定能把这个程序编出来的,你用过就知道了,起码能帮网吧省下一半的人手。"

此言一出,旁边两位网管立马递过来四束充满敌意的目光,可惜在场的几位都懒得去看。

## 第三百二十七章 我不要钱啊

"唐厂长看中的人,那肯定是没问题的!"张建阳在一旁帮着腔。他也不知道唐子风与苏化到底是什么关系,但能看出唐子风对这个苏化似乎有几分爱护。唐子风看中的人,张建阳当然是要支持的,就算苏化做不出什么名堂,那又如何?

唐子风却是笑呵呵地对苏化说道:"苏化,你听到没有,我可是拿自己的名誉替你担保了,如果你掉了链子,丢的可是我的面子,到时候,我可不给钱的哦。"

"给钱?"苏化一愣,"唐叔叔,我不要钱啊!"

## 第三百二十八章 是不是药量太大了

"你说你编程序不要钱,那你要什么?"

离飞羽网吧不远的一个小饭馆里,唐子风与苏化面对面坐在一张餐桌两头,唐子风笑呵呵地向苏化问道。

不知道是因为于晓惠的缘故,还是唐子风自己觉得与苏化投缘,在网吧里听说苏化也还没吃晚饭的时候,唐子风便把张建阳打发走,自己带着苏化来到外面,随便找了个小饭馆,要了几个家常菜,边吃边聊起来。

在此前,唐子风还真是有些以己度人。在他看来,苏化一心想给飞羽网吧编一个上网管理程序,肯定是存着要赚笔钱的想法。唐子风记得于晓惠说过苏化的家境一般,看在于晓惠的面子上,他也想帮苏化一把,让苏化赚点小钱,所以才会领着他去见魏科。

依着唐子风的意思,如果苏化真的把网吧管理程序编出来了,他就让魏科去评估一下。如果评估结果不错,就从网吧给苏化发个两千三千的劳务费;如果程序不怎么样,甚至完全不能用,则给他三百五百的,就算是发一个安慰奖了。

这么一个半大孩子,就能想着凭自己的本事出来赚钱,唐子风是要支持一下的,毕竟他也曾是穷人,知道穷人的困苦。

可他万万没有想到的是,苏化居然声称自己不要钱,这是什么情况呢?在网吧里,唐子风不方便问苏化的真实想法,现在旁边没什么相干的人,他便可以打听打听了。

"我没说要钱啊,我啥也不要。"苏化像是蒙受了莫大的冤屈一般,向唐子风说道。

难道我看上去不像是一个纯洁的好孩子吗,唐叔叔为什么会觉得我想赚他的钱呢?

## 第三百二十八章　是不是药量太大了

"那你图个啥?"唐子风不解地问道。在他看来,苏化想赚钱才是正常的表现。苏化说不想要钱,啥也不要,这倒属于不正常了。

苏化看着唐子风,见对方不像是开玩笑或者恶作剧的样子,这才说道:"我就是喜欢编程序。这个网吧管理的程序,我想了好久了,好多模块我都已经编好了,就是找不到一个地方测试。如果魏经理同意用我的程序,我就可以在网吧里测试了。"

"听你这意思,魏经理允许你用网吧来测试你的程序,还应当收你一点钱才对。"唐子风笑道。

"我没钱。"苏化低着头说。他当然也知道唐子风这句话是玩笑话,可他实在囊空如洗,连凑个趣的勇气都没有。

"你家的家境……不如晓惠家吗?"

唐子风原本想直接问苏化是否家境不好,话到嘴边,又担心伤了这孩子的自尊心,于是换了一个问法。此前,苏化说过于晓惠家境好,与他有落差,唐子风这样问就不显得唐突了。

苏化连连摇头道:"我家哪能和于晓惠家比,她爸特别能赚钱呢,听说她家是百万富翁呢。我家就是一个普通家庭,我爸妈工资都不高,家里还有爷爷奶奶和外公外婆要养,生活挺紧张的。"

"那你怎么没想着靠你的计算机本事赚点钱?哪怕是补贴一下家里也好啊。"唐子风问。

"我没想过这个啊……"苏化一头雾水地答道。他还真没想过自己也有挣钱的能力,在他看来,自己的能耐能够给自己换一个免费上机的机会,就已经很幸运了。

此时,服务员已经把他们点的菜端上来了。唐子风招呼着苏化搛菜吃,苏化一开始还有些拘谨,吃了几口就放开了。他家的家境看来的确如他所说,属于比较拮据的,平时也没什么好东西吃。唐子风点的这几个菜虽是家常菜,但胜在肉菜多,苏化吃得满嘴流油,脸上明显多了一些鲜活的色彩。

"现在是市场经济年代啊,只要有本事,就能够赚到钱。你说你会编程序,这就非常难得,你为什么不能用这些本事去赚钱呢?"唐子风循循善诱,当初在人大说服包娜娜等师弟师妹替他推销图书的那股劲头又上来了。

"可是,谁愿意给我钱呢?"苏化嘴里塞得满满的,用含糊的声音问道。

"只要你敢于推销自己,一切皆有可能。"唐子风说,"就比如说你要给魏经理编的那个程序,如果真的能够帮网吧节省一半的人手,你向魏经理要个三千五千的费用,根本不在话下。"

"三千五千!"苏化差点被一块回锅肉噎住,他拼命地把嘴里的东西咽下去,然后盯着唐子风问道,"唐叔叔,你觉得编一个程序真的能挣这么多钱?"

"这就看你的程序编得怎么样了。如果你的程序编得好,一个程序卖100万也不成问题。"唐子风说道。

"我不用赚100万,我如果能够赚到……5万,就可以买到一个委培的名额了。"苏化目光闪闪,显然是被唐子风勾起了希望。

"什么委培的名额?"唐子风却是有些不明白。

苏化脸上掠过一丝羞涩,他说道:"我堂姑父单位每年都有几个到京城的大学里委培的名额,要自己出钱的,一个名额要5万块钱,我家出不起。"

唐子风问:"你是说,你想去京城上大学?是什么大学,不会是清华吧?"

苏化赶紧摇头:"这怎么可能,其实就是几个大专学校,专业倒是计算机。其他人都觉得没啥意思,又要出钱,所以不愿意去。我如果能赚到5万块钱,就可以托我堂姑父给我弄一个名额了。"

唐子风听出了一些端倪,笑着调侃道:"哈,你说到底还是打算去京城上大学,不会是冲着于晓惠去的吧?"

苏化低着头,说道:"我只是想离她近一点,没别的意思。……呃,我是说,如果我不能混出一点名堂,我是不会去找她的。"

"有志气!"唐子风向苏化跷起一个大拇指。

他不知道于晓惠是否真的对苏化有意,此外,即便于晓惠现在对苏化有意,未来二人也不一定就能走到一起去。高中生的那点青涩恋情,有几桩能够走到头的?

不过,不管结果如何,唐子风还是很欣赏苏化的这种心气。他能够坚持不懈地追求自己的梦想,这就是非常难能可贵的品质了。

横亘在苏化和于晓惠之间的,有两条堑壕。一是于晓惠的成绩比苏化好得多,未来一个能上清华,另一个只能上委培的大专,差距未免有点大;一是于晓惠是富家女,在苏化看来就算是豪门了,而苏化却是一个穷小子。

## 第三百二十八章 是不是药量太大了

学历上的落差，唐子风没办法给苏化出什么主意，他也不知道于晓惠是否会在意这个差距。但财富上的落差，唐子风觉得苏化还是有机会去拉平的，毕竟这是一个能够创造奇迹的年代。苏化如果真的在计算机方面有一些天赋，再加上机缘巧合，没准就能弄出一家什么互联网创业公司来，年纪轻轻身家几十亿也并非毫无可能。

"你给飞羽网吧编程序，不会影响你的学习吧？"唐子风问道。

"我平时也不怎么学习。"苏化答道。

"好吧……"唐子风无语了，这就是一个典型的偏科学生，唐子风并不觉得自己有能力纠正他的学习习惯。

"如果是这样，你可以尝试着把你的程序商业化。"唐子风说，"你可以先在飞羽网吧做测试，同时多了解一下网吧管理者的需求，看看他们最需要什么样的功能，然后你就在程序里去实现这些功能。

"一旦你的程序成熟了，你就可以拿着这个程序，去找各家网吧推销。每家网吧你也不用收太高的费用，有个一两千块钱就可以了。一两千块钱对于一家网吧来说，不算是太大的支出，如果你的程序管用，人家是很乐于出这笔钱的。"

"可是，临河总共也只有六家网吧，而且这六家网吧是分属于三个老板的，一个老板名下有两家网吧，他们肯定不愿意出两次钱的。"苏化说道。

唐子风呵呵一笑，说："你可以在程序里加个锁啊，让你的程序只能在一家网吧里用，拷贝到别的网吧去就没法用了，这样一来，你不就能够多卖一次了吗？至于说临河的网吧不够多，你可以抽时间到南梧去卖，还有屯岭啊、锡潭啊，一张长途汽车票又不贵，是不是？"

"我明白了！"苏化只觉得面前像是被人推开了一扇窗户，让他看到了一片广阔的天空。原来赚钱是这么容易，只需要一个点子而已。他对自己的程序有着充分的信心，如果他愿意多花点时间去做优化，多容纳一些功能，相信绝对能够打动各地的网吧经理。

一家网吧就算收 1000 元，整个东叶省范围内，自己推销 30 份不成问题吧？那就是整整 3 万元了。自己再想想其他的办法，在明年高考前凑齐 5 万元，也不是没有希望的。如果自己能赚到 5 万元，那么就能到京城去上大学，就能够离于晓惠更近一些了。

想到这里,小男生的目光变得炽热起来。

我给这孩子喂的心灵鸡汤,是不是药量太大了,不会留下啥后遗症吧?

唐子风看着小男生那一脸的向往之情,忐忑地想。

## 第三百二十九章　你有没有兴趣

一顿饭还没吃完,苏化就已经成了唐子风的粉丝。唐子风告诉他,设在临一机厂区内的苍龙研究院有一些计算机高手,苏化如果在编程的时候遇到什么过不去的坎,需要找人指导,可以到苍龙研究院去求助。届时只要报出唐子风的名字,没人敢不买账。

唐子风许诺的这一点,对苏化非常重要。苏化的计算机知识完全是自学而来的,在临河这个地方,他找不到能够给他提供指导的人,很多时候遇到解决不了的问题,就只能盲目地摸索,浪费了许多时间。

吃过饭,苏化赶回学校上晚自习去了。虽然照他的说法,他回到教室依然是写程序,但不去教室就属于旷课,旷课的次数多了,老师就要通知家长了。

看着苏化背着书包向学校的方向狂奔而去,唐子风笑着摇了摇头。他也就是心血来潮,随便点拨一下这个孩子,至于这个孩子最终是成一条龙,还是成一条虫,就不是唐子风管得了的事情了。

正琢磨着晚上去找谁聊天,兜里的手机忽然响了起来。唐子风拿出手机,看到来电显示的名字是黄丽婷。

"喂,黄姐,你在哪呢?"唐子风笑呵呵地问道。

"子风,你还在临河吧?"黄丽婷在电话那头问道。

"是啊。怎么,黄姐也回临河了?"唐子风说。

唐子风这样说是有缘故的,现在黄丽婷和唐子风一样,也是成天在外面跑,属于那种把飞机当成出租汽车坐的人。

丽佳超市目前已经走出了东叶省,开始在全国各地扩张。超市在省外的分店已经超过了 20 家,而且还在以每月 2 至 3 家的速度增长。黄丽婷大多数时候都在外地分店检查和指导工作,回临河反而是比较稀罕的事情。这一年多时间里,唐子风与黄丽婷没有在临河见过面,倒是在滕村见过好几回。

听到唐子风的问话,黄丽婷说:"是啊,我是前天回临河的,听说你也回临河了。怎么样,子风,你今天晚上有空吗,要不要来总店这里喝喝茶?"

"嗯嗯,也好,我还正想着晚上找谁聊天呢。"唐子风爽快地应道。

接黄丽婷电话的时候,唐子风正在飞羽网吧附近,而这个地方离丽佳超市的总店也非常近。唐子风步行了七八分钟,就来到了总店,敲开黄丽婷办公室的门时,倒把黄丽婷给吓了一跳。

"你怎么来得这么快?"黄丽婷诧异地说。

"我刚才就在附近,走几步就到了。"唐子风解释说。

黄丽婷把唐子风让进屋,一边招呼他坐下,并给他沏上茶,一边嗔怪地说:"原来你都到店门口了,我如果不给你打电话,你是不是都想不起到店里来坐坐?"

唐子风说:"也是凑巧了,我到一中这边会个朋友。再说,我也不知道你在店里。你平时也不在临河,好不容易回来一趟,还不在家里陪老蔡?"

"陪他干吗!"黄丽婷装作不屑地说,随即又改了口,说,"他在家里指导孩子做作业呢,我先到店里处理点事情。好久没回来,店里也积了一堆事。"

"现在都处理完了?"唐子风问。他来得很快,但看黄丽婷的办公桌上收拾得挺整齐的,不像是正在处理公务的样子,估计她已经把事情处理完了,此时是专门在店里等他的。

"处理完了。"黄丽婷说,"然后我就给你打电话,看看你有没有空。你如果没空,我就回家去了。"

"怎么,有事?"唐子风敏感地问道。

黄丽婷假装不悦地说:"没事我就不能请唐总来聊聊天吗?唐总你是咱们超市的大股东好不好,我是给唐总打工的,不得经常向唐总汇报一下工作吗?"

"瞧黄总说的,我不过就是投了点钱,请黄总带我一起发财,算是个小散户,哪敢在黄总面前充大股东?黄总有空愿意给我做个指示,是我的荣幸。你瞧,黄总一个电话,我不就屁颠屁颠地跑过来了吗?"唐子风油嘴滑舌地说。

他心里可明白得很,黄丽婷专门请他到店里来,肯定不是为了闲聊,更谈不上是向他汇报工作。事实上,唐子风早就把超市的事情全权委托给黄丽婷了。黄丽婷似乎天生就适合做商业,除了最初一段时间因为不了解超市这种业态,还需要唐子风给一些指点之外,现在她做的这些事情,唐子风根本就插不上手,再出什么主意,基本上就是添乱。

## 第三百二十九章 你有没有兴趣

这一年多,二人虽然见面的次数很少,但在电话里的沟通从未间断过。关于超市的经营情况、发展思路等,黄丽婷都会在第一时间向唐子风打电话通报。现在她专门约唐子风到办公室来谈,显然是有需要认真商量的大事了。

果然,黄丽婷在扯了几句闲话,算是做铺垫之后,压低声音向唐子风问道:

"子风,我问你一件事。对滕机,你是怎么打算的?"

唐子风心念一动,反问道:"怎么,黄姐,你听到什么了?"

"没听到什么,就是这段时间一直配合你在做滕机这边的工作,我想问问你对滕机的真实想法。"黄丽婷说。

唐子风说:"我的想法一直都没有瞒过黄姐你啊。我和周厂长商量好了,最终临一机肯定是要兼并滕机的。现在只是担心滕机的职工思想上一时接受不了,所以需要循序渐进,让他们慢慢消化。"

"不是说滕村市政府开价很高,你们双方没有谈妥吗?"

"这不过是我们利用了一下滕村市政府而已。把锅甩给他们,让厂里的职工觉得我们不可能兼并滕机,那么现在我们这种租借滕机设备和工人的方式,就是他们能够得到的最好的结果。如果没有市政府插这一杠子,滕机的职工就会觉得我们肯定是打算兼并滕机的,就不会接受我们目前这种慢慢消化的方式了。"

"可是,等到你们最后收购滕机的时候,不还是要和市政府谈价钱的吗?"

"这事好办。现在整个滕村市的经济都不景气,市政府根本没有多少牌可以打。到时候我们对市里做一些让步就行,我心里有数的。"

"你估计最后要花多少钱?"

"1个亿左右吧。"唐子风说。这个数字对外是保密的,但既然黄丽婷问起来,唐子风也就说了。他心里明白,黄丽婷在商场上滚打了几年,应当是懂得分寸的,所以从常理来说,黄丽婷不应当向他问起这么敏感的内容。黄丽婷不顾忌讳问起这个问题,当然就是有深意的,唐子风也就没必要瞒她了。

"是这样啊。"黄丽婷点了点头,忽然问道,"子风,你怎么没想过自己去收购滕机呢?"

"什么意思?"唐子风一愣,他隐隐猜出,这个问题才是黄丽婷要和他谈的主题。

"我听人说,像滕机这样一家厂子,起码值三四个亿,光是它那块地皮,运作

295

得好的话,就能值2个多亿。现在滕机不景气,照你刚才说的,只要和滕村市谈好,你只要花1个亿就能够把滕机买下来。既然是这样,你为什么不自己出钱买呢?买过来好好收拾一下,就能够赚2亿以上。我得开多少家超市,才能赚到这么多钱啊!"黄丽婷说。

唐子风微微一笑,说:"如果我想这样做,根本就没必要去惦记滕机。临一机的基础比滕机好得多,我如果和吴厂长、张厂长他们一起运作一下,把临一机变成我自己的,也是能够办到的,何必绕这么大一个圈子,去打滕机的主意。"

"我也听人说过了,大家说就是你不同意让临一机转制。"

"黄姐的消息果然是够灵通的。"

"好多人都说你傻呢。"

"黄姐也这样认为吗?"

"我倒没这么想。我知道子风你是个光明磊落的人,不会像有些厂子的厂长那样,故意把厂子搞亏损,然后三文不值两文地把厂子转到私人名下去。"

"这和光明磊落挨不上,只是不想让工人戳我的脊梁骨罢了。"唐子风说,"临一机能够有今天,是全厂7000多职工出大力、流大汗干出来的。我如果把厂子弄到自己名下,还有脸去面对大家吗?"

"这个我理解。"黄丽婷说,"可是滕机和你没关系啊,你就没想过把滕机收过来?"

唐子风说:"滕机和我也有关系,毕竟是周厂长叫我过去兼并滕机的。周厂长相信我的为人,我不能言而无信。"

"我明白了,这是你子风的做人原则。"黄丽婷说。

"谢谢黄姐理解。"唐子风说。说到这里,他心里不禁有点嘀咕。事实上,关于这个问题,他过去与黄丽婷也是谈过的,虽然没有谈得这么直白,但他的想法,黄丽婷不应当不了解,为什么这个时候又要旧话重提呢?

黄丽婷似乎是看出了唐子风的所想,她起身替唐子风的茶杯里续了点水,然后装出一副轻描淡写的样子,问道:

"那么,子风,如果有一家和你一点关系都没有的企业,只要稍微出一点钱,就能够拿下,你有没有兴趣?"

# 第三百三十章　怎么搞到一起去了

唐子风算是彻底明白了。

黄丽婷跟他兜了半天圈子,问他对滕机有什么想法,其实着墨点并不在滕机。黄丽婷知道唐子风在兼并滕机一事上的安排,也能猜出唐子风不会监守自盗,也就是打着临一机的旗号做了半天工作,最后却把滕机弄到自己名下。

黄丽婷提起滕机,不过是找一个由头,从侧面了解一下唐子风对于兼并老国企的想法。如果唐子风流露出这方面的意思,她就可以引着唐子风自己往坑里跳。现在唐子风口风很严,没有露出什么破绽,黄丽婷也就只能直接询问了。

"黄姐说的是哪家企业,我听说过吗?"唐子风不动声色地问道。

黄丽婷点点头,说道:"子风你应当很熟悉的,就是霞海的金尧车辆厂。"

"金尧车辆厂,宋福来?"唐子风脱口而出。

黄丽婷说错了一点,唐子风对金尧车辆厂其实并不熟悉。几年前,他随周衡到临一机来工作,第一项任务就是带着韩伟昌去金车催讨欠款。最终,他抓住了金车厂长宋福来等一干厂领导的把柄,迫使金车答应归还全部欠款。

此事当年在临一机颇为轰动,只是除了当事人韩伟昌之外,没有任何人知道唐子风当时是如何办到的。大家都传说唐子风是抓住了宋福来,以命相要挟,才让金车低头的。至于唐子风当时手里拿的是板砖还是管钳,自然是众说纷纭,始终没有定论。

虽然有过这样一段经历,但唐子风对金车谈不上熟悉,只知道这是一家比临一机更大的企业,再就是领导班子作风糜烂,其中又以厂长宋福来为最。

"你怎么和宋福来搞到一起去了?"唐子风诧异地问道。

"什么叫搞到一起去了!"黄丽婷佯装恼怒地斥道。唐子风用的这个词,可真是有些不雅。

唐子风笑道:"我又不是那个意思,我是问,你怎么会和宋福来……呃,不说

'搞到一起',还有更合适的说法吗?"

"狗嘴里吐不出象牙!"黄丽婷骂了唐子风一句,随后便解释道,"前个月,我们在金尧开了一家分店。要开分店嘛,当然要和当地的各个部门都搭上关系。后来,有一个关系人就给我介绍了宋福来,我们在一起吃过几次饭,然后就说到这件事了。"

"宋福来想把金车吞掉?"唐子风问。

黄丽婷微微点了一下头,以示确认。

唐子风冷笑道:"这只老狐狸,几年前我就看出他不是个东西了。当时也就是国家政策不允许,否则他早就把金车吃下去了。今年国家搞机构改革,企业下放,算是让他逮着机会了。金车可是一块大肥肉,他会动这样的心思,我是一点都不觉得奇怪。"

黄丽婷默然无语。

唐子风这话,倾向性是很明显的,那就是他对宋福来没有任何好感,对于宋福来要做的事情,也是充满了鄙夷。在这种情况下,黄丽婷要拉唐子风去与宋福来合作,只怕是很困难了。

"宋福来想吞掉金车,找你干什么?"唐子风发完感慨,对黄丽婷问道。

黄丽婷说:"他的资金不够,想拉我入股。"

"然后你就想拉我入股?"唐子风问。

黄丽婷说:"你是超市的股东,这样的事情,不经过你同意,我怎么可能擅自做主?这件事可不是平常开个分店那样的小事,如果我们要和宋福来合作,起码要动用1个亿的资金。这么大的事,当然是得由你决定。"

唐子风倒是平静下来了,他问道:"宋福来的打算是什么?"

黄丽婷说:"他准备和金车的几个厂领导一起,凑4个亿把金车买下。他们手里没有这么多钱,所以就分头找人入股。我们丽佳超市现在在国内也算有点名气了,所以他就托人联系我,想让我们出一份,大约是1个亿的样子。

"他跟我保证,说买下金车之后,他们会先把金车一半的厂区拿出来,找人一起开发房地产。金尧这两年房地产市场很火爆,房子只要开发出来,根本不愁卖。光是开发这些房地产赚的钱,就能够让大家回本。剩下的就都是大家净赚的了。"

"拿出一半厂区开发房地产,金车就完蛋了。估计他下一步就是把金车的设备和存货卖掉,再把另外一半厂区也推平,盖成房子。这样金车没了,他个人起码能赚到1个亿。"唐子风说。

黄丽婷再次沉默。这些套路都是公开的秘密了，唐子风所说，与宋福来向黄丽婷说的并没有什么出入。唯一的区别就是宋福来说得比较委婉，而唐子风说得更直白。

"你的意见是什么呢？"唐子风问。

黄丽婷迟疑了一下，说道："子风，这件事，我的考虑是，金车已经这样了，不管咱们参加不参加，宋福来他们就是要把金车搞垮的。与其让别人赚了便宜，不如咱们去赚。其实这中间也不需要我们实际出钱，宋福来说，只要我们愿意拿出丽佳超市的资产做抵押，他就能够在金尧本地的银行弄到贷款。

"他以我们的名义去贷1个亿，但未来分成的时候，咱们只能拿相当于5000万的份额。他跟我计算过，我们在这件事情里，除了收回本钱之外，大致还能赚到1亿。"

"所以你就动心了？"

"我这不是正在和你商量吗？"

"如果我不同意呢？"

"那我肯定还是听子风你的。只不过，子风，你不觉得很可惜吗？"黄丽婷怯怯地提出异议。

尽管对于1个亿的预期收益非常心动，但如果唐子风坚决不赞成，黄丽婷也只能放弃。她习惯了服从唐子风的指令，这既是源于她与唐子风的合作关系，也是慑于唐子风的"威名"。黄丽婷知道，唐子风表面看上去一副人畜无害的样子，在她面前也是一口一个"黄姐"地叫着，但如果自己敢违逆唐子风的意志，惹唐子风不高兴，唐子风可以有100种方法来惩治自己，让自己得不偿失。

"黄姐，你缺这1个亿吗？"唐子风问道。

"当然……缺。"黄丽婷的话说到一半，还是打了个磕巴。

丽佳超市现在日进斗金，一年的毛利有1亿多，所以黄丽婷还真不是没见过1个亿的人。不过，这几年超市的利润都被用于向外扩张，黄丽婷手头的资金一直处于非常紧张的状态。

如果能够有1个亿的额外进项，黄丽婷就可以把超市扩张的速度提高一倍，这对于丽佳超市来说是非常重要的。时下正是国内超市野蛮生长的时间，各家超市都在跑马圈地，手快有，手慢无，有些城市如果进去太晚，市场已经被其他超市占据，丽佳超市再想打开局面，难度就大得多了。

正因为如此，黄丽婷每天都在琢磨着能够从哪弄到更多的资金，加快向各城市渗透的步伐。宋福来托人找到她，向她画出这样一个大饼，立刻让她心动了。

正如她所说，这么大的事情，她是不可能不和唐子风商量的。她过去就曾经探过唐子风的口风，知道唐子风对于侵吞国企资产这种事情颇为不屑。但她还存了一点希望，那就是唐子风只是不愿意吃窝边草，金车是别人地里的庄稼，与唐子风自己的工作没有关系，或许唐子风对此不会有啥心理障碍吧？

"黄姐，以你的志向，丽佳超市未来会发展到多大规模？"唐子风问。

黄丽婷沉默了片刻，说道："最起码，应当在所有的大城市里都有分店吧，在国内排第一第二是不敢想了，进入前五名，还是有希望的。"

"有志气！"唐子风向黄丽婷跷了跷大拇指。能够进入超市业的前五名，已经是一个很大的目标了，黄丽婷只是一个家属工出身，有这种理想，的确是很了不起的。

"如果能够进入超市业的前五名，丽佳超市的市值，起码有几百亿吧？届时你还会在乎1个亿吗？"唐子风又说。

黄丽婷说："这不一样。现在我们是起步期，能够多1个亿，我们就能够走得更快，这对于我们未来能够发展到哪一步，是至关重要的。如果以后我们真的做到了超市业的前五，那我的确是不会对1个亿特别在意的。"

"起步期也不能为非作歹。咱们宁可走得慢一点，也没必要让自己背上原罪。一旦有了原罪，未来不管你做得多么成功，你都无法坦坦荡荡地面对大家，你会一辈子都抬不起头来，你觉得值吗？"唐子风说。

"也不至于吧……大家都是这样做的。"黄丽婷的声音低了许多，她或许并不觉得唐子风的话是对的，但面对唐子风的质问，她还是有一种心虚的感觉。

唐子风说："黄姐，我们处在一个最好的时代，只要我们好好做事，发财的机会有的是。做人还是要问心无愧吧，即便不是为了咱们自己，为了下一代不被别人鄙视，我们也该珍惜自己的名声。"

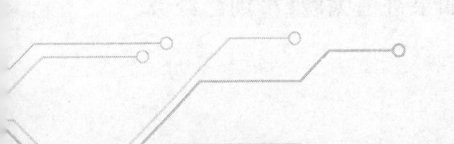

## 第三百三十一章　问心无愧

"子风,你说得太严重了吧?大家都这样做的……我听人说,以后可能就没有国营企业了,都是私人企业。咱们现在不抓紧时间,以后说不定就会后悔呢。"

黄丽婷讷讷地说,与其说是要说服唐子风,倒不如说是替自己辩解。她没想到唐子风对这件事的反感有这么强烈,早知如此,她还不如不动这个心思。

唐子风说:"黄姐,我跟你说,做生意,最重要的是要有长远眼光,不是盯着眼前的三年五年,而要看到未来二十年。我敢跟你保证,中国不会放弃现在的制度,国营企业不但会保留下来,未来还会有更大的发展。

"就算我们不去说国家政策如何,就说我们自己做人,也还是要图一个心安理得吧?现在丽佳超市的资产加上招牌,已经能值几个亿了,黄姐你已经是一个亿万富婆,难道还不知足吗?

"宋福来打金车的主意,肯定是首先让金车陷入严重亏损,逐步抽空金车的家底,这样才能让主管部门低估金车的价值,把金车贱卖给他。你想过没有,这样做的结果,就是把金车上万职工都给卖了。

"他捞到了钱,上万职工下岗了。年轻一点的职工还好,年纪大的,没有文化、没有技术的那些人,怎么办?有些人甚至连维持生计都难。黄姐,这样的钱,你赚到手里,良心能安吗?"

"子风,你说的……姐都同意。姐这不是有点财迷心窍了吗?唉,姐毕竟是个女人,见识就是不如子风你,要不我凡事都要找你拿主意呢,你就是姐的主心骨。"

黄丽婷忙不迭地做着自我检讨,又给唐子风戴着高帽,想把这件事情给揭过去。

唐子风说的话,黄丽婷有一半认同,另一半则说不清楚。她也是国企里的职工家属出身,当初临一机经营困难的时候,厂子里的职工家庭有多苦,她是看在眼里的,至今记忆犹新。

唐子风说金车一旦被宋福来等人吃掉,上万职工将生计无着,黄丽婷能够感同身受,心里隐隐有了一些不忍。

但与此同时,伸伸手就能够赚到一个亿的诱惑,又让她难以割舍。她给自己找着理由,觉得金车的死活,其实与她无关,也不是她能够改变的。就算她不与宋福来合作,宋福来也可以找到其他的合作者,同样会把金车搞垮。既然如此,这笔钱为什么不能由她来赚呢?

唐子风看着黄丽婷,笑了笑,说道:"黄姐,人各有志。我刚才说的,只是我自己的想法,黄姐如果觉得我是唱高调,你也可以做出别的选择。超市也有你一半的股份,你可以拿你的那一半去和宋福来合作,回头赚了多少钱,都是你的,与我无关。咱们的合作到此结束,你看如何?"

"子风你说啥呢!"黄丽婷立马就急眼了,"谁说我要跟你分家了!别说宋福来那边也就是个把亿的好处,就算他堆一座金山在我面前,我也不会丢掉你,去和那个老东西合作。子风,我可告诉你,我黄丽婷这辈子都赖上你了,你别想把我甩了。"

"呃,黄姐,台词错了,你这话不是该去对蔡工说的吗?"唐子风哭笑不得,赶紧纠正对方的话。

"讨厌!"黄丽婷用妩媚的目光白了唐子风一眼,却也不再说那些容易引起歧义的话了。她原本也不是水性杨花的人,前几年觉得唐子风年纪小,不解风情,可以耍弄耍弄。现在唐子风也算是有家有口的男人了,她再在唐子风面前说这些,让别人听去,的确该说闲话了。

唐子风也不便再纠缠此事,他正色道:"黄姐,我们不说大道理,说点更实在的。这两年国家的政策调整比较大,宋福来他们就是抓住了其中的一些漏洞,干这种伤天害理的事情。你看着吧,等这一段过去,国家肯定要回过头来彻查这些事情。

"到时候宋福来怎么吞下去的东西,国家还会让他怎么吐出来,顺便再送他一副纯钢手镯,外加西北沙漠的免费十年游。我们是做正经生意的,只要安分守己地做下去,就能赚到大钱,有必要去冒这种风险吗?"

"我明白了!"黄丽婷点头说,"我听你的,把姓宋的那老东西给回了。"

说罢,她又感慨道:"唉,你还别说,决定回了宋福来的事情,我突然就一身轻松了。你不知道,这些天,我天天心里都是揪着的,连睡觉都不踏实。"

"这就对了。"唐子风说,"清清白白赚钱,穷也好,富也好,吃东西有味道,睡觉睡得香。如果昧着良心去赚钱,不管赚到多少,这辈子都别想睡个安稳觉了。"

"老蔡也是这样跟我说的。"

"怎么,这件事蔡工也知道?"

"不是不是,我怎么会跟他说呢,他这个书呆子,肯定不会同意我这样做的。我是说,他过去老跟我叨叨,说我开超市要讲良心,不能卖假货,不能苛待员工。"

"蔡工是个厚道人。"

"可不是,要不就冲他一没钱,二没色的,我能守着他?"

"呃……"

说罢这些闲话,唐子风问道:"黄姐,那么宋福来那边,你打算怎么回复他?"

黄丽婷轻松地说:"这还不简单,我就说超市的资金不足。他想让我拿超市做抵押,从银行贷款,我就说我想拿贷出来的钱去开新的分店,没有多余的钱去投资金车了。"

"这样说,他能信吗?"

"他信不信,关我啥事?"

"我倒是觉得,你可以换个说法。"

"什么说法?"

"你就说,你找人商量过,人家告诉你说投资金车没多大的收益,风险又大,你不想投。"

"子风,你又想坑人了吧?"黄丽婷瞪着唐子风,愕然地说。

"你为什么要说'又'呢?"唐子风嬉皮笑脸地问道,却分明是承认了自己的确是想坑人。

黄丽婷何其聪明,加之唐子风也没打算瞒她,所以一听唐子风的建议,她就知道唐子风肯定是不怀好意了,目标自然是宋福来。

"你想坏宋福来的事?"黄丽婷问道。

唐子风凛然地点点头,说:"没错。我不但想坏他的事,我还想坏所有这些黑心人的事。这件事，过去我没想到也就罢了，现在既然他提醒我了，我如果不管管，都枉让时空管理局给我这个名额了。"

"什么名额？"黄丽婷听得莫名其妙。唐子风说的那个什么管理局，似乎高大上的样子，平时在新闻里也没听过，莫非是什么国家的秘密机关？闹了半天，唐子风是身负重任的人，幸好自己没干啥违法乱纪的事情……

唐子风也不担心自己说的话会暴露穿越者的身份，这句话正是他内心所想，此时说出来，只觉得神清气爽，豪气干云。上一世的唐子风也是个愤世嫉俗之人，对于历史上出现过的一些恶劣现象痛恨不已，也曾在社交平台上放言，说可惜自己没能早生二十年，否则必定要与这些蛀虫不死不休之类。

现在想来，他之所以会被选中成为一名穿越者，或许就是因为他说过的那些话吧。人总是要对自己说过的话负责的。

时下正值新旧体制转轨之际，像宋福来那样丧心病狂的国企领导并不在少数。唐子风听到过不少这样的事情，只是因为离自己比较远，而他手头又有许多事情在忙，所以也没顾上去管这些事。

现在，宋福来撞到他面前来了，还打算让他参股的丽佳超市去当他的帮凶，他再不出手，就真的白来这个时代一趟了。他与宋福来还有宿怨，就算是为了打宋福来的脸，他也得去折腾折腾。

"黄姐，这件事，你先拖下去，让宋福来觉得你只是不看好收购金车的利益，所以才不参与。为了说服你参与，他就会给你讲更多的内幕，到时候……"唐子风嘿嘿冷笑起来。

黄丽婷可没有一点得意的意思，她忧心忡忡地说："可是这样一来，我就把宋福来给得罪死了。他如果知道我在套他的话，而且把这些话转告给了你，他肯定要往死里报复我的。"

唐子风说："你放心吧，他不会有报复你的机会的。而且我也不是让你套他的话，只是让他自己做得更疯狂一些而已。古话说，欲让其灭亡，先让其疯狂。咱们做的事情，是为民除害，不管怎么做，都是问心无愧的。"

"你呀！"黄丽婷伸出一个手指头，做出欲在唐子风额头上戳一下的样子，娇声说道，"好吧，就算我前世欠你的，你真是我的小冤家……"

# 第三百三十二章　青年学者王梓杰

《国企不是唐僧肉，国企改制要严防国资流失》《是管理层持股，还是看门人监守自盗——对26家国企管理层收购的调查》《国企改制中的委托—代理困境》就在宋福来等一干饕餮挥动着刀叉准备瓜分国企这块大蛋糕的时候，一组质疑的文章陆续出现在国内各大权威学术期刊和核心报纸上。这些文章有的是从理论出发，探讨管理层收购中的经济问题和法律问题，有的则是直接摆出事实，揭露某些具体企业在改制过程中的重重黑幕。

这类文章最早出现的时候，还有一些激进自由派学者奋起反击，称这些质疑者带着僵化观念，声称要允许犯错误，对一个新生事物要有宽容的心态，又说国企这种形式不适合市场经济环境，你看人家美国，你看人家欧洲，不都是私企为王吗？更有人疾呼，国企应当尽早分掉，反正是肉烂在锅里，国家也没啥损失不是？

但慢慢地，大家就发现风向不对了，几大报都用了极大的版面刊登此类文章，还配有措辞犀利的"编者按"，反映出上层对于这种观点给予了大力支持。再往后，一些领导的内部讲话也在私底下传播开来，大致意思就是前一段时间有些地方的做法太过头了，国企永远是国企，这是不容置疑的。

后知后觉的学者们赶紧转向，把自己此前写过的文章当成透明的硫化氢气体，直接无视了，转而开始跟风，用诸如"既要如何，也要如何"这样的句式，全盘否定自己过去的观点，引经据典地声称国有资产岂容宵小染指。

"这些蠢货，现在改口还来得及吗？这些人过去开会的时候，矛头直接指向我，还动不动就说我太年轻，理论功底不够。现在呢，不全都跟我屁股后跑？"

人民大学的一间办公室里，有着"著名青年经济学家"头衔的王梓杰拍打着手上几份核心期刊，趾高气扬地对唐子风吹嘘着。这位在其他场合里人五人六的青年学者，在唐子风面前却是口无遮拦。

最早那批质疑国企管理层收购的文章,都出自王梓杰之手。当然,文章的创意是来自唐子风的,在唐子风建议王梓杰写一组这类文章的时候,王梓杰还曾经犹豫过,说在这个时候质疑管理层收购,是逆对理论热点,难免会被人批判。

不过,王梓杰最终还是接受了唐子风的建议,并且使用了唐子风替他搜集的许多案例,结合自己作为经济学博士生的理论功底,写出了一批文章,分投到各大期刊。

在此前,王梓杰自己出资赞助了一批学术课题,拉了许多大牛学者参与,在学术圈里积累了不少人脉,所以要发点文章也没多大难度。一些期刊也需要这种观点不符合主流的论文,以便产生学术争鸣,扩大影响。

与此同时,由唐子风、王梓杰联合署名的一份调查报告,则通过唐子风的渠道,送到了工业口的老领导许昭坚的手上。许昭坚读完这份报告,气得血压上升,他熬了几个夜,亲手写了几千字的意见,附在这份报告之前,然后把报告递给了高层。

再往后,几部委联合派出了十几个调查小组,分赴各地,秘密调查各地国企改制的情况。调查小组经过一段时间的深入调查,得出的结论是改制过程喜忧参半,有一些国企的改制的确达到了激发企业活力的效果,而另外一些则出现了唐子风、王梓杰报告中披露的故意掏空企业家底,以求廉价占有国企的现象。

国家下发了紧急通知,要求各地区、各部门要加强国企改制中的监管,对于已经实行了管理层收购的企业,也要进行再次审计,对于审计中发现的违法乱纪现象,要严肃惩处。什么"不追究原罪"之类的说法,也就是自由派学者们自己说了而已,原罪也是罪,凭什么就不能追究呢?

宋福来正撞在这个枪口上。为了能够收购金车,他做了许多手脚,包括故意制造亏损、在账面上隐匿一部分企业资产、把企业资金转到私人名下用以收购企业等等。唐子风通过黄丽婷,了解到了宋福来的一些秘密举动,并将这些信息通报给了肩负神秘使命的曹炳年。

曹炳年的机构干的就是维护国家经济安全的事情,得到唐子风提供的消息,他安排人进行侦查,迅速就掌握了情况,把宋福来过去十几年干过的肮脏事也都查了个底儿掉。当年唐子风去金车催讨欠款的时候,就已经注意到了宋福来、葛中乐等金车领导手腕上的名表,这次曹炳年他们的调查也算验证了唐子

## 第三百三十二章 青年学者王梓杰

风当初的猜测。

随后的事情就可想而知了,宋福来、葛中乐等一干蛀虫被绳之以法,余生都要在监狱度过了。上级部门叫停了金车的改制,派出干部接替宋福来等人的职务,恢复金车的经营。当然,病来如山倒,病去如抽丝,金车要想重现昔日的辉煌,怎么也得几年时间,除非它也能碰上一位万能的穿越者。

金尧市与此事相关的官员不少,其中一些人卷入较深,也都受了牵连,还有一些人此前只是观望,所以幸免于难。此前帮着在宋福来与黄丽婷之间牵线的那位,在事后心有余悸地对黄丽婷表示了钦佩,说黄丽婷没有参与此事是明智之举,否则这一次肯定要栽个大跟头,连带着他这位牵线人也会倒霉。

黄丽婷只说自己是过于谨慎才逃过一劫,内心却是对唐子风充满了感激和崇拜。虽然整倒宋福来的直接证据是她提供的,但她心里也明白,既然国家打算整治这件事,宋福来无论如何都是逃不掉的。

如果当初自己没有听唐子风的劝告,与宋福来走动太多,甚至参与了一些不干净的事情,现在就算自己能够逃过牢狱之灾,丽佳超市的发展肯定要受挫,那才叫鸡飞蛋打呢。

在整个过程中,受益最大的莫过于王梓杰了。他作为最早质疑管理层收购的学者,俨然成了一个象征。据王梓杰自己说,这段时间,国内但凡有关于国企改革问题的研讨会,就没有不给他下请帖的。在一次有相当级别领导参加的会上,还有一位领导笑称他为"捍卫国资第一人",让他当场就收获了无数的羡慕。

王梓杰得到官方认证,自然也就成了学术圈的焦点。大多数学者到了学术会议上都拉着王梓杰寒暄半天,换个名片啥的。

"老八,现在我牛了,以后你见了我也得恭敬一点,别觉得自己是个什么常务副厂长,就在我面前嘚瑟。我现在是学术超新星,光芒四射的那种,小心我把你的狗眼给晃瞎了。"

王梓杰拍着唐子风的肩膀,一脸得意。

"行了,王教授,你就别嘚瑟了。我也就是找不着一个代言人,才勉为其难让你出来说话,你还真以为自己是个什么学者了?就你写的那些文章,哪有一点学术味道,包娜娜写的东西都比你有水平。"唐子风不屑地评论道。

王梓杰不干了,叫板道:"啥叫没有学术味道,你知道啥叫学术味道?"

"我怎么不知道,我好歹也是和一位青年经济学家在上下铺睡过四年的好不好?"唐子风说,他和王梓杰是大学时候的同铺,这就算是以子之矛、攻子之盾了。

"嗯嗯,你说得太有道理了!"王梓杰败了,在唐子风面前,自己简直纯洁得像只小白兔一样。

"老七,我花这么多心思把你培养成'著名'的经济学家,不是让你在我面前嘚瑟的,而是让你替我在其他人面前嘚瑟的。下个月,我准备去和滕村市政府谈并购滕机的事情,你要陪我一起去,知道吗?到时候,我们临一机能不能用最低价把滕机拿下,就看你的名气够不够大了。"

唐子风走到王梓杰的办公桌前,一屁股坐下,把脚架在桌上,颐指气使地对王梓杰说道。

"知道了,唐厂长。"王梓杰长吁短叹。

他能够有今天的名气,还真是得益于唐子风的指点,像自己出钱赞助课题造势这种招式,也就是唐子风能想得出来。可别说,还真是挺好使的。作为被唐子风一手策划、包装出来的青年学者,在唐子风需要的时候,他除了乖乖地去给唐子风当托儿之外,还能有其他的选择吗?

# 第三百三十三章　支付一个溢价

法国巴黎，1998冬季消费电子展。

韩国仕合公司的展区前，人头攒动，观众们挨挨挤挤的，踮着脚尖，全神贯注地盯着展区里的新品演示。在展台正中，一名工作人员的手上拿着一个不到2英寸见方、银光闪闪的扁平盒子，大声地向众人做着介绍：

"各位，这就是我们仕合公司首次推出的MP3（音乐播放器）。它拥有64兆内存，可以完整存储一盘磁带上的音乐。使用一节7号电池供电，可以连续播放10小时。它的音色不亚于市场上常见的Walkman（随身听），但它的重量却只有区区45克。"

"为了满足年轻一代对于时尚的无尽追求，我们这款MP3播放器采用了纯金属外壳，能够适应各种户外环境。它不惧怕磕碰和磨损，即便使用五年，依然能够保持这种美丽的光泽，甚至这些精美的图案也绝不会出现任何的模糊！"

这时候，早有其他的工作人员走上前来，把一件件样品递到了前排的观众手里。大家互相争抢着，那些抢到了样品的人，只是略一端详，便全都大惊小怪地嚷嚷了起来：

"哦！这居然和一台随身听的功能一模一样！"

"做工太精巧了，简直像是一件艺术品！"

"自信点，把'像'字去掉，它的确就是一件艺术品！"

"太高档了！"

"瞧这金属光泽，上面真的刻了图案，居然还有文字，这么小的字，他们居然还能刻出花体的效果！"

"亲爱的，你不是一直想要我的那台索尼Walkman吗，我决定了，把它送给你，前提是你要帮我买一台仕合的MP3！"

"呸！谁要你那台又大又丑的Walkman，以后谁腰上挂着Walkman，谁就是一个没见过世面的傻瓜!"

"不,我等不了啦,小姐,请你告诉我,这台 MP3 多少钱,我现在就要买下!"

"……"

展台前的疯狂吸引了嗅觉灵敏的新闻记者和商人。各家媒体都在第一时间报道了这款最新的消费电子产品,将诸如"划时代""革命""改写规则"之类的煽情词语堆砌在新闻稿上。

各大代理商片刻不敢耽误,马上与仕合的总部和各地分公司进行联系,抛出一个个数量惊人的大订单。为了抢在别人之前拿到现货,他们甚至不惜答应接受一个比例不低的溢价,并且给各地的市场代表赠送了丰厚的礼品。

世界已经进入了地球村的时代,巴黎展会上的这股热潮,不到一天,就波及了位于中国南方的鹏城。在鹏城嘉川电子公司的总经理办公室里,温国辉接见了匆匆赶来的仕合公司专员朴龙明。

"温先生,首先请允许我向你通报一个好消息。由贵公司为我们仕合公司代工生产的仕合 C1 型 MP3 播放器在巴黎的消费电子展上获得了惊人的好评。到目前为止,我们获得的订单已经超过了 2000 万台。

"我不想向你隐瞒,据我们的市场部门在展会现场做的调查,消费者们最看重的是这款 MP3 产品的外观,这样精巧的金属外壳是此前所有的消费电子产品都不曾使用过的。关于这一点,我们在全球各地的代理商也予以了证实。他们认为,这种金属外壳是仕合 MP3 的核心竞争力,其他几家电子厂商也推出了 MP3 播放器,但因为外观过于简陋,并未受到消费者的关注。

"事实表明,你们所提出的在 MP3 播放器上采用雕刻金属外壳的建议是非常正确的,我代表我们仕合公司的金四坤董事长向你以及你的公司表示诚挚的感谢。"

朴龙明操着不算太流利的汉语,用极其夸张的口吻,向温国辉说道。

"是吗,那实在是太好了。我们起初也只是向贵公司推荐一种备选方案而已,不料这种雕刻金属外壳真的起到了作用。请允许我向贵公司的成功表示衷心的祝贺。"

温国辉微笑着答道,脸上却没有太多惊讶的表情。

嘉川公司为仕合公司代工生产消费电子产品已经有六七年时间了,温国辉与朴龙明也早已互相熟悉,说话用不着兜什么圈子。

## 第三百三十三章 支付一个溢价

前一段,仕合公司准备推出 MP3 播放器,但外观设计却迟迟没有一个完美的方案。此时正值 MP3 播放器问世之初,除仕合公司之外,还有好几家日本和韩国的电子公司也盯上了这个产品。MP3 播放器的原理并不复杂,电子部分的生产也是很容易的,难点主要就在于外观方面。

MP3 播放器作为传统 Walkman 的替代品,主打的概念是轻薄小巧。但轻薄小巧的东西,如果使用彩色树脂外壳,难免给人以一种廉价玩具的感觉。如果换成厚重感更强的深色工程塑料,又与其时尚风格相悖。采用金属外壳当然是一个方案,但金属外壳的加工成本过高,又让包括仕合公司在内的几家电子厂商都望而却步。

就在这个时候,嘉川公司突然告诉仕合公司,说他们找到了一种加工金属外壳的廉价方案,能够把一台播放器金属外壳的加工成本由近 100 元人民币降到不足 20 元。嘉川公司还提供了金属外壳的样品,上面雕刻出来的花纹和文字精致无比,一下子就打动了仕合公司的产品设计人员,让他们下定决心,在新推出的 MP3 播放器上使用纯金属外壳。

仕合公司向嘉川公司下了一个小规模的订单,作为试制的样品,嘉川公司用很短的时间就完成了这批订单,经仕合公司检验,确定质量上乘,而且品质非常稳定。

此次在巴黎消费电子展上展出的,就是嘉川公司代工的这批样品,结果不出预料地引起了轰动,让另外几家同样推出 MP3 播放器的公司彻底变成了旁观者。

仕合 MP3 播放器在巴黎展会上的热销,温国辉第一时间就已经知道了。这样的情况,他当然是要事先掌握的,如果要等朴龙明来向他通报,在后续的谈判中,他就无法争取到最大的利益了。

朴龙明也知道这种事情是瞒不过温国辉的,要想通过隐瞒真相来取得谈判上的优势,完全是一厢情愿。双方的合作并不是一锤子买卖,嘉川公司不至于漫天要价,仕合公司也没必要坐地还钱,事情说开了,才有助于合作的开展。

"从现在开始,未来一年的时间内,我们需要嘉川公司为我们代工生产 3000 万台 C1 型 MP3 播放器,请问嘉川公司能够办到吗?"朴龙明问道。

"电子部分完全没有问题,瓶颈只在金属外壳的加工上。我们加工这种金属外壳的设备是我国临河第一机床厂生产的雕铣机。我们测算过,按照正常的工作负荷,每千台雕铣机的月生产能力是 120 万个外壳,要达到年产 3000 万台的产能,我们需要采购 2000 台雕铣机。而到目前为止,我们只有临一机免费提供给我们试用的 100 台样机。"温国辉说。

朴龙明提出的数量,是在温国辉的预料之中的,他并没有被这个数量吓倒,也没有表现出欣喜若狂的神色。

"那么,你们采购 2000 台雕铣机,需要多长时间?"

"这取决于临一机的生产能力,我很担心他们无法在短时间内生产出 2000 台雕铣机。更何况……"

"何况什么?"

"我担心临一机并不只有我们这样一个客户。"

"你是说……"

朴龙明的眼睛有些发直了。

温国辉的话说得很隐晦,但朴龙明还是一下子就听明白了。温国辉说,临一机需要花一些时间才能生产出 2000 台雕铣机,而这些雕铣机却不一定都会卖给嘉川公司,而是会有其他的公司与之竞争。

这些与嘉川公司竞购雕铣机的公司,自然也是看中了金属雕刻市场的商机。而金属雕刻市场的最大用户,莫过于仕合公司这样的消费电子厂商。那么问题就来了,除了仕合公司之外,还有哪些厂商会推出自己的金属外壳消费电子产品呢?

答案是很明白的,那就是在这次巴黎展会上沦为旁观者的那几家仕合公司的竞争对手。这些公司在看到仕合 MP3 播放器的火爆之后,将会毫不犹豫地转向采用金属外壳,届时仕合公司的优势就消失了。

"温先生,你们必须抢在其他代工厂商之前,得到这些雕铣机,尽可能地推迟其他厂商获得雕铣机的时间。"朴龙明说。

嘉川公司的产能能不能迅速提高,已经不是朴龙明最关注的问题了,他需要考虑的是,不能让其他的代工公司获得相似的产能,否则仕合公司就麻烦了。

"这个恐怕很难。"

"如果你们能够一次性地订购 2000 台,难道他们不考虑大客户的需求吗?"

"我想,我的同行们如果要下订单,也会是这样的规模。"

"如果你们愿意为每台雕铣机支付一个溢价呢?"

## 第三百三十三章 支付一个溢价

"可是这样一来,我们的代工利润就无法保证了。"

"这部分溢价当然是由我们仕合公司提供的,我们不会让贵公司蒙受损失的。"

"如果是这样……那我倒是可以试试。"

温国辉的脸上露出了笑容。他需要的,就是仕合公司承诺支付设备采购中的溢价,至于说什么担心临一机的产能,那就是谈判策略了。他在试用了前100台样机之后,便向临一机下了订单,这一会,他需要的2000台雕铣机,已经在临一机的生产线上了。

## 第三百三十四章　韩总成了大明星

"韩总,我们要的可是2000台,这么大的量,你们也不能考虑优先供货?"
"韩总,咱们是老朋友了,你就照顾照顾我们吧,价钱好商量啦!"
"韩总,鹿坪的黄厂长给你打过电话了吧?"
"韩总,啥时候到我们姚埠那边去,一条龙……"

仕合公司的 MP3 播放器在巴黎展会赢得满堂喝彩的时候,守在鹏城的韩伟昌也突然火了。他被一群采购经理堵在宾馆的房间里,各种阿谀之声不绝于耳,让他有一种飘飘欲仙的感觉。

此前的几个月,韩伟昌一直在珠三角一带推销雕铣机。这一带目前是全球的电子产品代工中心,光是万人以上的大厂就有十几家,至于那些千人规模的中型厂子,几乎就如过江之鲫,数不胜数了。

韩伟昌最早去的是嘉川公司,温国辉意识到雕铣机能够给他的企业带来新的机会,但又担心雕铣机作为一种新产品,性能不够稳定,于是提出希望临一机提供 100 台样机用于测试。

刚听到这个要求的时候,韩伟昌几乎觉得温国辉是在耍他。用户希望厂家提供样机,倒也不算是什么过分的要求,但哪有一张嘴就要 100 台样机的道理。

对此,温国辉却是表现得理直气壮,他声称像嘉川公司这样的大型代工厂,设备都是以千台为单位的,随便一条生产线上也有上百台机器,临一机如果只提供一两台样机,他如何能够判断临一机的产品质量是否稳定,又如何判断自己的企业能否利用这种设备建立起一套有效的生产流程?

最终,唐子风力排众议,同意了向嘉川公司提供 100 台样机。唐子风对雕铣机的应用前景有充分的自信,认为以嘉川公司作为一个应用范例,有助于临一机在电子代工行业推广这种新设备。

除了嘉川公司之外,韩伟昌再没有答应给其他厂子提供这么多的样机。有

## 第三百三十四章 韩总成了大明星

些厂子得到了一两台样机，由于无法形成生产批量，这些厂子只是测试了一下雕铣机的加工效果便罢了，未能将其应用于生产实践。

巴黎展会上仕合 MP3 播放器一炮打响，全球的消费电子厂商都被震惊了。他们在第一时间弄到了仕合播放器的样品，在看过金属外壳的加工效果之后，马上给自己的代工厂打电话，询问这是一种什么样的加工工艺。

传统的加工中心当然也能在金属外壳上加工出细密的图案和文字，但加工成本极高，显然与仕合播放器的定价是不匹配的。大家都清楚，仕合公司寻找的代工厂肯定是获得了一种新的设备，才能用很低的成本完成这样的加工。

珠三角的这些厂子，相互之间都是有眼线的，嘉川公司采用了临一机的雕铣机，这是瞒不住同行的事情。各家代工厂向自己的客户汇报了此事之后，这些消费电子厂商立马要求代工厂大量采购雕铣机，因为各家厂商都已经决定要在下一代消费电子产品上采用金属外壳了。

仕合公司的产品是 MP3 播放器，还有一些厂商生产的是手机、数码相机、掌上电脑、导航仪等，这些产品同样具有体积小、价格高的特点，配得上一种高大上的外壳。大家都已经看出来了，金属外壳必定是未来几年消费电子产品的新风向，你给电子产品配个塑料外壳，人家消费者多看你一眼都是输了。

各家代工厂的采购经理一开始并没有觉得采购雕铣机是什么困难的事情，君不见前一段时间临一机的那个什么"老韩"三天两头跑过来，又是给大家赔笑脸，又是请大家吃饭，明显就是手上攒了一大堆设备卖不出去的阵势。

自己一个订单就是几百台、上千台，也算是个大客户吧？像这样的采购量，只要给老韩打一个电话，他还不得屁颠屁颠地跑过来侍候着，没准还得给自己塞个大红包啥的？事先可得想好，这个红包如果太薄了，自己可得端着架子，别给老韩好脸……

可世间的事情就是这么魔幻。大家不想买雕铣机的时候，韩伟昌低三下四地求大家，大家也没给他一个好脸。现在转过头来，大家想买雕铣机了，一问韩伟昌，对方说话的语气倒还是那样谦恭，但话里话外的态度已经完全不同了。

"哎呀，没有现货啊！"

"现在要货的太多，你们那 500 台，可能要排到明年了……"

"实在是别人先订了，我们也得讲个先来后到不是？"

听着韩伟昌的这些回复，采购经理们慌了。干设备采购的，那也都是人精啊,脑子稍稍一转,就明白是怎么回事了。自家的客户想用金属外壳,别家的客户哪里不是这样想的？现在能在金属外壳上刻字的设备,只有临一机的雕铣机,各家代工厂都想订购,哪家也得有个上千台的量。

机床可不是他们生产的那种消费电子产品,没听说过机床厂能够日产几百台机床的。以临一机的产能,一年能生产几千台也就了不得了,这时候可不就是手快有、手慢无吗？

客户那边想换金属外壳,你没有雕铣机,别家厂子有雕铣机,客户找谁代工,可不就是明摆着的事情吗？如果因为自己没买到雕铣机,而导致厂子丢掉传统客户的订单,信不信老板能举着大刀追杀自己三百里？

想明白了这一点,谁也不敢再装大爷了,纷纷从桌子腿下面找出当初韩伟昌留下的名片,照着上面用笔写的地址,来到韩伟昌在鹏城某宾馆包的长租房,准备当面和老韩沟通沟通。

来到宾馆,大家才真切地感觉到雕铣机现在有多火,韩伟昌坐在房间里,旁边已经围了十几个人,都是大家互相认识的各厂子的采购经理。每个人都对韩伟昌极尽奉承,光是韩伟昌身边茶几上众人递上的香烟,就有上百支。再没人敢跷着二郎腿管韩伟昌叫"老韩"了,每个人嘴里都念叨着"韩总"二字,虽然大家都不知道这个"总"字是从哪论起的。

扬眉吐气啊！

处于众星捧月之中的韩伟昌只觉得浑身上下都透着爽快。经他手卖出去的各式机床也有几千台了,但何曾有过现在这样的场面？

已经没有人和他计较价钱了,原来说好的定价是25万元一台,现在已经有不止一家在私底下表示,愿意出到30万一台,前提就是必须抢在竞争对手之前,拿到足够多的设备。

"涨价这种事情,我们是不会去做的,永远都不可能涨价的。"韩伟昌向众人说道。

其实,有了这么大的批量,即便是25万一台,临一机都是能够对半赚的,这在机床行业里就属于暴利了。如果再涨到30万一台,那和抢钱有什么区别？

唐子风与他商量过,不能利用客户抢购的机会肆意提价,因为这将破坏临一机的企业形象,不利于与客户的长期合作。以这些电子代工厂的生产强度,一台雕铣机的使用寿命也就是两三年的样子,未来他们还要继续采购,而临一机也完全可能开发出新的适合电子代工厂使用的机床,这些机床也是要卖给这些厂子的。

既然不是一锤子买卖,那么在这种时候涨价销售,就是自毁信誉了。

"我们会采取满负荷生产的方式,最大限度地向大家及时供货。但是,这些设备要生产出来,毕竟是需要一个周期的,所以大家必须有耐心。请各位先把你们的需求写下来,我们草签一个采购协议。另外,必要的订金我们还是要收取一些的,就按合同额的30%收取好了。"韩伟昌向众人说道。

闻听此言,有些人二话不说直接就拉着韩伟昌要求签约了,另一些人则以还要向老板请示为由,先退出了房间。来到外面,大家三三两两地凑在一起,开始商量:

"先交30%的订金,还不能承诺马上交货,这也太坑了吧?"

"那怎么办?如果你不交订金,你就得排在最后了。"

"问问别的厂子。"

"别想了,我早就打听过,现在别说国内,就是全世界也只有临一机一家能够生产这种雕铣机。其他家厂子就算现在开始仿,没个半年一年的,能仿得出来吗?再说,他们仿出来的机床,你不试试,敢用吗?"

"不会吧,这设备居然这么俏!"

"早知道这种机床这么火,过去这个姓韩的到我们厂子去推销的时候,我们就该订个千儿八百台的……"

"谁不是这样啊,唉,真没想到,金属外壳一下子这么火。"

"没办法了,还是先交订金吧。"

"临一机光收订金都能收好几个亿吧?"

骂归骂,大家到最后还是乖乖地与韩伟昌草签了合同,向临一机汇去数目可观的订金,然后再三央求韩伟昌,务必要优先给他们发货。至于私底下向韩伟昌许了多少好处,那就不足为外人道了。

"好了,现在可以去找滕村市政府摊牌了。"

收到韩伟昌从鹏城发回来的消息,唐子风笑呵呵地向吴伟钦等人说道。

## 第三百三十五章 我有点耳背

听说唐子风又来了,滕村市副市长苏荣国迟疑了片刻,吩咐秘书把他带到自己的办公室来,同时通知了市经贸委主任寇文有来作陪。上一次唐子风来访的时候,苏荣国是专门开了市政府的大会客厅来迎接他的,结果反被唐子风给耍了一通。这一回,苏荣国不想再给唐子风面子了。

当然,说是不给面子,苏荣国也不能把事情做得太难看。当秘书领着唐子风及一位苏荣国不认识的年轻人一道回来的时候,苏荣国还是从自己的大办公桌背后绕出来,走到门口迎接了一下。

"唐厂长,怠慢了,怠慢了,我刚才在接一个省里领导打过来的电话,没下楼去接唐厂长,实在是抱歉啊。"

苏荣国一边与唐子风握手,一边说着托词。

"苏市长太客气了,我冒昧上门来拜访,也不知道有没有打搅苏市长的工作。"唐子风同样说着客套话。天地良心,这绝对不是他在学校学的,这分明就是他的天赋技能。

苏荣国往屋里让着客人,嘴里说道:"什么冒昧不冒昧的,我的工作就是为你们这些企业服务嘛,唐厂长是我们请都请不来的贵客,哪敢说什么打搅二字。对了,这位……唐厂长能向我介绍一下吗?"

这是他看到与唐子风同来的客人了。他原本猜想此人是不是唐子风带来的秘书或者其他随员,但细一端详,却发现此人在唐子风面前并没有什么拘谨的表现,显然是与唐子风身份对等的人。

唐子风是一家国营大厂的常务副厂长,能够与他身份对等的人,想必也应当是有些地位的,而此人看起来又颇为年轻,与唐子风年龄相仿的样子。这么年轻且与唐子风地位相当的人,就值得苏荣国多此一问了。

"哦,我还没顾上向苏市长介绍一下呢。这位是人民大学的王梓杰教授,在

## 第三百三十五章 我有点耳背

国企改革领域颇有建树。这次我到滕村来,主要是想和市里谈谈关于滕机的问题,王教授说他正好是搞这方面研究的,对这个案例也比较感兴趣。这不,他就跟我一道来了。"

唐子风指着自己的伙伴,笑呵呵地说道。

"哦哦,原来是王教授。等等,你就是王教授!"

苏荣国先是敷衍地应了一声,随即便瞪大眼睛,盯着王梓杰,问了一句似乎与前文很矛盾的话。

他先说的那句话,是顺着唐子风的话头而来。唐子风介绍说此人是王教授,他也就随口接了一句。而后面一句话,却是他突然想起这个王教授是何许人了,王梓杰,这不就是过去几个月里风头正劲,还曾与好几位领导谈笑风生的那个王教授吗?

"哎呀呀,你可不就是王教授吗!我在报纸上看过你的照片的。前几天,你还参加了某某会议吧,我看到你在会上发言的照片了。某某同志也参加了那次会议的,某某同志在那次会议上的讲话,我们还专门组织学习过呢。"

苏荣国赶紧与王梓杰握手,脸上写满了"殷勤"二字。

寻常一个大学教授,哪怕前面挂着人民大学的前缀,也不足以让苏荣国动颜。以王梓杰的年龄,他这个"教授"头衔恐怕还省略了一个"副"字,这样的身份,苏荣国会对他比较客气,但热情是绝对谈不上的。

但作为一个在过去几个月内名字频繁见诸报端,而且出没之处七步之内必有领导的教授,就绝对不是什么寻常教授了。苏荣国能等闲视之吗?

王梓杰对于这种恭敬已经习以为常了,他脸上带着矜持的笑容,与苏荣国握了手,用谦虚的口吻说道:"苏市长,我是来学习的。我们这些搞经济学研究的,其实就是百无一用。苏市长、唐厂长你们这些在基层做实际工作的,才是有真知灼见的人,在你们面前,我只是一个小学生而已。"

"哪里哪里,王教授是有大学问的人。我们……呃,不包括唐厂长哈,听说唐厂长也是名校毕业,学问肯定也好得很。我是说我自己,在王教授面前,恐怕连当学生的资格都没有吧。"

"苏市长太谦虚了!"

"王教授太谦虚了!"

"哈哈哈哈……"

"哈哈哈哈……"

一通客套之后，宾主分别落座了。苏荣国原来的打算是等唐子风到了之后，让唐子风坐沙发上，他自己坐回办公桌后面去，给唐子风摆出一个公事公办的架势。现在有了王梓杰这个变数，苏荣国可不敢摆谱了，他让王梓杰和唐子风坐在长沙发上，自己坐在旁边的单人沙发上，这就是平等待客的姿态了。

这时候，寇文有也已经赶过来了，苏荣国郑重其事地向他介绍了王梓杰的身份。寇文有面子上表现得比苏荣国更为夸张，内心却不如苏荣国那样在乎。在寇文有看来，王梓杰能够与高层说上话，这的确很了不起，但又关他寇文有啥事呢？高层会关注他这样一个小小的处级干部吗？

"苏市长，我这次到市政府来，是想继续咱们上一次的会谈。上一次，我曾向市政府提出，希望能够兼并滕村机床厂，但咱们双方的条件有些谈不拢，所以一直没能达成协议。这一次，我还想再次提出这个请求，不知道滕村市对这个问题是如何看的。"

说完一些必要的废话之后，唐子风提出了这次会谈的主题。

苏荣国先看了王梓杰一眼，见他只是听着，没有流露出任何情绪，似乎的确是来学习的，于是便也不再多想，转头对唐子风说道："唐厂长，关于这个问题，我们市政府的态度是一如既往的，那就是非常欢迎外来投资商兼并我们的亏损企业，帮助我们企业脱困。正如你说的，上一次，咱们双方有些条件没有谈拢，导致合作没有达成，这一点我们是非常遗憾的。现在唐厂长又来了，不知道你们的条件有没有什么变化，能不能先说出来，让我和寇主任了解一下。"

"可以的。"唐子风说，"我们临一机最近开发了一款新产品，叫作雕铣机，其实就是滕机传统上生产的数控铣床的改进版。我们这款雕铣机目前在市场上比较受欢迎，已经出现了供不应求的情况。我们希望能够尽快兼并滕机，利用滕机的生产能力来生产这种雕铣机，这对于滕机以及我们临一机，都是很有好处的。对于滕村市，应当也有好处吧。"

"是吗，那我先祝贺唐厂长了。"苏荣国说，"你们想兼并滕机之后，让滕机来生产这种市场上供不应求的新产品，我想这对滕机应当会是一个很好的机会。说不定滕机能够借此一举扭转长期亏损的局面，这对于滕机的一万多职工和家属，将是一个福音啊。"

"正是如此。这么说，苏市长是支持我们兼并滕机的啰？"

## 第三百三十五章　我有点耳背

"当然支持,我们一向都是支持的。只是,唐厂长希望以什么样的条件来兼并滕机呢?"

"条件方面嘛,我们肯定是要和滕村市协商的。目前我们有两个方案,我想先说出来,算是抛砖引玉吧。如果苏市长和寇主任觉得这两个方案还有哪些不妥,你们可以直言不讳,苏市长觉得如何?"

"我们洗耳恭听。"

"那好。我们的第一个方案是,临一机出资 5000 万元,收购滕机 100% 的资产,使滕机成为临一机的一家全资子企业。"唐子风慢条斯理地说。

"多少?唐厂长,我老寇有点耳背,你能把刚才的数目再说一遍吗?"

没等苏荣国说什么,寇文有先用夸张的动作掏了一下耳朵,然后大声地对唐子风问道。

他这样问,当然不是说他真的没有听清唐子风说的数字,而是在向唐子风表达一种愤怒的情绪。

你上次来的时候,好歹还开出了 1 亿 2000 万的价码,结果被我们一口回绝。时隔半年,你再次上门,重提旧事,居然只开出 5000 万的价格,这是在耍人吗?

上一次,滕机市政府是想和唐子风认真谈判的,结果唐子风却声称自己只是受人之托,不得不勉为其难地来谈收购滕机的事情。他先是随便出了个价,等到滕村市方面表示不能接受之后,唐子风丝毫也没犹豫,抬腿就走了,随后还到处宣传这件事,弄得滕机的职工一直认为是滕村市政府不地道,吓跑了投资商。

这一回,寇文有觉得唐子风多少应当收敛一点,不能再玩上次的把戏。谁承想,唐子风比上一次更加放肆,莫非又是想让滕村市出言拒绝,然后再给他们扣一个什么帽子?

见过欺负人的,可真没见过像你这么欺负人的!

这一刻,寇文有真的出离愤怒了。

## 第三百三十六章 也是有可取之处的

寇文有想到的问题，苏荣国当然也想到了。他比寇文有想得更多的一点，便是唐子风带王梓杰同来的目的。

他不知道唐子风与王梓杰之间是什么关系，但很明显，这俩人绝对不会是走到市政府门口才偶然碰上的。以王梓杰现在的地位，唐子风要请他同来，估计还下了不小的本钱，那么，唐子风为什么要带王梓杰同来呢？

结合唐子风刚才说的这个低得离谱的兼并价格，苏荣国有些怀疑唐子风是想故技重演，这一回甚至是要让王梓杰做个见证，未来就可以说滕村市政府拒绝投资商，没准还存着把这话传到高层耳朵里去的想法。

至于唐子风为什么要这样做，苏荣国一时猜不透，也没空去猜。现在他能做的，就是不能让唐子风得逞，务必要在王梓杰面前揭穿唐子风的真面目。

想到此，苏荣国抬手止住了寇文有，用平静的语气对唐子风说道："唐厂长刚才说有两个方案，那么你们的另一个方案是什么呢？"

"另一个方案，就是我们不直接出钱，而是以我们手里的雕铣机订单作为投资，拥有滕机80%的股权，另外20%留给滕村市政府。"唐子风说道。

"你们不出钱，就要拿走80%的股权？"苏荣国把眉头皱成了一个疙瘩。

他直接忽略了唐子风说的用订单作为投资的条件。在他看来，你收购一个厂子，当然是用来搞生产的，把订单当成投资，这不是开玩笑吗？如果省略掉这个条件，就相当于唐子风跑到他这里来，说你原来有一个厂子，要不，你把厂子的80%股权给我吧，我给你留20%。

凭啥呀！

如果不是知道唐子风的身份，苏荣国都会觉得眼前这人是吃错药了。凭空提出这么离谱的一个要求，这完全不正常啊。

可事有反常必为妖，以唐子风的身份，而且还找了个当红专家陪着一起到

## 第三百三十六章 也是有可取之处的

市政府来,就是为了说一番这样的胡话,苏荣国能相信吗?既然唐子风不可能说胡话,那么他这话到底是什么意思呢?

"唐厂长,你这话,我有点不明白啊。"苏荣国索性挑开了,"滕机是我们滕村市的企业,你说你们临一机一分钱都不花,就让我们把滕机80%的股权送给你们,这是不是太过分了?"

"我没说我们一分钱都不花呀。"唐子风像是看傻瓜一样地看着苏荣国,"我不是说了吗,我们把我们手上拿到的雕铣机的订单送给滕机,这难道不算是一个条件吗?"

"这能算什么条件!"寇文有怒斥道,"你们让滕机做点产品,滕机就要拿出80%的股权归你们,这是哪家的规矩。"

唐子风看看寇文有,笑着问道:"寇主任不想知道,我说的订单有多大吗?"

"不想!……呃,你说吧。"寇文有先是下意识地表示了拒绝,旋即才发现不对,人家这样说,没准还真有点什么深意,自己怎么能不听呢?再说,人家表面上是问他,其实是在问苏荣国,哪轮得到他寇文有去拒绝?

唐子风把头转向苏荣国,说道:"苏市长,刚才是我疏忽了,没说明白。我们开发的这款雕铣机,目前市场上的反响不错,到昨天为止,我们拿到的订单,共计27000台,要求是在未来两年内全部交货的。"

苏荣国一愣:"27000台?你们一台卖多少钱?"

"25万。"唐子风淡淡地说。

"才25万……什么?那、那、那……那这27000台,岂不是……"

寇文有一下子就磕巴了。作为一个重工业城市的经贸委主任,25万一台的设备,在他眼里也不算什么大设备了,可当他联系到唐子风刚刚说出的27000台的订单时,才悟出了其中的可怕之处。

25万一台,27000台的订货量,那就是67.5亿。寇文有的心算速度没那么快,一下子算不出精确的数字,但也知道是在60亿以上了。

60多亿的一个订单,这是要飞天吗!

就这么说吧,滕村市在长化省是排名第二的市,去年滕村市规模以上工业企业的总产值不到150亿。唐子风说的这个60多亿的订单,是在两年内完成的,相当于一年30多亿,这就抵得上全市规模以上工业总产值的20%了,寇文有能淡定得了吗?

"你是说,你们拿到的订单,有67.5亿?"

这会工夫,苏荣国已经飞快地把数字算出来了。与寇文有一样,他也被这个数字惊得木木讷讷的,一时也忘了跟唐子风生气了。

"这只是我们到目前为止拿到的订单,说不定未来还会有更多的订单。"唐子风说道。

"滕机……只怕是没有这样的生产能力吧?"

苏荣国在经过最初的错愕之后,开始恢复理性了。滕机的生产能力如何,他并不是特别清楚,但也知道滕机过去一年的产值最多也就是一二个亿左右,这两年滕机经营不景气,一年下来连1个亿的产值都保证不了。现在突然就要接下一年30亿的业务,滕机能吃得下吗?

"这个问题,我们肯定是要考虑的。"唐子风说,"如果我们能够兼并滕机,那么将会扩大滕机的生产能力,另外就是广泛地吸收周围的其他企业提供协作。滕村的工业基础很好,很多企业目前开工不足,如果市政府这边能够帮助我们协调一下,请这些企业帮我们做一些外协业务,我想完成一年30多亿的订单,也是有可能的。"

"没说的,没说的,就我们市里那些企业,如果有业务给他们做,他们高兴还来不及呢。好家伙,一年30多个亿,这能救活多少企业啊!"寇文有激动得直搓手,似乎只有用这样的方法才能释放出内心的喜悦。

苏荣国白了寇文有一眼,然后对唐子风说道:"唐厂长,你带来的这个消息实在是太好了,滕机如果能够获得这样一个订单,那可是打了一个大大的翻身仗了,甚至连我们滕村市的经济都能被全面带动。不过,这和咱们刚才说的临一机兼并滕机的事情,还是有点距离的。临一机就算不兼并滕机,直接把业务包给滕机去做,也是可以的啊。"

"对对,你们可以把业务包给滕机去做嘛,不一定非要兼并滕机啊。前一段时间,我听说滕机一直在做临一机分包的订单,你们这种合作方式,不是很好吗?"

寇文有也反应过来了,赶紧附和着苏荣国的话。

订单的确是个大订单,大到让人窒息的程度。可不能因为你有一个大订单,我就把企业80%的股权白白送给你吧?

再说,如果滕机接下这个订单,立马就从严重亏损变成盈利大户了,堪称一只能下金蛋的母鸡,滕村市凭什么把它白白送人?

## 第三百三十六章 也是有可取之处的

你说你想平白无故拿一家亏损企业的股权，说不定我们也就同意了。现在它已经看到盈利的曙光了，我们还能让你伸手吗？

唐子风叹了口气，面前这两位但凡有点商场经验，也不会提出这么荒唐的问题。临一机如果不想兼并滕机，凭什么把订单交给滕机去做？

现在可不比计划经济年代了，那时候是市场供应不足，谁有产品，谁就有话语权。而今天的情形是市场产品过剩，拥有订单的一方才是大爷。自己答应把一个 60 多亿的订单送给滕机，其中很大一部分会转包给滕村市的其他企业，凭这一点，让对方把滕机白送给自己，也是理所应当的，更何况自己还答应给滕村市留下 20% 呢。

"苏市长，其实吧，我觉得唐厂长提出的方案，也是有可取之处的。"

王梓杰开口了，唐子风带他过来，就是负责说这些话的。这些话由唐子风去说，当然也可以，但换成王梓杰来说，滕村市会更好接受一些。

"这些年，北方老工业基地受到市场经济浪潮的冲击，普遍出现了企业亏损、职工下岗的问题，国家对于这个问题也是非常重视的，还专门成立了老工业基地振兴工作小组，我也曾参加过他们的一些研讨，对于国家的政策导向也算是略有一些了解吧。

"在振兴老工业基地的措施方面，领导的精神是鼓励各地区开动脑筋，不拘一格，创造性地提出脱困方案，其中也包括鼓励老工业城市与南方经济发达省市以及一些大型企业强强联手，引入资金、技术和管理经验，帮助老工业城市重新焕发生机。

"据我了解，现在北方很多地方都在积极寻找类似于临一机这样的战略合作伙伴，光是和我联系过，想让我帮忙牵线引入大型企业的城市，就已经有五六个。滕村市在这方面，工作算是走到前面去了，这当然得益于苏市长和寇主任的努力。

"我想，如果临一机和滕机的合作能够达成，对于滕机的脱困以及滕村市的经济振兴，都有极大的促进作用。滕村的成功经验，对于北方老工业基地的其他地市，应当也是有很好的启示的。"

王梓杰幽幽地说道。他字斟句酌，仿佛是在做一个什么学术演讲一般，让人听着就觉得神圣。

## 第三百三十七章 咱们是责无旁贷的

苏荣国一下子就明白了。

王梓杰这些话说得很艺术、很委婉,但潜台词却是很明白的。唐子风手上有一个60多亿的订单,北方老工业基地的这些城市谁不想拿到,你真以为人家离了你滕村就没办法了?

机械产品的中间投入少,60亿的产值,起码有20多亿的增加值,这其中包括了工资、利润、税收等,都是实实在在落在地方上的好处。为了得到这个60亿的订单,别的城市估计能开出5亿以上的价码。临一机如果把订单卖给其他城市,再拿人家支付的5个亿来买你的滕机,你卖不卖?

在此前,苏荣国光想到滕机有生产数控铣床的经验,觉得临一机是要借助于滕机才能完成这些订单的。现在被王梓杰一提醒,他才反应过来,整个老工业基地,有多少陷入亏损的国营大厂,技术水平都是不逊色于滕机的。人家临一机真的只能在滕机这一棵树上吊死吗?

如果唐子风一生气,跑到别的城市找人合作去了,他苏荣国可是连哭都摸不着庙门了。

"王教授说得太好了,我怎么就没看到这件事的重大意义呢!"苏荣国变脸极快,他在脸上堆出灿烂的笑容,先是恭维了王梓杰一句,转而向唐子风说道:"唐厂长,我刚才真是糊涂了。哎呀,说到底就是理论修养不够,有机会真应该请王教授过来给我们讲讲课,帮助我们提高一下认识水平。

"对了,唐厂长,你刚才说要滕机80%的股权是不是?这件事,我个人觉得可以,这是对我们滕村市有很大好处的事情嘛。当然啦,这么大的事情,我一个人也做不了主,肯定是要上市政府办公会讨论一下的。

"不过,唐厂长,你放心,我一定会努力说服其他市领导,我相信他们也一定能够知道唐厂长的良苦用心,不会反对这件事的。关于这一点,我现在就可以

## 第三百三十七章 咱们是责无旁贷的

给你打包票,绝对没有问题!"

寇文有反应有点慢,一时不明白苏荣国为什么转向转得这么快。苏荣国已经表了态,寇文有当然也不能直接反驳,只是嗫嚅着提醒道:"苏市长,这件事……唐厂长他们要占80%,是不是稍微高了一点啊?"

"不高,一点都不高!老寇,你懂个啥呀!"苏荣国断然地否定了寇文有的话,并且装出严肃的样子,向寇文有斥道。

这一会,苏荣国已经把整件事情都想明白了,包括为什么唐子风要给滕村市留下20%的股权。

唐子风手里握着一个60多亿的订单,就算要求滕村市把滕机完全送给临一机,滕村市也是会同意的。滕机如果成了临一机的全资子企业,利润固然是归临一机全部拿走的,但税收还在啊,滕村市并非一无所获。

此外,滕机的职工拿到了工资,不也得在滕村消费吗,这样间接带动的就业以及创造的税收,又是多大的一笔呢?

滕机在此前已经是一笔沉没资产,不管它价值1亿还是5亿,其实滕村市都是拿不到手的。就算把滕机的土地收回来,开发成房地产,也就是一锤子买卖,滕机那一万多职工和家属,将会成为滕村市的一个大包袱。

现在临一机给滕机找来了业务,把它变成了一个税收大户,职工也有收入了,不需要市政府去救济,滕村市还有什么不满意的?

在这种情况下,唐子风却答应给滕村留下20%的股权,这当然不是因为唐子风心地善良。

唐子风此举的目的,是要把滕村市和滕机绑到一起去,通过向滕村市让渡一些利益,换取滕村市对滕机的照顾。一家企业在地方上经营,需要地方政府帮忙的地方多得很。

唐子风是个聪明人,知道吃独食是没有好结果的,所以才答应给滕村市留下一些股份。

出于这种目的而让出来的股权,当然不可能太高。唐子风答应给滕村留下20%,这就是极限了。

到了这个程度,寇文有还觉得唐子风留下的股份太少,这就是脑子不够用的表现了,让王教授看在眼里,会有什么想法呢?

唐子风和王梓杰用旁人察觉不到的速度交换了一个眼神,王梓杰笑道:"苏市长真是魄力惊人，难怪唐厂长到了北方之后哪都没去，第一站就到了滕村，果然是和滕村市合作最为爽快。有苏市长这样的好领导，再加上唐厂长这样擅长经营的企业领导，我想，滕机的未来应当是非常美好的。"

"王教授过奖了，其实唐厂长的作用才是最主要的，我们政府这边，也就是做做后勤而已。"苏荣国笑得合不拢嘴，连连摆手，做着谦虚的模样。

唐子风却是认真地说："苏市长，您别客气，我们临一机能否顺利兼并滕机，市里的态度才是最重要的。不瞒苏市长说，过去大半年时间，我们采取租赁经营的方式，从滕机租借了一些厂房和设备，又雇了一些工人，帮助我们完成一些产品订单，在这个过程中，两家企业之间的文化冲突，还是非常激烈的。

"现在我们要正式兼并滕机，相信面临的困难会比前一阶段大出10倍也不止。我们临一机在滕村是客，滕机的干部职工是主，有些事情，如果由我们去做，只怕人家要说我们以客欺主。这些问题如果不能妥善解决，耽误生产倒是其次，万一影响了安定，我小唐可就吃罪不起了。"

"绝对不会出现这种情况！"苏荣国挥着手说道，"我相信，滕机的绝大多数干部职工，应当都是识大体、顾大局的，他们应当会理解市政府的决策，心情愉快地接受企业身份转换，迅速地投入到工作中去。"

"怕就怕这极少数思想跟不上的人啊。"唐子风接过苏荣国的话头说道。

事实上，苏荣国前面用了"绝大多数"的界定，就是为唐子风留下这个"极少数"的话头的，这就是双方的默契了。听到唐子风的话，苏荣国说道：

"唐厂长说得对，极少数的情况，总是存在的。那么，对于这极少数的人，唐厂长有什么考虑呢？"

唐子风把手一摊，笑着说："我还真没这个经验。"

小狐狸！

苏荣国才不相信唐子风没有想法，唐子风只是想让市政府首当其冲罢了。

大家都能想得到，临一机要兼并滕机，滕机内部肯定是有一些人要闹一闹的。除了极个别脑子不好的人之外，其他人闹事的目的，不外乎都是要争取一些好处。

有些人想要的好处不多，厂里捏着鼻子也就认了。但有些人提出的条件太苛刻，厂里无法答应，这样就难免要出现冲突了。

解决冲突的方法，不外乎先找个人出面扮黑脸。接着，就有人出来扮红脸，拿

## 第三百三十七章　咱们是责无旁贷的

出一点甜头，给这些人当个台阶，事情也就解决了。

苏荣国刚才问唐子风有什么办法，唐子风却说自己没经验，其实就是大家都不想扮黑脸。

但是唐子风提出的理由是很充分的，临一机是外来户，与滕机的干部职工直接冲突不合适，苏荣国是地方上的领导，出面做这些事是天经地义的。

"老寇，这件事，你们经贸委要负起责来。"

苏荣国把头转向了寇文有，严肃地说道："唐厂长他们来兼并滕机，这是帮助咱们滕村的企业脱困。咱们政府方面的职责，就是为企业服务，所以这件事咱们是责无旁贷的。"

"啊？"

寇文有愣了。自己还没明白为什么要把滕机80%的股权白白送给临一机，却先背起了帮临一机摆平刺头的责任……

解决极少数人的思想问题，这话听起来很轻松，但寇文有哪会不知道，要说服这么多人，自己估计得送出去半条命了。

"老寇，我看好你哦。"

唐子风嘻嘻笑着，给寇文有送去一个幸灾乐祸的鼓励。

# 第三百三十八章　人都是理性的

"老高,老聂说要找几个人代表工人去和市政府谈,你去不去?"

滕机齿轮车间里,工人宁大喜对正在一台铣床前聚精会神干活的高树椿问道。

宁大喜说的老聂,是滕机副厂长聂显伦。在临一机兼并滕机这件事情上,聂显伦一直代表着滕机的"鹰派"。他曾多次在工人中放话,说临一机要兼并滕机,也不是不可以,但双方必须要谈谈条件,滕机不能成为临一机的附属,必须与临一机拥有平等的地位。

聂显伦的观点,在滕机职工中颇有一些市场,宁大喜和高树椿都曾是他的拥趸。不过,自从半年多以前传出消息,称临一机与滕村市政府之间没有谈妥条件,临一机兼并滕机的事情已经告吹,大家也就懒得听聂显伦谈论这些观点了。毕竟,一件令人不愉快而又据说没有可能性的事情,谁乐意成天去琢磨呢?

就在几天前,事情突然发生了180度的变化。市经贸委主任寇文有亲自来到滕机,在中层干部会上宣布,滕村市政府已经与临一机达成协议,将把滕机80%的股权转让给临一机,使临一机成为滕机的控股股东。

寇文有在会上透露说,临一机方面表示,为了更好地接管滕机,确保临一机的经营决策能够在滕机得到贯彻落实,在兼并协议生效后,临一机将重组滕机的领导班子,更换大多数厂领导和相当一部分中层干部。

这个消息一经传出,全厂震动。大家议论纷纷,有叫好的,有不忿的,也有声称自己不掺和此事的。对于普通工人来说,大家并不太担心自己的利益会受到什么损害,不管谁当厂长,自己不还是得干活吗?但中层干部们就不同了,这可是明摆着要被人夺走位置的事情,谁能开心得起来?

这样的事情,经贸委事先是要与各位厂领导打个招呼的,所以厂领导们都已经知道了对自己的安排,态度也是各有不同。

## 第三百三十八章 人都是理性的

临一机兼并滕机这件事,原本就是由厂长周衡促成的,他对此事当然是大力支持,毫无异议。事实上,他也已经到了退休的年龄,与临一机方面办完交接之后,就将回京城养老去,职务的问题,他自不会在意。

常务副厂长宋大卓是唯一保留原有职务的,临一机要接手滕机,也不可能不留下一个熟悉情况的厂领导。宋大卓在滕机工作了几十年,能力方面不是太强,但人品是受到了周衡和唐子风共同认可的,于是就被留下了。

至于其他的厂领导,经贸委进行了逐个谈话,给他们两个选择:一是继续留在厂里,但不再担任原职,而是在保留待遇的情况下任一个闲职;二是离开滕机,由经贸委另行安排到其他企业去任职。

这些厂领导们对于这个结果也早有预料,纷纷选择了前一项。例如,副厂长石爱林选择了到厂史办去当主任,同时享受副厂级待遇。在他看来,与其换个陌生的企业,去抢人家的职务,看人家的白眼,不如留在厂里。临一机入主滕机之后,滕机的经营应当会有一个看得见的上升,届时厂里的福利估计会大幅增长,留在厂里,享受原有待遇,何乐而不为呢?

唯一表示不能接受这个结果的,就是聂显伦。寇文有亲自与聂显伦谈话,结果聂显伦当着寇文有的面就拍了桌子,声称自己为滕机出过汗,为滕机流过血,滕村市凭什么就这样三文不值两文地把自己给卖了。

滕机由部属企业转为市属企业,市经贸委就成了滕机的主管上级。但在此之前,滕机却是与滕村市平级的,相比而言,寇文有的职务反而比聂显伦要低,这就是聂显伦敢于在寇文有面前拍桌子的原因。

即便有聂显伦的反对,临一机兼并滕机这件事,依然是要进行下去的。聂显伦在与寇文有谈完话之后,便在厂里开始了串联,号召干部职工团结起来,向经贸委施压。

"老聂想让咱们去市政府谈什么?"

听到宁大喜的话,高树椿头也没抬,一边操纵着机器,一边淡淡地问道。

"谈条件啊。"宁大喜说,"临一机兼并咱们厂子的事情,已经改变不了了。但兼并以后,咱们这些工人的待遇,得先跟他们谈谈。你没听说吗,临一机准备把厂里的中层干部都换了,厂领导里除了老宋,剩下的也都换了。

"这样一来,以后滕机的事情,就是临一机的人说了算了,到时候随便找个茬,扣咱们点工资,减点福利啥的,咱是一点辙都没有。"

"那么,咱们去谈啥呢?"高树椿问。

"要把一些事情定下来啊。"宁大喜说,"比如说,不能随便扣工资,福利待遇要和临一机那边一样,生产上的事情,要由咱们滕机原来的人说了算,不能由临一机来的人说了算。"

"人家说了不算,凭什么要兼并咱们?"高树椿问。

宁大喜说:"他们是看中了咱们的技术啊。前一段时间咱们给临一机代工生产的那批雕铣机,听说在市面上卖得可火了。现在临一机把咱们滕机兼并下来,就是要全面增加产量。临一机自己是搞磨床的,造铣床,他们不灵,非得让咱们滕机来干不可。"

"你是说,如果他们不答应咱们的条件,咱们就不给他们造了?"

"哪怕是稍微拖一拖,估计那些南方人就得急眼了。老聂说了,现在是他们求着咱们的时候,咱们如果不开价,以后就没机会了。"

"我看,是老聂自己想当厂长,拉着咱们去给他造势吧。"

高树椿停下手里的活,转过头来看着宁大喜,不屑地说:"这段时间临一机租咱们的厂房,雇咱们这些人干活,给钱的时候可是一点都没含糊。咱们现在还不是临一机的人,人家都没对咱们怎么样,以后临一机成了咱们的东家,咱们就是临一机的职工了,人家凭什么要扣咱们的工资、福利?"

宁大喜有些诧异,他看着高树椿,问道:"怎么,老高,我记得过去你不是挺看不惯临一机那帮人的吗,现在听你这意思,你这是叛变了?"

高树椿自嘲地笑了一声,说:"我叛什么变?只不过是弄清楚了我高树椿有多少斤两。就冲我,除了开铣床啥也不会,给临一机干活之前,想给我儿子买块酱肉都凑不出钱来,我有什么能耐看不惯人家?

"过去我觉得我是滕机的王牌铣工,老子天下第一,现在才知道,没人给我活干,我那点本事就是垃圾。大喜,你到街上去看看,多少摆摊卖早点的,一看那工作服,就知道都是老把式,没准也是个六级工、七级工的,结果怎么样?厂子垮了,你就啥都不是。

"临一机那帮南方人,我是看不惯。可人家能给咱们活干,只要咱们肯出力气,人家就舍得给钱。这几个月,我每个月光拿超额奖就是六七百块,人家亏待咱了吗?

"我也不怕跟你说实话,我早就盼着临一机把咱们厂收了,起码我这颗心不

## 第三百三十八章 人都是理性的

用总悬着,生怕哪一天人家就不要咱们了。"

"不要咱们,那不可能的。"宁大喜的声音有些发虚,他说道,"让临一机把咱们厂收了,当然是好事,我也是赞成的。不过,老聂说得也有道理,趁着这会,咱们去谈点条件,没准人家就答应了呢?"

高树椿说:"谁爱去就去,有这工夫,我还不如多干点活。"

与高树椿持相似观点的人,在滕机职工中占了七八成。周衡和唐子风商定了一个温水煮青蛙策略,先放出风说临一机不可能收购滕机,既而又让临一机来租借滕机厂房和工人开展生产。职工们在这个过程中,开始逐渐接受临一机的管理模式,认识到加入临一机其实也是一件非常好的事情。

这期间,当然也不是没有人表示对临一机的不满。对于这些人,临一机方面的处理原则,就是"爱干干",反正临一机只是临时雇人干活,与这些滕机职工之间没有人事关系。你觉得临一机的要求无法接受,那就别干呗,想给临一机干活的人多得很,也不差你这一个。

除了那些认可临一机的人之外,还有一些人是抱着随大流、不惹事的心态,同样不想跟着聂显伦去闹。

最后,答应跟着聂显伦去与市政府谈判的职工,只有稀稀拉拉的十几个,全都是手上没啥技术,担心临一机接手之后会被边缘化的那类人。这些人有的在托人打听了一下,知道市里态度非常坚决,根本没啥通融的余地,顿时勇气又泄掉了几分。

聂显伦见此情形,也知道大势已去,只能灰溜溜地接受经贸委的安排,调到滕村市的一个冷门单位待着去了。

滕村机床厂终于像一颗成熟的桃子,落到了临一机的手上。

## 第三百三十九章 已是盛夏

时间匆匆过去,转眼已是 1999 年的盛夏。

在这半年时间里,全国各地纷纷推进国有企业改制重组。应临河市的要求,临一机一次性地兼并了临河第二机床厂、第三机床厂以及其他几家地方机械企业,规模再度扩大。

随后,经由机械部二局改组而成的国家机电集团公司同意,临一机改组为临河机床集团公司,下辖临河第一机床公司、滕村机床公司、临河机床附件公司、临河机床销售公司、临荟科贸公司等全资及控股子公司,并在东云机床再生技术公司、苍龙机床研究院等企业拥有股权。

临机集团公司董事长由原临一机书记章群担任,总经理一职则众望所归地落到了唐子风身上。

考虑到唐子风的年龄实在太轻,担任这样一个大型企业集团的总经理过于惊世骇俗,在对唐子风做出任命之前,组织部派了一名司长亲自带队下来对他进行考察,听取了包括许昭坚、谢天成、周衡等一干领导以及数百名临一机干部职工的意见,最后据说还请示了中央,这才算是尘埃落定。

宁素云担任了集团公司的总会计师,秦仲年担任了总工程师,这都是延续了原来临一机的架构。张建阳作为一匹黑马,被任命为集团公司副总经理,同时兼任临荟公司的总经理。

提拔张建阳的原因,一是因为他在临荟公司的工作颇为出色,二则是因为他在原临一机的领导班子里是除唐子风之外最年轻的。诸如吴伟钦、张舒等人年龄都比较大了,干不了几年就要退休,与其让他们到集团管理层走个过场再换人,不如一步到位地任命一位年轻一点的高管。

吴伟钦担任了临一机公司的总经理,朱亚超和原厂办主任樊彩虹担任了副总经理。樊彩虹原本职务比张建阳更高,张建阳只是她的副手,可这几年张建

## 第三百三十九章 已是盛夏

阳不断得到提拔,她却一直在原地踏步,要说没点怨言是不可能的。这一次,她被任命为公司副总经理,也算是修成正果了。不过,樊彩虹一直从事办公室工作,没有管过生产经营,这就决定了她的位置只能到此为止,不可能再有所进步了。

原临一机生产处长古增超被调往滕村,担任了滕机公司的总经理。原滕村机床厂厂长周衡辞去了滕机的所有职务,返回京城去了。以周衡原来的想法,他这趟回京城,就该办退休手续,回家养老了。但谢天成却希望他还能再干一些工作。

在周衡身上,还有一个职务,就是"苍龙机床协作单位联席会议"主席,也就是所谓"机二〇"的主席。这一轮机构改革,好几家机二〇体系中的大型机床企业都进行了改制,机二〇的组织架构已经不及过去那样紧密,但好歹还能维持一段时间。周衡待在机二〇里,也算是发挥余热了。

滕机的管理层和中层进行了大换血,一半以上的干部都是从临河派过去的,主要来自临一机,还有一些则是从临河市招募的机关干部。相比滕村本地的干部,这些来自临河的干部思想更为开放,更适应市场上的商业规则,他们的到来,为滕村注入了不少活力,整个企业的机制变得比过去更加灵活了。

临河机床附件公司是由临一机兼并的临河第二、第三机床厂及其他几家机械企业合并而成的。这些企业原本技术力量有限,产品落后,临一机将它们兼并之后,抛弃了它们原有的产品,让它们专注于生产机床附件。

附件公司总经理由原临一机副厂长张舒担任,不过,张舒也快要退休了,拟接替他的是附件公司副总经理、原临一机车工车间主任程伟。

原临二机、临三机的那些领导,在附件公司里都只能担任中层干部,进不了管理层。这一点他们倒也没什么怨言,毕竟原来临一机就是部属企业,而他们只是市属企业。按级别算,程伟过去就是正处级,而临二机、临三机原来的厂长不过是科级而已。

临河机床销售公司是一个新成立的实体,合并了临一机、滕机和附件公司的销售部门,囊括了售前、售中和售后的全部业务。成立单独的销售公司,能够使几家生产企业的经营变得更加单纯,它们只需要从销售公司拿订单,对销售公司负责,而无须分出精力应对客户。

销售公司的总经理,毫无悬念地由韩伟昌担任了。他单枪匹马在鹏城拿回来近百亿的雕铣机订单，让临一机和滕机两家公司都吃得满口流油，这个成绩是任凭谁都无法超越的。

临一机拿出了一幢办公楼作为临机销售公司的办公场地，韩伟昌不止一次地在内部会议上向员工们强调，临机集团能够有今天的规模，都是得益于唐总的英明领导。

"唐总，你的就职大会，我们都没能及时赶过来参加，实在是罪过。今天，我就和亚飞一道，用一杯啤酒向你表示祝贺了。"

在临一机家属院的一个露天烧烤摊上，新经纬软件技术公司总经理李可佳端着一杯啤酒，笑呵呵地向唐子风说道。在她的身边，坐着一位脑门顶有些"英年早谢"的年轻人，那是苍龙研究院工程师、海归博士后葛亚飞，此人也是肖文珺的本门师兄。

几个月前，肖文珺告诉唐子风，李可佳和葛亚飞不知啥时候对上了眼，关系发展极快，还没等周围的朋友适应这件事，就听说他们已经领了证。按时下最时髦的话说，这二人属于闪婚一族。肖文珺说这话的时候，口气里颇有一些酸味，不知道是不是在向唐子风暗示什么。

李可佳在学校里比唐子风高两届，年龄则比他大三岁。虽说现在城市白领结婚都比较晚，李可佳也已经算是大龄姑娘了，遇上一个对眼的人，迅速领证成家也是理所应当的。

对于李可佳与葛亚飞凑成一对这一点，唐子风觉得颇为奇怪。葛亚飞是个书呆子、技术痴，李可佳则是文科出身，一直做市场，性格外向张扬。以唐子风的看法，这俩人完全没有共同点，怎么就能对上眼呢？莫非这就是传说中的互补？

当然，姻缘这种事情，外人也没法说三道四。听到李可佳装模作样地祝贺自己升官，唐子风也端起了啤酒，同样笑着回敬道："李总何出此言啊。你是我师姐，葛师兄是文珺的师兄，你们俩领证，我还是事后才听文珺说的，也没去向你们表示祝贺，这才是罪过呢。"

"只是领个证罢了，主要是应付一下亚飞的父母。亚飞说了，匈奴不灭，何以家为，在帮唐总把船用曲轴机床设计出来之前，我们不考虑成家的事情，对吧，亚飞？"李可佳用胳膊肘拐了一下老公，嘻嘻笑着说。

唐子风说："可是上个月葛师兄设计的曲轴机床已经成功生产出了第一支

重型船用曲轴,船舶公司的康总专门给我打来了电话,老爷子在电话那边激动得都要哭了,说什么把咱们国家自己不能生产重型船用曲轴的帽子扔到爪哇国去了。"

"亚飞说了,生产出第一支曲轴,只是一个开始,他还要进一步完善设计,怎么也得对得起你送给他的那套房子才行。"李可佳抿嘴笑道。

"我是这样说过,可是这和成家没关系啊。"葛亚飞扶了扶眼镜,认真地向唐子风澄清道,"是可佳说她公司里刚推出新软件,这段时间正忙着推广,没时间办事。其实,我的意思是办个婚礼也不用太复杂,请几个朋友一起坐坐就行了,相当于向大家宣布一下。"

"得了吧,我还不知道,肯定是你爸妈催着你,想让咱们赶紧生个孩子,他们好抱孙子。"李可佳揭发道。

"赶紧生个孩子也是对的嘛,你今年也已经过了30了,再拖下去,就成高龄产妇了……"葛亚飞讷讷地说道。

"拜托啊,李师姐,葛师兄,你们秀恩爱的时候,能不能体谅一下我们这些单身男女的心情啊!"

桌子另一侧传来了一个愤愤然的声音,说话的,正是刚刚从美国留学归来的包娜娜。在她的身边,同样坐着一个小伙子。不过,此人看起来可比葛亚飞机灵多了,他留着帅气的分头,脸上带着温和的笑容,说话不多,却极其到位,让每个人都如沐春风。

据包娜娜此前向众人介绍,这小伙子名叫梁子乐,是她在美国留学时候认识的一个"师弟",普通师弟哦……

## 第三百四十章　现在的小孩子真不得了

"子乐虽然出生在中国，却是很小的时候就随父母移民到了美国，算是在美国的移民二代。他目前在沃顿商学院读 MBA（工商管理硕士），主攻金融投资方向。

"至于这一次嘛，他主要是因为没有独自出过远门，听说我要回国来，便死乞白赖地求着我带他回国来开眼界。这不，你看他吃几串烤串都能乐得眉开眼笑，很明显就是在美国的大农村里待的时间长了，啥都没见过。"

这就是包娜娜向众人所做的介绍。这一桌子人都已经不是儿童了，谁还看不出她是纯粹的掩耳盗铃？

唐子风清楚地知道，此前正是这个梁子乐，与包娜娜联手帮助临一机在美国打开了迷你机床的市场，他们光是从苍龙研究院拿的销售提成就有几百万美元。

包娜娜不是那种能藏得住事情的人，身边有了梁子乐，自然是要经常拿出来向朋友炫耀炫耀的。这两年，她光是各种与梁子乐在一起的照片，就给肖文珺发过不下 100 张。

"娜娜姐，你就算了吧，我和子妍姐才是单身男女呢。"

照例像只忙碌的小蜜蜂一样给大家分发着烤串的于晓惠笑着驳斥道。

今天这顿烧烤，正是于晓惠请客，大家也都毫不客气，因为这算是于晓惠的升学宴。她刚刚已经拿到了大学录取通知书，如愿以偿地步肖文珺的后尘，进入了清华大学机械系。

"没错，娜娜姐，我和晓惠才可怜呢。对了，嫂子，以后我也回京城去了，我和晓惠的男朋友，就着落在你身上了。你有什么像葛师兄一样优秀的师兄师弟啥的，多给我们介绍介绍。对了，我只要师弟，不要师兄哦。"

唐子妍挽着肖文珺的手，没羞没臊地说道。

## 第三百四十章　现在的小孩子真不得了

　　唐子妍四年前考取了华中理工大学自动控制系，今年正好大学毕业。以唐子风的原意，他在国内机械系统里人脉很广，随随便便就能够帮唐子妍找一个合意的工作。可唐子妍却拒绝了哥哥的好意，她声称自己学了四年机械，早就学烦了，准备到京城去找一份其他的工作。

　　对此，唐子风倒也没啥意见，父母现在都已经定居在京城了，唐子妍去京城相当于回家。至于说工作啥的，她乐意干啥就干啥吧。

　　四年大学，唐子妍学了多少专业课，只有天知道，好像她最后的毕业论文还是拜托了准嫂子肖文珺给她润色多次，才勉强过关的。但她那张脸皮，却是实实在在地锻炼出来了，全然没有了几年前那个乡下大妞的腼腆。

　　肖文珺笑道："子妍，你想找男朋友还不容易。你高考前在京城，你哥帮你找了那么多人给你当一对一的家教，事后有好几个男生都打听过你的下落呢。你这次回京城，要不要和他们重新联系一下？至于说晓惠嘛……我能说句呵呵吗？"

　　说到这，她看看于晓惠，意味深长地笑了起来。

　　"文珺姐，你笑啥？哼，你跟唐叔叔在一起，学坏了！"于晓惠假意地噘着嘴，冲肖文珺做出一个生气的样子，脸上却分明带着一丝笑纹。

　　"怎么，晓惠有情况？"李可佳对这种事可是异常敏感的，听这二人对话，就猜出了一些端倪。

　　"没有！"于晓惠断然否认，又用手一指唐子风，说道，"都是唐叔叔多事，其实根本就没有的事情。"

　　这就属于此地无银三百两了，众人一齐笑了起来，让于晓惠又窘了一番。

　　"嗯嗯，没有没有。"唐子风敷衍着，又说道，"要不我给船舶公司的康总工打个电话，让他把京城科技大学的那个委培名额退了。"

　　李可佳眼睛一亮："原来你说的是那个孩子啊！嗯嗯，我虽然没见过，但听赵云涛说起过，说他挺机灵，尤其是在编程方面，很有天赋。原来他还和晓惠有点关系呢。"

　　"没有啦——"于晓惠扯着嗓子否认道，"我们就是普通同学好不好，你们这些人，思想也太不纯洁了！"

　　他们说的，自然就是苏化了。在得到唐子风的鼓励之后，苏化便在高三迎考的百忙之中，开始开发网吧管理软件了。这个软件的复杂程度，远甚于他此前编过的其他程序,在开发过程中,他不可避免地遇到了一堆困难。

唐子风替他联系了苍龙研究院这边的软件开发人员,允许他在遇到困难的时候去找这些专业的软件工程师求助。李可佳的新经纬软件公司是苍龙研究院的股东之一,也是苍龙研究院的合作伙伴,经常要派人到苍龙研究院来共同工作,李可佳的合伙人赵云涛就见过苏化。

在一起讨论了几个软件问题之后,赵云涛对苏化给予了很高的评价,对李可佳和唐子风都说过,这个孩子如果能够得到系统的教育,未来在软件开发方面应当会有很大的前途。

苏化在完成了网吧管理软件的开发之后,便照唐子风的指点,带着软件四处兜售。他开发的软件功能齐全,而且报价很低,因此得到了许多网吧经营者的青睐,几个月时间里卖出了四五十套,让他由一个穷小子一举变成了腰缠几万元的隐形富豪。

苏化急着赚钱的目的,是要换一个去京城的大学里委培的名额,以便在于晓惠考到京城去读书之后,他也能跟到京城去,当个护花使者。

可不承想,当他带着钱找到从前说过有门路的亲戚那里时,亲戚却告诉他,今年的情况很不凑巧,委培的名额都提前确定了,苏化就算有钱,也无法买到这个名额。

苏化闻听此事,满心沮丧,在学校里便表现出来了。于晓惠再三盘问,才知道有这么回事,一时又是甜蜜,又是气恼,又是焦虑,可谓是五味杂陈。

再往后,于晓惠便在一个合适的机会,装作不经意地向唐子风打听,问他有没有什么渠道能够弄到一个在京城某个大学里委培的名额,还伪称是自己的一个闺密想去。唐子风当然知道闺密是真,但闺密的前面难免要加一个性别界定,也就是后世颇为流行的所谓"男闺密"。

他虽然并不看好这对高中生的朦胧恋情,但一来看在于晓惠的面子上,二来又从赵云涛那里确定了苏化的确是个人才,所以决定帮苏化一把。

这时候,正值葛亚飞设计船用重型曲轴机床试生产成功,船舶公司副总工康治超打电话过来向唐子风致谢,在电话那头把胸脯拍得山响,说不管唐子风有什么公家的或者私人的事情要办,他都绝不会推辞。唐子风灵机一动,便询问船舶公司有没有在京城某些大学里的委培名额,能否匀一个过来,他有个晚辈想要一个这样的名额。

## 第三百四十章 现在的小孩子真不得了

　　船舶总公司是巨无霸级别的大企业,和许多高校都有广泛的合作,找高校联系几个委培名额是再容易不过的事情。康治超满口答应下来,没过两天就给唐子风回了信,说给他联系到了一个京城科技大学计算机系的委培名额,只要这边的考生高考上了本科线,就能够入学。

　　当然,委培的费用是要由考生自己付的,毕竟这并不是真正的委托培养,学生毕业之后,也不见得就会到船舶公司去服务。

　　苏化偏科严重,但好歹是智商爆表的人,即便高三这一年没怎么好好学习,高考的时候也勉强蹭上了本科线,于是这个委培指标就稳稳落袋了。

　　这件事从头到尾都是唐子风操办的,他也自然不会瞒过肖文珺,所以在于晓惠自称单身男女的时候,肖文珺才会呵呵冷笑。

　　"现在的小孩子真不得了!"包娜娜不知道这中间的关节,不过也能猜出一二,不禁摇头感慨,又对于晓惠劝导道,"晓惠啊,听姐一句话,有合适的男孩子,就要牢牢抓住,别弄得像姐这样,老大不小了还嫁不出去,最后只能随便找个人对付一下。"

　　听到她这样说,大家的目光都投向了梁子乐,想看看这位仁兄有什么反应。梁子乐注意到了大家的眼神,只能回了一个无奈的表情。

　　几年的相处,他已经习惯于包娜娜的这种风格了,知道这个比自己年长两岁的女友口无遮拦,又口是心非。她越是把梁子乐说得不堪,其实内心对他越是满意,他根本用不着去争这些表面上的是非。

　　"对了,师妹,你硕士毕业了,现在有什么打算,是回国来工作,还是留在美国?"

　　唐子风把话头转到了包娜娜身上。他看到于晓惠的脸已经红得快要滴出血来了,她毕竟是个刚刚走出中学,还没踏进大学校园的女孩子,大家围着她谈论她的绯闻男友,的确是一件让她难堪的事。

## 第三百四十一章　原来不是我的首创

"我呀——"包娜娜拖了个长腔,然后说道,"我原来的打算,当然是留在美国工作了。可是,我又记得师兄给我的教诲,让我一定要回国来工作,所以没办法,我就只能回来了,谁让我是一个特别听话的好师妹呢?"

"师兄?你是说我吗?"唐子风指着自己的鼻子,有些不确信地问道。他实在想不起自己给过包娜娜什么教诲,还有,包娜娜是那种会听他教诲的人吗?

包娜娜说:"当然是你了,我还有别的师兄吗?师兄,你不记得了,在金尧的那次,你跟我说,未来二十年,最有机遇的地方就是中国。只要我回来,不管在哪个领域里,踏踏实实地干上十年,都能够成就一番事业。"

"我说过这个吗?"唐子风实在是想不起来了。

肖文珺点点头,说:"这倒是挺像你的话,至于你是不是向娜娜说过,我就不知道了。"

李可佳也笑道:"没错,唐总就是喜欢讲这些大道理,上次到我们公司去,给我们那些新员工也说过这样的话。我还记得当时他是这样说的:你们都是从外地到京城来的吧?好好干,不要怕吃苦。你们想想,你们在京城上无片瓦,下无寸土,要想在这里待下来,不努力工作行吗?

"你们还别说,就这些话,说得我们那些新员工热血沸腾的。打那以后,我们让员工加个班啥的,就再也没人抱怨了。"

"说到底,我哥其实就是个黑心的资本家?"唐子妍笑着评论道。

包娜娜点头不迭:"子妍说得太对了,唐师兄就是一个黑心资本家。当年我在读本科的时候,就是被他忽悠着去帮他和那个王教授卖书。这么老厚的书,一本就有十多斤重,我这么一个娇娇怯怯的小姑娘,背着三本书挤地铁,卖出一本才拿20块钱提成,反而是这个资本家能赚到100多。"

几个女孩子一打岔,明显就跑题了。梁子乐憨憨地笑了笑,把话题又扯回

## 第三百四十一章　原来不是我的首创

到了原来的内容上,他说道:"唐师兄说的那些话,娜娜在美国的时候跟我说起过。我认真思考了一下,觉得唐师兄的话是很有道理的。我们的老师在课堂上说过,21世纪会是亚洲的世纪,而亚洲的最大增长点就是中国。

"娜娜想回国来工作,我是非常赞成的。美国社会已经固化了,别说娜娜这种外来的留学生,就算我这样的二代移民,发展前途都非常有限。相比之下,还是回国来机会更多。"

"这是毋庸置疑的。"唐子风说,"其实大家从自己身边的例子也能看到,我们临一机这两年的发展速度,绝对是超常规的。我们几个月前兼并的滕机,原来一直半死不活,结果就因为一个新产品,现在成了全市的支柱企业。

"还有李师姐的新经纬公司,原来就是赵云涛和刘啸寒两个人的创业企业,这才几年时间,已经发展到300多人了。对了,娜娜和小梁也是中国发展的受益者吧?"

说到这,他呵呵一笑,没有揭发这二人在迷你机床销售中的收入。

"还有我爸爸也算吧?"于晓惠举手补充道。她父亲于可新原本只是一个病退职工,却因为掌握了设计木雕图案的技能,现在一个月也能赚好几万。

在场的其实还有其他例子,比如肖文珺也是一个迅速富起来的人,除了此前木雕机床的专利收入之外,这一次雕铣机的设计也是以她为主,她同样是有专利费收入的。尽管唐子风出于瓜田李下的顾虑,没让她从雕铣机的设计中拿太多的专利费,一台只是区区100元,可也架不住销量大啊,随随便便就是几百万到手了。

另外,今天没在场的苏化,其实也算是一个时代的既得利益者,如果不是这样一个充满机会的时代,他一个高中生能有什么机会自己做个软件就赚了好几万元?

"娜娜,你回国来,打算做什么?"唐子风转向包娜娜,继续问道。

包娜娜双手支在餐桌上,托着腮做可爱状,看着唐子风反问道:"师兄有什么建议吗?"

唐子风摇摇头:"我能有什么建议。你去美国也是学新闻吧,回来是不是打算到哪家媒体去工作?现在媒体的海归记者还不算多,你如果去了媒体,应当会挺受重视的。"

"我投了十几家媒体,没一家愿意接受的。他们说这几年国家搞机构改革,从部委里分流了一大批人到媒体去,他们现在都满编了。"包娜娜说。

李可佳评论道:"我们接触过的几个研究所,也是接收了一大批部委分流下来的人……"

"打住打住!再说下去,又是体制问题了。"唐子风笑着阻止了她的进一步发挥。

这几年,民间流行反思风,大家碰上点什么不合理的事情,就要往"体制"上引申,动辄还要说什么人家国外如何如何之类的。李可佳这种病又尤其严重。

"师兄,我想回来开个媒介公司,你觉得怎么样?"包娜娜盯着唐子风,问道。

"媒介公司,干什么的?"唐子风问。

"就是专门策划和组织媒介宣传啊。"包娜娜说,"我记得那年你们去井南推销打包机的时候,你不是让我帮着在媒体上发了一堆稿件吗?我在美国的时候,曾经思考过这个案例,觉得师兄的操作真的很精彩。

"在美国,就有很多公司是专门替客户做这种媒介宣传的,它不仅需要有新闻学、传播学的知识,还要考验自己的社会学、经济学甚至政治学功底,我觉得,这个业务在中国应当也会有很大市场的。"

"你说的,不就是公关公司吗?"李可佳笑道,"这种公司在中国也早就有了,我在图奥的时候,就雇过这种公司帮我们炒作话题的。"

"原来不是我的首创啊。"包娜娜略有些失望,不过还是兴致盎然地说道,"不是首创也没关系,姐比他们更聪明啊。再说了,姐不是还有唐师兄指导吗?"

唐子风笑着说:"我明白了,娜娜不是找不到单位,而是这几年赚钱太多,寻常的单位她已经看不上了,想自己当老板了。"

"这都被你看出来了!我居然这么不含蓄。"包娜娜做失落状,眉眼间却满是得意。

唐子风想了想,说道:"开个公关公司,倒是一个不错的主意。当记者固然很风光,但也很辛苦,自己开个公司,前两年累一点,后面如果走顺了,就轻松了。以娜娜的性格,可能也不太喜欢受人约束。"

"对对,她还是比较喜欢约束别人。"梁子乐附和道,随即就发现在场除懵懂无知的于晓惠之外,其他人都用异样的目光看着他,他挠了挠头皮,诧异道,"你们这样看着我干什么,我说错啥了吗?"

包娜娜伸手在他胳膊上拧了一把,斥道:"不会说中国话就别说,我的光辉形象都被你败坏完了。"

说罢,她又转头向众人说道:"大家别理他,他在美国待久了,染上了美国人的呆病,已经不可理喻了。"

众人哄笑起来,现场充满了快乐的空气。梁子乐稍稍一愣,也跟着笑了起来,唐子风分明发现,他的眼睛里掠过一缕狡黠的光芒。

这孩子不傻呀!

这是唐子风对梁子乐做出的评价。

关于包娜娜的事业发展问题,当然也没法讨论得更多,毕竟她刚刚回国,对国内情况还不够了解,等在国内待过一段时间之后,她的想法没准也会改变。大家在这个时候替她谋划过多,反而就是浪费了。

"对了,唐总,我还想问你呢,对于美国国会 5 月份发布的考克斯报告,你知道什么内情吗?"葛亚飞突然开口了。

刚才大家在聊于晓惠的八卦以及包娜娜的职业选择,葛亚飞跟这二位都不熟,也插不上话。现在前面的话题告一段落,大家稍稍有点沉默,他就逮着说话的机会了。

"葛师兄怎么也关心起这个问题来了?"唐子风一愣,反问道。

葛亚飞说:"前一段时间,我一直在和船舶公司的人一起调试重轴机床,听他们说了很多。考克斯报告出来,对军工系统的影响是非常大的。前几天,我在美国的一位同学给我发电子邮件,说我们有几位在美国搞尖端技术研究的同学,都受到了 FBI(美国联邦调查局)的调查,他们手头的工作也被暂停了。

"我琢磨着,对于考克斯报告这件事,咱们国家应当也会有一些反应吧?我在家里的时候,和可佳讨论过,我们都觉得,这件事或许会对咱们有很大的影响,我们应当未雨绸缪。"

听到他的话,李可佳、肖文珺和梁子乐都把目光投向了唐子风,明显是对这个话题深感兴趣。包娜娜、唐子妍和于晓惠则多少有些糊涂,不知道这个考克斯是何许人也。

# 第三百四十二章 考克斯报告

考克斯是时任的美国众议院政策委员会主席。两个多月前,由考克斯为首的一个所谓"联合调查委员会"发布了一份长达872页的报告,这就是臭名昭著的考克斯报告。

在这份报告中,美国国会指责中国在二十多年的时间里,从美国国家核武器实验室窃取了七种核弹头和中子弹的秘密,还言之凿凿地声称中国通过学术交流、旅游观光等方式,多渠道地搜集美国的机密技术,用于增强中国的国防实力。

考克斯报告的出台,有其深厚的历史原因。苏联解体之后,继承苏联遗产的俄罗斯在美国经济专家的忽悠下,陷入休克疗法的泥潭不能自拔,十年间经济总量下降了一半,已经由昔日的超级大国沦为一个二流国家,不再能对美国构成威胁。

美国把注意力从苏联身上转移过来,盯上了中国。此时的中国,GDP总量还只有美国的1/7,排名尚在日、德、英、法、意之后,对美国而言,并不算是一个强劲的对手。美国的主流声音对中国有两种截然不同的判断,一种认为中国已经成为美国的威胁,另一种则认为中国自身困难重重,离崩溃也不过就是一两"章"的时间。

顺便说一下,"章"是一个描述中国崩溃的时间单位,翻译成汉语就是立刻、马上、即将。

考克斯报告,就是美国鹰派炮制出来的,其中充满了想象的情节,却成为一批人攻击中国的炮弹。

"考克斯报告出来之后,多家军工企业从美国订购的设备都被美方叫停了。有比较可靠的消息称,美国政府正在酝酿加大对中国的高技术出口限制,一些学术交流也被搁置了,这件事对咱们的影响还是挺大的。"唐子风说道。

## 第三百四十二章 考克斯报告

考克斯报告发布之后，战略研究部门对于这个报告的影响进行了认真的评估，军方也提出了一些担忧，这些情况，唐子风都有所了解。

"我们学校和美国一些大学的交流也受到了影响。我们有几个本来准备去美国做访问学者的老师，现在也去不了了。对方的学校倒是说可以照常接收，但原来说好能进的几个实验室，对方不允许我们进了。如果不是为了进这几个实验室，我们那几位老师又何必去美国做访问学者呢？"肖文珺说。

葛亚飞说："是啊，船舶公司那边也有这样的情况，说好的一些设备，对方反悔了，咱们这边都已经做了安排，现在只能改计划了，这对船舶公司的生产影响非常大。"

"不过……"梁子乐插进了一句，说到一半，却又停下了，犹豫着该不该说。

"小梁想说啥就说吧，这一桌都不是外人。"唐子风笑着鼓励道。他已经注意到，梁子乐或许是因为在美国待的时间长了，不太适应国内的这种聊天氛围，说话总有几分拘谨。但这个年轻人的眼界很宽，看问题经常有一些独到之处。

梁子乐笑了一下，说道："我不太了解国内的情况，纯粹是纸上谈兵。前一段时间考克斯报告发布出来之后，我们学院的老师也讨论过这个问题。有些持仇华立场的，我就不说了。但我们有一位教授，对中国是非常看好的，他认为，考克斯报告虽然在短期内会对中国的发展产生一些负面影响，但从长远来看，或许反而是帮助了中国。"

"帮助了中国，这怎么可能？"包娜娜斥道，"你没听唐师兄和葛师兄说吗，中国想从美国进口的高端设备，都被美国叫停了，这明显会影响中国的发展。"

梁子乐说："这就是我们那位教授的不同之处了。他认为，过去二十年时间，中国从美国获得了许多高端设备和技术，这虽然帮助了中国的技术进步，但也容易使中国产生出对美国技术的依赖，进而失去自己研发的动力。而考克斯报告却提醒了中国，在中国人的头顶上悬起了一把达摩克利斯之剑。

"相信中国会因此而重启大规模的装备自主化战略，加大对科技部门和工业部门的投资，这对于中国的科学家，以及像唐师兄、李师姐这样的实业家来说，无疑是一个重大的利好。"

"啪啪……"唐子风没等梁子乐说完，便先拍了几下巴掌，以示赞赏，他笑着问道："子乐，你说的那位教授，叫什么名字？"

"他叫弗莱托，是研究国际战略的。"梁子乐说，"怎么，师兄对他感兴趣？"

唐子风点点头，说道："的确，有机会想会一会他。"

李可佳点点头，说道："小梁说得对，我们公司管理层也有这个看法。考克斯报告出台，应当会刺激国家有关部门的敏感神经，技术自主化的问题应当会得到重视。我们正准备向国家报一个方案，主要是关于工业软件自主化方面的，看看能不能拿到一些资金和政策方面的扶持。"

"我们也是如此。我前两天还和我老岳父通了电话，准备以临机集团和17所共同的名义，报几个装备自主化方案。据说，科工委那边有一大资金，现在就看谁有好东西。"唐子风说。

包娜娜说："那我岂不是要赶紧把公司开起来？你们的公司要从国家手里争投资，是不是需要有人给你们造造势，做做宣传？要不，你们两家公司就做我的第一批客户好了，费用方面，我可以给你们九八折优惠哟。"

"才九八折啊，娜娜姐，你真抠门。"于晓惠笑着批评道。她不懂这其中的奥妙，但涉及唐子风的事情，她当然要站在唐子风一边。

"我是新公司好不好，他们不该扶持我一下吗？"包娜娜理直气壮地说，又用手虚点着于晓惠的方向，说道，"你就知道替你唐叔叔说话，枉我过去从美国给你寄巧克力了。"

"我记得的啦！"于晓惠扮着鬼脸说，"娜娜姐对我好，唐叔叔也对我好，还有文珺姐，还有李姐……"

她用手划拉着，原本想把该感谢的人都说一遍，结果又发现遗漏了谁都不合适。像葛亚飞、梁子乐，她都是第一次见，要说人家对她好，明显是浮夸，可如果单单不提这二位，好像又是指责人家对自己不好，于是就卡壳了。

"你真是人小鬼大！"李可佳善解人意，笑着点评了于晓惠一句，算是帮她解了尴尬，接着又对包娜娜说道，"娜娜，就冲你刚才说的这些，我对你的公关公司就有些不乐观了。"

"现在我们只能反对考克斯报告，说它是无稽之谈，呼吁中美友好，顺便说说中国的技术是多么落后，被美国一卡脖子，就全军覆没了。"

"是这样吗？"包娜娜看着唐子风求证道。

唐子风说："的确如此。现在正值中美之间在进行入关谈判，过多宣传中国的自主化战略，对于我们在谈判中争取更好条件是非常不利的。你要做公关公司，不能不研究这些国际政治问题，否则就不但不是帮忙，反而是添乱了。"

"对了，以后我的公关公司就聘李师姐和唐师兄给我们做政策顾问好不好？"包娜娜想一出是一出，立马就开始抱粗腿了。

唐子风笑道："你如果想拿我们临机集团的业务，就不能聘我去当顾问，否则就是关联交易了。你未来的公司应当也会在京城吧？我倒是建议你把王梓杰聘去当顾问，他现在名气大，而且政策敏感度高，你们公司和他联手，不会有坏处的。"

"好好，我去京城就马上联系他。"包娜娜从善如流地应道。

这一顿烧烤，众人一直吃到深夜才结束。唐子风的秘书熊凯领着李可佳等人去公司招待所休息，唐子风、肖文珺和于晓惠三人则朝另一个方向回家属楼去。

"今天可真热闹。"

于晓惠走在唐子风与肖文珺中间，意犹未尽地说道。几年前唐子风和肖文珺还没有发展出亲密关系的时候，他们三人一道出门就是这样走的，像一家三口一般。

现在唐子风和肖文珺已经成了一对，而于晓惠也不再是过去那个黄毛丫头了，她有意想走在肖文珺的另一侧，让肖文珺挨着唐子风，却被肖文珺推到了中间。很显然，肖文珺也很享受这种一家三口般的感觉。

"等你去了京城，咱们去簋街吃，反正李姐姐、葛师兄他们也都在京城，咱们照样能凑出一桌人来。"唐子风说。

"可是胖子叔叔没法去。今天晚上最美中不足的，就是胖子叔叔没来。"于晓惠噘着嘴说。

于晓惠最早有机会在地摊上吃烧烤，就是与唐子风、宁默一道。宁默为人憨厚，喜欢和于晓惠打闹，这让于晓惠觉得吃烧烤的时候旁边没有一个宁默就缺了一点什么。在她心目中，宁默在烧烤中的重要性，几乎排在孜然的前面。

唐子风笑道："你这样一说，我也感觉到了，缺了胖子，这烧烤吃起来的确差点意思。可没办法，胖婶刚给胖叔生了个胖儿子，还不会走路呢，所以没法回来。"

"我知道。"于晓惠说，说罢，又像个大人一样地叹了口气，说道，"我就是觉得，没有胖叔的烧烤，是没有灵魂的。"